야미하라

츠지무라 미즈키 장편소설

문지원 옮김

야미 闇 Yami-hara 祓 하라

블루홀6

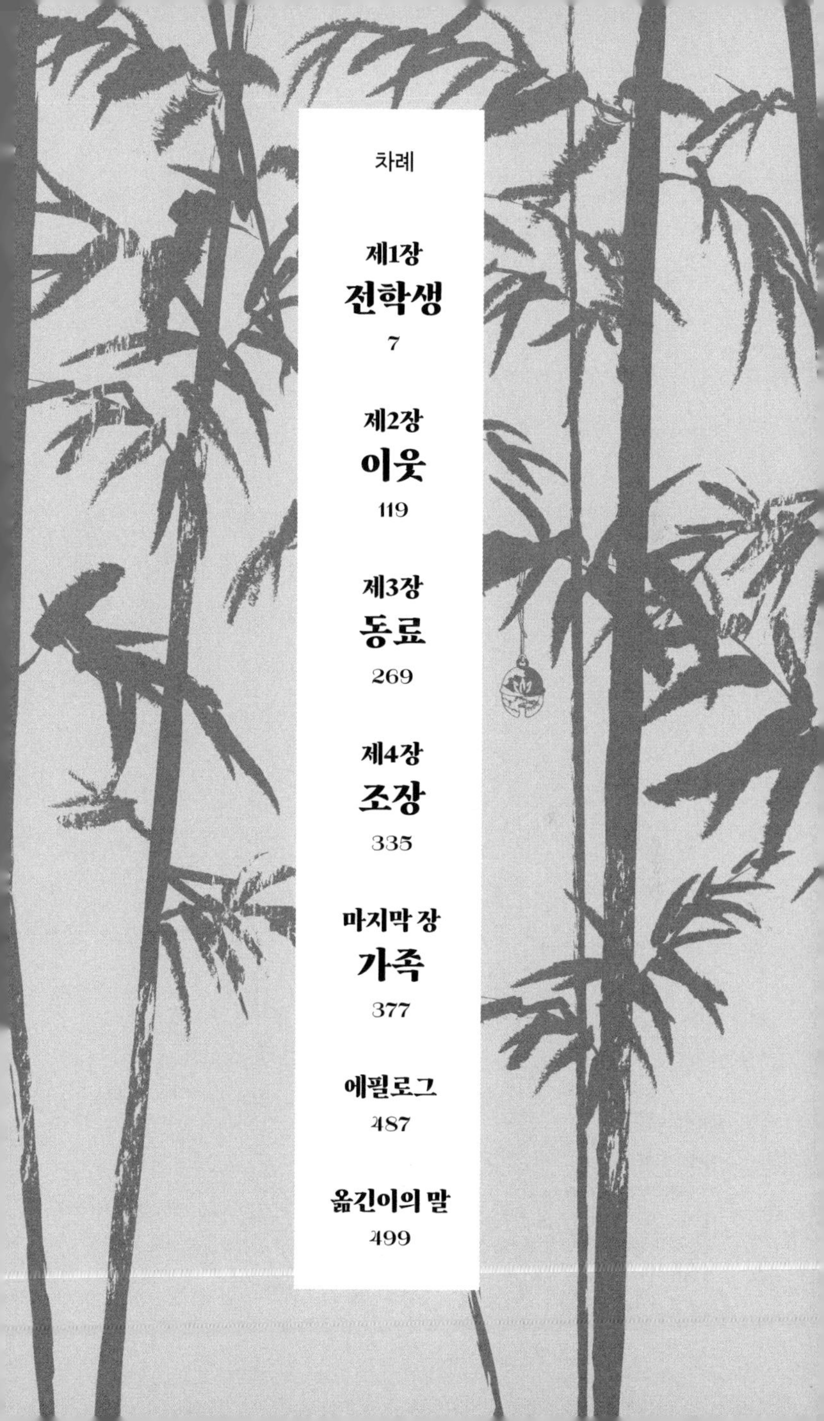

차례

일러두기

· **야미하라(闇ハラ)** 야미 하라스먼트의 줄임말.

· **야미-하라스먼트(闇Harassment)** 정신·심리가 어둠에 잡아먹힌 상태에서 자신의 생각이나 사정 등을 상대에게 일방적으로 강요해 불쾌하게 하는 언동·행위. 본인이 의도하든 의도하지 않든 상대에게 불쾌감을 주며 상대의 존엄을 해치거나 위협을 느끼게 하는 경우가 이에 해당한다. 야미하라스먼트. 야미하라.

· 본문의 각주는 전부 독자의 이해를 돕기 위한 옮긴이 주입니다.

제1장 전학생

전학생을 소개합니다.

그 말을 듣고 고개를 들자마자 눈이 마주쳤다.

너무나도 갑작스러운 상황에 순간 가슴이 철렁했다.

담임인 미나미노 선생님 옆에 서 있는 사람은 차이나칼라 재킷 교복을 입은 남자였다. 팔다리가 길고 호리호리했다. 남달리 아름답지는 않지만 콧날이 오뚝하고 딱히 못생기지도 않았다. 눈이 조금 부석부석 부어서 졸려 보이고 다소 눈치를 보는 눈빛 같지만 전학생으로 처음 교실에 왔으니 당연한 일일지도 모른다.

키는 큰 편이었다. 덩치가 작고 땅딸막한 체형인 미나미노 선생님과 나란히 있으니 젊은 만담 콤비 같아 보이기도 했다. 머리가 덥수룩한 점이 아주 조금 신경 쓰였다. 전학 첫날인데도 복장에 별로 신경 쓰지 않는 부류일지도 모른다.

교복을 제때 맞추지 못했겠지. 이 학교에서 차이나칼라라니 신선했다. 우리 고등학교 교복은 남녀 모두 카키색 재킷이다. 남자는 넥타이, 여자는 리본.

눈이 마주쳐 어색한 미오는 최대한 자연스럽게 시선을 돌렸다. 미나미노 선생님이 전학생을 돌아봤다.

"자, 시라이시."

"네."

미나미노 선생님이 인사하라는 듯 재촉하자 그가 들릴락말락 가느다란 목소리로 말했다.

"아버지 사정으로 전학 왔습니다. 앞으로 잘 부탁드립니다."

"이름."

"네?"

"이름은? 말 안 해?"

선생님이 놀리듯 재촉하자 전학생이 "아" 하고 짧게 소리를 냈다. 그러고는 다시 스치듯 분명하지 않은 목소리로 "시라이시, 가나메"라고 말했다. '입니다'라는 어미도 없었다. 이름뿐이었다.

옆에서 미나미노 선생님이 칠판에 '시라이시 가나메'라고 적었다.

"좀 어벙한 것 같은데, 다들 잘 챙겨주렴."

선생님이 분위기를 환기하듯 장난스럽게 말했지만 웃음소

리는 들리지 않았다.

그 상황을 지켜보다가……, 어라? 싶었다.

그가 또다시 미오를 쳐다봤다. 조금 전에 눈이 마주쳐서 어쩌다 보니 또 이쪽을 쳐다본 걸까. 아니면 미오의 기분 탓일 뿐 뒤에 있는 무언가를 보는 것일까…….

"자리는 뒤에서 두 번째 줄에 앉으렴."

교실 뒤쪽에 어느새 새 책상과 의자가 옮겨져 있었다.

"네."

전학생이 대답했다. 그 사이에도 전학생은 안내받은 자신의 자리와는 전혀 다른 이쪽을 쳐다보고 있었다.

전학생 시라이시가 가방을 덜렁덜렁 들고 자리로 향했다. 그제야 마침내 미오에게서 시선을 뗐다.

기분 탓인가 싶었지만 전학생의 시선을 눈치챈 사람은 미오뿐만이 아니었다.

"야야, 있잖아."

그날, 평소와 같은 멤버가 모여 도시락을 열자마자 친구 사와다 하나카가 목소리를 낮추며 비밀 이야기라도 하듯 미오에게 얼굴을 들이밀었다. 긴 머리칼이 미오의 얼굴 근처에서 찰랑찰랑 흔들렸다.

"그 음침해 보이는 전학생 말이야, 계속 미오 쳐다본 거 맞지?"

"헐, 정말?"

친구 셋이서 보내는 점심시간. 교실 창가에서, 미오는 창을 등지고 친구 둘은 창을 바라보며 서로 마주 보는 형태로 늘 함께 도시락을 먹는다.

재미있어하는 하나카의 목소리에 또 다른 친구 이마이 사호가 곧바로 전학생 자리를 뒤돌아보려고 했다. 그 순간 하나카가 "잠깐! 보지 마"라며 막았다.

"우리가 자기 이야기 하는 거 알면 어떡해. 뒤돌아보지 마."

"아, 뭐야. 그런데 진짜 그랬다면 미오를 좋아하는 거 아냐?"

"……우연이겠지."

두 사람의 말에 쓴웃음을 지으며 미오가 대답했다. 전학생은 그저 단순히 자신이 있는 쪽은 잠깐 쳐다봤을 뿐이다.

"아직 한마디도 안 해봤는데 좋아한다느니 뭐니, 말이 돼?"

"그래, 그건 아니지."

하나카와 사호가 동시에 말했다. 두 사람이 호들갑스럽게 얼굴 앞에서 손을 저었다.

"첫눈에 반했을 수도 있지. 그런데 대박이다. 만화나 영화에서야 첫눈에 반하는 게 심쿵 포인트지만 현실에서 말도 안 섞어 봤는데 좋아한다고 하면 소름이지. 스토커 같잖아."

"야. 그만해."

오랜 친구인 사호는 원래 러브스토리를 좋아해서 사소한 상황도 부풀려서 말하는 구석이 있다. 하지만 만난 지 얼마 되지 않은 상대를 그런 식으로 떠들어대는 것은 불편했다. 미오가 눈살을 찌푸리자 이윽고 하나카가 "미안, 미안"하며 사과했다.

"그런데 시라이시는 분명 똑똑할 거야. 우리 학교 전학 시험 꽤 어렵다고 들었는데 말이야. 작년에 전학 온 선배도 갑자기 전교 1등 한 수재라고 하고."

미오와 친구들이 다니는 미쓰미네 고등학교는 사립학교다. 지바현에서는 유구한 역사를 지닌 학교였고 대학 진학률도 높았다. 사립인 탓인지 전학생은 거의 없지만 그래도 극히 드물게 전학생을 받기도 한다. 그리고 확실히 전학 시험이 입학 시험보다 어렵다는 소문이 있다.

"학교에서도 이왕 전학생을 받을 거면 대학 진학 실적을 올려줄 만한 학생을 받고 싶겠지. 시라이시도 꽤 똑똑한 거 아냐?"

진학률이 높은 사립학교인 만큼 미쓰미네 고등학교는 이 근방에서 엄격하기로 유명했다. 마치 대형 학원처럼 학교 게시판이나 벽에 전년도 대학 합격자 수를 붙인다.

"그건 그렇지. 하지만 이제 막 전학왔는데 색안경 끼고 보는 건 불쌍해. 똑똑할 것 같다든가 하는 이야기면 몰라도 아까처럼 음침해 보인다는 말은…….”

“아니, 그런데…….”

중단발 머리를 귀 뒤로 넘기는 사호는 아직 할 말이 남은 듯했다.

“미오.”

그때 미오를 부르는 목소리가 들렸다. 언제 왔는지 미나미노 선생님이 바로 옆에 서 있었다. 하나카와 사호가 멋쩍게 입을 다물었다.

“네.”

미오는 지극히 태연하게 대답했다. 미나미노 선생님이 말했다.

“미안한데, 시라이시 좀 부탁하마. 시간 되면 방과 후에 애들이랑 학교 안내를 해줄 수 있겠니? 실은 미야이한테 부탁하고 싶은데 오늘 학교에 안 나왔거든.”

미야이는 부반장 남학생이다. 미나미노 선생님의 말에 하나카와 사호가 의미심장하게 눈짓했지만 못 본 척했다.

“알겠습니다.”

“잘됐다. 어떤 동아리와 행사가 있는지는 선생님이 대충 알려 줬으니까 장소만 안내해 주면 돼.”

“네.”

담임 선생님이 자리를 뜨자 하나카와 사호가 히죽히죽 웃었다. 미오에게 "역시 반장님이야" 하고 작은 소리로 속삭였다. 사호가 "상냥하게 대해 주면 더 좋아하게 될지도 몰라"라며 놀렸다.

"말도 안 되는 소리 마. 자자, 빨리 안 먹으면 화장실 갈 시간도 안 남는다?"

어이없다는 듯 웃으며 주의를 줬다. 하나카가 "미오는 완전 모범생이라니까"라며 웃었고 사호는 아직도 "미오는 인기쟁이니까" 같은 소리를 했다. 두 사람도 진심으로 하는 말은 아니라고 생각해서 한 귀로 듣고 한 귀로 흘렸다. 그러다 문득 고개를 들었을 때 당황했다.

시라이시 가나메가 미오를 바라보고 있었다.

혼자서만 다른 차이나칼라 교복 차림의 남자가 주위에서 불쑥불쑥 나타나 미오의 눈에 띄었다. 또 눈이 마주칠 것 같아 재빨리 시선을 내리깔았다. 시라이시가 자신을 바라보는 것을 눈치채지 못한 척했다.

"아아, 오후 수업 재미없어. 집 가고 싶다."

"아, 진짜 우리 엄마! 내가 도시락에 방울토마토 넣지 말라고 했는데."

이제 다른 화제에 정신이 팔린 하나카와 사호는 시라이시의 시선도 미오의 모습도 눈치채지 못한 듯했다. 미오도 평정

심을 가장해 되도록 어색해 보이지 않도록 엄마가 싸준 도시락으로 시선을 돌렸다.

여전히 시라이시가 미오를 쳐다보는 기색이 느껴졌다. 시선을 들었더니 눈이 마주친 듯했다. 그런 생각이 들자 고개를 제대로 들 수 없었다. 시야 구석에 잡힌 짙은 남색 차이나칼라가 아까부터 조금도 움직이지 않았다.

심장 소리가 점점 커졌다. 무섭다기보다 거북해서. 조금 전까지 자신들이 나누던 대화가 전학생에게 들렸을지 모른다. 미나미노 선생님도 시라이시가 같은 교실에 있는데 이렇게 당사자가 있는 자리에서 미오에게 부탁하는 것은 아니지 않나.

그런데 문득……, 의문이 들었다.

오늘은 전학 첫날이다. 우리 반 남자아이들은 대부분 다소 장난기는 있지만 기본적으로는 성실하고 마음씨가 좋다. 그런데 전학 첫날인 시라이시를 아무도 챙기지 않은 것일까. 도시락을 혼자 먹었을까.

시야에 비치는 차이나칼라는 혼자였다. 다른 누군가와 함께 있는 기색도 없었고 미오의 시야에서 위치도 바꾸지 않았다.

시라이시 가나메가 왜 점심시간에 홀로 있었는지는 나중에 알았다.

학교가 끝나기 전에 친한 남자아이에게 이야기를 들었는

데, 당연히 반 남자아이 몇 명이 시라이시에게 말을 걸었다고 한다.

"밥 같이 먹을래?"

시라이시의 대답은 이러했다.

"응?"

마치 모르는 언어를 들은 사람처럼 고개를 갸우뚱한 뒤 반 아이들 모두가 가지고 온 도시락통이나 편의점에서 사 온 빵 등을 보고 나서야 느릿한 몸짓으로 "아아……" 하고 깊게 숨을 내쉬었다. 그리고 "안 가져왔어"라고 대답했다.

설마 오늘은 반나절만 등교할 생각이었을까. 아니면 전에 다니던 학교에서는 급식을 먹었을까. 중학교까지라면 몰라도 이 근방에서 급식을 제공하는 고등학교는 들어본 적이 없지만 다른 지역에는 있을지도 모른다. 아이들 몇몇이 그렇게 생각해 물었더니 시라이시는 어떤 질문에도 "아닌데"라고만 대답했다. 조금 귀찮다는 듯.

심성 고운 남자아이들도 역시 그 모습을 보고는 기가 꺾였다. 더는 권하지 않고 빵을 살 수 있는 곳 등을 알려 줬지만 시라이시는 건성으로 대답하듯 턱을 살짝 당겨 끄덕였을 뿐 사러 가는 시늉도 하지 않았다. 그대로 홀로 교실 자신의 자리에 덩그러니 남아 있었다고 한다.

그런 이야기를 들은 뒤였기에 미오는 지금 당혹스러운 기분으로 시라이시 옆에서 걷고 있었다. 미나미노 선생님이 시라이시에게 말을 걸었던 남자아이들에게 학교 안내를 부탁했지만 거절당하고 말았다. 점심시간에 있었던 그 일이 영향을 끼쳤을지도 모른다. 오늘은 하나카와 사호도 저마다 동아리에 중요한 회의가 있거나 남자 친구와 선약이 있어서 아무도 함께해 주지 않았다. “미안, 미오”, “화이팅”이라고 사과하는 그들의 입가에는 또다시 놀리는 듯한 웃음이 걸려 있었다. 그래서 미오는 찝찝한 기분으로 과묵한 전학생에게 홀로 학교를 안내했다.

그런데……, 시라이시 가나메는 생각보다 더 과묵했다.

“시라이시. 학교 안내해 줄게. 미나미노 선생님께 들었지?”

미오가 방과 후 시라이시의 자리에서 말을 걸었을 때부터 그랬는데, 고개를 살짝 들어 미오를 흘긋 본 뒤 말없이 고개를 끄덕였다. 좋다느니 싫다느니 목소리조차 내지 않았다. 미오는 김이 새는 기분으로 자신의 이름을 밝히며 반장이라고 소개했지만 이번에도 마찬가지로 움직였는지 움직이지 않았는지조차 분명하지 않을 정도로 미약하게 고개를 끄덕일 뿐이었다.

오늘 두 번이나 미오를 쳐다보고 있다고 느낀 일이 거짓말인 것처럼 시라이시는 막상 얼굴을 마주하자 미오와는 눈도 마주치지 않았다. 아무래도 매우 낯을 가리는 성향일지도 모른다.

"3층에는 음악실이나 미술실 같은 특별교실이 모여 있어. 그러니까 교실을 이동할 때는 보통 3층으로 갈 때가 많아."

걸으며 설명했지만 전학생의 표정은 거의 변하지 않았다. 처음에 보여 줬던 끄덕임조차 착각이었는지 헷갈릴 정도였다.

"배 안 고파?"

조금이라도 반응을 끌어내고 싶어서 웃는 얼굴로 물었다. 조금이지만 시라이시가 미오 쪽으로 고개를 돌린 듯한 기분이 들었다.

"남자애들한테 들었어. 도시락 안 싸왔다며? 아무것도 안 먹었는데 괜찮을지, 다들 걱정했어."

뒤에 한 이야기는 적당히 지어낸 말이었다. 실제로 남자아이들은 다들 어이없어하거나 기분 나쁘다고만 했다. 미오가 표정을 살피자 시라이시가 고개를 끄덕였다. 미미하게.

"전에 다니던 학교에서는 도시락 먹었어?"

드디어 반응다운 반응을 본 미오가 물었다. 그러나 이번에는 다시 반응이 없었다. 고개를 돌리고는 아무 말도 하지 않았다. 미오의 말만 어정쩡하게 허공을 떠돌았다.

뺨이 실룩거렸다.

방금은 누가 봤더라면 분명 자신이 무시당한 듯 보였을 것이다.

"그럼 다음으로 음악실을 보여 줄게. 복도 끝이야."

민망했지만 그래도 마음을 고쳐먹고 간신히 말하며 다시 걷기 시작했다. 시라이시가 아무 말 없이 따라왔다.

미오를 따라오기는 하지만 너무 반응이 없어서 바보 취급 당하는 것 같았다.

교실마다 동아리 활동이 시작되는 듯했다.

음악실에서 브라스 밴드의 파트 연습 소리가 들렸다. 미오는 육상부다. 오늘은 늦게 간다고 전해 달라고 같은 부원에게 부탁했는데 땡땡이친다고 선배들이 오해하지 않았으면 좋겠다는 생각에 아주 조금 신경이 쓰였다.

미오는 모범생이라는 말을 자주 듣는다.

스스로도 그런 것 같다고 생각한다. 절대 칭찬이라고 생각하지는 않지만.

깨닫고 보니 어릴 적부터 남을 잘 챙겼다. 동생을 둔 영향도 조금 있을지 모르지만 초등학교 저학년 때 이미 선생님과 어른들에게 '똑 부러진 아이'라는 말을 많이 들었다. 학급이나 활동 조, 동아리에서 친구들과 어울리지 못하는 아이가 있으면 마음이 쓰여서 먼저 말을 걸었고, 감기로 며칠이나 학교에 나오지 못하던 아이가 오랜만에 등교해 서먹해하면 딱히 친하지는 않아도 먼저 다가가 말을 걸었다.

그러자 선생님과 어른들은 이렇게 말했다.

"역시 미오야."

칭찬받으면 뿌듯했지만 딱히 칭찬받으려고 하는 행동은 아니었다.

착한 척하는 것이 아니라 그저 그렇게 해야 한다고 생각할 뿐이다. 사실 착한 척한다는 험담은 그동안 귀에 딱지가 앉을 정도로 들었다. 사이가 좋지 않은 아이한테 들은 적도 있고 함께 어울리는 아이들한테 듣기도 했다. 그러니까 "모범생이라니까"라는 하나카의 말도 결코 칭찬이 아니다. 그 목소리 뒤에 "잘도 그런다니까"라는 또 다른 목소리가 오버랩되어 들리기도 했다.

그렇지만 마음이 쓰여 내버려 둘 수 없었다. 몸이 먼저 움직이고 만다. 혼자면 외롭겠지, 설령 본인은 외롭지 않다고 생각해도 다른 사람들에게 친구가 없는 사람처럼 보인다면 심란하지 않을까, 하고.

학교라는 곳은 기이한 장소다. 초등학교, 중학교, 고등학교. 몇 학년이 되든 어느 반에 속하든 교실 안에는 뚜렷한 계급이 생긴다. 스쿨 카스트*라는 단어가 있다는 말을 들었을 때는 역시 그렇구나, 하고 무심코 공감하고 말았다. 반에 존재하는 상위 그룹과 하위 그룹. 위나 아래라는 표현을 좋아하지 않는다.

* 학생들의 인기도에 따라 생겨난, 교실 내에 암묵적으로 존재하는 학생 사이의 계급을 의미하는 일본의 조어.

저마다 관심 대상이 다를 뿐이지 어느 쪽이 더 뛰어난 것은 아니라고 생각한다. 그렇지만 깨닫고 만다. 적극적인 부류와 소극적인 부류. 화려한 부류와 수수한 부류. 시끄러운가, 조용한가.

확실히 상위 계급이 적극적이거나 화려하고 시끄러운 경향이 있기에 발언권이 강하다. 하지만 바꿔 말하면 그것은 무신경하기 때문이라고도 생각한다. 무신경한 부류가 마음이 약한 부류보다 '위'라고 불린다는 점이 석연치 않았다.

중학교 시절 얌전한 무리에 속한 아이와 대화를 나눴을 때, 미오는 저쪽 그룹이지만 착하다는 말을 들은 적이 있다.

그 의미를 금방 이해하지 못한 채 어리둥절해하니 그 아이가 설명했다.

"가끔 그런 애들도 있어. 그룹 상관하지 않고, 위니 아래니 따지지 않고 딱 중간에서 어느 그룹과도 어울릴 수 있는 아이들 말이야."

스스로를 태연하게 '하위 계급'이라고 하는 아이의 말에 가슴이 아팠지만……, 한편으로는 확실히 그럴지도 모른다. '상위 계급' 아이들은 '하위 계급' 아이들에게 거리낌 없이 말을 걸지만 '하위 계급' 아이들이 '상위 계급' 아이들에게 말을 거는 일은 거의 없었다. 꺼렸다.

자신이 서 있는 위치를 정중앙이라고 부르는 이유가 묘하게 납득이 갔다. 실제로 친해진 아이들도 그런 부류가 많을지 모른다. 예컨대 지금 사이좋게 지내는 하나카와 사호도 그렇다. 교칙이 엄하고 학생들이 성실한 진학률 높은 학교에서도 이상하게도 화장을 하거나 멋을 부리는 데 열을 올리는 부류나 놀기 좋아하는 불량한 부류도 나름 생긴다. 다른 학교 학생들과 자주 미팅하는 '상위 계급' 아이들. 하나카와 사호는 운동부고 사호는 남자 친구가 있어서, 그런 점들이 정말로 수수한 부류에 속하는 아이들의 눈에는 조금 화려해 보일지도 모른다. 하지만 두 아이 모두 착하고 장난기는 있지만 무신경한 부류는 아니다.

배려심이 있다.

그리고 주변의 그런 아이들과 비교했을 때 미오 스스로도 배려심이 있는 편이라고 생각했다. 조금 전 시라이시에게 했던 행동처럼 늘 누구에게나 마음을 쓰고 만다.

모범생이라고 불리지만 사실은 안다.

나는 마음이 약하다.

학급 위원이나 반장. 옛날부터 반에서 리더 역할을 자주 맡고는 했다. 딱히 맡고 싶어 하지도 않았고, 스스로도 권력을 갖고 싶어 하거나 튀고 싶어 하는 성격도 아니라고 생각한다. 그러나 왠인지 그러는 편이 좋을 것 같아서 학급 위원이나 반장 선거에 입후보하게 되는 일이 많았다.

지금 2학년 3반에서도 그랬다. 반장 후보로 지원하지는 않았는데 추천을 받아 맡게 됐다. 1학년 때도 했었다는 이유로.

그러니 반장으로서 전학생에게 학교를 안내하는 것도 당연했다.

마음을 쓴다고 해서 언제나 보상이 따라오지는 않았다. 오히려 상대가 그런 배려를 눈치채지 못하고 조금도 어울려 주지 않는 경우가 훨씬 많았다.

시라이시와 둘이 3층 긴 복도를 걸으면서 미오는 속으로 한숨을 쉬었다. 이런 모습을 다른 사람이 보면 어떻게 생각할까. 아는 사람이라도 마주치면 당당하게 전학생에게 학교를 안내하는 중이라고 설명해야지. 자신의 발끝을 바라보며 시라이시에게 말했다.

"음악실은 평소 방과 후에 브라스 밴드 애들이 써. 전에 다니던 학교에서 무슨 동아리였어?"

또 아무런 반응이 없을지도 모른다는 각오로 물었는데 아니나 다를까 시라이시는 침묵했다. 이렇게 된 이상 자포자기하는 심정으로 계속 질문했다.

"키가 큰데 운동했어? 운동신경 좋아 보여."

사실은 그런 생각은 조금도 하지 않았지만 상대를 칭찬하듯 말하는 것도 평소 버릇이었다. 이번에도 별다른 반응은 없겠지, 생각하는데 갑자기 소리가 들렸다.

"미오."

깜짝 놀랐다. 옆에서 걷는 시라이시의 목소리라는 사실을 바로 알아차리지 못했다. 시라이시의 목소리를 거의 처음 들었다. 고개를 들자 이번에는 지근거리에서 눈이 똑바로 마주쳤다.

왜? 라고 대답하려고 했다. 웃어 보이려고 했다.

그러나 그 미소가 다음 말에 얼어붙었다. 시라이시가 말했다.

"오늘 집에 가도 돼?"

그 얼굴이…… 입술이 웃었다. 좌우로 천천히 입꼬리가 올라갔고, 입술 사이로 치열이 그다지 고르지 않은, 심지어 몇 개는 톱니처럼 마구 날카롭고 뾰족뾰족한 이가 보였다. 아주, 아주 흉악해 보이는 미소였다.

도망치듯 동아리실로 뛰어 들어가서야 겨우 숨을 쉴 수 있었다.

전학생과 어떻게 헤어졌는지 기억나지 않았다.

목에서 소리가 나오지 않았다. 뭘 잘못 들은 것은 아닐까, 농담 아니었을까, 얼굴을 다시 쳐다보고 얼버무리듯 웃으려고 했는데, 상대와 자신이 그런 농담을 주고받을 만한 관계가 아니라는 사실을 깨닫고는…… 웃음이 나오지 않았다.

응? 하고 중얼거리고는 상대가 무슨 말이라도 하기를 기다렸다. 방금 자신이 잘못 들었다는 것을 확인하고 싶었다.

그러나 전학생은 아무 말도 하지 않았다. 얼굴에 갖다 붙인 듯한 미소를 지으며 미오를 바라볼 뿐이었다. 다음으로 든 생각은…… '도망가야 해'였다.

이 아이는 위험하다.

두어 마디, 그래도 뭐라고 대답은 했을 터다. 배려가 아니라 본능으로. 노골적으로 거절하면 아마 큰일 날 것이다. 미안, 이제 가 봐야겠어. 아마 그런 식으로 말한 듯하다.

심장이 쿵쾅쿵쾅 뛰었다. 안심할 수 있는 곳에 와서야 얼마나 간이 오그라들었는지 분명히 깨달았다. 그러고 나서야 새삼 뒤늦게 깨달았다. 무서웠다는 것을.

한심하다는 생각이 복받쳐 올랐다.

점심시간에 하나카와 사호가 했던 말이 떠올랐다.

—미오는 인기쟁이니까.

—스토커, 음침해 보여, 첫눈에 반했어. 상냥하게 대해 주면 더 좋아하게 될 거야…….

속상하지만 옛날부터 짐작 가는 바가 없는 것도 아니었다. 전혀 타입이 아닌 남자, 그러니까 반에서 겉돌거나 인기가 없을 법한 아이에게 마음을 써서 아무렇지 않은 말투로 말을 걸었더니 그 뒤로 상대가 호의를 품고 만다.

그래서 미오는 인기쟁이라는 사호의 말뜻을 이해한다. 하지만 결코 칭찬이 아니다. 진력이 난 것이다. 그런 남자들에게 친절을 베푸는 미오에게.

그리고 인기쟁이라는 말이 칭찬이 아니라고 생각하면서도 기분 나빠하지 않았던 자기 자신이 더욱 한심했다. 이런 꼴을 당하고 나서 늘 후회한다. 또 오지랖 넓게 저지르고 말았구나, 하고.

시라이시 가나메는 정상이 아니다. 갑자기 그런 말을 하다니 제정신이 아니다.

하지만 그런 정상이 아닌 상대가 기회를 파고들 틈을 만들어 주고 만 사람은 자신이었다.

학교 안내 따위 다른 날로 미룰 것을. 전부 남자 부반장에게 맡겼으면 됐을 텐데, 순간 이렇게 생각했던 것은 아닐까. 겉도는 전학생을 챙기는 자신을 상대가 '상냥하다'고 생각했으면 좋겠다고.

연애 감정을 품길 바란 것은 아니다. 그런 감정과는 다르다. 그러나 미오는 언제나 그랬다. 항상 이렇게 되고 말았다.

"어라, 미오?"

목소리를 듣고 깜짝 놀라 허리를 곧추세웠다.

혼자인 줄 알았는데 동아리실 구석에서 사람이 벌떡 일어났다. 육상부는 남녀 모두 탈의실이 있는데, 이곳은 회의 등을 할 때 사용하는 남녀공용 동아리실이었다. 이 시간에는 다들 운동장에 있으리라 생각했는데, 미오는 방금 일어난 인물의 얼굴을 보고 안도의 한숨을 내쉬었다.

"간바라 선배……."

"아, 잘 잤다. 미안, 어제 잠을 못 자서. 연습 가기 전에 5분만 눈을 붙인다고 부장한테 말했는데, 설마 나 빼놓고 간 거야?"

나른한 목소리로 말하고는 양팔을 크게 움직이며 기지개를 켰다.

간바라 잇타는 육상부 한 학년 선배다. 종목은 미오와 같은 멀리뛰기. 자주 함께 연습하기에 동아리 안에서도 특히 친한 선배였다. 간바라는 체육복 소매를 걷어 올리고 손목시계를 확인한 뒤 과장되게 한탄하는 척했다.

"헐, 나 이러다가 땡땡이 처리되겠어. 다가와한테 혼나겠어."

육상부 고문 교사 이름을 아무렇지 않게 불렀다. 그 명랑한 말투에 위로받는 느낌이 들었다.

"왜 그래?"

간바라가 불쑥 물었다.

"네?"

무심코 대답한 미오의 얼굴을 그가 유심히 살폈다.

"모범생 미오가 이렇게 지각하다니 드문 일이니까. 문제아인 나라면 몰라도."

"그게 무슨……."

모범생이라고 치켜세우는 말을 부정하려고 했지만 가슴이 턱 막혔다. 왠지 눈물이 날 것 같았다. 아까 전학생과 나눈 대화가 떠올랐다.

그러자 간바라의 눈빛이 달라졌다. 잠이 덜 깬 듯 나른했던 기색이 사라진 진지한 얼굴로 미오를 바라봤다.

"진짜 무슨 일 있어?"

키가 큰 편은 아니지만 번듯하게 생긴 간바라가 정면에서 바라보니 이런 상황에서도 이 사람 정말로 예쁘게 생겼구나, 라는 생각이 들었다. 또렷하게 쌍꺼풀진 눈. 햇볕에 그을렸지만 피부도 깨끗하고 여드름도 하나 없다. 미오를 바라보는 구김살 없는 맑은 눈을 눈치채고는 입을 열었다.

오늘 온 전학생 이야기를.

두 번 느꼈던 시선과 느닷없이 "집에 가도 돼?"라고 물었던 일.

다시 입에 올리자니 섬뜩한 한기가 등줄기를 타고 흘렀다. 이야기를 듣더니 선배의 눈빛이 한층 더 진지해졌다. 상체를 쑥 내밀며 중얼거렸다.

"큰일이네."

"……큰일이에요."

미오도 말했다. 다만 다른 사람에게 털어놓을 수 있다는 점에 절박했던 마음이 조금 사그라들고 입가에 미세한 미소가 떠올랐다. 정말 심란하지만 왜인지 모르게 웃음이 났다.

"나도 뭔가 오해를 살 만한 일을 했을지 모르지만……."

깨닫고 보니 그렇게 덧붙이고 있었다.

위험하다고 느꼈기 때문이다.

전학생 시라이시 가나메가 위험하다는 뜻이 아니다. 그도 위험하기는 하지만 자신의 생각이 이대로 흘러가는 것도 위험했다. 다른 사람에게 이야기하는 사이에 이 일이 마치 '자랑거리' 같아진다. 인기가 많다고 자랑하는 것처럼 들린다. 스스로 그러한 마음이 전혀 없다고 잘라 말할 수 없는 만큼 찜찜해졌다.

그런데 간바라가 단호하게 고개를 저었다.

"넌 잘못한 거 없어."

그 명쾌한 말투에 매우 기뻤다.

"그 녀석을 어떻게 하면 좋을까."

간바라가 지극히 산뜻한 목소리로 중얼거렸다. 동아리실 책상 위에 불량하게 책상다리로 고쳐 앉았다.

"머리가 좀 이상한가 싶은 생각밖에 안 드는데. 정상적인 커뮤니케이션이 안 된다고나 할까."

"……그렇게 생각해도 이상하지 않죠?"

"그래. 오히려 그렇게 생각하지 않는 게 이상하지."

제삼자가 단언하니 안심이 됐다. 간바라 선배가 말했다.

"만약 널 좋아한다고 해도 갑자기 그러는 건 아니지."

"좋아한다느니, 그런 문제일까요?"

"좋아하긴 좋아하겠지? 이해해, 미오 너 괜찮거든. 착하고 예쁘고."

어……, 이번에는 시라이시 가나메 때와는 다른 이유로 순간 목소리가 나오지 않았다. 남자에게 이런 식으로 대놓고 '예쁘다'는 말을 들은 적은 태어나서 처음이었다.

게다가 선배에게.

동경하는 간바라 선배에게.

"아무튼 말이야."

말 한마디로 미오를 뒤흔들었다는 사실을 눈치챘는지 눈치채지 못했는지……. 선배가 담백하게 말하며 자리에서 일어났다.

"앞으로 또 무슨 일이 생길 것 같으면 언제든지 말해. 그리고 반 친구들하고도 의논해서 되도록 혼자 있지 말고."

"알겠어요……."

아직도 떨리는 마음을 진정시키듯 미오가 고개를 끄덕이자 간바라가 말했다.

"걱정되잖아."

큰 의미는 없을지도 모르지만 그 말에 다시 가슴이 쿵 내려앉았다.

◆

다음 날 등굣길은 마음이 무거웠다.

전학생과 같은 교실에 있을 생각을 하니 솔직히 힘들었다.

동아리 아침 훈련을 끝내고 교실에 갔더니 일단 시라이시 가나메는 아직 학교에 오지 않았다.

"안녕!"

미오보다 조금 늦게 발레부 아침 연습을 마치고 온 하나카에게 어제 있었던 일을 당장 이야기하고 싶었지만 사호가 아직 오지 않았다. 전학생의 이상한 언행에 대한 이야기도 그렇지만……, 간바라 선배와 주고받은 대화에 대해서도 말하고 싶었다.

사실, 작년에 선배와 처음 만난 날부터 미오는 친한 친구들에게 간바라 선배 이야기를 자주 했다. 계속 신경 쓰고 있다고 말해도 좋았다.

언제나 아슬아슬하게 지각을 면하는 사호는 오늘도 잠이 가득한 나른한 눈으로 수업 시작 종소리와 함께 교실로 들어왔고, 결국 아침에는 두 사람과 대화를 나눌 시간이 없었다.

시라이시 가나메 자리는 비어 있었다.

순간 오늘은 결석할지도 모른다며 내심 기대했지만 종소리가 완전히 다 울리자 시라이시가 뒤에 나타났다.

새 교복을 아직 준비하지 못한 듯했다. 오늘도 짙은 남색 차이나칼라. 지각이라고 특별히 서두르는 기색도 없이 느긋하게, 그리고 조금 비실거리는 걸음으로 교실에 들어왔다. 말없이 자리에 앉았다.

"시라이시, 안녕."

주변 자리에 앉은 아이들이 인사했지만 대답 소리는 들리지 않았다. 가벼운 목례 정도는 했을지 모르지만 적어도 미오는 아무 소리도 듣지 못했다.

키가 큰 탓인지 걸을 때 조금 흐느적거리는 모습이 좀비 같았다. 어제 점심에 아무것도 먹지 않은 점도 그 모습을 방증하는 것 같아서 새삼 기분이 나빴다.

좋지 않다고 생각했다.

어제 한 번 있었던 일로 그전까지 아무렇지 않게 생각했던 체형이나 걸음걸이까지 전부 거부감이 느껴졌다. 시라이시 가나메의 자리를 확인하고 싶은 충동을 억누르며 미오는 태연하게 앞을 쳐다봤다. 미오 쪽을 바라보는 시라이시의 시선을 느꼈지만 애써 기분 탓으로 돌리며 무시했다.

하나카와 사호와 이야기할 수 있는 점심시간이 될 때까지 자신을 지켜보는 듯한 느낌은 오전 내내 계속됐다.

시선에도 물리적인 압력이 있을까. 시라이시가 있는 오른쪽 목덜미가 쥐가 난 듯 아팠다. 온몸이 긴장됐다.

점심시간이 되자 어느새 시라이시 가나메는 어디론가 사라졌다. 오늘도 도시락은 먹지 않는 것일까.

지금은 없다.

정말로 확실히 없다.

미오는 몇 번이고 확인하고서 두 친구에게 털어놓았다.

"사실은……."

집에 가도 되냐는 말을 했다는 대목에서는 두 사람 모두 말문이 막힌 모습이었다. 그전까지만 해도 놀리듯 웃으며 "뭐야, 좋아한대?", "그러니까 내가 말했잖아"라고 떠들던 얼굴에서 순식간에 웃음기가 사라졌다.

하나카가 뒤돌아 시라이시가 자리에 없다는 사실을 확인한 뒤 미오를 봤다.

"큰일이잖아."

다들 판에 박힌 말을 했다. 하지만 미오도 완전히 공감했다. 그 말밖에 나오지 않았다.

하나카와 사호가 목소리를 낮췄다. 그때까지만 해도 주변을 신경 쓰지 않고 떠들었지만 이제는 이마를 맞대고 비밀 이야기를 나누는 듯한 느낌이 더 강해졌다.

"시라이시 말이야, 그러니까, 저기, 그냥 음침하기만 한 게 아니라는 말이지? 미친 거 아니야? 소름 끼쳐."

"응……."

미오도 넋이 나간 얼굴로 고개를 끄덕였다. 오늘 아침에도 시선을 느꼈다고 털어놓았더니 하나카와 사호가 눈살을 찌푸렸다.

"어제 괜찮았어? 집까지 따라간 건 아니지?"

"아마도. 그렇게까지는……. 그리고 동아리 선배한테 사정을 말했더니 집까지 바래다줬어."

얼마 전부터 셋이 있을 때 미오가 '선배'라고 지칭하면 이름을 말하지 않아도 간바라 선배를 가리키는 것이 당연해졌다. 그때까지 굳어 있던 하나카와 사호의 표정이 갑자기 밝아졌다.

"헐! 진짜?"

사호의 목소리가 커졌다.

"집까지? 와, 미오 장난 아니다. 어느 틈에."

"어쩌다 보니 그렇게 됐어. 동아리실에 갔더니 마침 그때 선배 혼자 있어서. 너무 무서워서 이야기했더니 엄청 걱정해 주더라고."

시라이시가 설마 집까지 따라오리라고는 생각하지 않았지만 동아리 활동을 끝낸 간바라가 당연하다는 듯 교문 근처에서 미오를 기다리고 있는 모습을 보고 정말로 감동받았다.

"엇, 괜찮아요. 이럴 필요 없는데."

미오는 감격스러우면서도 거절하려고 했지만 간바라는 귀찮다는 듯 얼굴을 찡그리며 미오의 손가방을 휙 들어 줬다.

"오늘 그런 이야기를 듣고서 혼자 돌려보낼 수 없잖아."

긴장과 기쁨으로 심장이 멎는 줄 알았다.

선배 같은 남자 친구가 있으면 좋겠다는 생각이 들었다.

"와아, 대박!!"

두 사람의 입에서 비명 같은 소리가 터져 나왔다. "꺄!"하고 자지러지는 소리에 한없이 가까웠다.

"잘됐다, 미오!"

사호가 몸을 들썩이며 흥분한 모습으로 미오의 어깨를 쓰다듬었다.

"너한테 별 관심 없었으면 아무리 후배라도 그렇게까지 친절하지 않았을 거야. 전학생 일은 좀 그렇지만, 이런 걸 뭐라 그러지? 소 뒷걸음질 치다 쥐잡기? 비 온 뒤에 땅이 굳는다? 아무튼 라이벌이 나타나니까 선배도 급해진 거 아닐까? 예전부터 미오를 마음에 두고 있었는지도 몰라!"

"아니야. 선배는 그냥 걱정됐을 뿐이야……."

간바라는 미오 외에 다른 후배들이나 동아리 부원들에게도 친절하다. 그런 일을 겪은 사람이 미오가 아니었다고 해도 그라면 똑같이 행동했을 터다. 그런 좋은 인성이 미오가 간바라에게 끌리는 이유 중 하나였다.

"시라이시가 폭주할 건 뭐 걱정되지만……. 그런데 진짜로 제대로 말을 나눈 적도 없는데 첫눈에 반한 거야?"

"여자랑 제대로 말해 본 적 없으니까 그런 거겠지. 조금만 상냥하게 대해 줘도 착각한다니까."

하나카와 사호가 소곤거렸다.

"그런데 말이야."

사호가 말을 이었다.

"그런데 좀 이해가 갈 것 같기도 해."

"응? 뭐가?"

"좋아하면 폭주하는 그 느낌."

뜻밖이었다. 사호는 시라이시 같은 부류를 가장 싫어하고 나쁘게 말할 줄 알았는데. 미오가 아무 말도 하지 않자 사호가 당황한 듯 "당연히 미오는 안됐지! 미오랑은 별개 이야기야"라고 덧붙였다.

"나는 말이야, 연애할 때 상대를 못 믿는 타입이라서. 문자를 안 보내도 되는 타이밍에도 불안해서 문자를 몇 번이나 보내거나 친구들을 귀찮게 하면서까지 일방적으로 주야장천 연애 상담을 하거든. 작년에도 전 남친 일로 너희를 귀찮게 했잖아."

미오와 하나카가 놀라서 사호를 쳐다봤다. 평소 연애를 쉬지 않는 타입으로 연애 이야기를 무척 좋아하는 사호. 이 아이가 그런 생각을 할 줄 몰랐다.

"……시라이시는 사호랑 달라."

미오가 이렇게 말하자마자 사호가 원래대로 익살맞은 미소를 지었다.

"그건 그렇지만. 지금은 냉정하게 판단할 수 있는 나조차도 연애 중에는 그렇게 변한다는 말이야."

"지금 사귀는 남친은 완전 괜찮은 사람 같던데."

"그럼. 사랑하니까!"

하나카의 말에 사호의 얼굴에 달콤한 미소가 떠올랐다. 그런데 바로 그때였다.

"미오."

자신을 부르는 소리에 뒤를 돌아봤다. 반 친구인 야나이가 서 있었다. 땋은 머리에 안경. 문예부에서 활동하는 성실한 여자아이로 미오 옆자리였다. 미오는 아직 한창 신이 나 있는 하나카와 사호를 내버려 두고 대답했다.

"야나이, 왜? 벌써 밥 다 먹었어?"

"아, 응. 문예부 애들이랑 동아리실에서 먹었어……, 그건 그렇고."

그때에야 비로소 야나이의 상태를 눈치챘다. 무슨 일이 있었는지 당황한 듯 보였다.

"방금 복도에서 시라이시가 말을 걸었는데."

이름이 튀어나오자 눈빛이 경직됐다. 야나이의 안경 너머 둥근 눈이 더욱 곤혹스럽고 혼란스러운 듯, 그리고 그것을 감추듯 천천히 깜박였다.

“시라이시가 말하더라고. ……자리 바꿔줄 수 있냐고. 저기, 미오 옆자리에 앉고 싶다고.”

거짓말처럼 소름이 확 돋았다. 순식간에 일어난 일이었다.

앞에 있던 하나카와 사호도 어느새 숨죽이고 입을 다문 채 눈을 부릅뜨고 지켜봤다. 야나이는 매우 당황한 눈치였다.

“농담 같았지만……. 미안, 일단 말해 두는 거야.”

허둥지둥 그 말만 남긴 채 도망치듯 교실을 빠져나갔다.

몹시 놀란 와중에 치밀어오른 감정은 분노였다.

왜? 어째서? 머릿속이 의문으로 가득 찼다. 그렇게 호감을 살 만한 일을 한 기억이 없다. 겨우 어제 처음 만난 사이고, 그런 관계도 아닌데 어째서일까?

“말도 안 돼.”

옆에서 듣고 있던 사호와 하나카도 입을 모아 말했다. 걱정스러운 듯 미오의 어깨에 손을 얹었다.

“미오, 괜찮아?”

“아무리 좋아해도 그건 아니지.”

‘좋아해도.’

사호의 목소리에 등골이 오싹했다. 좋아한다. 그 사람은 분명 그럴 수도 있다. 하지만 미오는 아니다.

그런데 감정을 강요하는 것은 폭력 아닌가.

"성희롱이잖아."

하나카가 말했다. 단어의 수위에 숨이 막혔다. 성희롱. 그럴지도 모른다고 멍하니 생각했지만 강렬한 위화감을 느꼈다.

"성희롱, 은 아니지 않아? 딱히 성별이 어떻고 한 이야기는 아니잖아……."

"그런가? 그래도 어떤 폭력이긴 한 것 같은데. 나는 잘 모르겠지만 폭력의 일종이라고 해도 될 정도라고 생각해. 그 거리감이 잘못됐어. 정도를 모른다는 느낌이야."

하나카가 말한 그 느낌이 확 와닿는 부분도 있었다. 무언가를 일방적으로 강요당하고, 또 강요하는 상대가 그 행위를 아무렇지 않게 생각하는 이 상황은 분명 정상적인 관계가 아니다.

"걔한테 직접 말하자."

하나카가 말했다. 미오가 울고 싶은 심정으로 고개를 들자 의연한 말투로 말을 이었다.

"전학생한테 말하자. 도대체 무슨 생각이냐고. 미오를 좋아하는지 몰라도 민폐라고."

"그건…… 좀……."

무의식중에 목소리가 튀어나왔다.

"왜?"

하나카가 한쪽 눈을 가늘게 뜨고 미오를 째려봤다.

"미오가 직접 말하는 게 부담스러우면 우리가 가서 말하고 올까?"

"고마워. 하지만……."

무엇보다 자극하고 싶지 않다는 마음이 강했다. 분명하게 말한다는 것은 상대해야 한다는 의미다. 그냥 무시하고 넘어갈 수 있다면 더할 나위 없지 않을까.

"괜히 걔가 무슨 짓을 할까 봐 무서워서."

"그 마음은 나도 알 것 같아."

사호가 씩씩대는 하나카를 달래듯 거들었다.

"상대해 주면 선을 넘을 것 같기도 하잖아. 무시하는 게 최선일지도 모른다는 말이지."

"뭐라고? 그렇게 가만히 있다가 점점 심해지는 게 더 싫지 않아? 소름 끼쳐."

"하나카, 조용히 좀, 제발."

사호가 하나카에게 고개를 기울이며 말했다. 사호의 시선이 교실 문을 향해 있다는 사실을 눈치챈 미오도 입을 다물었다.

시라이시가 교실로 돌아왔다. 오늘은 점심시간에 무얼 먹었을까. 혼자서 자리로 돌아갔다. 미오는 곧바로 시선을 돌렸다. 그 눈이 또 자신을 본다면 이번에는 비명을 지를지도 모른다.

사호와 하나카는 미오보다 오래 시라이시를 쳐다봤을 것이다. 그래도 아무 말도 하지 않는다는 것은 시라이시가 이쪽을 보지는 않았다는 뜻이겠지. 심장이 쿵쾅쿵쾅 뛰었다. 시라이시가 자신을 쳐다보지 않은 것은 다행이지만 몇 분 전에 야나이에게 그런 제안을 하고서 아무 일도 없는 듯 행동한다면 그것은 그것대로 바보 취급을 당하는 기분이 들었다.

"……야나이가 확실하게 거절했을까?"

"응?"

미오가 돌아보자 사호가 거북한 모습으로 말을 이었다.

"자리 바꿔 달라고 한 거. 그걸 너한테 전달은 했는데 시라이시한테는 어떻게 대답했을까? 분명 확실하게 거절했겠지?"

그 말을 듣고 나서야 야나이가 그 점에 대해서는 말하지 않았다는 것이 떠올랐다.

"……야나이한테 확인 좀 해 볼게."

괜찮아. 괜찮을 거야. 생각만으로도 마음이 술렁거렸다.

입맛이 사라져서 남은 도시락을 마저 먹고 싶지 않았다. 먹다 만 도시락을 허둥지둥 정리한 뒤 야나이를 찾아 복도로 나갔다.

◆

"오늘은 그 녀석이랑 별일 없었어?"

방과 후 동아리. 멀리뛰기 연습 전에 모래를 고르는데 뒤에서 목소리가 들려왔다. 미오는 홀로 있고 싶은 마음에 입을 다문 채 시선을 내리깔고 고무래를 움직이고 있었다.

뒤돌아 운동복 차림의 간바라를 보자마자 마음이 놓였다. 운동장에 오른발과 왼발 운동화 끝을 탁탁 붙이고는 한 팔을 돌리며 가볍게 준비운동을 하는 선배가 평소처럼 그곳에 있다는 사실만으로도 왜인지 마음이 매우 든든했다.

"간바라 선배……."

"어제 바래다주고 보니 걱정돼서."

간바라의 말에 1학년 후배들과 이야기하던 3학년 여자 선배들이 이쪽을 흘끗 쳐다보는 것이 느껴졌다. 단정한 얼굴에 공부도 잘하고 운동신경도 좋은 간바라는 같은 학년 여학생들에게도 인기가 많다. 모두가 간바라를 좋아한다는 것은 동아리 활동을 하면서도 잘 알 수 있다.

미오는 당황해서 고개를 저었다.

"……괜찮아요. 어제는 고마웠어요."

"무슨 일 생기면 언제든지 말해. 어쨌든 내가 선배니까 걔도 날 보면 꼬리를 내리겠지."

한마디 한마디가 감미로운 유혹의 소리로 들렸다. 오늘 벌어졌던 일도 전부 이야기하고 싶었지만 3학년 다른 선배들이 이쪽에 신경을 곤두세우고 있었다.

괜찮다는 말만 되뇌었다.

그 후에 야나이에게 확인하니 자리를 바꿔 달라는 제안은 분명하게 거절했다고 한다. 다만 "자리는 자기 혼자 바꾸고 싶다고 바꿀 수 있는 건 아니니까……"라는 원론적인 대답으로 거절하면서 시라이시의 평범하지 않은 사고방식과 이상한 행동을 탓하지는 않았다. 적절한 대처일 수 있으나 미오는 조금 절망했다.

아무도 시라이시에게 대놓고 이상하다고 나무라지 않는다. 미오 자신도 엮이고 싶지 않다며 하나카와 사호에게 아무 말 말라고 부탁까지 했다.

"그래? 그렇다면 다행이고."

간바라 선배가 여전히 조금 걱정스러운 듯 말했다. 그 표정에 그만 자신도 모르게 호의를 받아들이고 싶어졌지만 참았다.

동아리 활동이 끝난 뒤 탈의실에서 3학년 선배들이 미오의 뒤에서 속닥거리는 소리가 들렸다.

"……바래다줬다고 하던데?"

그 소리를 듣고는 허겁지겁 옷을 갈아입고 신경 쓰지 않는 척 "먼저 가보겠습니다" 하고 탈의실을 나왔다. 선배들의 따가운 시선을 느꼈지만 그대로 나왔다.

그런데…….

"아, 다행이다. 미오, 아직 안 갔구나."

복도 끝에서 간바라가 벽에 등을 기댄 채 서 있었다. 선배를 부를까 말까 고민하는 사이에 간바라가 휴대폰을 꺼내며 말했다.

"LINE 친구 추가 하자."

친구 추가용 QR 코드를 불러와서 미오에게 내밀었다.

"아, 네."

미오도 휴대폰을 꺼냈다. QR 코드를 교환하려고 서로 휴대폰 화면을 들여다보다 보니 얼굴이 매우 가까워졌다.

심장이 쿵 울렸다.

"무슨 일 있으면 연락해. 그럼."

짧은 말만 남기고 돌아섰다.

"고마워요!"

미오의 목소리에 선배가 잠깐 돌아봤다. 그리고 웃었다.

"미오, 숏컷 잘 어울릴 것 같아."

"네?"

"목소리도 그렇고, 인사할 때도 활기차고."

아무렇지 않은 듯 툭 던진 말에 구름 위를 걷는 듯 발걸음이 가벼워졌다. 뺨이 달아올랐다. 선배가 다시 앞을 돌아봤다.

"가, 감사합니다……!"

이번에는 기뻐서 목이 조금 멘 미오에게 선배는 뒤돌아서서 손만 흔들고는 곧바로 걸어갔다.

선배와 LINE 친구가 되다니 꿈만 같았다. 손에 든 휴대폰을 움켜쥐고 생각했다.

여자 선배들이 보지 않아서 정말로 다행이었다.

학교에서 버스를 타고 일곱 번째 정류장에서 내린다.

정류장에서 걸어서 10분 정도 가면 나오는, 뒤에 대나무 숲이 있는 이층집이 미오의 집이다. 원래는 친가로 할아버지 할머니와 함께 살았지만, 지금은 할아버지가 돌아가셔서 할머니, 부모님, 미오, 남동생, 이렇게 다섯 식구가 살고 있다.

미쓰미네 고등학교는 집에서 버스 한 번이면 갈 수 있어서 접근성이 좋다는 이유로 선택했지만 거리로 따지면 결코 가깝지 않았다. 이 동네에서 미쓰미네 고등학교에 다니는 학생도 미오 혼자여서 평소에는 같은 학교 학생조차 거의 찾아볼 수 없다.

동아리 활동이 끝난 시간, 가을날 해 질 녘에 달이 어렴풋이 고개를 내밀었다. 여름이 끝나고 가을이 시작되는, 조금은 쓸쓸한 이 계절을 미오는 좋아한다. 요즘은 신축 아파트도 제법 들어섰지만 그래도 아직은 밭이 남아 있는 이 동네의 한적한 풍경을 보면 학교에서 보낸 시간을 초기화할 수 있는 기분이 들었다. 어린 시절부터 익숙한 이 풍경.

그렇기에 얼마 전 간바라 선배와 이 길을 걸었을 때 가슴이 두근거렸다. 버스 정류장까지만 바래다줘도 괜찮다며 사양하는데도 선배는 "왜?"라고 물었다. "집까지 안 바래다주면 의미가 없잖아"라고도 했다.

나고 자란 익숙한 풍경 속에 자신이 좋아하는 사람이 들어왔다. 옆에서 나란히 걸었다.

좋아하는 사람이라고 표현하고 나니 어제부터 자신의 마음을 확실히 깨달았다. 선배와 나란히 걷는 모습을 누가 봤으면 좋겠다고 무심코 기대했다. 이웃 아주머니들 눈에 남자 친구 같아 보이리라 생각하니 자랑하고 싶은 간지러운 기분이 들었다. 가족들이 보는 것은 아직 쑥스럽고 특히 아버지가 보면 어떤 표정을 지어야 할지 모르겠지만 동생 시즈쿠라면……. 시즈쿠가 누나 남자 친구냐고 물으면 아무한테도 말하지 말라고 대답하고……. 상상하자 마구 달리고 싶어질 정도로 부끄러운 동시에 마음이 들떴다.

사호, 하나카, 미오. 늘 붙어 다니는 멤버.

사호는 연애를 쉬지 않는 아이고 하나카도 중학생 시절 남자 친구를 사귄 적이 있다고 했다. 미오만 아직 연애 경험이 없다. 그래서 모른다. 연애란 이런 식으로 시작되는 것인지.

예쁘다는 말을 들었다. 바래다줬다. LINE에 친구 추가했다. 선배와의 거리가 점점 가까워진다는 실감이 났다. 연애 게임으로 비유하면 지금은 그린라이트 상태일까. 그런 것을 기대해도 좋은 단계일까.

저녁과 밤이 뒤섞인 듯 엷은 어둠이 깔린 하늘에 뜬 달을 바라보며 상상을 부풀리다 보니 어느새 대문 앞에 도착했다. 그런데 대나무 숲 뒤편에서 누군가가 나왔다. 키가 큰 남학생처럼 보였다.

생각하고 나서 깨달았다.

남학생.

일단 이 동네에서 같은 학교 학생은 볼 수 없다.

땅거미 속에서 점점 다가오는 그는 교복 차림이었다. 눈에 익은 차이나칼라 교복. 우리 반에서 혼자만 다른 교복.

전학생, 시라이시 가나메였다.

"아."

시라이시가 미오를 발견했다. 그 짧은 목소리가 왜인지 미오에게는 "아차" 하는 탄식으로 들렸다.

학교에서 그토록 피해 온 시라이시가 자신의 집 뒤에서 나왔다.

다음에 무슨 일이 생기면 비명을 질러 버리겠다는 생각이 확고했는데 이상하게도 비명은 나오지 않았다. 그저 눈을 부릅뜨고 입을 반쯤 벌렸을 뿐이었다. 무슨 말이라도 하고 싶었다. 말해야 하는데 말이 나오지 않는다. 뜻밖의 엄청난 상황에 목소리가 나오지 않았다.

시라이시는 표정 하나 변하지 않았다.

무슨 말이라도 했으면 좋겠는데, 그는 아무 말도 하지 않았다. 어색한 듯 시선을 피하거나 초조해하지도 않았다. 감정이 없는 듯했다.

"……뭐, 해?"

목소리가 떨렸다. 결국 미오가 먼저 물어볼 수밖에 없었다.

"여기서, 뭐 해?"

여기 우리 집인데.

그렇게 말을 잇고 싶지만 꾹 참았다. 상대에게 자신의 정보를 무엇 하나 넘겨주어서는 안 된다고 본능이 경종을 울렸다. 하지만 머리가 몹시 복잡했다. 어떻게 우리 집 위치를 알았을까. 학교는 주소가 적힌 명단을 배포하지 않는다. 어떻게 알아냈을까. 미행했나? 어제 선배와 함께 집으로 돌아오던, 기쁘고 뿌듯하던 그때 어쩌면 뒤를…….

시라이시의 눈이 수상쩍은 빛을 띠었다. 이곳에 있던 사람은 시라이시 본인인 주제에, 나쁜 사람은 자기면서 만사가 귀찮은 사람처럼 느릿느릿 고개를 기울이며 재차 미오를 내려다봤다.

"어떤 곳에 살고 있나 해서."

그 순간, 비명이 터져 나왔다. 그러나 생각만큼 큰 소리는 아니었다. 목구멍 깊은 곳에서 높은 피리가 울리는 듯 가느다란 소리가 짧게 새어 나왔을 뿐.

어제 갑자기 “집에 가도 돼?”라고 물었을 때 느꼈던 것과 똑같은 공포, 정체 모를 느낌, 섬뜩함.

하지만 상황은 훨씬 더 나빴다.

왜냐하면 이곳은 우리 집이니까. 우리 집 앞이니까.

시라이시가 미오를 쳐다봤다. 그의 입꼬리가 천천히 일그러졌다. 그 사이로 예의 톱니처럼 날카롭고 뾰족뾰족한 이가 보였다.

웃는다, 라는 생각이 들고 나서야 간신히 몸을 움직였다.

대문 안으로 뛰어들었다. 집을 향해 한달음에 내달렸다.

“엄마, 엄마……!”

굴러가다시피 현관으로 들어가 다급하게 문을 잠갔다. 목이 터져라 엄마를 부르며 찾았지만 대답은 바로 돌아오지 않았다.

“엄마아!!”

길게 늘여 불렀을 때 중학교 1학년인 동생 시즈쿠가 모습을 드러냈다.

“시끄러워. 엄마 장 보러 갔어.”

“시즈쿠…….”

만화책을 한 손에 들고 우거지상을 한 시즈쿠가 미오를 보더니 흠칫 놀란 표정을 지었다.

“왜……?”

덜덜 떨리는 목소리로 시즈쿠에게 물었다.

"누나, 얼굴이 새파래."

스스로도 알았다. 팔에 오소소 소름이 돋았다. 무서웠다. 너무나 무서웠다. 아무래도 정체 모를 존재에게 홀려 버린 것 같다고 절망적으로 깨달았다.

어제 처음 만났을 뿐인데 이 정도로 집착하다니 너무 황당했다.

"……이상한 남자가, 쫓아와서."

고작 그 말이 최선이었다.

"뭐라고!?"

시즈쿠가 소리쳤다. 그러더니 자리를 박차고 뛰어나갔다. 말릴 새도 없었다.

"시즈쿠, 가지 마!"

자극하기 싫어, 시라이시에게 남동생의 존재를 알리고 싶지 않아. 가족과 마주치게 하고 싶지 않아. 하지만 뒤따라갈 수 없었다. 밖으로 나가서 시라이시와 다시 마주하기가 두려웠다.

밖으로 나갔던 시즈쿠가 금방 돌아왔다.

"아무도 없던데?"

그 말을 듣고 힘없는 목소리로 대답했다.

"그래."

시즈쿠가 걱정스러운 얼굴로 미오를 살폈다.

"누나, 괜찮아?"

"……괜찮아."

안 괜찮아, 괜찮지 않다고.

하지만 왜인지 그렇게 대답하고 말았다. 너무 무서워서 나온 눈물을 시즈쿠에게 들키지 않도록 몰래 훔쳤다.

방으로 들어가자 다시금 공포가 솟구쳤지만 그와 동시에 맹렬한 안도감을 느꼈다. 무사히 돌아와서 다행이야, 도망쳐서 다행이야.

조심스럽게 창가로 다가가 커튼을 치면서 아래를 훔쳐봤다. 집 앞 거리, 눈으로 살필 수 있는 범위에 시라이시는 보이지 않았다. 하지만 무서워서 아직 불을 켤 수 없었다.

간바라 선배와 LINE 친구 추가를 하지 않았다면 미오는 어쩌면 시즈쿠나 친구들에게 울며 매달렸을지도 모른다.

선배의 이름을 검색해서 '미오예요. 지금 시간 괜찮아요?'라고 메세지를 보냈다.

선배의 답장을 애타게 기다리며 휴대폰을 움켜쥐고 고개를 숙였다. 그러자 다시 눈물이 나올 것 같았다. 이도 저도 다 싫어져서 아이처럼 울어 버리고 싶다는 충동에 휩싸였다.

어두운 방에 부옇게 불이 들어왔다. 휴대폰 진동이 울렸다. 메시지가 아니라 전화였다. 마음속 깊은 곳에서 죄다 끌어모은 듯 크나큰 한숨이 터져 나왔다.

—미오, 무슨 일이야?

"선배……."

어디서부터 어떻게 말해야 할까 고민하는데 선배의 목소리를 듣고서 숨을 할딱거렸다. 갑자기 눈물이 쏟아졌다.

도와달라고 말하고 있었다.

"선배, 도와줘요."

—괜찮아. 무슨 일이야?

선배가 미오를 진정시켰다. 절박한 울음소리에도 당황한 기색 없이 대답하는 선배의 목소리에 하염없이 마음이 든든했다.

◆

설마, 이렇게 시작되리라고는 생각하지 않았는데…….

간바라 선배가 매일 집에 함께 돌아가자고 했다. 집까지 바래다주겠다는 말이었다. 미오도 이번에는 사양하지 않았다. 그럴 여유가 송두리째 사라진 것이다.

동아리 활동을 마치고 탈의실에서 옷을 갈아입는 미오를 선배가 당연하다는 듯 복도에서 기다렸다. 여자 선배들이 놀라며 "왜 그래, 무슨 일이야?" 라며 묻는 소리에 미오가 설명하기도 전에 선배가 먼저 경쾌하게 대답했다.

"왜냐니? 촌스럽게 뭘 그런 걸 물어. 당연히 사귀니까 그렇지."

네? 하는 소리가 미오의 목구멍에 걸렸다. 숨까지 멎는 줄 알았다. 그 말을 들은 선배들도 깜짝 놀랐다. 간바라가 그대로 앞을 향해 걷는 모습을 보고 미오도 서둘러 뒤따랐다. 놀라서 입이 벌어진 다른 선배들에게 변명 같은 인사를 남기고서.

마음이 불편하기도 하고 선배들에게 미안한 기분도 들었지만, 솔직히 말하면 기분이 무척 좋았다.

"저……"

간바라를 뒤따라가서 방금 한 말이 무슨 뜻인지 물으려는데 그가 특별한 일 따위 아무것도 없다는 듯 물었다.

"뭐 좀 먹고 갈래?"

학교 근처 패스트푸드점에서 함께 밥을 먹었다. 이 시간이 영원히 계속된다면 좋을 텐데. 스토커 퇴치 대책으로 한 말이겠지만 잠시나마 여자 친구가 된 기분이 들어 기뻤다. 이대로 얼렁뚱땅 정말로 사귀는 사이가 되면 좋겠다고 기도하는 심정이 됐다.

시라이시는 학교에서 철저히 무시하기로 했다. 사실은 같은 교실은커녕 같은 학교 안에 있다는 사실조차 혐오스러웠다. 그런데 시라이시가 직접 말을 걸었을 때는 전부 미오 혼자 있을 때였다. 다른 사람과 함께 있으면 아무리 시라이시라도 말을 걸지 못하는 것 아닐까.

다만 여전히 이따금 시선을 느꼈다.

자신을 지켜본다. 하지만 그럴 때는 절대로 그쪽을 쳐다보지 않겠다고 굳게 다짐했다. 보면 엮이고 만다. 그러니까 아무리 신경 쓰여도 확인하지 않을 것이다.

시라이시는 아직 새 교복을 받지 못한 듯했다. 미오는 그 사실에도 조바심이 났다. 절대로 쳐다보지는 않지만 자신의 시야 안에 늘 차이나칼라의 희미한 존재감이 느껴지는 듯한 위화감이, 신경 쓰지 않으려고 노력해도 자신을 좇아오는 기분이었다.

그렇지만 녀석은 분명 아무 짓도 못 한다. 미오가 절대로 혼자 있지 않도록 하나카와 사호가 함께 있어 주니 무시할 수 있다.

그렇게 생각했는데…….

그것을 발견한 것은 수학 시간이었다.

문득 시야에 비치는 무언가가 이상하다고 느꼈다. 이상하다 싶어 책상으로 시선을 내렸고, 그리고 다시 '이게 뭐지?' 싶었다.

교과서 밑에 처음 보는 글씨가 희미하게 적혀 있었다.

대형 학원 같다는 평을 듣는 사립학교인 미쓰미네 고등학교는 책상이 그다지 더럽지 않았다. 수업 시간에 장난치는 학생이 거의 없기 때문이다. 책상의 전 주인이 낸 흠집이나 작은 낙서가 없지는 않지만 극히 드물었다.

마세요.

라는 글자가 먼저 보였다.

매우 정갈한, 연필로 썼지만 마치 필법에 따라 붓으로 쓴 듯한 아름다운 글씨였다. 그러나 한편으로는 기계로 찍어낸 듯 가지런한 그 글씨가 부자연스럽다고 느끼기도 했다. 무엇보다 글자가 적혀 있는 곳은 다름 아닌 자신의 책상이었다. 어제까지 분명 이런 글자는 없었다.

교과서를 밀었다. 그리고…… 숨이 멎었다. 그곳에는 이렇게 적혀 있었다.

간바라 잇타와 친하게 지내지 마세요.

입을 틀어막았다.

그러지 않으면 또다시 목에서 히익, 하고 피리 소리 같은 비명이 터져 나올 것만 같았다. 몸을 반으로 접다시피 책상에 엎드렸다. 다행히도 소리를 내지 않았다. 본능적으로 얼굴을 들어 그렇게나 보지 않겠다고 다짐한 시라이시에게로 고개를 돌릴 것만 같았다. 거기에 생각이 미치자 책상에 이마를 댄 채 가만히 있을 수 있는 자신을 칭찬하고 싶었다.

떨리는 손으로 필통에서 지우개를 꺼냈다. 지웠다. 전부 지웠다.

유려한, 기분이 몹시 나쁠 정도로 가지런한, 지나치게 가지런한 이 글씨는 시라이시가 썼을까? 도대체 시라이시는 어떤 환경에서 자랐기에 이렇게 비정상적인 행동을 아무 거리낌 없이 하게 된 것일까. 저런 이해할 수 없는 사람에게도 집이 있고 부모와 가족이 있다고 생각하니 믿기지 않았다.

—성희롱이잖아.

언젠가 말했던 하나카의 목소리가 떠올랐다.

성희롱이 아니라고 대답했던 자신의 목소리도. 그러나 지금 이 순간 다시 생각했다. 확실히 성희롱은 아닐지 모른다. 하지만 어떠한 폭력이기는 하다. 어떤 말로 표현해야 하는지 자신이 모르는 것일 수도 있다. 예컨대 부부나 연인 사이에서 이렇게 누군가와 친하게 지내지 말라고 상대를 통제하는 행위를 모라하라*라고 하지 않던가?

울고 싶은 심정으로 책상을 지우개로 문질렀다. 박박 지우고 또 지웠다. 글자가 다 지워진 것 같아도, 사라지고 나서도 몇 번이나, 세게.

그 사이에도 시라이시가 자신을 지켜보고 있는 뚜렷한 기색이 지워지지 않고 줄곧 따라붙었다.

"그거 벌써 지웠어?"

* '모럴 하라스먼트'의 준말. 정신적인 폭력으로 상대를 피폐하게 만드는 괴롭힘을 가리키는 일본어.

방과 후.

시라이시를 포함한 다른 학생들이 모두 나가고 나서야 미오는 하나카와 사호에게 책상에 적혀 있던 낙서에 대해 말했다. 하나카의 질문에 화들짝 놀랐다. 하나카와 사호가 이제 아무것도 없는 미오의 책상 위를 가만히 응시했다.

"안 지웠으면 선생님들한테 보여 줄 수 있었을 텐데."

"그건 그렇지만……."

지우지 말고 참았다가 선생님이나 친구들에게 보여 주고 상황을 공유했어야 했다는 생각이 이제야 들었다. 하지만 그때는 그런 생각조차 할 수 없었다. 혐오스러워서 견딜 수 없어서 마찰열로 책상이 뜨거워질 때까지 지우개로 지워야겠다는 일념뿐이었다.

"……내 말 믿어?"

"그야 우리는 믿지."

하나카와 사호가 곤란한 듯 서로를 바라봤다. 하나카가 말했다.

"그런데 이제는 그렇게까지 괴롭히니까 역시 선생님이나 학교에 말하는 편이 좋을 것 같아. 그때 증거로 내밀 수 있도록 다음에 또 무슨 일이 생기면 전부 모아 놔."

"……응. 미안."

"하나카, 말투가 좀 까칠해. 미오가 불쌍하잖아."

사호가 편을 들어주듯 말했다. 그 목소리가 마치 구원 같았다. 하나카도 금방 상냥한 목소리로 말해 주리라 생각했다. "미안해, 네가 걱정돼서"라거나 다른 말이라도…….

그런데 오늘 하나카는 엄격했다.

"그치만 미오가 너무 긴장감이 없잖아."

분명하게 짜증 섞인 목소리였다.

"무섭다느니 싫다느니 하면서도 선생님들한테 상의하려는 마음이 전혀 없잖아. ……선배와 사귀니 남자 친구도 있겠다, 뭐 이제 됐다며 안주하는 느낌이라고 엄청."

"그런 거 아니야!"

순간 큰 소리가 터져 나왔다. 그런 식으로 생각하는 줄 몰랐다. 시라이시를 향한 것과는 전혀 다른 절박한 초조함과 불안감이 가슴을 짓눌렀다. 하나카에게 미움을 사고 말았다.

"미안, 하나카가 그렇게 느꼈다면 사과할게. 하지만 딱히 선배와 정식으로 사귀는 것도 아니고 하나카와 사호가 있어서 의지가 되거든. 그럴 생각은……."

말하면서 스스로 생각해도 속보이는 듯해 더욱 안달 났다. 하나카는 원래 다정하고 정의감이 강하지만 성미도 강하다. 자신 때문에 화가 났다 싶으면 사과해야지, 꼭 사과해야지, 목소리가 절박해졌다.

하나카는 입을 다문 채였다. 사이에 낀 사호가 안절부절못하며 난처해했다.

미오가 무슨 말을 더 해야 한다는 생각에 할 말을 찾는 사이, 하나카의 시선이 순간 미오에게서 떨어졌다.

"미안해."

하나카가 사과했다.

"방금은 나도 좀 엉뚱한 데 화풀이한 것 같아. 미안. ……사호도 미오도 남자 친구가 생겼는데 왠지 나만 아무도 없는 것 같고 외로워서."

하나카가 혼잣말처럼 말하며 가방을 들었다.

"미안, 오늘은 먼저 갈게."

그러더니 미오와도 사호와도 눈을 마주치지 않고 그대로 교실을 나갔다.

"하나카, 미안."

미오가 작은 소리로 다시 사과했지만 하나카의 대답은 돌아오지 않았다. 목소리가 들리지 않아서였기를 바랐다. 심장이 콕콕 찔린 듯 아팠다.

사호가 난처해했다. 지금 상황에서 교실을 떠난 하나카의 험담이 나오지 않았으면 좋겠다며 마음 졸이는데 사호가 입을 열었다.

"하나카는 예쁘니까 금방 남자 친구가 생길 텐데, 그치?"

하나카가 자리를 떴어도 다정한 사호가 그렇게 말해 주니

위안이 되어 미오도 "응" 하고 고개를 끄덕였다.

동아리에 갔더니 오늘은 간바라가 오지 않았다.

몹시 실망했지만 다른 선배들의 눈에 어떻게 비칠지 두려워서 도대체 왜 간바라 선배가 없는지 누구에게도 묻지 못했다.

멀리뛰기 그룹뿐 아니라 다른 종목 선배와 동급생, 후배들이 자신을 대하는 태도가 서먹서먹해진 느낌이었다. 간바라는 인기가 많아서 어쩔 수 없는 노릇이지만 그 분위기를 견디는 미오는 가시방석에 앉은 기분이었다.

하나카도 간바라도 없다.

홀로 남겨졌나 생각하며 교문을 나서는데 "미오" 하고 부르는 소리가 들렸다.

시선 끝에 간바라가 있었다. 오늘도 선배가 기다려 줬다는 사실을 깨닫자 뛸 듯이 기뻐서 가슴이 터질 것 같았다.

"선배, 오늘 동아리에는 왜 안 왔어요?"

"아, 진로상담 때문에 교무실에 불려갔어. 3학년 애들한테 안 물어봤어?"

물을 수 없었다고 생각하면서 고개를 끄덕인 미오에게 선배가 말했다.

"그건 그렇고 여기서 기다리는 사이에 그 아이 지나가던데. 미오랑 친한 여자애. 그, 머리 긴 아이 말이야."

미오라고 부른 소리에 귓속이 서서히 따뜻해졌다. 이렇게 친근하게 불린 적은 처음이었다.

"싸웠어요."

"진짜?"

간바라가 걱정스럽게 미오를 바라봤다.

"누가 잘못했는데?"

"아마도 제가요."

"흐음."

선배가 크게 한숨을 쉬며 고개를 끄덕였다. 그러고는 평소처럼 경쾌한 목소리로 말했다.

"뭐, 괜찮을 거야."

"금방 화해할 수 있을 거야. 너희 보고 있으면 늘 느낌이 좋거든. 사이좋은 세 자매 같은 느낌이야."

"그런……."

미오가 대답하는 사이에 선배가 미오의 가방을 훽 들었다. 그리고 걷기 시작했다. 뒤늦게 그 뒷모습을 따라잡으며 뜨거워진 볼을 느꼈다.

보고 있었구나.

선배가 예전부터 나를 지켜봤다. 누구와 친한지까지도.

선배가 말한 대로 다음 날이 되자 하나카의 마음이 풀렸다.

"어제는 미안했어. 나 정말 어떻게 됐었나 봐."

짐짓 밝은 목소리로 말하는 배려에 우정을 느껴 미오도 사과했다.

"미안해."

사호도 내심 안도하는 눈치였다.

"어젠 그러고 나서 시라이시가 무슨 짓 안 했어? 괜찮아?"

"……응."

선배가 집까지 바래다줬다고 말할 수는 없었다.

"그래? 무슨 일 생기면 언제라도 또 말해 주기다?"

하나카가 말했다.

오늘은 긴 머리를 포니테일로 묶어서 그런지 목덜미가 드러나 성숙해 보였다. 동갑인데도 항상 의지가 되는 이 친구가 진심으로 좋았다.

"그런데 그 전학생 말이야, 간바라 선배와 자기가 게임이 된다고 생각한다면 진짜로 웃기지 않아? 간신히 사람 꼴이나 한 주제에."

"하나카."

"왜, 내 말이 틀려? 미오, 선배랑 꽁냥꽁냥 하는 거 별로 안 보여 주는 게 좋을 것 같아. 간바라 선배 진짜 멋있고 일편단심 느낌이라 좋잖아. 부럽다."

시라이시에 대한 말은 심했지만 하나카의 목소리가 밝아서 안심됐다.

공통의 적이 있으면 이렇게나 마음이 편해지는 이유는 왜 일까. 사호가 하나카를 따라 웃었다. 두 사람이 웃어 주니 기뻐서 미오도 "그런가?"라며 장단을 맞추고 말았다. 문득 하나카가 소리 없이 웃었다. 친구의 웃음에 역시 행복했다.

진심으로 싫은 일을 당하면 그런 여유도 단번에 날아가 버리는데.

수다를 떨거나 웃는 사이에 그 일은 깔끔히 잊어 버렸다.

당하지 않는 동안에는 잊을 수 있을 정도의, 딱 그만큼의 거부감과 혐오감. 친구들끼리 심심풀이처럼 이야기해 버린 것을 그 후 미오는 금방 후회했다.

하나카와 사호가 맡은 학급 활동 때문에 쉬는 시간에 교무실에 간다고 했을 때 미오도 따라갔어야 했다. 10분 정도 되는 쉬는 시간이라며 그만 방심해 따로 움직이고 말았다.

혼자 화장실에 다녀온 바로 그때였다.

"하라노 미오."

그 목소리에 오금이 굳었다. 그대로 굳어 움직일 수 없었다.

화장실 정면에 있는 계단 위, 그곳에 시라이시 가나메가 서 있었다.

이번에는 주위에 다른 학생들도 많았다. 그래서 방심했다.

시라이시가 말했다.

"최후 통보야."

단어가 머릿속에 금방 입력되지 않았다.

최후 통보의 뜻을 이해한 것은 상당한 시간이 지나고 나서였다.

혼란스러워하는 미오에게 시라이시가 말했다. 이번에는 그 흉악한 미소는 짓지 않았다. 우스꽝스러울 정도로 진지한 얼굴로 말했다.

"간바라 잇타와 친하게 지내지 마."

◆

도망치듯…… 아니, 글자 그대로 도망쳤다. 어릴 적 술래잡기를 했을 때를 제외하고 이렇게 누군가에게서 필사적으로 도망친 적은 난생 처음이다시피했다.

계단을 올라가 정신을 차리고 보니 3학년 3반 앞이었다. 간바라 선배의 교실이었다.

"간바라 선배, 있어요?"

충동적으로 와버리는 바람에 망설이다가 교실 문 가까이에 있던 남자 선배에게 물었더니 "응?" 하고 다소 당황한 목소리로 반응했다. 후배가 교실까지 찾아오는 일은 드물지도 몰랐다. 그러나 이내 교실 안을 향해 "야, 간바라!" 하고 불러줬다.

선배는 졸린 듯 책상에 엎드려 있었다. 고개를 들고 미오를 발견하더니 나른해 보이던 얼굴에 빛이 들어온 듯 환해졌다.

"미오."

그 소리에 교실 분위기가 바뀌었다. 여자 선배들이 수군거리며 미오를 쳐다봤다. 덩달아 남자 선배들도 왜인지 이쪽을 의식한다는 느낌이 들었다.

선배가 다른 사람들 앞에서 처음으로 다정하게 이름을 불렀다.

'여자 친구'니까 당연하겠지.

불안한 마음으로 도망친 곳에서 자신을 맞아 준 밝고 다정한 목소리에 눈물이 날 것만 같았다. 무서웠다. 정말로 겁이 났다.

"무슨 일이야?"

간바라가 문까지 나와 미오의 얼굴을 살폈다.

"선배, 시라이시가……."

교실로 돌아갈 수 없을 것 같았다. 미오의 말에 선배의 얼굴이 어두워졌다.

"응?"

미오가 말을 이었다.

"아까 갑자기 말을 걸더라고요. 쉬는 시간에 혼자 있는데 최후 통보니 뭐니 하면서. 선배와 친하게 지내지 말라고……."

"혼자 있었다는 말이야?"

미오가 고개를 끄덕였다.

"10분 쉬는 시간이고 화장실만 다녀온 거라서."

간바라의 표정이 변했다.

"이제 곧 수업 시간이네."

칠판 위에 걸린 시계를 보고 중얼거렸다. 그러고는 진지한 눈빛으로 말했다.

"학교 끝나고 다시 진지하게 이야기해 보자."

"네."

시라이시가 있는 교실로는 도저히 돌아갈 수 없을 것 같았는데 간바라의 얼굴을 보고 대화를 나눈 것만으로 조금 진정됐다. 아까는 조심성이 없었지만 앞으로는 절대 혼자 있지 말자.

다음 교과 선생님이 들어오기 전에 아슬아슬하게 교실에 도착했다. 돌아와 자리에 앉을 때 또다시 시선을 느꼈다.

하나카와 사호가 자신을 염려하는 시선, 그리고 또 다른 시선. 시라이시 가나메가 자신을 주시하는 기색을 느꼈다. 절대로 그쪽을 쳐다보지 않았지만 알 수 있었다.

아마도 미오가 선배의 교실에 다녀왔다는 것을 시라이시는 이미 알고 있겠지. 소름이 돋지만 그렇기에 오히려 견제할 수 있다.

네가 하는 말, 하는 행동, 선배는 다 알아. 네 속셈 따위 훤히 꿰뚫어 본다고. 미오는 그렇게 생각하며 시라이시를 애써 무시했다.

학교 수업이 모두 끝난 뒤 교실을 나와 동아리실로 서둘렀다. 얼른 간바라와 만나고 싶었다.

그런데 동아리실 앞 복도에 간바라가 서 있었다. 마치 미오를 기다리고 있던 사람처럼 동아리실에 들어가지 않고.

자신을 걱정했다는 것을 눈치챈 미오의 얼굴에 미소가 떠올랐다.

"간바라 선—"

"가자."

"네? 동아리는 어쩌고요."

간바라가 벽에 기대고 있던 등을 떼고 미오의 손을 잡아끌었다. 동아리실 반대 방향으로 가려고 해서 미오가 황급히 묻자 간바라가 뒤돌아섰다.

"그런 소리 할 때야? 제대로 이야기해야지. 도대체 무슨 일인지."

"아, 그럼 선생님이나 다른 애들한테 동아리 빠진다고 말하고 올게요."

간바라의 목소리에 날이 섰다. 미오가 걱정돼서 시라이시에게 화가 난 듯했다. 이대로 당사자를 찾아가 따지러 간다고 하면 어떡하지……. 가슴을 졸이며 걱정하는데 선배가 미오를 쳐다봤다. 나무라는 눈빛으로.

잡힌 손에 느껴지는 감촉이 아직 익숙하지 않았다. 부끄러웠다.

"선배, 잠깐만요."

선배를 기다리게 한 것은 미안했지만 말도 없이 동아리 활동에 빠지는 것도 좋지 않았다. 간바라에게 잡힌 손을 부드럽게 빼낸 뒤 동아리실로 들어갔다. 마침 안에 있던 1학년 여학생에게 컨디션이 나빠서 오늘은 쉬겠다고 말했다. 선생님이나 선배들에게 그렇게 전해달라고.

"네, 알겠어요."

고개를 끄덕이는 아이의 눈이 미오의 뒤에 서 있는 간바라를 흘끔거렸다. 선배는 동아리 결석을 제대로 말해 놨을까. 둘이서 땡땡이를 쳤다고 생각하는 것은—둘이서 땡땡이를 치는 것은 사실이지만—역시 내키지 않았다. 동아리 커플이라면 동아리 활동을 더욱 열심히 하면서 모두에게 축하받는 커플이 되고 싶었다.

찜찜한 마음으로 동아리실을 나와 학교 현관에서 신발을 갈아신었다. 육상부가 훈련하고 있는 운동장을 지나가야 한다는 사실에 마음이 영 불편해 견딜 수 없었다. 몸을 숙이다시피 움츠리고 되도록 눈에 띄지 않도록 고개를 숙인 채 지나갔다.

그런데 간바라는 당당했다. 동아리 활동을 빠지는 것이 조금도 나쁜 일이라고 생각하지 않는 듯 도중에 "어? 잇타?" 하고 3학년 선배들이 불러세웠을 때도 생글거리며 "어!" 하고 손을 들어 화답했다. 다른 말은 하지 않았지만 그 행동만으로도 땡땡이를 얼버무릴 수 있을 정도로 평소 인망이 두터웠다. 간바라에게 말을 걸었던 선배들이 간바라 옆에서 걷는 미오를 의미심장한 눈빛으로 쳐다봐 매우 신경이 쓰였다.

시라이시 가나메도 어디선가 자신들을 보고 있을까. 시라이시는 최근 며칠 사이에 미오가 간바라와 급속도로 가까워진 것을 어느 틈에 알고 있었다. 간바라를 공격하거나 해코지라도 하면 어떡하지.

미오 옆에서 조금 앞서 걷는 간바라는 한동안 말이 없었다. 미오가 사과했다.

"선배, 나 때문에 동아리 빠지게 해서 미안해요."

간바라는 바로 대답하지 않았다. 미안하다는 말은 너무 허물없어 보였을까? 평소 미오라면 분명 죄송하다고 말했을 터다.

"그건 그렇고."

선배가 입을 연 것은 교문을 나선 뒤였다. 미오를 응시했다.

"왜 말을 안 들어?"

"네?"

"혼자 있지 말라고 했잖아. 내가 전에 전화로."

순간 무슨 말을 하는지 이해가 가지 않았다. 간바라의 말투가 너무나 뜻밖이었던 탓이었다.

"죄송해요."

반사적으로 사과했다. 아무래도…… 선배가 화가 났다는 사실을 겨우 눈치챘다.

"친구들도 아침, 점심, 방과 후, 그런 시간에 절대로 혼자 있지 말라고 했는데, 그때는 수업과 수업 사이에 있는 짧은 쉬는 시간이었고 주위에 다른 아이들도 많아서 괜찮지 않을까 싶었어요."

"그런데 안 괜찮았잖아?"

"네. 그건…… 정말 잘못했어요."

충격을 받은 미오가 연거푸 사과했다. 하나카와 사호도 일전에 주의하라고 했지만 설마 간바라까지 이런 식으로 말할 줄이야.

"뭘 잘못했는지 알아?"

미오가 고개를 끄덕였다.

"네."

"뭘 잘못했는데."

"……선배가 걱정하는데 혼자 있던 거요."

간바라가 길게 무거운 한숨을 내쉬었다. 그 훅 하는 울림에 미오의 심장이 얼어붙었다. 내게 질리면 어떡하지.

"넌 진지하게 너 자신을 지킬 생각이 없어."

간바라가 말했다.

"사실 얼마 전부터 네가 하는 이야기 들을 때마다 그런 생각이 들었어. 정말로 난처하다면 좀 더 확실하게 상대를 물리치고 철저하게 무시해야 하는데 왜 자꾸 걔랑 말을 섞는 거야."

"그런데 그건."

말 섞은 적은 없다고 생각했다.

"걔가 일방적으로 말을 걸어왔어요. 나는 아무 대답도 안 했어요."

"그런데 걔가 왜 말을 걸어? 보통은 무시하면 바로 도망가잖아. 전부터 무시하라고 계속 말했는데."

언제 그런 말을 했지? 생각했다. 필사적으로 생각했다.

언제나 시라이시와 마주치자마자 곧바로 선배에게 말했다. "괜찮아", "걱정 마"라는 말을 들으면 두려운 마음이 안심됐다. 분명 충고했을지도 모른다. 하지만 그렇게까지 강하게 말한 적이 있는지 떠올리려고 했다.

간바라가 다시 후우 긴 한숨을 내쉬었다.

"그러니까 걔가 틈을 파고들지."

"어……."

"너, 착하잖아. 싫다는 말 분명하게 안 하잖아. 확실하게 선 안 긋잖아. 반장이라는 책임감 때문에 모범생 노릇 하려고 하잖아."

걱정하는 말투처럼 느껴졌다. 간바라의 말은 분명 미오가 줄곧 스스로에 대해 고민해 온 것들이었다. 그런데 간바라의 표정이 변했다. 눈을 가늘게 뜨고 미오를 응시했다.

"그건 솔직히 말해서 장점은 아니거든."

차가운 목소리였다.

"오로지 남한테 미움받기 싫어서 그렇게 행동하는 건 네가 나약하기 때문이야. 남들은 그 나약함을 파고든다고. 네가 변하지 않으면 아무 의미 없어."

심장이 점점 빠르게 뛰었다.

어제까지 간바라 옆에 있을 때 느꼈던 설렘과는 전혀 다른 불안과 초조로 심장이 빠르게 뛰었다. 사과해야 한다고 생각했다. 선배가 화를 내고 있다.

듣고 싶지 않은 말이었다.

미오 자신이 누구보다 잘 알기 때문이었다. 마음이 약해서 싫다고 분명히 말하지 못하는 점이 자신의 단점이라는 것을 알았다. 마치 까발려진 기분이었다.

온통 부끄럽다는 생각뿐이었다.

간바라가 미오보다 한 걸음 앞에 서서 거침없이 앞으로 걸었다. 평소에 다니는 버스정류장 방향이었다. 미오가 이 자리에서 사라지고 싶은 심정으로 말했다.

"저기, 선배. 오늘은 안 바래다줘도 괜찮아요."

간바라가 미오를 쳐다봤다. 시선을 내리깔며 말을 이었다.

"죄송했어요. 정말로 이제 혼자서도 괜찮아요."

"안 괜찮으니까 이런 일이 벌어지잖아."

아차 싶었다.

시선을 드니 싸늘하게 바라보는 간바라의 얼굴이 보였다.

"뭐야, 네 멋대로 정하는 거야? 싫은 소리 좀 들어서 기분 나쁘다고 사람을 쳐내려는 것도 네 단점이야."

"그럴 생각은, 아니었어요."

목소리가 점점 절박해졌다. '쳐낸다'니, 그런 생각을 했을 리 만무하다.

"나는, 그냥, 선배한테 폐를 끼쳤으니까."

"폐는 혼자서 또 전학생에게 무슨 짓을 당하는 게 폐야. 정말 충동적이고, 자기 편할 생각만 하고, 어떻게 하면 본인이 나쁜 사람이 되지 않을까만 생각하는구나. 생각나는 대로 떠드는 건 그만하시지?"

미오가 입을 다물었다.

그 말이 맞았기 때문이다. 혼자 있으면 시라이시가 따라붙는다. 그래서 선배에게 의논하고 의지했는데 이러면 본말이 전도된다.

"나랑 같이 집에 가."

간바라가 딱 잘라 말했다. 이제 미오의 의사 따위는 상관없다는 듯 들렸다.

"걱정되니까."

선배가 덧붙였다.

버스에 올라타 옆에 앉은 뒤에도 미오는 한동안 말이 없었다. 간바라의 말이 맞는 말이기에 자기혐오에 빠졌다. 혼자 있어도 괜찮은 것은 아니다. 시라이시가 또 무슨 짓을 하면 어떻게 대처해야 좋을지 모르겠고 무서웠다.

하지만 무섭다고 생각하자마자 매번 하나카와 사호와 간바라에게 토로했고, 그러면서 열을 올리고 말았다.

이래서는 마치 상황을 즐기는 것 같다고 스스로도 생각했다. 진지하게 자신을 지키려 하지 않는다는 선배의 말이 가슴에 박혔다.

옆에 앉은 간바라가 미오를 불렀다. 고개를 돌리니 선배가 자신의 휴대폰을 보고 있었다. 무언가를 검색하듯 손가락을 움직이더니 이내 화면을 보여 줬다.

"이거."

미오와 간바라가 주고 받은 LINE 메시지 화면이었다.

- 절대 혼자 있지 마. 놈이 무슨 짓을 할지 알 수 없으니까.

- 그렇죠? 선배, 걱정해 줘서 고마워요.

어제 주고받은 메시지였다. 왜 지금 이런 것을 보여 주는지 이해하지 못하는 미오에게 간바라가 말했다.

"별생각 없었지?"

선배가 미오를 쳐다봤다. 노려본다고 해도 좋을 눈빛이었다.

"이렇게 써서 보낸 건 계약서에 사인한 거나 마찬가지 아냐? 혼자 있지 말라고 귀가 닳도록 말했는데 말을 안 들으면 내가 어떡하면 좋을까? 아무리 충고해도 당사자가 말을 안 들으면 내가 할 수 있는 게 없잖아. 이거 계약 위반이랑 똑같다? 알아?"

"……네."

미오는 버스 좌석에 앉아 이리저리 흔들리는 몸으로 어안이 벙벙했다. 아직도 그 이야기인가, 놀랐다. 심지어 LINE 대화창까지 보여 주면서.

화면에 뜬 '선배, 걱정해 줘서 고마워요'라고 적힌 문장이 몹시도 멀었다. 그도 그럴 것이 이 메시지를 주고받았던 어제는 오늘 같은 일이 벌어지리라고 전혀 예상도 못 했다. 그것을 '별생각 없었다'고 추궁한다면 변명할 도리가 없었다.

"미안해요."

무엇이 미안해 사과하는지 스스로도 점점 알 수 없었다. 그러자 미오의 속을 꿰뚫어 본 듯 다시 물었다.

"뭘 잘못했는지 정말 아는 거야? 나도 이런 이야기 별로 안

하고 싶어. 그런데 네가 위험한 일을 당하면 큰일이니까 걱정해서 하는 말이잖아."

미안해요, 죄송해요, 반복하면서 버스가 어서 도착하기만을 기도했다. 도착하면 버스 정류장까지만 바래다줘도 괜찮다고 말하려고 했는데 이내 그건 안 되겠다는 생각에 흠칫했다. 시라이시는 우리 집이 어디인 줄 안다. 집 앞에서 마주친 적도 있다. 간바라의 말대로 자신은 상황 파악을 못 한다는 것을 뼈저리게 느꼈다. 선배가 화낼 만하다는 생각에 슬퍼졌다.

버스 정류장에 내려 당연한 듯 간바라와 어깨를 나란히 하고 평소처럼 집 앞까지 걸어갔다. 간바라는 여전히 화나 있었다. 언성을 높이지는 않지만 미오를 계속 힐난했다.

그런데…… 그러던 사람이 집 앞에 도착해서는 갑자기 입을 다물었다. 걸음을 멈추고 미오 집 너머를 가만히 응시했다. 대나무 숲이 있는 쪽을.

"선배?"

"그 전학생 때문에 걱정되니까 네 가족에게도 제대로 이야기하는 편이 좋을 것 같은데."

"네!?"

"왜 놀라?"

간바라의 기분이 다시 조금 언짢아졌다.

"당연한 거 아냐? 집 앞까지 왔는데. 부모님이나 할머님이

나 아, 동생도 있지? 시즈쿠 말이야. 가족들한테 제대로 이야기해야 혹시 모를 순간에 널 지키지."

"그래도 부모님한테 말하는 건 아직……."

아직 구체적으로 무슨 일을 당하지는 않았다.

"아직 뭐?"

간바라가 말했다. 미오가 말을 잇지 못했다.

"아직이라는 말은 앞으로 무슨 일이 일어날 예감이 든다는 뜻이잖아? 그런데 네가 하는 말은 더 심한 사태가 벌어지기를 마냥 손 놓고 기다리는 사람 같아. 일 크게 벌이기 싫다고, 소란 일으키기 싫다고. 그럼 나한테는 왜 상담한 거야? 아무 의미 없는 거 아냐?"

"그런 생각……."

"그런 생각까지는 안 했다는 말이야? 내가 아까 말했지? 충동적인 생각으로 떠들지 말라고."

맞는 말이다. 너무나 맞는 말이다.

"그리고 말이야."

간바라가 지긋지긋하다는 듯 말했다. 또 무슨 말을 하려는 것일까. 어찌할 바를 모르는 미오에게 간바라가 갑자기 턱짓으로 집 쪽을 가리켰다.

"저 대나무 숲은 뭐야?"

"네……?"

무슨 말이지? 허를 찔려 순간 반응이 늦자 간바라가 말을 이었다.

"엄청 기분 나쁜데."

"기분 나쁘다니……."

바람이 훑듯이 쏴아 불어와 대나무를 흔들었다. 할아버지 대, 그보다 더 전부터 줄곧 자리를 지켜온 대나무 숲은 어릴 적부터 미오에게 친숙한 곳이었다.

갑자기 그런 말을 들을 이유가 없었다. 처음으로 미오의 마음속에 위화감 비슷한 감정이 치밀었다. 그러나 뭐라고 대답하기도 전에 간바라가 "아, 됐어"라고 중얼거렸다.

"오늘은 이만 돌아갈게. 집까지 바래다줬으니까 앞으로는 절대 혼자 있지 마. 집 밖으로 나가지도 말고. 무슨 일 당할지 모르니까."

"알겠어요."

"……진짜 이해한 거 맞아?"

마치 어머니나 선생님이 다그치는 듯한 말투였다.

심지어 아주 어릴 적에나 나눌 법한 대화. 어린아이는 이해하지 못한다며 이제 질렸다는 듯 빈정대는 말투.

"그리고 머리 잘랐으면 좋겠어. 미오."

"……머리요?"

"응. 짧으면 아주 좋을 것 같아. 목에 거치적대기도 하고 목덜미가 안 보여서 싫어. 좀 더 짧으면 좋겠는데?"

갑자기 바뀐 화제에 미오는 당황했다. 선배가 이런 말을 하는 사람이었던가? 충격받아 고개를 끄덕이는 둥 마는 둥 간신히 고맙다는 말을 꺼냈다.

"바래다줘서, 감사해요."

"됐어. 그렇게 깍듯하게 말 안 해도 돼."

간바라가 발걸음을 돌렸다. 선배를 좋아하지만 오늘만큼은 겨우 해방됐다는 생각에 안도하는데 그가 뒷덜미를 채듯 말했다.

"어차피 네가 할 줄 아는 건 얄팍한 감사 인사뿐이잖아."

그 자리에서 다리가, 몸이 얼어붙었다.

간바라가 꼼짝도 하지 못하는 미오를 조금도 돌아보지 않고 떠났다. 미오는 그 모습이 보이지 않을 때까지 배웅했다. 고개를 숙이고 "감사합니다"라고 기계처럼 되뇌었다. 헤어지기 아쉬워서가 아니라 무서워서. 선배가 뒤를 돌아봤을 때 내가 그 자리에 없다면 다음에 화를 낼 것 같아서. 도망치듯 집으로 뛰어 들어가는 모습을 들키기라도 하면 또 무슨 소리를 퍼부을 것 같아서.

선배의 모습이 사라지고 더는 보이지 않아도 한참을 서 있었다. 그러는 동안 눈물이 나올 것만 같아 마음속으로 몇 초를 세고 나서 뱅그르르 돌아 집으로 향했다. 현관으로 뛰어 들어

갔다.

—어차피 네가 할 줄 아는 건 얄팍한 감사 인사밖에 없잖아.

마지막 목소리가 귓속에서 메아리쳤다.

"으악! 누나, 무슨 일이야!"

거실로 뛰어 들어가 방석에 얼굴을 파묻듯 쓰러진 미오에게 시즈쿠가 물었다.

"나 좀 내버려 둬."

미오는 대답하며 다시 생각했다. 생각에 잠긴 채 혼란스러웠다. 그러다가 정신이 번쩍 들었다.

—아, 동생도 있지? 시즈쿠 말이야.

간바라 선배에게 남동생이 있다는 말을 했던가? 시즈쿠의 이름을 알려 준 적이 있었나?

◆

"미오, 안색이 안 좋아 보여."

다음 날 학교에서 사호가 걱정스러운 듯 말을 걸었다.

점심시간이었다. 도시락 뚜껑을 열어 놓고 입맛이 없어서 젓가락을 좀처럼 움직이지 않는 미오의 얼굴을 두 사람이 살폈다. 하나카도 말했다.

"그러게. 무슨 일인지 힘없어 보여."

"전학생이 또 무슨 짓 했어?"

"응, 뭐……."

어젯밤은 잠을 거의 못 잤다. 하지만 그 진짜 이유를 두 사람에게는 말할 수 없었다.

어제 간바라와 헤어지고 나서 자기 전에 휴대폰을 확인하는데…… 말문이 막혔다.

간바라가 LINE 메시지를 보냈다. 몇 개나, 끊임없이.

- 아까 내가 마지막으로 한 말 들었지? 왜 부정 안 했어?

- 왜 곧바로 얄팍한 감사 인사가 아니었다고 말하지 않았어? 그러니까 결국은 감사하는 마음이 그 정도밖에 안 된다는 말이지?

- 딱히 상관은 없지만, 그 전학생에 대해 계속 상담도 해줬으니 책임도 있고 해서 집까지 바래다줬는데 다 쓸데없는 짓이었다는 뜻이야?

- 남자 친구가 여자 친구를 걱정하는 건 당연하지만 그렇다고 해서 호의를 권리로 받아들이면 나도 씁쓸해.

- 동아리 빠지게 해서 미안하다고 사과한 것도 사과했으니 이제 그만 용서하라는 의도에서 한 말이라면 나는 용서할 수밖에 없잖아. 사과가 다른 사람에 대한 강요나 폭력이 된다는 걸 알

면서도 말을 고르는 건 착한 게 아니라 교활한 거야.

- 온 지 얼마 안 된 전학생은 네가 착하고 매력적이라고 생각할 지 몰라도 널 전부터 알아 온 나는 거절하지 못하는 너의 그런 착한 성격이 착한 게 아니라고 생각하고, 고치는 게 좋다고 생각해. 상처받을지 모르겠지만 널 위해서 일부러 말하는 거야.

- 이런 싫은 소리 좀 들었다고 친구들한테 울며불며 고자질할 생각이라면 그것도 잘못하는 거야. 그런 점이 바로 못됐다는 거 알지?

어떻게 답장을 보내야 할지 당황스러웠다. 떨리는 손으로 메시지의 내용을 곱씹는데 또 메시지가 왔다.

간바라의 메시지인 줄 알고 비명이 터져 나올 뻔했는데 아니었다. 같은 동아리의 2학년 스즈카였다.

- 미오, 오늘 하루도 고생했어.

- 오늘 동아리 왜 빠졌어? 선생님이랑 선배들 엄청 화났어. 간바라 선배랑 진짜 사귀는 거야? 요즘 좀 이상해. 계속 이러면 이미지 나빠지니까 사과하는 게 좋을 것 같아. 다들 걱정하거든.

메시지를 읽고는 피로가 한꺼번에 몰려왔다.

걱정이라고 적혀 있지만 사실은 무슨 말이 하고 싶은지 안다. 다들 화가 난 것이다. 이미 '재수 없다'고 생각하는 것이다.

이런 와중에도 내일 동아리에 나가야 한다니. 현기증이 났다.

선배에게 어떻게 답장을 보내야 좋을지 몰랐다. 하지만 무슨 말이든 보내야 한다. 그렇지 않으면 또 잘못했다며 화내겠지. 확실히 내가 잘못하기는 했지만.

하나카와 사호에게 상담하고 싶다는 생각이 절실했다. 하지만 바로 그런 점이 못됐다며 지적하던 간바라의 메시지가 어른거렸다.

전학생과의 일을 하나하나 떠들고 이야기하고 상담하는 와중에 미오가 들떴을지도 모른다. 미오의 바로 그런 나쁜 점 때문에 간바라 선배의 태도가 지금처럼 변하고 말았다.

'잘못했어요'라고 답장했다. 고작 그 대답만이 최선이었다.

- 잘못했어요. 나쁜 점은 고칠게요.

"그리고…… 선배랑 좀."

하나카와 사호의 앞에서 무심코 말이 튀어나오고 말았다.

"뭐라고?"

두 사람이 놀라 물었다. 미오가 깜짝 놀라 금세 고개를 저었다.

"그런데 괜찮아. 금방 화해했거든. 혼자 있는 등 너무 대책없다고 지적받았어."

하나카와 사호에게는 시라이시가 말한 '최후 통보'에 대해서는 말하지 못했다. 사호가 "아" 하고 가벼운 소리를 냈다.

"사랑 때문이지. 분명 미오를 걱정해서 한 말일 거야."

"응……."

이 친구들 사이에서 선배는 간바라 선배를 의미했다. 육상부에 선배가 온 지 얼마 지나지 않았을 무렵 미오는 같은 멀리뛰기 선수가 된 선배에 대해 매일같이 이야기했다. 멋있어, 친절해, 생기 넘치는 사람이야. 순수하게 그런 이야기를 나누며 즐거워했던 날들이 지금은 한없이 그리웠다.

"흐음."

하나카가 얼마 전부터 포니테일로 묶은 머리를 손으로 가볍게 쓰다듬으며 고개를 끄덕였다.

사호는 즐겁게 선배 이야기를 하지만 미오로서는 하나카의 그런 태도도 거슬렸다. 남자 친구가 있느니 없느니 하는 이야기로 다툰 지 얼마 지나지 않았고 남자 친구에 대해 너무 떠들고 싶지도 않았다.

시라이시의 자리를 봤다. 시선은 느껴지지 않았다. 어느새 교실을 나간 듯했다.

최후 통보 같은 말을 한 주제에, 그러고 보니 오늘은 그 묵직한 시선을 한 번도 느끼지 못했다.

"그런데 전학생은 점심시간마다 자리를 비우네. 도대체 뭘

먹는 걸까? 벌레? 화단에서 잡아먹는 거 아냐?"

하나카가 독설을 날리자 미오가 말렸다.

"그런 말 하지 마."

확실히 시라이시는 기분 나쁜 존재지만 그렇다고 다들 사람 한 명을 바보 취급하기 시작하면 어느새 정말로 반 전체가 그 사람을 싫어하는 분위기가 형성되고 만다. 그렇게 왕따 같은 일이 실제로 벌어지는 것은 당연히 싫었다.

하나카가 웃었다.

"미오는 너무 착해. 걔 때문에 무서워 죽겠으면서. 도대체 그 박애주의는 어디서 나오는 거야?"

놀리듯 말하는 소리에 이제는 웃을 수 없었다. 흘려들을 수 없을 정도로 그 말이 가슴에 와 박혔다.

수업을 모두 마친 뒤 동아리실에 갔다. 어제처럼 간바라가 복도 벽 앞에 서 있는 모습을 본 순간 자신도 모르게 숨을 삼켰다. 간바라가 미오의 인기척을 느끼고는 "왔어?"라며 벽에서 등을 뗐다. 그리고 간바라가 "집에 가자"라는 말을 한 순간 미오의 팔에 소름이 돋았다.

그 순간 고립되는 건 아닐지 걱정이 되었다.

동아리에서 지금보다 더 붕 뜨게 된다.

"저기요, 선배."

"응?"

"오늘은 저 동아리 갈래요. 어제도 빠졌고 더 이상 다른 사람들한테 피해를 끼칠 수도 없으니까요."

"뭐라고?"

간바라가 미간을 찌푸렸다. 믿을 수 없는 말을 들었다는 듯 반응이 격렬했다.

무서웠다. 하지만 미오도 죽을힘을 다해 말을 이었다.

"제가 잘못했어요. 전학생과의 일을 선배가 상담해 주니까 너무 의지하는 바람에……. 그래도 동아리는 빠지지 말아야죠."

"저기 말이야."

간바라가 지겹다는 듯 머리를 긁적였다. 도대체 왜 이해를 못 하냐는 듯 고개를 절레절레 저으며 미오를 응시했다.

"그거 알아? 그런 점이 제일 잘못됐다고. 내가 잘못했다는 둥 내가 잘못해서 어쩔 수 없다는 둥. 그렇게 스스로 탓하는 척하면서 두손 두발 다 들었으니 그만하라는 듯 말하잖아. 넌 책임지는 척하지만 결국 책임지지 않는 거야. 이제 깨달을 때도 되지 않았어?"

"아……."

"내가 틀린 말 했어?"

대답할 수 없었다.

"가자."

선배가 말했다. 보이지 않는 실이 끌어당기듯 고개를 끄덕이고는 그와 함께 걸었다. 자신이 잘못했다는 생각조차 할 수 없다면 누구를 탓해야 할지 알 수 없었다.

"오늘 말이야."

버스에 타고 얼마 후 간바라가 입을 열었다. 미오가 아무 말 없이 간바라를 바라보자 그가 말했다.

"집에 갈 건데 괜찮지? 부모님이나 동생한테 말해야지. 그 전학생."

입을 다문 채 눈을 부릅떴다.

어머니는 분명 집에 있을 것이다. 동생도 동아리 활동을 마치면 돌아올 것이다. 하지만 아직 말을 꺼낼 각오는 하지 못했다. 자신이 스토킹을 당한다는 이야기를 어떻게 할까.

"무슨 일이 벌어지고 나면 그때는 늦어."

간바라가 단호하게 말했다. 미오가 어떤 대답을 해도 더는 상관하지 않으리라. 하고 싶은 말이 있어도 전부 입 안에서 맴돌기만 했다.

"미오."

"네."

겁에 질려 대답했다. 그러자 간바라가 말했다.

"대나무 숲 태웠어?"

"네……?"

상황과 어울리지 않게 얼빠진 소리가 나왔다. '타케야부야케타*'라는 유명한 회문**과 연관된 농담이라도 들었나 싶었다.

하지만 간바라의 얼굴은 매우 진지했다. 정색하고 미오를 응시했다.

"안 태웠어? 내가 태우라고 했지."

"그런 말……."

한 적 없다. 결단코 한 적 없다. 그런 어이없는 말을 들었다면 분명 기억했을 것이다. 간바라는 그저 우리 집 대나무 숲이 기분 나쁘다고 말했을 뿐이었다.

그런 말 절대로 한 적 없다고 생각했지만 나오려는 말을 목구멍으로 집어삼키며 그저 사과했다.

"죄송해요."

"아, 그래."

차창을 바라보며 선배가 말했다.

"미오는 그런 면이 있지. 항상 남의 말을 대충 듣잖아."

"미안해요."

연신 사과하자 선배가 "됐어"라고 조금도 상관없다는 투로 중얼거렸다.

* 竹藪焼けた(たけやぶやけた). '대나무 숲을 태우다'라는 뜻으로 유명한 일본어 회문.

** 앞에서부터 읽어도 뒤에서부터 읽어도 같은 어구.

집에 온다는 말은 어떻게 거절하지…….

몸이 안 좋다며 버틸까. 안 된다. 그러면 더욱 집까지 바래다 주려 할 것이다.

주머니 속의 휴대폰을 움켜쥐었다. 갑자기 어머니가 쓰러졌다고 전화 온 척할까. 안 된다. 분명 걱정된다며 따라온다고 할 것이다. 걱정, 된다며.

집에서 가장 가까운 버스 정류장에 내렸다.

결국 도착하고 말았다.

"가자, 미오."

선배가 미오의 속을 훤히 꿰뚫고 있다는 듯 앞장서서 걷기 시작했다. 여러 번 집까지 바래다준 탓에 집으로 가는 길을 완벽하게 파악하고 있었다.

집 앞에 도착했을 때 선배가 불현듯 말했다.

"그 전학생 말인데."

"네."

"전학 온 지 얼마 되지도 않았고 너에 대해 아무것도 모르면서 주제 파악을 못 하네. 아주 기분 나빠. 전부터 알아 온 내가 보기에는 분명 네가 착하게 구니까 착각해서—."

"그런데…… 선배도, 전학생, 이었잖아요."

큰마음 먹고 말했다. 왠지 지금이라면 말할 수 있을 것 같았다.

바람이 불었다. 선배가 미오를 향해 고개를 돌렸다. 집 뒤에 있는 대나무가 좌우로 크게 흔들렸다.

선배가 싫어하는 '그런데'를 입에 담고 말았다.

더는 억누를 수 없었다. 사실은 전부터 위화감을 느꼈다.

전부터 알던 미오는 이런 사람이니까. 그런 말을 들으면서 수긍이 가기도 하고 잘못했다며 자책하기도 했지만 아무리 그래도 이상했다.

"선배도 작년에 전학 와서 올해 육상부에 들어왔잖아요. 나랑 그렇게 오래전부터 알던 사이도 아니고 나에 대해 뭐든지 아는 것도 아니고요……."

용기를 쥐어 짜냈다. 첫마디를 입 밖으로 꺼냈더니 탄력이 붙은 것처럼 말이 술술 흘러나왔다.

선배가 입을 굳게 다물었다. 웃지 않았다. 표정이 사라졌다.

그 얼굴을 바라보며 생각했다.

그러고 보니 간바라가 전학생을, 시라이시를 힐난하듯 말하는 것은 지금이 거의 처음이었다. 언제나 간바라가 비난한 사람은 스토커가 아니라 피해자인 미오였다. 미오가 잘못됐다고 끊임없이 말하고 미오에게만 그 분노를 터뜨렸을 뿐, 당사자인 시라이시에 대해서는 관심 없는 듯 보였다.

전부 미오 혼자 잘못한 것처럼.

"무슨 소리야?"

선배가 입을 열었다. 초조한 모습으로 머리를 긁적였다.

미오는 멍하니 그 모습을 바라봤다.

간바라 선배가 이렇게 신경질적으로 행동하는 사람이었나. 동아리를 무단결석해도 개의치 않아 하는 사람이었나.

생각에 잠겼던 미오가 자신도 모른다는 사실을 깨달았다.

시라이시가 전학 온 첫날, 하나카와 사호가 말했다. 선배에 대해서. 미쓰미네 고등학교의 전학 시험이 어렵다는 이야기를 할 때.

—그런데 시라이시는 분명 똑똑할 거야. 우리 학교 전학 시험 꽤 어렵다고 들었는데 말이야. 작년에 전학 온 선배도 갑자기 전교 1등 한 수재라고 하고.

간바라 선배는 머리가 좋다. 하나카와 사호와 '선배'라고 말하면 간바라 선배 한 사람을 가리키게 될 때까지 미오는 간바라를 동경했고 그에게 흠뻑 빠져 있었다.

그런데 그 간바라 잇타는 어떤 사람이었을까. 간바라를 동경하긴 했지만 간바라에 대해서, 이 사람에 대해서 아무것도 몰랐다. 이런 식으로 미오를 '파악했다', '알고 있다'고 단언할 사람일 줄은 몰랐다.

간바라가 천천히 머리에서 손을 뗐다. 어깨가 몹시 결리는 사람처럼 뻣뻣한 몸짓으로 고개를 돌렸다. 그리고 눈을 가늘게 떴다.

그 눈이 미오 너머에 있는 집을 봤다. 집 뒤에 있는 대나무 숲을 응시했다.

"저기…… 때문인가."

숨을 삼켰다. 무엇을 말하는 거지, 할 말을 잃은 미오의 뒤에서 느닷없이 목소리가 들려왔다.

"포기해, 간바라 잇타."

미오가 깜짝 놀라 등을 곧추세우고 뒤돌아봤다.

집 뒤편에서 차이나칼라 차림의 남자가 다가왔다. 언젠가의 기억과 눈앞의 광경이 오버랩됐다. 집 근처에서 그와 마주친 것은 이번이 두 번째다.

"시라이시……."

시라이시 가나메가 서 있었다. 하지만 미오를 보지 않고 간바라를 지그시 응시했다.

무섭지는 않았다. 그동안 그렇게나 섬뜩했던 시라이시의 모습에 지금은 왠지 구원받은 기분마저 들었다. 스스로 생각해도 너무 이기적인 해석이었지만 그런 기분이 들었다.

연신 사과만 하던 간바라와 자신 사이에 들어온 타인을 분명히 인지했다.

시라이시가 한 걸음 앞으로 걸어 나왔다.

간바라가 불쾌한 기색으로 시라이시를 흘낏 쳐다봤다.

"저게 전학생이야?"

간바라가 중얼거리더니 내뱉듯 말했다.

"네가 바로 스토커구나. 기분 나쁜 자식. 미오, 도망가자. 얼른 집으로……."

"일가 참살."

뭐라고……? 목구멍 깊숙이서 목소리가 딱딱하게 굳었다. 불온한 목소리는 시라이시의 것이었다. 미오의 다리가 굳었다. 옆을 보니 간바라도 움직이지 않았다. 눈을 부릅뜨고 시라이시를 응시하는 모습이었다.

"가족 중 한 사람에게 접근해 그 사람을 구워삶아 어느새 집까지 파고들지. 자신의 논리를 강요하면서 네가 틀렸다며 상대를 세뇌하고, 자신의 정의를 주입해. 집 안까지 들어가면 어느샌가 한 사람도 남김없이 장악해 버리지. 이번에도 그럴 계획이었겠지만……."

시라이시가 조용히 웃었다.

뾰족한 짐승의 엄니 같은 그 치아가 슬쩍 드러났다. 흉악한 미소를 띤 시라이시가 등 뒤에서 무언가를 꺼냈다. 은색 방울 같았다.

차랑, 방울 소리가 울렸다.

간바라의 눈이 크게, 더욱 동그랗게 뜨였다.

"물리치러 왔다. 이 가족은 못 죽여."

"네 놈……!"

차랑, 다시 한번 소리가 울렸다. 바람이 불었다. 집 뒤에서 대나무 숲이 솨아 솨아 흔들렸다. 그 속에 똑같은 방울 소리가 섞여 있는 듯한 기분이 들었다.

청량한 소리라고 생각했다. 그런데 그 순간, 꺄아아아앗 하는 비명이 울려 퍼졌다. 공기를 찢는 듯한 절규. 귀를 의심할 정도였다.

간바라가 땅에 무너져 내렸다. 머리를 감싸 안고 이리저리 몸부림치며 괴로워했다. 상상도 못한 모습에 미오는 입을 막았다. 순간 선배를 부르며 달려갔다. 그러나 팔을 붙잡다가 "히익!" 놀라며 손을 뗐다.

간바라의 팔이……, 몸이 뜨거웠다. 열이 나는 수준이 아니었다. 달궈진 금속을 만진 듯 뜨거웠다.

"만지지 않는 게 좋아."

시라이시가 방울을 손에 쥔 채 말했다. 차분한 목소리였다.

그 눈이 처음으로 미오를 흘끗 봤다. 관심 없다는 듯한 목소리로 말했다.

"그러니까 내가 최후 통보라고 했잖아."

시라이시의 말에 미오가 완전히 말을 잃었다. 간바라가 괴로워한다. 말끔한 그 얼굴이 일그러졌고 괴로운 듯 양손으로 얼굴을, 목을, 머리를 쥐어뜯었다.

선배! 다시 달려가려는데 손과 발이 멈췄다. 거칠게 쥐어뜯은 간바라의 얼굴이 피투성이였기 때문이다. 그 끔찍한 모습에 다가갈 수 없었다. 간바라가 휙 하고 얼굴을 크게 뒤로 젖혔다.

"몇 번이나 충고했는데."

눈앞에서 괴로워하는 간바라의 모습 따위는 개의치 않는 듯 시라이시가 말을 이었다. 무슨 생각을 하는지 알 수 없는 그 공허한 눈으로 미오를 바라봤다.

"간바라 잇타와 친해지지 말라고. 집 뒤에 대나무가 있어서 다행이지만."

간바라가 '기분 나쁘다'고 말한 대나무 숲.

바람이 숲을 흔들자 이번에는 대나무 사이로 방울 소리 같은 무언가가 또렷하게 들렸다. 그럴 때마다 간바라의 몸부림이, 경련이 더욱 심해졌다.

"너는…… 정체가 뭐야?"

혼란스러운 와중에도 간신히 깨달은 사실이 있다.

이 사람은 어쩌면…… 아마도 미오를 구하러 왔으리라.

대답이 없는 시라이시에게 미오가 계속 물었다. 괴로워하는 간바라를 바라보면서.

"선배는 왜 그러는 거야? 넌 왜……."

미오가 떠오르는 대로 묻자 시라이시가 성가신 듯 혀를 찼다. 무안했지만 감정을 드러내는 것을 보고 안심했다. 무슨 생각을 하는지 알 수 없어 소름이 끼쳤을 때보다는 훨씬 나았다.

"처음 얼굴을 본 순간 알았어. 홀렸다는 걸."

전학 첫날 미오를 물끄러미 응시하던 시라이시의 묵직한 시선이 떠올랐다. 시라이시가 빠르게 말을 이었다. 발치에서 신음하는 간바라를 지켜보면서.

"당할 줄 알았으니까 집에 같이 가보려고 했는데."

대나무 숲이 시끄럽게 울었다.

—오늘 집에 가도 돼?

갑자기 들린 그 목소리와 마음을 정화하는 대나무 향이 겹쳤다. 미오가 눈을 떴다. 영문을 모르는 것투성이지만 짐작이 가는 것은 있었다.

시라이시가 집 뒤편에서 나왔던 날. 미오의 집에 와서 아마도 저 대나무 숲에서 무언가 한 것은 아닐까.

—어떤 곳에 살고 있나 해서.

그때 아마.

"하지만, 하지만……."

입술이 부르르 떨렸다. 당시의 공포까지 다시 느끼며 말을 이었다.

"그렇게 다짜고짜 집에 가고 싶다고 하면 보통은……."

"그래? 나나 간바라나 뭐가 달라? 들인 시간과 순서가 달랐을 뿐이야. 게다가 이 녀석은 집 안까지 들어가려고 했어. 집에 몇 번이나 왔잖아."

시라이시의 어조는 담담했다. 무슨 생각을 하는지 도통 모르겠다.

"미오."

그때 갑자기 자신을 부르는 또렷한 목소리에 어리둥절해 쳐다봤다.

"이놈들은 자신의 어둠을 강요해."

시라이시가 말했다. 시선은 여전히 간바라를 단단히 붙잡고 있었다.

"거리 이곳저곳을 돌아다니면서 어둠을 뿌리고 다른 사람을 끌어들이지. 그렇게 끌려든 관계를 끊어내고 물리치는 게 우리야."

다리가 후들거렸다. 일가 참살이라는 끔찍한 말을 들은 지금은 더욱 심했다. 어처구니없다, 말도 안 되는 소리라고 생각했지만 시라이시의 말에는 기이한 설득력이 있었다.

상식적으로 생각하면 이상한데도 집에 온다는 간바라에게 저항하지 못했다.

시간을 들이고 순서가 달랐다는 사실만으로 시라이시에게 한 것처럼 거절할 수 없었다.

'그래도 보통은 그 순서가 중요하잖아. 차근차근 단계를 밟아야지.'

상식적인 주장이 통하지 않아 답답했지만 자신이 도움을

받았다는 사실은 알았다. 석연치 않지만 알았다.

"말해."

차랑, 방울 소리를 울리며 시라이시가 간바라에게 일렀다. 명했다. 눈이 신비로운 빛을 띠었다. 냉담하지도 화나지도 않은 아무런 감정도 읽을 수 없는 불가사의한 눈빛이었다.

"네 집은, 아버지는……."

그때였다.

"……젠장!"

간바라가 벌떡 일어섰다. 얼굴을 가린 채 재빠르게.

방금까지 괴로워하던 몸 어디에 그런 힘이 있었나 싶을 정도로 날랬다. 팔로 얼굴을 난폭하게 신경질적으로 몇 번이나 쉬지 않고 문질렀다. 그 팔 사이로 피투성이가 된 얼굴이 보였다. 말없이 시라이시를 노려보고는 달리기 시작했다.

짐승 같은 포효를 한 번 터뜨렸다. 찌르르, 그 목소리에 공기가 울렸다. 압도당한 듯 대나무가 흔들리는 소리도 방울 소리도 사라졌다. 들리지 않았다.

간바라가 달아났다. 깜짝 놀랄 만큼 민첩한 몸놀림으로. 마치 영화 속 특수효과를 보는 듯 현실감 없는 모습으로 오던 길을 되돌아갔다.

시라이시 가나메가 숨을 죽였다. 거기 서라거나 다른 말은 하지 않았지만 그대로 간바라를 뒤쫓으려고 했다.

"잠깐만!"

미오가 불러 세웠다. 머릿속이 너무나 혼란스러웠다. 그렇게나 무섭고 섬뜩하다고 생각했던 시라이시의 팔을 자신도 모르게 잡아당기고 있었다.

시라이시가 얼굴을 찌푸렸다.

"왜?"

"……애초에 네가 안 왔으면 이런 일도 안 일어났을 것 같은데."

선배와 급속도로 가까워진 이유는 시라이시와의 일을 상담하게 됐기 때문이었다. 그렇다면 원인은 이 사람에게 있는 것이 아닐까.

혹시 선배가 이상해진 것도.

다정한 선배로 돌아와 줄 수도 있지 않을까…….

"관계없어."

미오의 미약한 기대를 끊어 버리듯 시라이시가 단호하게 부정했다.

"내가 왔든 오지 않았든 이렇게 될 일이었어. 그 시기가 빨랐냐 늦었느냐의 차이일 뿐."

"그렇지만."

정말로 무서웠다.

시라이시가 아니라 간바라가. 지금에서야 그 사실을 분명히 깨달았다. 늦은 밤 쏟아지던 수많은 LINE 메시지를 떠올리면 등골이 서늘해졌다. 궁지에 몰린 기분으로 간바라에게 얼마나 사과했는가.

시라이시가 눈을 가늘게 떴다. 한숨을 내쉬며 미오를 내려다봤다.

"그냥 내버려 둘지 미끼로 삼을지 고민했어. 그래서 충고했는데."

"책상에 써 놓은 것도 그런 의미였어?"

"……될 수 있으면 놀래키지 않으려고."

시라이시가 비로소 겸연쩍은 듯 머뭇거렸다. 그 모습을 보고 아무래도 사실인가 보다 깨달았다. 이 사람은 정말로 자신을 염려하는 마음에서 그 글을 적어 놓은 것이다. 그 지독한 달필을, 위압감이 느껴지는 글씨를.

미오는 기가 막혔다. 시라이시는 사교성과 사회성이 떨어진다. 타인과 거리를 좁히는 방법을 전혀 모르는 사람이다. 그러나 이제 그것은 단순한 사실로 인식될 뿐이었다. 더는 꺼림칙하지 않았다. 참으로 신기하게도 지금은 오히려 간바라를 떠올렸을 때 훨씬 기분 나쁘고 혐오스러웠다. 그렇게나 좋아했는데도.

그리고 시라이시가 무섭지 않았다.

"최후 통보라는 말은 그런 의미였어. 네가 거기서 선을 긋는다면 다른 방법을 생각해 볼 참이었는데.”

시라이시가 말했다. 팔을 잡은 미오의 손을 떼어놓으며 갑자기 몸을 돌렸다.

“널 덫으로 삼은 건 미안해.”

그 말을 남기고 간바라가 사라진 쪽으로 달려갔다. 사라지기 직전 한 번 뒤를 돌아봤다.

“당분간 대숲은 그대로 둬. 그래야 간바라가 널 포기할 테니까.”

미끼라느니, 덫이라느니.

실례되는 말이었다. 너무하다고도 생각했다.

하지만 시라이시가 사라지자마자 다리에 힘이 쭉 빠졌다. 보이지 않는 누군가가 갑자기 떠민 것처럼 털썩 엉덩방아를 찧었다. 그리고 일어날 힘이 더는 남아 있지 않았다.

급작스레 알게 된 단편적인 내용을 전부 이해할 수는 없고 생각이 정리되지도 않았다. 믿기지 않는 일이 한꺼번에 벌어졌지만, 이리저리 몸부림치며 괴로워하던 간바라의 모습을 그렇게나 똑똑히 목격하고 말았다. 피투성이가 된 얼굴이 미오는 잠시도 쳐다보지 않은 채 시라이시만을 노려본 뒤 사라지는 장면을.

간바라 선배는 자신을 보지 않았다. 어떠한 변명이나 설명도 없이 그냥 그대로 도망쳤다. 그렇게나 미오를 힐난하고 메시지까지 보냈으면서. 미오라는 존재는 어떻게 되든 상관없다는 듯.

—이 놈들은 자신의 어둠을 강요해.

—그렇게 끌려든 관계를 끊어내고 쫓아내는 게 우리야.

시라이시가 한 말을 전부 이해할 수도, 믿을 수도 없다. 하지만 본능적으로 알아 버린 사실이 있다. 보고 말았으니까, 이제는.

간바라 선배는 평범한 사람이 아니었다.

아마 시라이시 가나메도.

주택가는 고요했다. 조금 전까지 대나무를 요란하게 흔들던 바람이 지금은 조금도 불지 않았다. 선배의 절규가 울려 퍼졌을 텐데 이웃집에서 아무도 나와 보지 않았다.

아직 힘이 들어가지 않는 다리를 질질 끌며 땅바닥을 기다시피 집 대문을 지났다. 현관을 열었다.

"……다녀왔습니다."

"이제 오니?"

안에서 태평한, 몹시도 평온한 어머니의 목소리가 들렸다. 그 목소리를 듣는 순간 가슴 한가운데에서 뜨거운 것이 치밀어 올랐다. 부엌에서 소리가 난다.

—간바라가 널 포기할 테니까.

살았다.

◆

다음 날 등굣길은 매우 긴장됐다. 긴장감, 그러나 무슨 일이 일어날까 하는 약간의 기대 비슷한 감정.

어제는 그 이후로 오랜만에 푹 잤다.

간바라와의 일은 겨우 며칠 사이에 벌어진 일이었는데 그동안 줄곧 눈을 가리고 있던 기분이었다. 마음이 평온해지고 나서야 비로소 깨달았다. 자신이 마치 간바라에게 지배당하는 사람처럼 그가 시키는 대로 행동했다는 사실을. 이렇게 되고 나서야 비로소 자각했다. 공기 밀도까지도 전부 다르게 느껴졌다. 아주 짧은 기간에 무시무시한 폭풍우 속에 내던져져 산산조각이 날 것만 같았던 일. 그 속에서 무사히 살아 어쩌면 돌아왔지만 돌아오지 못할 수도 있었다는 사실.

시라이시와 진지하게 이야기해 보기로 마음먹었다.

더는 시라이시가 무섭지 않았다. 간바라는 어떻게 됐을까. 시라이시가 있어 준다면 간바라도 어제처럼 무섭지 않았고, 겁먹지 않고 제대로 대화할 수 있을 것 같았다.

"미오, 좋은 아침."

사호가 인사했다.

"안녕."

미오는 인사하면서도 3학년 교실이 어떤 상황일지 계속 마음에 걸렸다. 간바라는 어떻게 됐을까. 아무 일도 없는 얼굴로 시치미를 떼고 등교했을까? 하지만 어제 얼굴에 난 상처는 분명 숨길 수 있는 것이 아니었다.

시라이시는 아직 오지 않았다. 항상 종소리가 울리기 직전에 아슬아슬하게 도착한다. 오늘만큼은 그 사실이 답답했다.

혹시 또 전학이라도 가 버린 것은 아니겠지…….

왔을 때처럼 갑자기 사라져 버리면 어쩌지 생각하니 안절부절못하는 심정이었다. 아직 만족스러운 설명을 듣지 못했다.

들어야 하는데…….

"미오랑 사호, 잠깐 선생님 좀 볼까?"

고개를 드니 담임인 미나미노 선생님이 복도에서 교실을 살피고 있었다. 늘 종소리가 울리고 나서 교실에 들어오는데 드문 일이다. 미오와 사호가 서로를 쳐다봤다. 하나카는 아직 오지 않았다.

평소에는 쾌활한 미나미노 선생님의 표정이 조금 굳어 보였다. 그 점이 마음에 걸렸지만 "무슨 일이세요?"라며 둘이서 복도로 나갔더니…… 선생님 뒤에 한 여성이 있었다.

몹시 지친 모습에 눈이 대끈했다. 얼굴이 새파랗게 질려서 잠을 자지 못했거나 건강이 나쁜가 보다 생각했다. 그 여성이 눈물을 쏟을 것 같은 눈으로 미오와 사호를 바라봤다.

낯이 익다고 생각하다가 알아차렸다.

학부모 모임 때 한 번 본 적 있었다. 하나카의 어머니였다.

"잠깐 이리로 오렴."

선생님을 따라 교무실 옆 학생 지도실로 들어갔다. 작은 방으로 들어가는 순간 좋지 않은 예감이 들었다.

"앉으세요."

미나미노 선생님이 자리를 권했지만 하나카의 어머니는 앉지 않았다. 입을 다문 채 그저 꼼짝 않고 미오와 사호를 응시했다. 하나카의 어머니가 서 있어서 미오와 사호도 앉을 수 없었다.

미나미노 선생님이 난감하다는 듯 말을 꺼냈다.

"……하나카가 어젯밤 집에 들어오지 않았다는구나."

미오의 숨이 멎었다. 사호는 옆에서 "네?" 하고 되물었다. 선생님이 말을 이었다.

"일단 집에 돌아오긴 했는데 밤에 식구들 모르게 다시 집을 나간 뒤로 연락이 없단다. 아침이 되도 돌아오지 않고 오늘도 아무 연락이 없어. 학교에도 안 오고."

"……너희들, 뭐 아는 거 없니?"

하나카의 어머니가 처음으로 입을 열었다. 눈이 벌겠다. 운 탓인지 잠을 자지 못한 탓인지, 아니면 둘 다인지 알 수 없었다. 미오와 사호를 향해 몸을 바싹 기울였다.

"책상 위에 메모 같은 게 적혀 있었어. 그리고 창문이 열려 있었어. 마치 흡혈귀가 채간 것처럼."

흡혈귀.

어머니는 몹시 혼란스럽고 경황이 없어 보였다. 미나미노 선생님도 그 엉뚱한 말에 어떻게 반응해야 좋을지 모르겠다는 듯 어머니를 바라봤다.

그러나 미오는 얼굴에 점점 핏기가 가시는 것을 느꼈다. 발바닥이 바닥에 달라붙어 버린 것처럼 몸이 굳었다.

상상하고 말았다.

활짝 열린 창문. 아무도 없는 하나카의 방에서 펄럭이는 커튼.

흡혈귀는 어머니가 느낀 그대로의 솔직한 인상이었다. 당치 않은 말이기에 오히려 그 장면이 지독하게 생생하게 전달됐다. 직접 본 듯 상상이 됐다.

"메모라니, 뭐라고 적혀 있었어요?"

내가 물었는데 내 목소리가 아닌 것 같았다. 꺼림칙한 예감이 들었다.

'흡혈귀.'

최근 갑자기 포니테일로 머리를 묶기 시작한 하나카. 섬세한 목덜미를 드러내니 성숙해 보여서 하나카에게 잘 어울리는 헤어스타일이라고 생각했다. 하얀 목덜미.

최근에 미오에게도 누가 머리를 짧게 자르라고 하지 않았던가. 목덜미를 가리면 좋지 않다고. 목덜미가 보이지 않는 게 싫다던 그 말투에 몹시도 진저리나서 노그라졌던 일이 기억났다.

'흡혈귀.'

하얗고 가느다란 목에 송곳니를 세우는 귀신. 하나카를 생각하는데, 상상하는 동시에 미오의 목덜미 또한 찌릿찌릿 아프고 모골이 송연했다.

간바라가 웃었다. 친구와 싸우고 말았다는 미오에게 다정하고 부드럽게 미소 지어 보이며 말했다. 괜찮을 것이라고.

—금방 화해할 수 있을 거야. 너희 보고 있으면 늘 느낌이 좋거든. 사이좋은 세 자매 느낌이야.

비명을 지를 뻔했다.

하나카와 선배를 서로에게 소개한 적은 없다. 그런데 선배는 하나카의 이름을 알고 있었다. 그날 교문에서 줄곧 미오를 기다린 선배는 미오와 만나기 전에 교문을 지나는 학생들과 만났을 터다. 미오와 사호를 두고 서둘러 나간 하나카와도.

"이거야."

하나카의 어머니가 핸드백을 뒤졌다. 작고 길쭉한 종이를 꺼냈다. 종이에 적힌 내용을 보는 순간 미오는 아…… 소리 없이 탄식하며 눈을 감았다.

- 3학년 간바라 선배와 함께 있어요. 걱정 마세요.

“허어어얼!”

미오를 대신해 소리친 사람은 사호였다.

눈을 뜨니 사호는 이 엄청난 사건에 미오와 하나카의 어머니와 미나미노 선생님, 누구를 바라봐야 할지 모르는 모습으로 가여울 정도로 동요했다. 그중에서 가장 마음이 쓰이는 사람은 역시 미오인 듯했다. 이게 무슨 말이야? 도대체 무슨 일이야? 혼란스러운 눈빛으로 미오를 바라봤다.

“3학년 간바라는 아직 학교에 안 왔어. 집에 전화했는데 아무도 안 받더구나. 미오, 너 간바라와 같은 육상부잖아? 뭐 이야기 들은 거 없니?”

“……모르겠어요.”

쉰 목소리로 대답했다. 사호가 안쓰러운 시선으로 미오를 바라봤다.

“하나카랑은 어제 전화도 LINE도 안 했고 학교 끝나고 헤어진 게 마지막이었어요.”

“저도요…….”

사호도 함께 고개를 저었다. 그러자 하나카의 어머니가 고개를 들고 미오와 사호를 쳐다봤다.

“그 선배와 하나카가 사귀는 사이였니?”

사호가 짧게 숨을 삼켰다. 난처한 듯 미오를 쳐다봤다. 미오는 그 시선을 받아내며 하나카의 어머니만을 바라본 채 고개를 저었다.

"모르겠어요."

아마도 앞으로 간바라가 학교에 나오는 일은 없을 것이다.

두 번 다시 만날 일 없을지도 모른다. 절망적인 깨달음. 논리적인 사고가 아니라 그저 자연스럽게 깨달았다. 어제의 그 괴로워하고 몸부림치다가 도망치던 모습을 보고 말았으니까.

'내 탓이야.'

미오는 시라이시가 구해줬다. 간바라는 미오를 확실히 포기했다. 하지만 간바라가 홀려서 끌어들이려고 했던 사람이 한 명이 아니었다면.

그렇게 갑자기?

하나카가 머리를 포니테일로 묶기 시작한 시기는 최근이었는데 선배와 그렇게까지 빠르게 가까워질 정도로 시간이 충분했다고……? 한숨이 터져 나왔다.

시간이 아니다.

꼭 시간을 들여야 거리감이 줄어드는 건 아니다. 미오도 최근 며칠 동안 매일 간바라에게 휘둘렸다. 사흘 사이에 간바라에 대한 마음이 바뀌었다. 그렇게 되면 더는 그 이전으로 돌이킬 수 없다.

하나카가 소리 없이 웃던 모습이 떠올랐다. "간바라 선배 진짜 멋있고 일편단심 느낌이라 좋잖아." 그 말에 "그런가?" 장단을 맞춘 미오에게.

분명 친구였다.

하지만 그때 하나카는 속으로 무슨 생각을 했을까.

"일단 간바라네 집에 가보겠습니다."

"저도 함께 가요."

미나미노 선생님과 하나카의 어머니가 나누는 대화를 듣는데, 선생님이 난감한 듯 "둘은 이제 교실로 돌아가거라"라며 지시했다.

"하나카에 대해서는 아직 밝혀지지 않은 게 많으니까 부디 경솔하게 다른 사람한테 말하지 말고. 의외로 갑자기 돌아올 수도 있는데 지금 시끄러워지면 그때 딱하잖니."

선생님이 안간힘을 다해 꾸며낸 밝은 목소리를 도저히 듣고 있을 수 없었다. 희망 섞인 그 목소리에 하나카의 어머니가 손바닥에 얼굴을 묻었다. 더는 견딜 수 없는 듯 "하나카……" 하고 딸의 이름을 중얼거렸다.

학생 지도실을 나와 교실로 돌아갈 때까지 사호는 고개를 숙이고 있었다. 미오를 염려해서 잠자코 있는 것이 아니라 정말로 말이 나오지 않는 듯했다. 곧장 교실로 돌아갈 수 없는 심정이라 어쩌다 보니 둘이서 인적 없는 비상계단 쪽으로 걸어갔다.

코를 훌쩍이는 소리에 쳐다보니 사호가 눈물을 글썽였다.

그러다 미오의 시선을 눈치채고는 사과했다.

"미안해. 네가 더 울고 싶을 텐데. 내가 울어서 미안."

"……괜찮아."

뭐가 괜찮다는 것인지 잘 모르겠다. 말없이 손수건을 내밀자 사호가 받아 들고 눈가에 갖다 대며 말했다.

"하나카 말이야, 남자 친구가 없는 거 사실은 우리 생각보다 훨씬 더 신경 썼던 걸까?"

혼잣말하듯 말을 이었다.

"그래도 이건 아니잖아."

이번에는 강한 어조였다. 목소리에 분노가 선연했다.

"그렇다고 남의 남친을 건드리다니 저질이야. 이건 진짜 아니지."

온순한 이 아이가 이렇게 화를 낸다. 이런 솔직한 마음조차 간바라는 자기기만이니 뭐니 하겠지. 순간 그런 생각이 고개를 들자 안 돼, 지배당한다며 생각을 떨쳐 버렸다.

이렇게 친구를 위해 진정으로 안타까워하며 눈물을 흘릴 수 있는 그런 세상으로 나는 돌아왔으니까. 사호의 올바른 성정을, 다정한 마음을 누구에게도 부정당하고 싶지 않았다.

하지만 하나카는 가 버렸다.

미오가 계속 나약하게 굴어 간바라에게 시달린 것처럼. 그 나약함을 파고든 것처럼. 하나카 내면에도 파고들 만한 어둠의 근원이 분명히 있었다.

지난날 친구의 모습을 되짚고 싶은 마음에 뻗어나가는 생각을 멈출 길이 없었다.

그날 하나카는 포니테일로 묶은 긴 머리를 어떤 마음으로 쓰다듬었을까.

속이 울렁거린다는 사호를 양호실까지 데려다줬다. "오늘은 이만 조퇴하는 게 어때?"라는 말을 남기고 미오 홀로 교실로 돌아왔다.

교실 문을 열자 시라이시가 자리에 앉아 있었다.

간바라와 하나카처럼 이제 이곳에서 사라지지 않았을까 생각했기에 한숨 놓였다. 그를 보고 마음속 깊이 안도했다.

"……가나메."

왜 그 순간 시라이시 가나메를 성이 아닌 이름으로 불렀을까. 그 이후로 한참이 지나도 알 수 없었다. 하지만 그 순간 자연스럽게 그렇게 불렀다.

생소한 호칭이었을 텐데, 게다가 이 교실에서 그에게 말을 거는 학생은 없었을 텐데 시라이시 가나메는 곧바로 고개를 들었다. 무슨 생각을 하는지 알 수 없는 괴이한 눈이라는 첫인상은 변하지 않았다.

하지만 지금은 그 눈이 무섭지 않다. 도리어 그 정체 모를 안

정감에 기대고 싶다는 생각마저 들었다.

종이 울려도 미나미노 선생님은 오지 않았다. 아직 하나카의 어머니와 이야기하고 있겠지. 분명 얼마 동안 오지 않을 것이다.

"간바라 선배가 사라졌대."

주변 아이들에게 간신히 들리지 않을 정도로 말하자 가나메의 눈에 빛이 깃들었다. 아주 희미한. 자세히 관찰하지 않으면 눈치채지 못할 정도의 빛.

"찾으러 갈 거면 나도 데리고 가."

가나메가 어렴풋이 눈을 반짝 떴다. 다만 그것은 어제까지 보이던 귀찮거나 어이없어하던 눈빛과는 조금 달랐다. 흥미롭다는 눈빛으로 말없이 미오를 마주 봤다.

하나카가 함께 사라졌다는 사실은 이미 알고 있는 듯했다. 미오의 말에 놀란 기색은 없었다.

말끄러미 응시하는 가나메를 미오도 똑바로 바라봤다.

가나메가 어떤 목적으로 무엇을 하는지 자세히는 모른다. 간바라가 사라진 학교를 곧바로 떠날 생각이었을지도 모른다. 하지만 하나카에게로 이어지는 가느다란 선은 가나메뿐이다. 가나메를 잃으면 끝이다.

—성희롱이잖아.

하나카가 예전에 가나메에 대해 그렇게 말했고, 그 말에 미오도 성희롱은 아니지만 '어떤 폭력'이기는 하다고 생각했다. 사람과 사람 사이의 거리감이 정상이 아니고 자신의 생각이나 사정을 일방적으로 강요한다. 가나메가 아니라 간바라 잇타에게 당했던 일이야말로 바로 그러했을지 모른다고 지금에서야 생각한다.

이놈들은 어둠을 강요한다고 가나메가 말했다.

미오에게 이러쿵저러쿵 지시하던 그때 간바라의 눈 속에는 확실히 어둠이 있었다. 시커먼 그것을 들여다보면 그곳에서는 미오와 다른 사람들이 평범하게 살아가는 세상의 상식이나 올바른 생각 따위 전혀 통하지 않는다. 온몸에서 그런 분위기가 오라처럼 풍겨 나왔다.

야미하라*.

자신의 마음속에 있는 어둠을 흩뿌리고, 강요하고, 타인을 끌어들이는 야미하라. 마음과 눈 속에 도사린 어둠이 밖으로 나와 주변을 물들인다. 그러니까 그것은 어둠으로 휘두르는 폭력이라고 부를 수 있지 않을까.

"……됐대."

웅얼거리는 소리가 들렸다. 응? 미오가 되물었다. 가나메가 다시 말했다.

* 야미-하라스먼트(闇Harassment). 야미(闇)는 일본어로 어둠을 뜻한다.

“어제 미에현 산속에서 신원 불명의 남자가 시신으로 발견됐대.”

느닷없이 무슨 말이지. 당황한 미오에게 가나메가 말했다.

“간바라 잇타 같아.”

삼킨 숨이 그대로 멎었다.

어제 본 피투성이에 상처투성이였던 그 얼굴이 떠올랐다.

가나메가 물었다. 미오의 얼굴을 똑바로 응시하면서.

“왜 나와 같이 가고 싶어?”

갑작스러운 타이밍에 중요한 사실을 증명하는 것이 이미 습관처럼 굳어진 듯했다. 미오가 대답했다.

“하나카가 걱정되니까.”

이 마음을 기만이라고 해도 상관없다.

박애주의라고 불러도.

다정함은 나약함과 같은 의미일지 모르지만 그 마음을 잃느니 차라리 나약한 편이 낫다. 부정하지 않겠다. 변할 필요 따위 없다.

걱정스럽다, 책임을 느낀다, 내 탓이다……, 미리 사과한다.

이 모든 것은 자신을 위한 일이며 다정한 마음에서 비롯된 행동이 아니라고 해도 어쩔 수 없다.

미오가 다시 말했다.

“나는 하나카의 친구니까.”

모범생이라고 해도 좋다. 배신당했다는 생각도 분명히 들었다. 그러나 이 마음은 거짓이 아니었다. 미오가 가나메에게 말했다. 부탁했다.

"그러니까 나도 데리고 가."

침묵이 깔렸다.

얼마간의 시간, 그리고 가나메가 대답했다.

"알겠어."

제2장 이웃

팡! 무언가가 터지는 듯한 큰 소리가 났다.

아파트 베란다에서 빨래를 널려고 몸을 수그리고 있던 리쓰는 그 소리에 황급히 고개를 들었다. 베란다에서 아래를 내려다봤지만 무슨 일이 일어났는지 바로 파악할 수 없었다.

비명이 들린 듯도 했다.

그러나 그전에 들린 소리가 너무 커서 귓속이 마비된 것 같았다. 기이한 느낌이었다. 귀 바로 옆에서 경적을 울리는 듯한 충격을 느꼈지만 지금 생각하면 그 소리는 어딘가 물기를 머금은 듯도 했다. 모순되지만 첨벙 같은 소리처럼.

방금 뭐지? 생각하는데 밑에서 술렁이기 시작했다. 5층인 이곳에서는 무슨 일이 일어났는지 소리가 난 장소가 보일 듯 보이지 않았다. 뒤숭숭한 기분으로 남은 빨래를 서둘러 널고 거실로 들어왔다.

무슨 일이 있었는지 알게 된 것은 남편 유키가 아이를 초등학교에 보내고 돌아온 뒤였다.

"왔어? 가나토는 학교 잘 갔어?"

직장에 탄력 근무제를 신청한 남편은 퇴근이 늦는 만큼 출근 전까지 아침 시간에 여유가 있었다. 개를 산책시킬 겸 초등학교 1학년인 외아들 가나토를 근처 초등학교까지 바래다주는 것이 유키의 일과다. 남편이 퇴근하고 돌아올 시간에는 가나토가 이미 잠든 때가 많아서 아침이 남편과 아들이 대화할 수 있는 얼마 되지 않는 시간이었다.

잘 갔냐는 질문에 깊은 의미는 없었다. 매일 아침 집에 돌아온 남편에게 으레 인사처럼 묻는 말이었다.

그런데 오늘은 유키가 어딘가 이상해 보였다. 함께 돌아온 마메시바* 해치도 묘하게 흥분한 상태였다.

"가나토는 아무 일 없는데 좀……."

안색이 나빴다.

"세수하고 손 좀 닦고 올게."

화장실로 간 남편에게 해치를 넘겨받아 산책으로 더러워진 발을 수건으로 닦아 주는데 유키가 돌아왔다.

"뛰어내린 거, 봤어."

* 작은 시바견.

"응……?"

리쓰의 귀에 조금 전 들린 소리가 되살아났다. 그러면 그 소리가…….

유키가 기진한 듯 식탁 의자에 걸터앉았다. 출근 전이라서 티셔츠에 청바지를 입은 편한 차림이었는데 세수할 때 튄 물로 티셔츠가 조금 젖었다.

"가나토를 학교 근처 모퉁이까지 데려다주고 아파트 단지 남쪽 입구까지 왔는데 갑자기 쿵 소리가 나길래 처음에는 교통사고라도 난 줄 알았어. 소리가 날 때 비명도 함께 들렸거든."

"응."

"그런데 봤더니 차가 없는 거야."

유키가 말한 큰 소리는 리쓰가 들은 것과 같은 소리일 것이다. 리쓰에게는 팡 하고 경적이 울리는 것처럼 크게 들렸는데 가까이 있던 유키에게는 그렇게 들렸다는 말인가.

남쪽 입구는 조금 넓은 도롯가에 있다. 교통량은 그다지 많지 않지만 아침 이 시간이라면 점심시간보다는 오가는 차가 많으리라.

"자전거를 탄 대학생으로 보이는 여자애가 주저앉아 있었어. 그래서 봤더니 그 앞에 앞치마 입은 여자가 쓰러져 있더라고."

"……피 같은 건?"

유키가 고개를 저었다.

"피는 별로 못 봤어. 그런데 팔다리가 말도 안 되는 각도로 꺾여 있었어."

막연히 상상할 수밖에 없지만 아…… 탄식했다.

"다가갔더니 숨은 겨우 붙어 있었는데 상태가 뭐, 가망 없어 보였어."

유키가 말을 골랐다. 리쓰가 물었다.

"주변에 자전거 탄 여자애랑 당신 말고 다른 사람은?"

"처음에는 없어서 난감했지. 그 아이는 완전히 패닉 상태였고 나도 가나토를 데려다주고만 올 생각이라 휴대폰을 안 갖고 나가서. 그런데 관리인이 금방 알아채고 나오기에 구급차를 불러달라고 부탁하고 왔어. 나도 출근해야 하니까."

"그랬구나."

영화나 드라마에서 보듯 사람들이 몰려들어 법석을 부리는 일은 없었던 듯한데 그래서 남편의 이야기가 더욱 생생하게 들렸다.

"잠옷 차림이었다니, 우리 아파트 사람인가?"

"아마도. 아니면 다른 곳에서 뛰어내리려고 여기까지 왔을지도 모르지만."

남편이 한숨을 쉬었다.

"우리 아파트는 외부인도 비상계단으로 들어올 수 있으니까."

똑같이 아파트라고 불러도 다 같은 아파트가 아니다.

흔히 말하는 아파트 단지는 1960년대 즈음 여기저기 생긴 건물에, 시대의 흐름에 따라 입주자가 빠지거나 거주자의 고령화로 활기를 잃어 간다는 이미지가 일반적이다. 그러나 리쓰의 가족이 사는 아파트는 사정이 조금 달랐다. 약 10년 전에 지역에서 유명한 젊은 디자이너 부부에게 전면 위탁해 개조하면서 감각적인 리노베이션으로 화제가 됐다. 입주자가 빠진 만큼 두 채를 터서 한 채로 만든 집이 몇 채 있었는데 이 동네의 다른 맨션들에 비하면 제법 넓었다. 게다가 집세도 저렴해서 젊은 사람이나 아이를 키우는 부부에게 인기가 많았다.

개조한 건물은 오래된 건물의 외관 자체를 살린 디자인이었다. 외벽을 덮었던 담쟁이덩굴까지 디자이너의 손길에 분위기 있게 변했다.

리쓰 가족도 이 아파트의 그런 소문을 듣고 구경 온 가족 중 한 팀이었다. 이전까지는 세 식구가 도심 속 방 하나짜리 맨션에서 살았지만 아이가 자라면서 집이 좁아졌고 가나토가 개를 기르고 싶어 해서 아들의 초등학교 입학에 맞춰 이사를 계획하고 집을 찾았다. 그렇게 다다른 곳이 이 사와타리 단지였다.

원래부터 인기 있는 곳이라 물건이 잘 나오지 않는다고 들었다. 그런데 운 좋게 의뢰한 부동산 중개업소로부터 빈집을 안내받았다.

그곳이 바로 지금 리쓰 가족이 사는 515호였다.

도심과 가까우면서 방이 세 개. 건물은 확실히 낡았지만 입구와 복도가 충분히 리노베이션 되어 있었다. 옛 멋을 살린 디자인 덕분에 오히려 외국의 아파트 같은 고풍스러운 분위기를 풍겼다.

무엇보다 리쓰의 마음을 움직인 것은 처음 집을 둘러볼 때 엘리베이터에 붙어 있던 종이 한 장이었다. 그 종이를 본 가나토가 불쑥 말한 것이다.

"여기 축제 있나 봐. 오미코시*도 하나 봐."

'사와타리 단지 어린이 축제'라고 적힌 작은 포스터 속에 핫피**를 입은 아이들이 웃고 있었다. '솜사탕도 있어요', '신사에 가서 오미코시도 져요', '10시, 아파트 단지 안뜰 공원에 집합!'이라는 문장이 줄지어 적힌 것을 보고 이곳에서 가나토를 키우고 싶다고 생각했다.

리쓰는 대학에 입학하면서 도쿄에 왔지만 고향은 도쿠시마현으로 어릴 적에 이런 축제나 어린이를 위한 행사가 끊이지 않던 곳이었다. 남편과 결혼할 때부터 서로의 직장 때문에 아

* 일본 축제 때 지고 행진하는 신체나 신위를 실은 가마.

** 장인이나 축제 참가자들이 주로 입는 일본 전통 의상.

이를 도쿄에서 키울 수밖에 없다고 생각했다. 내 아이를 내가 자란 곳과 같은 환경에서 키우기에는 어렵겠다고 생각하면서도 역시 아쉬웠다. 아무래도 도심은 다른 지역보다 지역사회 교류가 적다. 이사 전에 살던 맨션에서도 비슷한 또래 아이를 키우는 부모들과도 기껏해야 인사만 하는 정도의 사이여서 가까워지지 않았다.

그러나 이 아파트라면 '삶이 있을 것' 같았다. 이곳에서 아들을 동네 사람들과 함께 키우고 싶다. 리쓰와 같은 지역 출신인 남편 유키도 같은 생각이었던 듯했다.

"좋다, 이런 거. 뭉클해."

남편이 중얼거린 그 순간 부부는 마음을 정했다. 그런데 남편이 걱정스러운 듯 덧붙였다.

"당신 일을 생각하면 보안이 좀 걱정되긴 해. 관리인이 있는 것 같지만 오래된 단지를 개조한 만큼 지금 사는 맨션처럼 자동잠금장치가 안 달려 있을 테고."

"괜찮을 거야. 나도 요즘엔 얼굴은 안 나오니까."

"그래도……."

배려는 기뻤지만 괜찮다며 미소 지었다.

"정말 좋아 보여, 사와타리 단지."

그렇게 대답하며 입주를 결정했다. 지금으로부터 약 1년 전, 가나토가 초등학교에 입학하기 전 겨울이었다. 4월 입학을 앞

두고 3월에 이사한 뒤 살기 시작한 지 반년 남짓. 첫 가을을 맞았는데 여전히 쾌적하게 지내고 있다.

그러나 허술한 보안 탓에 이런 일이 생겼다고 통감했다. 오래된 건물의 장점을 살려 개조했기에 비상계단으로 외부인이 들어올 수 있다.

"가나토네 학교 학부모는 아니었으면 좋겠는데……."

투신한 여성이 앞치마 차림이었다는 사실이 마음에 걸렸다. 아파트 단지는 하나의 커뮤니티지만 물론 2백 가구나 되는 모든 입주 가정을 알지는 못한다. 그러나 자신과 같은 아이를 둔 어머니라고 생각하니 오금이 저렸다.

"글쎄. 나이는 우리보다 많아 보였는데. 얼굴을 자세히 보진 못했지만 아는 사람은 아니었던 것 같아."

"……자전거 탄 그 여자애는 다행이네. 안 부딪쳐서."

냉장고에서 보리차를 꺼내 아직 안색이 약간 좋지 않은 남편에게 따라줬다. 그리고 말을 이었다.

"투신자살하는 사람은 남까지 말려들게 하려는 심리가 있다는 말을 들은 적 있어. 무의식중에 아래에 사람이 있을 때를 노려 뛰어내리려고 한대."

보리차를 마시던 남편이 얼굴을 찌푸렸다.

"소름 끼치네."

중얼거리는 소리에 리쓰도 고개를 끄덕였다.

"완전히 무의식중에 그런다는 것 같던데 전에 라디오 게스트로 나왔던 뇌과학자 선생님이 말씀해 주셨어."

리쓰는 프리랜서 아나운서다.

결혼 후 임신을 계기로 기존에 근무하던 TV 방송국을 퇴사한 뒤 한때는 그대로 은퇴해 육아에 전념할 생각도 했다. 하지만 주변 사람들과 남편이 강하게 권하기도 해서 계속 일하고 있다. TV 출연이나 프로그램 진행 등 공개적으로 얼굴을 내미는 일은 최대한 줄이고 지금은 내레이션 같은 목소리 녹음 일을 중심으로 활동한다.

한때 은퇴를 생각한 이유는 임신 중에 자주 건강이 좋지 않았고 체력에 자신이 없어진 탓이었지만 가나토를 낳고 시간이 흐른 후 컨디션을 되찾아 지금은 안정적인 페이스로 꾸준히 일하고 있다. 감사하게도 방송국 시절 리쓰를 기억하고 찾아 주는 덕분에 아직 TV 프로그램 등의 내레이션 의뢰가 들어오기도 하고 작년부터는 라디오 프로그램을 고정으로 맡게 되었다. 광고주가 제공하는 30분 방송에서 매회 다양한 사람을 게스트로 초대해 토크를 진행한다.

녹화 후에는 출연자와 시간 가는 줄 모르게 이야기꽃을 피우기도 한다. 조금 전 한 말도 그런 대화 중에 들은 이야기였다.

리쓰의 목소리에 유키가 눈살을 찌푸렸다. 깨끗하게 비운 컵을 식탁에 내려놓았다.

"아무튼 다녀오던 길에 벌어진 일이라 가나토가 그걸 안 봐서 다행이야."

"그러게 말이야."

리쓰도 고개를 크게 끄덕였다. 아이들 등교 시간과는 미묘하게 엇갈린 듯했다. 만약 시간대가 겹쳤으면 어땠을까 생각하니 소름이 끼쳤다.

"나 슬슬 출근할게. 혹시 밑에 경찰이 출동하거나 해서 어수선할 수 있으니까 당신도 외출할 때 조심하고."

"알았어. 오늘은 낭독회 자원봉사 때문에 학교에 갈 예정이라 아마 현장을 지나갈지도 몰라."

유키가 대답하는 리쓰를 향해 갑자기 웃어 보였다.

"왜?"

리쓰가 물었다.

"아니, 냉정하다 싶어서. 우리가 사는 집이 사건 사고가 난 곳이라고 낙인찍힌다며 훨씬 더 싫어하거나 전전긍긍할 줄 알았거든."

어쩌면 남편이 현실적인 말을 한 것일지도 모른다. 리쓰가 고개를 갸웃했다.

"집 안에서 죽은 경우 말고 집 밖으로 뛰어내려 자살한 경우도 해당되나?"

"글쎄. 사건 사고가 일어난 부동산 정보를 정리해 올리는 사이트 같은 게 있다는 것 같던데, 그런 데는 올라오지 않을까? 죽은 사람이 실제 거주자인지 아닌지에 따라 문제가 있는 집인지 아닌지 결정될 수도 있지만."

말을 마친 남편이 한숨을 내쉬었다.

"그런데 그런 생각을 하면 마음이 무거워. 그런 사이트에 우리 집이 소개된다면 결국 오늘 본 그 사람은 죽었다는 말이잖아? 당시에 딱 봤을 때는 살 수 없을 것 같다고 생각하긴 했지만 실제로 그렇게 됐다는 걸 아는 건 마침 그 자리에 있던 사람으로서 괴로워서."

"아, 나도 예전에 그런 사이트가 있다는 걸 알고 찾아본 적 있어."

일본 전국의 사건이나 자살 등으로 사망한 사람이 나온 건물이나 집의 정보를 공개하는 유명한 사이트였다. 방송국에서 근무할 때 동료에게 그런 사이트가 있다는 이야기를 듣고 반쯤 호기심에 잠깐 들여다본 적이 있다.

"그래? 본 적 있구나."

남편이 놀란 듯 말했다. 요란하게 몸서리치는 흉내를 냈다.

"그런 걸 잘도 봤네. 우리 옆집이 바로 그런 집이라거나 자주 다니는 곳 근처가 그런 곳이라는 걸 알게 되면 싫지 않아?"

"음……. 처음에는 확실히 우리가 사는 지역이나 일 때문에 자주 가는 곳 주변에 그런 장소가 있을까? 정도의 호기심이었기는 했지."

도리어 무서운 것을 보고 싶어지는 심리에서 들여다본 것은 처음뿐이었다. 사이트에 뜬 지도를 보고는 사건 사고가 발생한 건물이나 집이 이렇게나 많다는 생각이 들자마자 바로 이것이 반드시 많은 수는 아닐지도 모른다는 생각에 이르렀다.

"그걸 보면서 오히려 요즘은 집에서 죽는 사람이 정말 적구나 싶었어. 사이트에는 고독사나 병사도 나와 있었거든. 꼭 모든 정보가 소개된 건 아니라고 생각하지만 이렇게나 많은 사람이 사는데 집에서 죽는 사람이 이만큼밖에 안 된다니 현대사회에서 죽음이란 일상과 철저히 배제되어 있구나, 싶었어. 보통은 대부분 병원에서 사망하고 그 외는 특별한 경우래."

그때 봤던 지도를 머릿속에 떠올렸다. 사이트에 표시된 건수도.

"그러니까 앞으로 우리 아파트가 사건 사고가 있었던 단지라고 알려져도 그냥 그런 일이 있었구나, 하고 지나갈 정도의 일일지도 몰라."

"그런 식으로 생각했구나. 역시 당신은 사고방식이 이지적이야."

남편이 신음하듯 말한 뒤 농담조로 말했다.

"역시 지성의 리쓰야."

"그만해."

방송국 아나운서 시절 언론에서 붙여준 리쓰의 별명이었다. 사랑스럽고 화려한 외모로 인기 많은 동기와 후배들과 비교하는 기사가 각종 잡지에 실렸다. 모리모토 리쓰는 '지성의 리쓰'. 버라이어티보다 작가나 학자와의 대담 방송에 제격이라고들 했지만 그 말인즉슨 자신이 무난하고 개성이 없다는 말이 아닐까 생각했다.

"네, 네. 그럼 난 회사 다녀올게요."

남편이 옷을 갈아입으러 방으로 들어갔다. 집을 나설 때 언제나처럼 해치가 남편의 발치에서 까불까불했다.

그런 남편의 등을 향해 불렀다.

"저기, 여보."

"응?"

"……조심해요."

유키가 시선을 들었다. 자신 못지않게 이런저런 일을 이성적으로 판단하는 사람이라는 점에 끌려 결혼했다. 오늘 목격한 일도 다른 사람이었다면 훨씬 더 이성을 잃고 호들갑을 떨거나 엄청난 사건이라며 흥분했을지도 모른다.

"당신은 아무렇지 않다고 생각할지 몰라도 사람이 죽는 장면을 봤으니까. 당신도 모르는 부분에서 생각지도 못하게 충격을 받았거나 후유증이 남았을 수도 있어. 무리하지 마요."

"알겠어. 괜찮아. 걱정해 줘서 고마워."

남편이 미소 지으며 말한 뒤 집을 나섰다.

남편을 배웅하고 나서 관엽식물에 물을 주고 청소와 자잘한 집안일을 한 뒤 오후부터 학교 자원봉사 사전 미팅에 참석할 준비를 했다. 무엇을 입고 갈까 고민하다가 예전에 스타일리스트가 붙는 일을 할 때 입었던 옷을 그대로 구매한, 얄게 트임이 난 원피스로 훌렁 갈아입었다.

도중에 신경이 쓰여서 인터넷 뉴스를 보거나 TV를 켜 봤지만 투신자살 소식은 나오지 않았다. 사건성이 없는 자살은 여간한 일이 아닌 이상 보도되지 않을지도 모른다. 죽음이 일상과 배제되어 있다고 했던 자신의 말을 다시 떠올렸다.

학교로 향하던 중 유키가 말한 남쪽 입구 앞을 지났다.

경찰이 있거나 TV 드라마에서 자주 보듯 사람 모양의 흰 선이 그려져 있거나 일정 범위에 출입 금지 테이프가 쳐져 있을 줄 알았는데 현장으로 추정되는 장소는 맥 빠질 정도로 조용했다. 딱히 구경꾼도 없고 테이프나 흰 선도 없었다.

다만 땅바닥 일부가 부자연스럽게 젖어 검게 변해 있었다. 흔적을 씻어낸 뒤겠지. 그 부분만이 이곳에 남아 있는 죽음의 그림자처럼 느껴졌다.

◆

학교 자원봉사 활동 모임에 참석하는 것은 처음이었다.

가나토가 다니는 구립 구스미치 초등학교는 인근에서 평판이 매우 좋은 학교다. 학군 안에 국가공무원 숙소가 있는데 그곳의 자녀들도 많이 다녀서인지 어려서부터 교육열이 높은 가정이 많았고, 부모의 직업 때문에 초등학교 입학 전까지 외국에서 자란 아이들도 제법 있었다. 다양한 환경에서 자란 아이들이 서로에게 좋은 영향을 주고받을 수 있어서 개중에는 이 초등학교에 입학하기 위해 학군을 옮기려고 일부러 이사 오는 가정도 있었다.

리쓰의 동료 중에는 아이를 사립학교에 보내는 사람도 많았지만, 이사를 고려하면서 가나토가 다닐 학군의 초등학교도 함께 알아보던 중 구스미치 초등학교의 평판을 듣고 매력을 느껴 사와타리 단지를 선택하기도 했다.

구스미치 초등학교에서는 학부모회 임원들이 하는 일과는 별개로 화단 관리나 가을 축제 바자회 준비, 통학로 횡단보도에서 교통안전 깃발 들기 등 다양한 학부모 자원봉사 활동이 활발하게 이루어지고 있다.

리쓰는 원래 가나토가 태어났을 때부터 앞으로는 되도록 아이를 위해 시간을 쓰고 싶었다.

가나토가 입학한 뒤 줄곧 봉사활동을 하고 싶었지만 일이 바빠 좀처럼 시간을 내기 힘들었다. 그러나 봉사활동 중에 '낭독 위원회'라는 활동반이 있다는 말을 듣고 그 활동이라면 할 수 있겠다는 마음에 학기 도중부터 참가해 보자고 마음먹었다. 그림책이나 소설 낭독은 직업상 평소에도 하는 일이었기 때문이다. 자신도 도움이 될 수 있으리라고 생각했고, 사실 아주 조금은 프로가 참여하면 모두가 기뻐해 주지 않을까 하는 자부심도 있었다.

그런데…….

리쓰는 낭독 위원회 모임 장소로 지정된 도서실에 한 걸음 들어선 순간부터 장소와 어울리지 않는 분위기를 느꼈다. 문 근처에 멈춰 서고 말았다.

모임 시간은 오후 1시 30분. 분명 정각에 맞춰 왔는데 도서실에는 이미 많은 아이 엄마들이 디귿 자 모양으로 앉아 있었다. 아직 본격적으로 회의를 시작한 것은 아닌지 리더 분위기를 풍기는 여성이 앞에 앉아 있지만 많은 사람이 서로 친근하게 사담을 나누는 소리가 들렸다.

"자기, 지난번에 다쓰야는 집에 잘 들어갔어? 캠프 끝난 다음에—"

"아, 그게 말이야, 글쎄. 결국 금방 나아서. 다음 날 되니까 벌써 미미랑 다른 애들이랑 자전거 타고 공원에—"

"어머나. 치사하게. 그럼 우리도 가고 싶었는데."

무슨 이야기를 하는지 모르겠다.

입구에서 걸음을 멈춘 이유는 대화를 나누는 사람들의 거리감이 지나치게 가까웠기 때문이었다. 높임말을 쓰지 않는 완전히 허물없는 말투에 기가 죽었다.

역시 학기 도중부터 참가하는 것은 좋은 선택이 아니었을까…….

주변을 둘러본 뒤 다시 알아차렸다. 모인 엄마들은 대부분 고학년 자녀를 둔 엄마들 같았다. 가나토와 같은 학년인 아이의 엄마는 보이지 않았다. 어쩌면 이 활동반은 매년 특정 엄마들이 모이는 그들만의 리그 같은 모임일지도 몰랐다.

이 모임에 참석한 것이 벌써 후회되기 시작했다. 불편한 마음으로 도움을 청하듯 주변을 두리번거렸다. 하지만 하나같이 자신들의 이야기에 열중하느라 리쓰를 봤는지도 모르겠고 리쓰가 있는 곳을 제대로 쳐다보는 기색도 없었다.

한번 들어온 이상 다시 나가는 것도 이상했다. 리쓰는 마음을 단단히 먹고 비어 있는 맨 구석 자리에 앉았다. 옆자리 여자에게 물었다.

"여기 앉아도 되나요?"

"네? 괜찮아요."

리쓰보다 나이가 매우 많아 보이는 여자였다.

초등학생 자녀를 뒀을 텐데 아무렇게나 묶은 웨이브 머리에 하얀 가루가 많았다. 잔주름이 잡힌 블라우스는 원래 그런 디자인이 아니라 다림질을 하지 않아 구겨진 느낌이었다.

시선이 마주친 리쓰는 조금 놀랐다.

구스미치 초등학교는…… 아니, 요즘 이 동네 초등학교에는 세련된 엄마들이 많았다. 말하지 않으면 도저히 아이 엄마처럼 보이지 않는 젊은 패션에 몸매 관리에도 신경 쓰는 사람이 많은데, 리쓰가 말을 건 여자는 너무나도 후줄근해 보였다. 화장기가 없는 것은 아니지만 피부 톤과 어울리지 않아 허옇게 뜬 파운데이션과 지나치게 붉은 립스틱이 누가 뭐라고 해도 요즘 스타일 화장은 아니었다. 젊은 할머니라고 해도 믿을 수 있을 정도였다.

무심코 그녀의 손을 보고는 더욱 놀랐다. 스마트폰이 아니라 피처폰 시절 폴더폰을 쥐고 있었다. 업무 상대 중에 스마트폰을 고집하지 않는 사람도 있어서 특별히 이상할 일은 아니었지만 왠지 신경이 쓰였다. 너무 빤히 쳐다본 것이 마음에 걸려 리쓰는 시선을 내리깔았다.

다른 자원봉사자들은 회의를 시작하지 않고 여전히 수다삼매경에 빠져 있었다.

"참나, 유미코. 그거 빌려준다고 했잖아."

"토모미 씨, 미안. 까먹었어."

서로 친근하게 이름을 부르는구나 하고 깨닫고 보니 자신이 외부인 같다는 느낌이 더욱 강해졌다.

겉으로 보아서는 같은 아파트에 사는 엄마가 있는지 알 수 없었다. 애초에 모든 가구를 파악하고 있지도 않고, 남쪽 입구를 사용하는지 북쪽 입구를 사용하는지에 따라 얼굴을 마주칠 기회도 현격히 차이 났다.

아침에 남편이 목격했다던 투신자살에 대한 이야기는 나올 기미도 보이지 않았다.

학부모회 같은 학교 임원 자리는 서로 떠넘기는 경우가 많기도 하지만, 일부는 마음 맞는 학부모들끼리 야합해 자신들이 자리를 모조리 차지하기도 한다는 이야기는 들었다. 그러나 구스미치 초등학교에서는 그런 일이 그다지 없을 것 같았고 자원봉사라면 누구라도 부담 없이 참가할 수 있으리라 생각했는데…….

새 학기 때 가나토가 학교에서 받아온 인쇄물 내용이 머릿속을 스쳤다. 학교 자원봉사자 모집, 참가하면 아이들의 학교생활에 대해서도 자세히 알 수 있습니다, 다른 학년 학부모와도 친해질 수 있습니다. 그렇게 적혀 있었는데 설마 벌써 이렇게나 관계가 형성되었을 줄이야.

낭독이라면 도움이 될 것이라는 생각을 하지 말았어야 했을까.

생각에 잠겼는데 문득 시선이 느껴졌다. 조금 전 몹시 나이 들어 보였던 옆자리 여자였다. 그러고 보니 그 여자는 아까부터 다른 학부모들과 대화를 나누지 않고 그저 폴더폰만 열어 놓고 있었다. 지금은 화면에서 시선을 떼고 고개를 들어 분명하게 리쓰를 응시했다.

"……다들 예전부터 쭉 낭독 위원회를 하셨나 봐요."

큰마음 먹고 먼저 물었다. 아무 말 않는 것도 어색한 듯해 먼저 웃어 보였다.

"다들 같은 학년 아이를 둔 엄마들이신가요? 친해 보이네요."

무난한 화제라고 생각했다. 그런데 묻는 순간 그 여자가 "네!?" 하고 화들짝했다. 의아한 표정을 짓는 리쓰를 보고는 "아아……" 하고 느릿하게 고개를 끄덕였다.

"내가 가르쳐줄 수 있는데 위원회 끝나고 시간 있어?"

응? 하는 목소리가 나오려다가 멈췄다. 순간 대화의 흐름을 놓쳐 표정이 굳었는데 여자가 거듭 말했다.

"여기 나오는 엄마 애들 학년이나 누가 누구랑 친한지 같은 거 알려 줄 수 있는데 한번에 외우기 어려우니까 노트나 수첩에 적을래?"

"네? 아, 아뇨, 괜찮습니다."

당황해 대답했다. 인사치레로 한 말일 뿐 처음부터 엄마들에 대해 그렇게까지 궁금하지 않았다. 오히려 이번을 마지막으로 그만 오고 싶다는 마음이 더 강했다.

여자가 리쓰를 쳐다봤다.

"나 말이야, 낭독 꽤 하는 편이야. 학교에서도 그렇고 도서관에서도 부탁이 들어와서 매주 모임에서 구연하기도 하거든. 난 익숙하니까 어떤 책을 읽으면 좋을지 자기한테 조언해 줄 수 있을 것 같은데, 자기만 괜찮으면 위원회 끝나고 가르쳐 줄까? 잠깐 좀 남을래?"

"저기, 죄송해요. 오늘은 이후에 볼일이 있어서요."

난처했다. 이럴 때가 가끔 있다. 이후에 상대가 어딘가에서 리쓰의 직업을 알기라도 하면 난감해졌다. 리쓰가 프로라는 사실을 알았을 때 상대에게 괜히 무안을 주는 것 같아 미안한 마음이 들었다.

어떤 책을 추천할지 대충 짐작이 갔다. 그런 종류 책들의 저자 가운데 몇 명은 리쓰가 진행하는 라디오 방송에 출연한 적이 있거나, 출연 후 친밀한 관계를 맺은 사람도 분명 있을 터였다.

그런데 그때 여자가 눈을 가늘게 좁히며 찌푸렸다.

"자기, 옷이 왜 그래?"

"네?"

"이게 뭐야, 아랫부분에 레이스가 달려서 튀잖아."

억지웃음에 얼굴에 쥐가 났다. 튀려던 것이 아니다. 공을 들인 것이다. 그 부분이 마음에 들어 구매했다. 그렇게 말하고 싶은 마음을 꾹 참고 어정쩡하게 웃었다.

"그래요?"

"참, 거기 트임도 있는 것 같은데? 엄청 특이하네."

"아……. 죄송해요. 옷이 자리와 어울리지 않나 보네요."

결코 화려한 원피스는 아니었지만 분명 볼 줄 아는 사람이라면 디자인이 뛰어난 옷이라는 것을 알 텐데. 거북하게 말한 리쓰에게 여자가 고개를 저었다.

"아니. 그런 뜻이 아니라 여배우 같아서."

그러면서 리쓰의 얼굴을 응시했다. 차라리 이 자리에서 사라져 버리고 싶은 심정으로 리쓰는 계속 애써 억지웃음을 지어 보였다. 여자가 리쓰를 머리부터 발끝까지 유심히 훑어보더니 말했다.

"아까부터 든 생각인데 자기, 어디서 본 것 같아."

"아…… 네."

리쓰는 한때 TV에 출연해 뉴스 보도를 하거나 프로그램을 진행했다. 아마 그 때문이겠지. 이런 상황에서 순간 어떻게 대답해야 할지 몇 번을 겪어도 익숙해지지 않는다. 어색하게 대답했다.

"직업 때문에 그럴 수도 있어요."

"직업?"

여자가 중얼거렸다.

순간 등줄기를 타고 오싹 소름이 끼쳤다. 직장에 다니는 엄마와 다니지 않는 엄마 사이에 모종의 골이 있다는 사실을 이미 여러 상황으로 겪었다. 경솔하게 내뱉은 말에 후회가 가슴을 스쳤다.

“직업이라니, 무슨 일 하는데?”

“아나운서 관련…….”

종종 듣는 질문이지만 이렇게까지 노골적으로 캐묻는 사람은 좀처럼 없었다. 당황해서 대답하자 그녀가 “정말!?”하고 소리쳤다. 눈을 휘둥그레 뜨며 호들갑을 떨었다.

“그럼 아나운서야?”

“네, 뭐…….”

“그렇구나.”

리쓰가 고개를 끄덕이자 여자가 중얼거렸다.

리쓰의 이름은 몰라도 대강 존재는 알고 있었던 것일까. 그런 생각을 하는데 여자가 목소리를 낮췄다.

“저기.”

“네.”

“……나도야.”

“네?”

이번에는 리쓰의 눈이 휘둥그레질 차례였다. 순간적으로

되물은 리쓰에게 여자가 "아, 쉿, 조용히. 비밀이야!"라며 소리쳤다.

"다음에 가지고 올게. 다른 사람한테는 비밀이야."

"아, 네……."

무엇을 가지고 온다는 말일까? 나도야, 라는 말은 이 사람도 어디 방송국의 아나운서였다 말일까……. 설마, 정말로?

머릿속이 새하얘졌다. 나이는 상당히 들어 보이지만 전혀 모르는 얼굴이다. 이 사람이 방금 나눈 대화에서 무엇을 잘못 이해한 것은 아닐까.

혼란스럽지만 여전히 억지웃음을 짓고 있으니 여자가 계속 물었다.

"아이는 1학년? 올해 입학했어?"

"아, 네. 사실 봄부터 줄곧 봉사활동을 하고 싶었는데 지금까지 일이 너무 바빠서요. 하지만 낭독이라면 저라도 도움이 되지 않을까 생각했어요."

"흐음. 지금도 일해?"

"네, 뭐……."

"아이는, 남자애? 여자애? 이름은?"

"……남자애예요."

이름은 대답하지 않았다. 어쩌다가 이런 자리에 앉았지, 이 많은 사람 중에 하필 이 사람 옆자리에…… 생각하는데 "흐음,

난 말이야" 하고 여자가 다시 말하기 시작했다.

"나도 말이야, 지금 일을 시작하려고 생각 중이거든. 큰애가 은둔형 외톨이가 되는 바람에 아직도 학교에 나가지 못해서 난감하지만 작은애는 건강하니까."

귀를 의심했다. 깜짝 놀라 눈을 번쩍 뜬 리쓰에게 계속 말했다. 조금 전처럼 목소리를 낮추거나 비밀이라고 말할 줄 알았는데 그렇지 않았다.

"정말 눈앞이 캄캄하다니까."

"……그러, 시군요."

"그래. 큰애는 고등학생이거든, 아들이었는데 갑자기 여자애가 되어 버려서 어떻게 해야 하나 고민 중이야. 아, 정말 내 인생 어떡하나 싶어."

급히 들이마신 숨에 목구멍 일부가 막힌 듯한 헉 소리가 났다. 작은 비명 같은 소리가 나왔다. 놀라서였다. 사실 그 자체보다 섬세하지 못한 그 말투에.

"여자애로요?"

엄청난 사실에 놀라서 되묻자 그녀가 "그래"라며 고개를 끄덕였다. 그 시원시원한 말투에 진심으로 할 말을 잃었다.

젠더는 매우 섬세한 문제다. 리쓰 역시 일 관계로 다양한 사람과 만났고 라디오에서도 몇 번이나 그 주제에 관해 이야기했다.

어린아이 본인의 섬세한 문제에 대해서는 특별히 숨길 필요가 없을지도 모르지만 이렇게 많은 사람이 와글거리는 자리에서 처음 만나는 사람에게 꺼낼 주제는 아니지 않은가. 은둔형 외톨이와 등교 거부 문제도 그렇다.

이 사람이 가나토가 남자아이인지 여자아이인지 물었던 일이 갑자기 다른 의미로 다가왔다.

자리를 피해야겠다고 진심으로 생각했다. 생각과 동시에 팔에 소름이 돋았다. 웃으며 말하는 얼굴이 유난히 하얗고, 그 와중에 진한 립스틱을 바른 입술이 도드라질 정도로 붉다는 사실이 새삼 섬뜩했다.

아직 만난 지 얼마 지나지 않았으니 아직은 이 사람과 '아는 사이'가 되지 않을 수 있다.

그런데 그때, 여자가 수첩을 펼쳤다.

"자기야, 연락처 좀 적어 줘."

"네에!?"

지나치게 무례한 말에 당황했다.

"번호만 적어 줘도 돼. 그리고 이름도."

빨리 위원회가 시작되었으면 좋겠다고 간절히 빌었다. 앞쪽을 살폈지만 다른 학부모들은 아직 수다 중이라 위원회가 시작될 낌새는 전혀 보이지 않았다. 누가 도와줬으면 좋겠다고 진심으로 바랐다.

얼굴이 노출되는 일을 완전히 줄였다고는 해도 리쓰는 직업상 이름을 내걸고 일하는 사람이다. 되도록 개인정보는 노출하고 싶지 않았다. 요즘처럼 인터넷이 발달한 시대에 정보가 유출되면 무슨 일이 어떻게 벌어질지도 모르고 무엇보다 이곳은 가나토의 학교다. 리쓰 선에서 끝나면 다행이지만 아이를 특정해서 가나토가 심한 일을 당할 수도 있다는 생각만으로도 등골이 서늘해졌다.

여자가 리쓰의 얼굴을 지그시 바라보며 시선을 떼지 않았다. 펜과 수첩을 내밀었다. 적기 싫었다. 하지만 적고 싶지 않다는 마음을 솔직하게 말할 수 없었다. 거절하면 거드름을 피운다는 말을 들을 것이다. 유명인 행세를 한다고 금세 소문이 퍼질 것이다. 가나토를 키우면서 리쓰가 줄곧 조심해온 일이었다.

위원회는 아직 시작하지 않았다. 빨리 시작해! 소리치고 싶었다.

'미키시마 리쓰.'

아나운서로 일할 때 사용한 처녀 시절 성과 다른, 결혼 후 이름을 일단 적었더니 그 여자가 두 손을 모으고 방방 뛰었다.

"어머나, 이 이름 본 적 있는 것 같아! 대단하다. 자기 혹시 유명해?"

"……딱히."

울고 싶은 심정이었다. 본명이니까 아나운서 이름으로 본 적은 없겠지만 그런 말을 들으니 바보 취급당하는 기분이 들었다. 적고 나니 가슴속에 후회가 차올랐다. 평소 학교에서 만나는 가나토와 같은 학년 학부모들은 모두 리쓰의 직업을 알고도 요란스레 반응하지 않고 선을 지켜 주는 사람들 뿐이었다.

그런데 어째서 오늘은 이런 일을 당해야 하지 생각하던 바로 그때.

"가오리 씨, 이제 시작할 거예요."

웅성거리던 공간에 대범한 목소리가 울려 퍼졌다. 그 목소리에 눈앞의 여자가 돌아봤다. 리쓰도 덩달아 목소리의 주인을 향해 고개를 돌렸다.

날씬하고 아름다운 여성이었다. 키는 그리 크지 않지만 얼굴이 작고 스타일이 좋았다. 민무늬 정장에 깔끔하게 걸쳐 입은 가운 코트. 심플하지만 빈틈없는 패션.

'센스가 좋은 사람이구나.'

여성이 생긋 웃었다. 그러자 '가오리 씨'라고 불린 리쓰 옆자리 여자가 입을 다물었다. 표정을 지우고 입을 다문 채 수첩을 덮었다.

갑자기 나타난 그 여성이 리쓰를 향해 웃음을 건넸다.

"안녕하세요. 낭독 위원회는 처음이시죠? 와 주신 것만으로도 기뻐요."

살았다는 생각에 리쓰도 "네" 하고 고개를 끄덕였다. 처음으로 이 자리에서 누군가가 제대로 말을 걸어 줬다는 사실에 안도감을 느꼈다. 고개를 끄덕이면서 새삼 무척 아름다운 여성이라고 생각했다. 아름답다고 할까, 완벽하다고.

가나토와 관계된 모임에서 만나는 사람이라기보다 평소 일을 하면서 만나는 저명인사들과 닮은 분위기를 풍겼다. 메이크업이나 의상에 신경을 많이 써서 마치 언제 봐도 잡지에서 튀어나온 듯 완벽한 사람들. 그런 분위기가 느껴졌다. 입은 옷의 색 조합도 가운 코트의 소재와 길이도 절묘했다.

그 여성이 자기소개를 했다.

"저는 6학년 남자아이의 엄마인 사와타리라고 해요."

이름을 듣고 깜짝 놀랐다. 사와타리 단지, 리쓰가 사는 아파트 단지를 리노베이션 한 젊은 디자이너 부부. 그러고 보니 그녀의 얼굴을 본 기억이 났다.

"잘 부탁드립니다."

아름다운 미소를 지으며 리쓰에게 인사했다.

"사와타리 씨라니, 혹시 그 사와타리 단지의 디자이너분 맞으신가요?"

리쓰의 입에서 무심코 목소리가 튀어나왔다. 눈앞에 있는 단정한 패션에 분위기 있는 여성이 리쓰를 되돌아봤다. 긴 머리를 깔끔하게 묶어서 작은 얼굴이 더욱 돋보였다. 귀에서 달랑거리는 커다란 귀걸이도 무척 세련됐다.

제 말에 상대가 당황했나 싶어 서둘러 말을 덧붙였다.

"죄송해요. 제가 사와타리 단지에 살고 있거든요."

"어머나! 그렇군요. 우리 아파트 주민이시군요."

그녀가 생긋 웃으며 말을 이었다.

"맞아요. 주로 우리 남편이 작업했지만 저도 로비 인테리어와 안뜰의 오브제 제안 같은 걸 했어요."

"아아, 역시 그러셨군요."

리쓰의 목소리가 들떴다.

"사와타리 히로미입니다."

사와타리가 우아하고 아름다운 미소를 지으며 자신을 소개했다.

"자녀분이 몇 학년이죠?"

"1학년이요. 남자아이예요."

"그렇군요. 앞으로 잘 부탁해요."

히로미가 짧게 말하고 나서 곧바로 앞쪽 자리로 향했다. 히로미가 중간에 끼어들어서 김이 샜는지 '가오리 씨'가 리쓰에게 다시 말을 걸 기미는 보이지 않았다.

'살았다.'

마음속에서 깊은 안도의 한숨이 새어 나왔다.

말을 먼저 걸어왔을 정도니 히로미는 이 낭독 위원회의 리더쯤 되는 존재일까 싶었지만 아무래도 그런 눈치는 아니었다. 다른 여성이 앞에 서서 목소리를 높였다.

"그럼 가을 위원회를 시작하겠습니다."

히로미는 가까운 자리에 앉아 그저 생글거리며 진행을 지켜봤다.

"가을에는 독서의 달이 있으니 그 활동 내용을 설명하겠습니다. 말씀은 이렇게 드렸지만 이미 해 보신 분들은 '다 아는 이야기야' 같은 내용일 뿐일지 모르겠습니다. 말을 잘하는 편은 아니지만 일단 경력이 긴 제가 설명하도록 하겠습니다. 6학년 와다 미미의 엄마 요코입니다. 리더는 아니지만 주변에서 하라고 해서요."

와다 요코라고 소개한 여성의 말에 안면이 있는 듯한 주변 엄마들에게서 웃음이 묻어났다. "화이팅"이라며 작은 목소리로 응원하기도 하고 살짝 손을 흔들어 보이는 사람도 있었다.

리쓰는 그 모습을 다시 곤혹스러운 심정으로 지켜봤다. 쑥스러운 듯 '다 아는 이야기야'라느니 '경력이 길다'느니 입말을 많이 쓰는 어투가, 뭐랄까 유치했다. 학부모들만의 모임이라고는 해도 공식적인 자리에서 쓸 법한 말투는 아니라는 생각에 과연 말주변이 좋지 않다는 말이 사실이구나 싶었다. 그런 그녀에게 손을 흔든 다른 엄마들의 모습이 이곳은 어디까지나 끼리끼리 어울리는 일부 사람들을 위한 모임이라는 사실을 더욱 일깨워 줬다.

앞에 선 그녀, 요코가 활동에 대해 설명했다.

독서의 달에 맞춰 매일 개최된다는 어린이 대상 방과 후 낭독회와 학교 독서 대회에서 학부모가 내놓을 작품이 주 내용이었다. 도중에 아마도 함께 오래 활동해 온 지인 같은 다른 엄마들이 이따금 "아, 그거 해 보니 엄청 좋았어"라거나 "요코 씨, 그건 너무 오버하는 것 같아"라는 둥 또 자신들끼리만 아는 이야기를 하며 벽을 느끼게 했다.

그러는 동안에도 사와타리 히로미는 조용히 미소만 지을 뿐 적극적으로 발언하지 않았다. 혼자만 이 모임을 내려다보는 듯한 분위기를 풍겼다.

"오늘도 남은 시간에는 친목을 다지도록 하죠."

마지막에 요코가 말하며 도서실 안쪽을 가리켰다. 그곳에는 어느새 페트병 주스와 개별 포장된 과자류가 마련되어 있었다. 요코의 말에 모두가 익숙한 듯 일어나 각자 음료수나 과자를 가지러 갔다.

매번 이렇게 다과를 먹는 시간이 있는 것일까.

학교 봉사활동은 리쓰의 생각보다 더 시간적으로 여유가 있는 엄마들의 모임 같았다. 속으로 실망하며 다른 엄마들을 따라 자리에서 일어났다. 집으로 돌아가도 되지만 모처럼 참석했으니 오늘 하루 정도는 몇 사람과 조금 더 이야기를 나누고 돌아가기로 했다.

그런데…….

"있잖아 자기, 이거 맞아?"

위원회가 시작된 이후로는 리쓰에게 말을 걸지 않던 가오리가 갑자기 리쓰를 불러 세웠다. 당황해서 고개를 돌리니 가오리가 휴대폰을 들고 있었다. 스마트폰이 아닌 폴더폰의 화면이 리쓰를 향해 있었다.

"검색했더니 나오던데."

화면을 보자마자 현기증이 나서 휘청였다. 순식간에 그 자리에 주저앉을 것만 같았다.

화면 속에는 예전에 리쓰가 TV 방송에 출연했을 때 사진이 떠 있었다. 소속사의 프로필 사진과 프로필도 있었다. 위에는 ['미키시마 리쓰'의 검색 결과]라고 적혀 있었다.

인터넷에서 검색한 것이다. 지금 이 자리에서. 본인이 있는데. 게다가 그 검색 결과를 본인에게 확인하고 있다.

너무나도 배려 없는 행동에 어떻게 반응해야 좋을지 몰랐다. 인터넷 세상에는 좋은 말만 올라오지 않는다. 오히려 불특정 다수에 의한 악의에 노출되는 일이 더 많다. 그래서 리쓰는 무슨 일이 있어도 절대 자신의 이름을 검색하지 않았고, 결혼 후 성이 바뀌어 직업상 이름과 본명이 달라진 사실에 안도하기까지 했다.

어디선가 자신의 본명이 인터넷에 유출된 것 같다는 말은 소속사 매니저에게 들어 알았다. 기분이 좋지는 않았지만 찾아보지 않는 것으로 마음을 추슬렀다. 그랬는데…….

"어머나, 카메라를 똑바로 쳐다보고 있잖아. 이 사진 엄청 예쁘게 나왔네. 혹시 프로가 찍은 거야?"

소속사에서 홍보용으로 찍은 사진은 당사자의 이미지를 전달하는 데 중요한 역할을 하고 오래 사용하기에 당연히 전문 사진작가에게 부탁한다. 아나운서 분야도 프로의 세계이기 때문에 사진으로 표정과 분위기를 만들어 낸다. 평소 찍는 스냅 사진과는 분위기가 확연히 다른 사진을 이런 사석에서 당당하게 보이는 일은 부끄러움을 넘어 견딜 수 없었다.

"네에. 뭐……."

억지웃음을 지으려고 했지만 얼굴 근육이 지나치게 굳어 움직이지 않았다. 그러는 사이에도 가오리는 "흐음. 아, 이 사진도 예쁘다. 이건 드레스야? 이런 걸 진짜 입었어?"라는 등 혼잣말 같은 질문을 중얼거리며 화면을 들여다봤다.

그때였다.

"리쓰 씨."

자신을 부르는 소리에 고개를 들었다. 도서실 안쪽에 다과가 마련된 곳 근처에서 히로미가 손을 흔들었다. 리쓰는 또다시 '살았다'는 심정으로 히로미에게 인사했다.

"잠시 실례할게요."

가오리에게 말한 뒤 자리를 떴다. 더는 이 자리로 돌아오지 않아도 되도록 가방과 겉옷까지 모두 챙겼다.

히로미가 다가온 리쓰에게 페트병을 가리켰다.

"뭐 마실래? 주스랑 차 중에 뭐가 좋아?"

"아, 그럼, 차를……."

"그으래."

방금 만났는데 오랜 친구 같은 말투였다. 그러나 가오리와는 달리 싫은 느낌은 전혀 들지 않았다. 사교에 익숙하고 거리감을 재빠르고 정확하게 좁히는 법을 터득한 사람이라고 느꼈다.

히로미가 차를 따라 준 컵을 받으면서 신경이 쓰여 가오리 쪽을 살짝 돌아보니 리쓰가 자리를 떠난 후에도 같은 자리에 앉아 혼자서 휴대폰을 만지고 있었다. 누가 말을 걸지도 않아서 어쩌면 이 자리에서 조금 붕 뜬 존재일지도 모른다.

히로미가 리쓰의 얼굴을 살폈다.

"리쓰 씨는 리노베이션 하고 처음으로 입주할 때는 없었지? 우리 단지에는 언제 왔어?"

"이제 반년 정도 됐어요. 아이가 초등학교에 입학하는 시기에 맞춰 이사 왔거든요."

"그렇구나. 만나서 반가워. 앞으로 잘 지내봐요. 집은, 남쪽?

북쪽?"

"남쪽 동이요."

"그래. 그럼 학교와 더 가까운 곳이네. 우린 북쪽이거든."

말하지 않아도 알았다. 아파트 리노베이션에 참여한 사와타리 부부는 북쪽 꼭대기 층을 다른 집보다 넓은 구조로 개조해 사는 것 같다는 이야기를 입주한 지 얼마 지나지 않았을 때 다른 주민들에게 소문으로 들었다.

리쓰는 무심코 높임말을 쓰고 있지만 히로미는 밝고 스스럼없는 말투로 가볍게 연달아 말했다. 가오리처럼 불쑥 다가오는 것이 아니라 일부러 친근함을 담은 어투를 느낄 수 있었다. 이 익숙한 느낌 역시 리쓰가 몸담은 TV, 라디오 업계와 비슷했다. 업계는 다르지만 화려한 분위기를 풍기는 점도 같았다. 사람을 상대하는 데 익숙하다고 느꼈다.

"사와타리 단지 일로 남편분과 함께 자주 잡지나 TV에 나오셨죠?"

리쓰가 조심스럽게 물었다. 잡지에 실렸던 사와타리 부부의 집은 고급스러운 취향이 돋보이는 가구 주변에 관엽식물이 가득했고 그곳에 밝은 햇살이 들어오는 멋진 집이었다. 벽지와 바닥 색도 까다롭게 고른 티가 나서 그들 부부가 디자인한 집이라는 사실을 잘 알 수 있었다.

"어머나, 그걸 봤어?"

“사와타리 씨의 집도, 자녀분이 다니는 학교도 이곳이었군요. 전혀 몰랐어요.”

“이제 6학년이거든. 학교든 육아든 베테랑의 경지에 올랐으니 뭐든 물어봐. 리쓰 씨네는 단지에서 하는 축제나 이벤트에 참가해?”

“네, 자주 참가해요.”

“그렇구나, 우리도 리노베이션 하고 막 들어왔을 때는 준비 같은 거에 온 가족이 굉장히 열심히 참여했는데 아이가 고학년이 되면서 학원이니 뭐니 바쁘다 보니 시간이 안 나더라고.”

“확실히 축제는 저학년 아이들 중심이죠. 그리고 아직 학교에 들어가지 않은 아이들이나.”

“맞아. 그러니까 같은 단지에 사는 초등학생이라도 이런 자리가 아니면 다른 학년 학부모들과는 서로 만날 일이 없어.”

그때, 리쓰를 보던 히로미의 눈이 어렴풋이 먼 곳을 바라보듯 움직였다. 리쓰의 뒤로 누군가의 모습을 발견한 듯 “그럼 다음에 또 이야기하자”라며 미소 짓고 자리에서 일어났다.

“괜찮다면 조만간 우리 집에 놀러 와요. 초대할게.”

“고맙습니다.”

히로미가 음료를 한 손에 들고 다른 학부모들이 있는 곳으로 가 버렸다.

“안녕. 요전에는 고생했어. 힘들었지?”

히로미가 아는 사이인 듯한 엄마에게 말을 걸었다.

"와아, 히로미 씨야말로 고생 많았어! 늘 고마워."

상대도 웃으며 대답했다.

히로미는 베테랑이라고 자부한 만큼 정말로 이 자리에 온 모두와 사이가 좋아 보였다.

"저기."

그때 조심스러운 목소리가 들렸다. 시선을 돌리니 차분한 외모의 엄마 둘이 서 있었다. 두 사람 모두 염색하지 않은 검은 머리에 각각 세련된 색상의 블라우스와 원피스를 입어서 착실해 보였다.

"네?"

"모리모토 리쓰 씨, 맞으시죠?"

블라우스를 입은 엄마가 큰마음 먹고 말을 걸었다는 투로 물었다. 리쓰가 대답하려고 하자 그보다 먼저 옆에 서 있는 여성이 덧붙였다.

"우리가 사실, 리쓰 씨가 있다는 말을 봄부터 이런저런 학부모 행사에서 만날 때마다 자주 했거든요."

"역시 예쁘시네요. 멀리서 보긴 했지만. 혹시 낭독 위원회에 들어오시는 건가요? 프로신데."

목소리에서 친근감과 긴장감이 느껴졌다. 학교 관계 행사에서 일방적으로 얼굴과 직업이 알려져 있을 때 복잡한 마음이 들 때도 있지만 오늘은 두 사람의 호의적인 목소리가 몹시 고마웠다. 가오리의 무례한 언행에 진저리가 났기에 더욱 그랬다.

"감사합니다" 하고 미소 지었다.

"프로라고 생각해 주시는 건 감사한데, 아이가 다니는 학교를 위해 무언가 할 수 있다면 기쁠 거라는 마음뿐이에요. 앞으로 많이 가르쳐주세요."

"아니, 무슨 그런 말씀을 하세요! 리쓰 씨가 들어와 준다니 얼마나 든든한데요."

"맞아요. 우리가 가르쳐 줄 게 뭐가 있어요. 우리가 배우고 싶을 정돈데."

이들이 주책없이 목소리를 높여도 기분이 나쁘지 않았다.

"저는 4학년 아이를 둔 시로사키라고 해요."

"저도 4학년 여자아이를 둔 다카하시예요."

두 사람이 자기소개를 했다. 정식으로 인사해 준 것에 감사하며 리쓰도 "미키시마 리쓰입니다"라며 자신을 소개했다.

"모리모토는 결혼하기 전 성이에요."

"아, 그렇죠. 미안해요. 우리가 그 이름으로 알고 있어서."

"일하면서 아이까지 키우다니 정말 대단하세요."

하는 말로 보아 두 사람은 전업주부일지도 모른다고 생각하는데 시로사키가 말했다.

"도움이 필요하면 말해요."

"우리는 시간 많으니까요. 만약 미키시마 씨네 아이한테 무슨 일 있거나 이 위원회 활동에서 순번을 바꾸고 싶을 때 말하면 융통성 있게 해결할 수 있으니까."

"그래요. 어차피 한가하기도 하고."

"아뇨, 괜찮아요. 여러분도 바쁘실 텐데요."

전업주부인 엄마들에게 가끔 이런 제안을 받는다. 그리고 그럴 때마다 전업주부인 엄마들이 직장에 다니지 않는 일에 무언가 부채감을 느끼는 것 아닐까 하는 생각이 들어 답답했다. 가사와 육아를 병행하면 결코 한가하지 않을 텐데.

어떻게 대답해야 좋을지 고민하는데 다카하시가 말했다.

"그건 그렇고 대단하네요. 우리 학교 말이에요. 히로미 씨도 있고 미키시마 씨도 있다니."

"아, 리쓰라고 불러 주세요."

리쓰가 말하자 두 사람이 화색이 도는 얼굴로 서로 마주 보며 "리쓰 씨가 있다니"라고 고쳐 말했다.

두 사람의 시선이 조금 떨어진 곳에서 다른 엄마들 무리와 대화를 나누는 사와타리 히로미에게로 향했다.

"히로미 씨는 정말 대단하고 훌륭해요. 다른 사람들과 사이도 좋고 늘 생글생글 웃잖아요. 그렇게 대단한 일을 하는데 아이도 잘 키우고요."

"어떻게 하면 저렇게 밝고 상냥한 사람이 될 수 있을까, 동경의 대상이라니까요."

"사와타리 씨, 멋진 분이시죠."

"네. 정말요."

리쓰가 말하자 두 사람 모두 고개를 끄덕였다.

"그거 알아요? 히로미 씨, 이 근처 사와타리 단지의 디자이너래요."

"아, 아까 이야기했어요. 저도 사와타리 단지에 살거든요."

"어머! 그랬구나! 저희도 거기 살아요."

시로사키가 턱 앞에 두 손을 모았다. 두 사람의 얼굴이 빛났다.

"몰랐어요. 학교에서 뵀을 때는 알아봤는데 어머나! 같은 아파트 주민이라니."

"단지가 커서 지금껏 못 뵀네요. 저희는 봄에 막 이사 왔거든요."

리쓰가 "앞으로 잘 부탁드려요" 인사하자 두 사람도 "저희도요"라며 웃었다.

두 사람과 이야기를 나누면서 리쓰는 문득 히로미를 눈으로 쫓았다. 조금 전 학부모 몇 명과 이야기하던 히로미가 지금은 자리를 옮겨 다른 학부모와 대화를 나누고 있었다. 특별히 눈에 띄는 복장은 아니지만 세련된 사람은 역시 눈길을 끌었다.

히로미가 상대에게 인사하고 다시 자리를 옮겼다.

'어라?'

히로미는 아무래도 부지런하게 자리를 옮기며 이 자리에 있는 모든 사람과 이야기하는 것 같았다. 누구에게나 밝게 목소리를 높여서 일정한 친근감을 무너뜨리지 않고.

리쓰가 히로미를 바라보는 것을 알아챘는지 다카하시가 "대단하죠?"라고 거듭 말했다.

"히로미 씨는 정말로 배려할 줄 아는 사람이라고 할까, 점잖고 분위기가 부드러워서 대화를 나누면 편해져요."

"네."

리쓰가 고개를 끄덕이자 시로사키도 말했다.

"맞아요. 히로미 씨는 정말 대단해서 내가 우울할 때면 곧바로 절묘한 타이밍에 문자나 LINE을 보내더라고요. 어떻게 알았을까 궁금했는데 내 인스타그램 업데이트가 안 되기에 걱정됐다고 했어요."

"남편분도 멋지죠? 우리 남편이 타지에 부임해야 할지도 몰랐을 때는 상담해 준다고 연락해서 술자리에 초대해 줬어요. 그때까지만 해도 그렇게 친하지 않았는데 정말 가족 같은 느낌이었다고 남편이 좋아했어요."

"그 부부는 참 완벽해요."

"오……."

완벽, 이라는 단어가 등장하자 리쓰는 기가 죽었다. 본인도 조금 전 그렇게 느꼈기 때문이었다.

아직 히로미에 대해 잘 알지는 않지만 가오리에게 이상하게 붙잡힌 리쓰를 두 번이나 구해줬다. 하지만 '훌륭하다'는 다카하시의 말에 위화감도 느꼈다.

모든 사람과 친근감 있게 이야기 나누는 것이 정말 '훌륭한' 일일까?

'점잖다'는 인물평에도 어렴풋이 거부감을 느꼈다. 확실히 히로미는 다정하게 배려할 줄 아는 사람이기는 하겠지만 그 친근감에는 그녀의 패션처럼 너무 빈틈이 없다는 느낌이랄까, 무언가 기시감이 느껴졌는데…….

그렇게 생각한 순간 깨달았다.

이리저리 바쁘게 자리를 옮기며 모두와 대화한다. 그것은 리쓰가 예전에 일 관계로 동석한 어떤 여성 국회의원이 보였던 행동이었다. 분명 무슨 파티였다. 아는 사람을 발견해서 말을 건넨다기보다는 어쨌든 그 자리에 있는 모든 사람과 '한 번은 대화를 나눴다'고 증명하려는 것처럼 테이블을 돌았다. 그녀는 처음 만나는 리쓰에게도 "TV에서 자주 봤어요"라며 일부러 말을 걸어왔다. 그때는 기뻤지만 그것은 자신이 가치 있는 존재라는 사실을 아는 사람의 행동 방식이라는 것을 깨달았다. 친근감 있게 대한다는 것은 어떤 의미로는 허물없이 상대 안으로 들어갈 자신이 없으면 할 수 없는 행동이다.

히로미 본인이나 그녀의 남편이 앞으로 정말 선거에 나간다고 해도 이상하지 않을 것이다. 리쓰는 반쯤 진심으로 생각했다. 사와타리 단지를 리노베이션한 디자이너라면 현지 주민 사이에서 인지도는 보장되리라. 학부모 중에 곤란에 처한 사람, 우울에 빠진 사람에게 먼저 말을 거는 것도 그런 식으로 생각하면 대번에 이해가 갔다.

반대로 그렇게 생각하지 않으면 목적이 보이지 않아서 오히려 아주 조금 과하다는 생각이 들었다. 마치 곤경에 처한 사람을 직접 찾아 손을 내미는 듯한…….

"가오리 씨."

히로미의 목소리가 그 이름을 부르는 소리에 흠칫 놀랐다. 고개를 돌리자 히로미가 홀로 앉아 휴대폰을 만지작거리던 가오리에게 다가가던 참이었다. 아무도 말을 걸지 않는 가오리에게 히로미만이 친구처럼 다가가 뭐하냐는 듯 함께 화면을 들여다봤다.

그 화면에 아직 리쓰에 대한 검색 결과가 표시되어 있는지 아닌지는 알 수 없었다. 하지만 히로미의 얼굴에 희미한 놀라움이 떠올랐고, 손가락으로 화면을 가리키며 웃었다. 가오리는 여전히 웃지 않았지만 히로미의 말에 고개를 끄덕이며 둘이서 무언가 이야기했다.

"대단해……저 사람한테까지 마음 쓰다니."

불쑥 시로사키의 목소리가 들렸다. 리쓰에게 한 말인지는 모르겠지만 듣고 말았다. 그녀가 중얼거린 소리에 역시 가오리는 이곳에서 꺼리는 존재라는 사실을 알았다.

그 소리를 들으면서 그러고 보니…….

히로미는 리쓰의 직업을 묻지 않았다. 이 자리에서 그런 복잡한 이야기를 해서는 안 된다고 배려했는지도 모른다. 그런데 히로미는 리쓰의 이름을 부르지 않았던가.

'리쓰 씨.'

분명 그렇게 불렀다. 그런데 그 전에 나눈 짧은 대화에서 리쓰가 자신의 이름을 밝혔던가?

만약 밝히지 않았다면 히로미는 리쓰를 알고 있었다는 이야기가 된다. 시로사키와 다카하시처럼 아나운서 모리모토 리쓰를. 그런데도 그 사실에 대해서는 일언반구도 없었다면.

"그럼 또 봐요. 가오리 씨. 이야기 재밌었어요."

히로미가 가오리에게 미소 지으며 자리를 떠났다. 리쓰는 순간 두 사람에게서 시선을 돌렸다.

낭독 위원회가 끝나고 학교를 나올 무렵에는 왠지 너무 피곤했다.

친하게 지낼 수 있을 것 같은 사람도 있었지만 자신이 누구와도 연락처를 주고받지 않았다는 사실을, 걷기 시작하고서야 새삼 깨달았다. 하지만 섣불리 연락처를 나누지 않는 편이 낫다. 특히 가오리에게 알려 주지 않아 다행이었다. 그러고 보니 가오리는 단지 주민이 아닐까.

신경 쓰였지만 다시 이상하게 얽히는 일은 사양이었다. 아파트 단지 방향으로 돌아가는 엄마들과 함께 어울리기도 귀찮아서 오늘은 쇼핑이나 가자는 생각으로 단지 반대 방향으로 걷기 시작했다.

일단 낭독 당번표에 이름은 적었지만 향후 활동에는 참가하지 않는 편이 나을지도 모른다.

"엄마, 이거."

가나토가 연갈색 봉투를 가져온 것은 낭독 위원회 모임 다음 날이었다.

"응?"

고개를 돌린 리쓰에게 란도셀*을 거실 소파에 내던진 가나토가 말했다.

"받았어. 엄마한테 주라던데."

저녁밥으로 함박스테이크를 만들던 리쓰는 부엌에서 손을 씻고 가나토가 식탁에 올려둔 봉투를 집어 들었다. 수신인 이

* 일본 초등학생들이 메고 다니는 책가방.

름에 '리쓰 씨에게'라고 적혀 있었다. 그 아래 '다과회 초대장' 이라고도 적혀 있었다. 뒤집어 보니 정성스럽게 봉해진 봉투 아랫부분에 'From Hiromi Sawatari'라는 글자가 있었다. 그곳에 나란히 적힌 아름다운 알파벳 글씨체에 압도당했다. 직접 만든 듯한 유려한 폰트. 마치 이름 있는 브랜드에서 보내는 DM 같았다.

봉투에서 희미하게 베르가못 향이 났다.

"이거……."

"6학년 사와타리 아사히 형이 줬어. 나도 같이 와도 된다면서."

"사와타리 아사히……."

아마도 히로미의 아들이겠지. 지금껏 가나토의 입에서 다른 학년 아이의 이름이 나온 적은 없었다.

"전부터 알던 사이야? 친하니?"

무심결에 물었더니 가나토가 고개를 갸웃하며 대답했다.

"친하다고 해야 하나, 서로 말한 적은 처음인데 학생회장이니까 전부터 알고 있던 사람이기는 해."

"그렇구나."

히로미의 아들은 학생회장이구나. 주눅 드는 기분으로 대답하자 가나토가 눈을 초롱초롱 빛내며 물었다.

"엄마, 아사히 형아네 놀러 가는 거야? 해치도 데리고 가도 돼?"

"으음. 해치는 안 될 것 같은데. 개를 좋아하는 집도 있지만 싫어하는 집도 있으니까. 아사히 형네 집은 어떤지 모르니까 이번에는 데리고 가지 말자."

오늘 처음으로 대화를 나눈 아이를 벌써 '아사히 형'이라고 부르는 가나토는 집에 놀러 갈 생각으로 신이 나 마음이 부풀었다. 리쓰는 봉투를 열었다. 편지지를 꺼내자 강한 베르가못 향이 코를 찔렀다.

리쓰 씨에게

어제는 이야기를 나눠서 즐거웠습니다.

사와타리 단지에 사는 구스미치 초등학교 엄마들이 수요일 저녁에 모여 다과회를 엽니다.

시간 괜찮으시면 참석해 주세요.

연락처를 적어 둘게요.

마지막에 히로미의 이름과 LINE 아이디, 휴대폰 번호, 그리고 사와타리 단지 주소인 701호가 적혀 있었다.

◆

사와타리 부부의 집이 있는 단지 북쪽으로 걷던 중 복도에 깔린 하늘색 시트가 보였다.

이사 작업용 양생 시트였다.

“아, 멍멍이 캐릭터 이삿짐센터다.”

리쓰의 옆에서 걷던 가나토가 말했다. 이곳으로 이사 올 때 이용했던 업체와 같아서 기억하는 듯했다.

“정말이네.”

리쓰도 고개를 끄덕였다.

“누가 이사 왔나?”

사와타리 단지는 인기 아파트여서 물건이 잘 나오지 않는다. 리쓰 가족이 이사를 결정했을 시기에는 그렇게 들었는데 봄철 이사 성수기와 비교해 조금씩 상황이 바뀌었는지도 모르겠다. 아파트 단지 남쪽과 북쪽을 가리지 않고 이렇게 이사 작업용 양생 시트를 복도나 엘리베이터에 깔아 놓은 모습은 최근 들어 점점 보기 드문 풍경이 아니었다. 리쓰가 집을 보러 왔을 때는 부동산 중개업자가 “여기, 놓치면 아까운 집이에요”라며 입에 침이 마르도록 칭찬했던 사와타리 단지지만, 어쩌면 최근 반년 사이에 조금 더 좋은 조건으로 매입할 수 있게 되었는지도 모른다. 다소 아깝다는 생각도 들지만 내 집 마련은 순리에 맡겨야 하지 않을까.

"아이가 있는 집이었으면 좋겠다. 그러면 가나토네 반으로 전학 올 수도 있잖아."

"아……, 그냥 지금처럼 애들 적은 게 좋은데."

초등학생이 되면서 가나토는 확실히 말투가 불퉁해졌다. 하지만 그런 점에서도 아들이 성장했다는 사실을 느껴 리쓰는 후우 하고 가볍게 숨을 내쉬며 아들의 머리를 쓰다듬었다. 리쓰와 가나토 옆으로 이삿짐센터 유니폼을 입은 인부들이 지나갔다. 두 사람이 힘을 합쳐 커다란 냉장고를 들고 엘리베이터 쪽으로 옮겼다.

인부들에게 방해되지 않도록 아들을 벽으로 잡아당기자 가나토가 불쑥 물었다.

"엄마, 있잖아. 오늘 엄마들 모임은 몇 시에 끝나?"

"으음. 다들 저녁밥을 준비해야 할 테니 늦어도 5시 정도에는 끝나지 않을까?"

"아, 뭐야! 6시까지 하지."

"왜?"

"안뜰 공원에서 오래 놀고 싶으니까. 아사히 형아와 노는 거 처음이잖아."

고학년인 아사히와 노는 것이 퍽 기대되는 모양이었다.

사와타리 히로미의 다과회에 초대받고 나서 초대장에 적혀 있던 LINE 아이디로 친구 추가를 한 뒤 연락하자 히로미가 곧바로 '꼭 와요!'라고 답장을 보냈다. 구체적인 시간과 장소를 적어 보내며 가나토도 데리고 오라고 했다.

- 다과회 하는 동안 우리 아사히와 안뜰 공원에서 놀아도 되거든. 다과회 때마다 아이들은 대체로 그렇게 놀아.

다과회가 열리는 수요일은 가나토가 피아노를 배우러 가는 날이었다. 모처럼의 제안이지만 거절할까 생각하는데 히로미가 한발 앞서 다음 메시지를 보냈다.

- 지금 아사히에게 가나토와 놀 수 있다고 말했더니 무척 기뻐하네. 가나토, 축구 잘한다며? 쉬는 시간에 친구들과 같이 축구하는 걸 본 적 있다고 그러더라고.

웃는 얼굴 이모티콘까지 더해져 이렇게까지 제안하니 거절하기 어려웠다. 가나토도 아사히와 노는 것을 기대하는 눈치고, 무엇보다 리쓰도 히로미의 집에 처음 초대받았다. 애써 먼저 손을 내밀어 줬는데 무시하는 것처럼 오해받기도 싫었다.

가나토의 피아노 수업은 다른 요일에 대체 수업을 부탁할 수 있을 터다. 리쓰는 잠시 생각한 뒤 '그럼 꼭 참석하겠습니다'라고 메시지를 보냈다.

-가나토도 아사히와 함께 노는 것을 무척 기대하는 것 같습니다.

피아노 학원에는 나중에 전화하기로 하며 그렇게 답장했다.

"기대된다, 그치?"

아사히와 함께 게임을 하고 싶다, 이 만화를 보고 싶다며 외출을 준비하며 여러 가지 물건을 배낭에 채워 넣던 모습을 떠올리며 말하자 가나토가 고개를 끄덕였다.

"응! 6학년 형아랑 노는 거 처음이잖아."

가나토에게는 안타까운 일이지만 오늘은 휴대용 게임기와 만화를 가지고 가지 못하게 했다. 자녀의 손에 게임기나 만화책을 들려주느냐 마느냐는 가정마다 차이가 있기 때문이다.

리쓰의 경험상 '좋은 엄마'일수록 중독성이나 나쁜 영향을 염려해 아이에게 그러한 물건을 허락하지 않는 경향이 있다. 리쓰도 남편 유키도 자제하며 즐기면 문제가 없다는 생각으로 시간을 정해 주고 있지만 각 가정에 따라 게임은 하지 않는 아이는 전혀 하지 않는다. 그리고 이 역시 경험상, 평소 게임을 하지 않는 아이일수록 친구의 게임기를 만지는 순간 거기서 헤어 나오지 못한다고 리쓰는 생각했다. 평소 접하지 못하는 만큼 반동이 큰 탓인지 다른 아이가 게임에 싫증이 나서 다른 놀이로 관심이 보일 때도 작은 화면에 빨려들어가듯 하염없이 빠져들어 있다. 가나토와 같은 학년 아이들 사이에서도 몇 번이나 본 광경이었다.

히로미는 아마도 '좋은 엄마'일 것이다. 교육열이 높고 육아든 가사든 허투루 하지 않는 부류. 아사히는 아마도 게임을 하지 않는 아이가 아닐까 직감으로 추측했다.

"아! 아사히 형아랑 게임 하고 싶다."

가나토는 부루퉁했지만 아파트 단지 내에 있는 안뜰 공원에는 놀이 기구가 있고 오늘은 상황을 살피고 싶었다. 아사히 외에도 아이들이 몇 명 있을 테고 만약 이 아이들이 게임기를 가지고 온다면 다음부터는 그에 맞춰 행동하면 된다. 대신 오늘은 모두와 나눠 먹을 수 있도록 개별 포장된 커다란 과자 꾸러미를 가지고 가자며 가나토를 설득했다.

사와타리 단지 북쪽, 701호 앞에 도착하니 문 앞에 커다란 리스*가 걸려 있었다. 황갈색 덩굴에 파란 꽃과 노란 꽃을 엮어 만든 멋들어진 리스의 존재감에 압도당했다.

딩동, 초인종을 눌렀다. 당연하지만 초인종 소리는 리쓰의 집과 똑같았다.

"네에. 나가요!"

* 꽃을 엮어 만드는 벽에 걸어 놓는 장식물.

문 너머로 히로미의 부드러운 목소리가 들리더니 잠시 후 문이 열렸다.

"안녕하세요. 오늘은 초대해 주셔서—"

감사합니다, 그렇게 말하려던 리쓰가 말을 삼켰다. 문 너머에서 나타난 사람은 히로미가 아닌 다른 인물, 처음 보는 남성이었다. 그 사람과 눈이 마주치고는 놀라는 동시에 아차 싶었다.

사와타리 교헤이. 사와타리 단지 메인 디자이너이자 히로미의 남편. 예전에 매스컴에서 얼굴을 본 적이 있다. 붙임성 있어 보이는 둥글고 큰 눈동자에 짧게 기른 턱수염. 듬직한 체구. 잡지나 TV에서 볼 때보다 어깨가 넓고 생각보다 키도 컸다.

"아, 처음 뵙겠습니다. 저는……."

당황한 리쓰가 다시 인사하려던 그때, 사와타리 교헤이가 "아아"라며 고개를 끄덕이고 웃어 보였다.

"리쓰 씨죠? 집사람한테 들었습니다. 죄송해요. 바쁘신데 억지로 초대한 건 아닙니까?"

"아뇨, 전혀요."

"여보, 히로미."

교헤이가 집 안쪽으로 고개를 돌려 아내를 불렀다.

아내가 골랐을 고급스러운 소재의 니트에 물이 적당히 빠진 청바지를 입은 사와타리 교헤이. 잡지나 TV에서 봤을 때는 아직 젊은데도 관록이 느껴졌는데 막상 직접 만나니 의외로 친해지기 쉬운 싹싹한 인상이었다.

집 안쪽에서 타닥타닥 아이들이 다가오는 기척이 느껴졌다.

“가나토, 왔어?”

“빨리 안뜰 공원에 가자.”

가나토보다 꽤 큰 남자아이 세 명이 한꺼번에 현관으로 나왔다.

리쓰 뒤에 있던 가나토가 안절부절못하며 아이들을 바라보는데 그중 한 명이 “가나토!” 하고 손을 들었다. 가나토가 웃었다. 나머지 두 아이가 스포츠형 머리인 데 비해 머리를 조금 기른 피부가 하얀 남자아이. 영리해 보이는 얼굴 속 눈매가 히로미와 똑 닮아서 이 아이가 사와타리 아사히구나, 금방 알아봤다.

“아빠, 다녀오겠습니다.”

신발을 신고 아버지에게 인사한 뒤 리쓰에게도 예의 바르게 인사했다. 역시 고학년답다고 생각했는데 나머지 두 아이는 인사도 없이 후다닥 가 버리는 모습을 보니 고학년이라고 누구나 그렇게 행동하지는 않는 것 같다.

“가나토, 가자.”

“응!”

“엄마가 나중에 데리러 갈게! 무슨 일 있으면 여기로 돌아와야 해.”

잔뜩 신이 나서 떠드는 아들의 뒤에 대고 소리쳤더니 뒤도 돌아보지 않고 건성으로 "네에" 대답하는 목소리만 되돌아왔다. 남자아이 넷이서 먹기에 과자 꾸러미는 양이 조금 많나, 얼핏 생각했다.

"초대해 주셔서 감사합니다."

"아유, 저희는 손님이 많은 집이라 아사히도 이런 환경에 익숙해요. 들어오세요."

제시간에 도착했지만 안에는 이미 손님 몇 명이 와 있었다. 교헤이의 안내로 신발을 벗는데 히로미가 나왔다.

"리쓰 씨, 어서 와. 애 아빠를 내보내서 미안해. 놀랐지?"

히로미는 오늘도 완벽한 차림새였다. 집에서 열리는 모임에서도 빈틈없이 화장했고 밖은 쌀쌀하지만 실내는 난방으로 훈훈해서 민소매 원피스를 입었다. 오른쪽 가슴에서 은색 브로치가 자연스럽게 반짝이고 민소매에서 뻗어 나온 팔뚝 라인이 가늘고 아름다웠다.

역시 히로미답다. 리쓰는 히로미의 자태를 넋을 잃고 바라보면서 고개를 살래살래했다.

"아니에요, 사와타리 씨가 만든 아파트에 살잖아요. 신세를 지는 사람으로서 설마 직접 뵙게 될 줄은 몰랐어요."

"교헤이라고 부르셔도 돼요."

슬리퍼를 내주고 거실로 향하던 중 사와타리 교헤이가 말했다.

"우리 집사람이나 저나 둘 다 사와타리니까 헛갈리잖아요."

"……그럼, 교헤이 씨."

리쓰가 이름으로 고쳐 부르며 말을 이었다.

"만나 봬서 영광이에요. 사와타리 단지가 정말 멋지게 리노베이션 돼서 이곳에 입주했을 때 무척 기뻤어요."

리쓰의 말에 사와타리 부부가 서로 얼굴을 마주 봤다. 히로미가 고개를 가볍게 저었다.

"아파트 주민들에게 그런 말 자주 듣는데 우리가 힘써서 그런 게 아니야. 우연히 좋은 사업자를 알게 됐고 거기서 이미지대로 잘 시공해 준 덕분이니까. 그러니 마음 쓰지 마."

"그래, 맞아. 이웃이잖아."

"네. 고맙습니다."

리쓰가 마음 편히 말하도록 부부가 과감하게 말을 낮췄다. 히로미가 옆에 있는 남편을 보고 난처한 표정을 지으며 미소 지었다.

"오늘, 어쩌다 보니 우리 남편 회의를 집에서 하게 됐어. 그걸 깜빡하고 다과회 일정을 잡았는데 여자들만 모이는 모임에 애 아빠도 끼게 해서 미안해."

"아니, 괜찮아요……. 교헤이 씨는 집에서 일하실 때가 많나요?"

"사무실이 따로 있기는 한데 남편이 실제로 작업하는 집을 직접 보고 이야기하는 편이 더 참고된다는 클라이언트도 많아서.”

“잡지나 TV에서 여전히 취재 요청이 들어오기도 하고.”

히로미가 미소 지었다.

복도 벽 한가운데에 일렬로 아라비아풍 모자이크 타일이 붙어 있고, 그 위에 중후한 앤티크 풍 코트 걸이 고리가 나란히 있었다. 먼저 도착한 사람들의 코트와 겉옷이 걸려 있었는데 그 옷들이 입체적으로 보일 만큼 정성스럽게 꾸민 세련된 집이었다. 분명 취재하러 왔던 사람들도 촬영할 맛이 났으리라 생각하며 사와타리 부부에게 말했다.

“취재하러 오는 거 힘드시죠? 지금은 많이 줄었지만 저도 옛날에는 집에서 촬영하고 싶다고 요청이 들어오거나 사생활 사진을 내놓으라던 경우가 꽤 있었거든요.”

이 부부가 리쓰의 직업을 어느 정도 알고 있는지, 한 번도 직업에 대해 언급한 적이 없기에 모르지만 교헤이가 조금 전에 처음 만난 리쓰에게 ‘리쓰 씨’라고 부른 점, 지금까지 보인 히로미의 사소한 언행을 보면 이미 대강 알고 있을 것이라 전제하고 대화하기로 했다.

“그럴 때는 가족까지 동원해서 며칠이나 대청소를 하는 바람에 매번 정말 힘들었어요.”

그래서 마음을 잘 이해하리라는 생각에 말을 꺼냈는데 부부를 둘러싼 분위기가 싸늘해졌다. 그 이유를 생각하기 전에 교헤이가 말했다.

"아, 우리는 직업 때문에 평소에도 그런 일이 정말 많아서."

얼굴이 웃지 않았다. 가슴이 철렁했다. 말실수했는지도 모른다.

이 부부는 직업 특성상 집을 공개하는 것이 일상의 한 부분일 수도 있다. 리쓰도 그 점은 짐작했지만 이 집에는 초등학생 남자아이가 있다. 매일 아이와 함께 살다 보면 어쩔 수 없이 묻어나오는 생활감을 취재할 때마다 지우기 어렵겠다는 생각에서 꺼낸 말이었다. 결코 악의를 품고 한 말은 아니다.

히로미가 총총걸음으로 앞장서 가 버렸다. 마치 방금 나눈 대화를 듣지 못했다는 듯한 모습이었다.

"미나 씨. 리쓰 씨 왔어!"

밝은 목소리와 함께 거실로 이어지는 문을 열었다. 이미 와 있던 여자 몇 명이 일제히 문을 쳐다봤다. 모두 세 명. 고개를 든 무리 중에 며칠 전 낭독 위원회 다과 시간에 말을 걸어 준 두 엄마 시로사키와 다카하시의 모습도 보였다. 두 사람도 "안녕하세요"라며 미소 지었다.

나머지 한 명은 낭독 위원회에서는 얼굴을 보지 못한 여성이었다. 리쓰보다 어려 보였다. 단발머리를 밝게 염색한, 쾌활해 보이는 여성으로, 다른 두 사람이 오늘도 얌전한 색상의 옷을 입은 데 비해 품이 넉넉한 밝은 녹색 원피스를 입었다.

"와아, 정말 리쓰 씨네. 만나서 반가워요. 저는 601호에 사는 유즈키예요."

웃으니 입술 사이로 조금 커다란 앞니가 살짝 보였다. 턱이 작은 탓에 치아만 커 보이는 점이 다람쥐 같은 설치류가 떠올랐다. 귀여운 사람이었다.

"우리 바로 아랫집이야."

옆에서 히로미가 여유로운 미소를 지었다.

"겉옷 이리 줘. 걸어 놓을게."

리쓰의 손에서 재킷을 건네받으며 말을 이었다.

"입주하고 인사하러 갔을 때부터 알고 지낸 사이야. 아이도 같은 학교에 다니고 우리 집에 자주 놀러 와. 아들은 5학년 유즈키 미치야야."

"아까 같이 나간 아이 중 한 명이 미치야예요."

"우리 아이는 아직 1학년이에요. 미키시마 가나토라고 해요."

서로 잘 부탁한다며 인사를 나누고 나서 다시 집을 둘러봤다. 그리고 후우 숨을 내쉬었다.

가장 먼저 시선이 간 곳은 거실 구석에 놓인 커다란 화병이었다. 거대한 수조처럼 투명하고 높이가 낮은 화병 속에 곱게 물든 단풍이 가지째로 여러 개 꽂혀 있었다. 나무 일부를 통째로 가져온 듯한 존재감에 자신도 모르게 굉장하다는 말이 흘러나왔다.

"히로미 씨가 직접 꽃꽂이하신 거예요?"

"꽃꽂이라고 할 만큼 거창한 건 아니고, 친구네 꽃집에서 가지를 저렴하게 받아와서 만들어 봤어."

"현관에 걸어 놓은 리스도 생화로 만드셨죠? 멋지더라고요."

"어머나, 그걸 봤구나? 보람이 있네. 역시 리쓰 씨야."

오래 걸어 놓는 장식물인 리스는 보통 조화나 드라이플라워로 만든다. 생화는 시들 때마다 바꾸거나 새로 만들어야 하기 때문이다. 시든 리스를 그대로 드라이플라워로 만들어서 사용하는 방법도 있지만 왜인지 히로미는 매번 새 리스를 만들 것 같았다. 리쓰는 도저히 흉내 낼 수 없었다. 단풍 가지도 일단 공간이 없으면 이런 식으로 장식하지 못한다. 뭐랄까, 이곳은 마치…….

"가게 같지?"

리쓰의 생각을 시로사키가 말했다. 옆에서 다카하시와 유즈키도 고개를 끄덕였다.

"레스토랑이나 호텔처럼 이런저런 게 빈틈없이 꾸며져 있어서 정말로 대단하다 싶어요. 우리는 따라 하지도 못한다니까."

"뭐, 레스토랑 경영자나 예술가 손님도 우리 집에 자주 오는데 자기네 가게보다 대단하다고들 해."

교헤이가 아무렇지 않은 말투로 말했다. 리쓰는 내심 놀랐다. 방은 너무 대놓고 자랑하는 것 아닌가. 그런데 다른 엄마들은 모두 그저 "그렇겠죠"라며 고개를 끄덕였다. 가슴속에 피어오르는 일말의 불길한 감정을 느끼며 꽃병으로 시선을 돌렸는데 그곳에 잘 아는 그림이 걸려 있는 것을 발견했다.

"저 그림……."

"어라, 좋아해?"

교헤이가 리쓰의 얼굴을 바라보며 물었다.

"저 화가 좋아해?"

"아…… 네."

리쓰가 튀어나오려던 말을 삼키며 고개를 끄덕였다.

"그래, 그렇구나"

교헤이가 고개를 끄덕이며 반색했다.

"리쓰 씨나 우리 히로미 연배쯤 되는 여자라면 다들 좋아하지. 세대 감각 같은 걸까? 꽃을 모티브로 한 점이 확실히 여자들의 취향을 저격하기도 했고. 저 그림도 한정품이었는데 히로미가 무슨 일이 있어도 걸어 놓고 싶다고 졸랐어."

좋지 않다.

자기 자랑한다고 꼬아보는 자신의 심보가 고약한 것일지도 모른다. 너무 대단해서 부러운 것일지도 모른다. 리쓰는 하고 싶은 말을 꾹 참고 히로미를 향해 몸을 돌렸다.

"저기, 이거요. 혹시 괜찮으시면 오늘 다과회에 내주세요."

들고 온 종이가방을 건넸다. 안에는 손수 만든 스콘과 딸기 잼이 들어 있었다.

주부들끼리 모이는 다과회는 분명 각자 무언가를 가지고 오리라 생각했다. 히로미는 센스가 좋아 보이니 어설픈 것을 가져갈 수 없어 고민하던 중 예전에 친구 집에 초대받았을 때 받았던 수제 스콘이 무척 맛있던 기억이 났다. 곁들여 준 잼도 과일의 식감이 살아 있는 수제 잼으로 맛있다고 칭찬했더니 의외로 쉽다며 만드는 법을 가르쳐 줬다.

"베이킹을 잘하는 편은 아닌데, 인사 겸 준비해 봤어요. 집에서 만든 스콘과 잼이에요."

종이가방을 내밀자 히로미의 얼굴에서 순간, 아주 찰나의 순간 시간이 멈춘 듯한 무표정을 본 것 같았다. 하지만 곧바로 미소 지으며 말했다.

"고마워. 다 같이 먹자."

"아, 안에 클로티드 크림도 들어 있으니까 곁들여 먹으면 좋아요."

"그래."

접시를 빌릴 수 있으면 리쓰가 직접 대접해도 좋았겠지만 히로미가 종이가방을 들고 부엌으로 사라졌다. 거실에서 보이는 오픈 키친 역시 히로미의 손길이 곳곳에서 느껴졌다.

마치 영화 세트장처럼 완벽했는데 이내 그 이유를 깨달았다. 물건에 라벨이나 표시가 전혀 없었다. 매일 생활하면서 슈퍼나 편의점에서 식재료를 사면 아무래도 조미료 병이나 식재료 상자에 라벨이나 로고 등 표시가 있기 마련이다. 음료수 페트병, 밀가루 봉투, 간장병, 밥솥 화면…….

히로미의 부엌에는 그런 것들이 없었다. 놀라울 정도로. 무기질이지만 세련된 분위기를 풍기는 병과 캔이 나란히 늘어서 있는데 아마도 요리용 밀가루와 조미료가 들어 있는 듯했다. 시중에서 판매하는 것 같은 병 등도 보였지만 하나같이 감각적인 라벨이나 외국어 표기가 붙어 있었다. 동네 슈퍼에서 살 만한 물건은 거의 없었다.

밥솥도 없다. 리쓰에게도 요리에 공을 들이는 친구가 몇 명 있기에 그 이유를 안다. 아마도 이 집은 뚝배기에 밥을 지을 것이다.

놀라고 말았다. 리쓰가 아는 뚝배기 애호가 친구들은 요리가 취미인 독신이거나 집안일이 능숙한 전업주부, 혹은 요리 연구가나 푸드 코디네이터였다. 한창 자랄 남자아이를 키우면서 일까지 하는 몸으로 밥솥을 두지 않는다니 상상할 수도 없었다.

실수했을지도 모른다는 생각이 가슴을 강하게 짓눌렀다.

히로미는 교육과 집안일 모두에 열정적인 '좋은 엄마'고, 사와타리 집안은 '좋은 가정'이리라고 짐작은 했다. 하지만 이 정도일 줄은 몰랐다. 손수 만든 스콘 따위 가져오지 말았어야 했는지도 모른다.

주변을 살피니 다른 엄마들은 아무것도 가져오지 않은 눈치였다. 아까 소개받은 유즈키가 리쓰에게 감사 인사를 했다.

"스콘 고마워요. 직접 만들다니 대단해요."

"오늘은 각자 음식을 가지고 오는 날이 아니었나 봐요. 괜한 짓을 한 것 같아요."

"아아, 우리 이렇게 모일 때는 히로미 씨한테 전부 맡기거든요. 아주 어리광만 는다니까요."

"신경 쓰지 마! 내가 좋아서 하는 일이니까."

히로미가 부엌에서 차를 준비하면서 웃으며 대답했다.

지나치게 완벽한 인테리어로 둘러싸인 집에서 리쓰는 묘하게 마음이 불편했다. 이러다가는 끊임없이 대단해, 굉장해, 라며 히로미를 칭찬해야 할 것만 같았다. 할 말이 없어 히로미에게 물었다.

"오늘은 여기 모인 사람들이 다인가요? 또 있나요?"

"두 명 더 있어. 낭독 위원회 리더 요코 씨. 그리고 아사히와 같은 반 여자아이의 엄마 마미코 씨."

그때 띵동 하는 소리가 집 안에 울렸다.

"네!"

소리치며 자리에서 일어선 사람은 또 교헤이였다.

"요코와 마미코 중에 누굴까?"

혼잣말처럼 말하며 현관으로 향했다. 마치 자신의 아이의 이름이라도 부르듯 아이 친구의 엄마들을 허물없이 부르는 모습에 다시금 놀랐다. 교헤이의 뒷모습을 보며 생각했다. 저 사람은 이제 슬슬 자리를 뜨지 않을까 하고.

—여자들만 모이는 모임에 애 아빠도 끼게 해서 미안해.

히로미가 말했지만 그저 말뿐이고 교헤이는 곧 외출하거나 자신의 방에 들어가서 나오지 않을 줄 알았다. 하지만 그는 아까부터 계속 엄마들 사이에 끼어서 자리를 벗어날 기미를 전혀 보이지 않았다.

청일점은 매우 귀중한 존재지만…… 그래도 강렬한 위화감을 느꼈다.

"오래 기다렸지?"

히로미가 테이블로 다가왔다. 손에 든 쟁반 위에 사람 수대로 작은 접시에 나눠 담은 스콘이 놓여 있었다. 고소한 버터향을 맡고는 눈치챘다. 오븐 같은 곳에 다시 정성스레 데웠구나. 딸기잼에는 리쓰가 가져온 적 없는 민트 잎이 곁들여져 있었다. 무엇을 하던 자기 식대로 손을 봐야 직성이 풀릴 만큼 세련된 취미가 삶의 낙인 사람이라고나 할까.

현관 쪽에서 큰 소리가 들렸다.

"와아, 여전히 엄청 멋져!"

낭독 위원회에서 사람들 앞에서 말할 때처럼 친한 사람들 사이에서나 낼 법한 목소리. 요코의 목소리가 가까워졌다.

"이게 정말 우리 집이랑 같은 건물에 있는 집이란 말이야? 히로미 씨, 차이가 너무 나잖아. 교헤이 씨가 우리들 집은 대충 디자인한 게 분명하다니까."

요코의 무례한 목소리를 들은 리쓰의 마음이 차갑게 식었다. 그러나 사와타리 부부는 특별히 기분 나쁜 기색도 없었고, 교헤이는 "아니야"라고 고개를 저으며 요코와 함께 거실로 들어왔다.

"다 똑같이 했어요. 만약 집이 좁은 것 같거나 이상한 것 같으면 그건 바로 요코와 고로의 책임이라고."

"역시……. 우리 부부가 센스가 없는 걸까. 기가 죽네."

고로라는 사람은 아무래도 요코의 남편 같았다. 아이들이 같은 학년이라는 사실만으로 이렇게 존칭을 생략할 정도로 가깝게 지낸다니 깜짝 놀랐다. 마치 오랜 친구 사이 같았다.

"모처럼 다들 모였으니 오늘은 아껴둔 플레이리스트를 꺼내야지."

"아, 교헤이 씨는 음악에 엄청 까다롭다니까."

교헤이가 부엌과 거실 경계에 있는 아일랜드 식탁에서 소형 음악 플레이어를 스마트폰으로 조작했다. 곧바로 리쓰가 모르는 아티스트의 서양 음악 노랫소리가 흘러나왔다.

히로미도 그렇지만 교헤이도 사람을 만나는 것이 익숙해 보인다. 털털한 느낌의 요코에게는 허물없을 정도의 말투지만, 얌전한 시로사키와 다카하시에게는 정중한 태도를 지키면서 아까부터 친근하게 이것저것 말을 건다. 유즈키는 어느 쪽도 아닌 듯하지만 그녀도 교헤이의 이야기를 생글생글 웃으며 들었다.

히로미는 남편과 친구들이 대화를 주고받는 모습을 바라보며 웃는 얼굴로 차를 꼼꼼하게 준비하고 있다. 얼마 전 히로미에게 받은 초대장에서 맡았던 베르가못 향이 피어오르는 얼그레이가 리쓰의 컵을 채웠다.

"와, 스콘이네. 대박, 히로미 씨가 구웠어?"

"아니. 리쓰 씨가 만들어 왔어. 잼도. 직접 만들었대. 맛있어."

요코의 말에 히로미가 웃으며 대답했지만 리쓰는 심장이 따끔거렸다.

스콘을 인원수보다 많이 가져왔는데 다른 사람들 앞에 놓인 작은 접시가 히로미 앞에는 없었다. 결국 히로미는 먹을 생각이 없다는 뜻이었다. 히로미의 남편인 교헤이 앞에는 스콘과 잼을 담은 접시가 놓여 있었는데 그도 "흐음" 하고 손으로 집어 입에 대기만 하고 맛있다는 둥 적극적으로 빈말을 하는 기색조차 없었다.

"와, 맛있다."

"잼도 직접 만들었다고요?"

나머지 사람들이 리쓰에게 한마디씩 건넸다. 하지만 리쓰는 어색하게 억지웃음만 지었다. 맛있게 만들 줄 아는 레시피였고 집에서도 여러 번 만들어 가나토와 유키가 맛있다며 칭찬했지만 결국 아마추어가 만든 음식일 뿐이었다.

바지런하게 차를 따르러 다니거나 "짭짤한 크래커 같은 것도 좀 당기지?"라며 다른 과자를 가지러 돌아다니는 등 히로미는 거실 테이블보다 부엌에 있는 시간이 더 많았다.

그런데 부엌에서 갑자기 찢어질 듯한 비명이 터져 나왔다.

"앗! 이 클로티드 크림!"

히로미의 목소리였다. 여태껏 우아하고 온화한 말투로만 말하던 그녀에게서 처음 듣는 흥분 가득한 목소리에 고개를 돌려 쳐다보니 히로미가 리쓰가 가져온 종이 가방을 들고 있었다.

"미안해요. 내가는 걸 완전히 잊고 있었는데 이 클로티드 크림, 라일라에서 나오는 유기농 제품이었구나? 미안. 바로 내갈게. 와, 고마워. 정말 좋다!"

"네? 아……."

스콘에 발라 먹으려고 가져온 크림이었다. 유기농 식품을 판매하는 외국 브랜드의 크림으로 통신 판매가 아니면 구매

할 수 없다. 사실은 크림도 직접 만들어 오고 싶었지만 예전에 친구에게 받았던 크림이 뜯지 않은 채로 남아 있어 오늘은 그것을 가지고 온 참이었다.

교헤이의 웃음소리가 들렸다.

"우리 집사람은 유기농이라면 사족을 못 쓰거든. 시중에서 파는 다른 제품에는 뭐가 들어 있을지 모르겠다나 뭐라나."

얼굴에 떠오르던 미소가 그 말에 일그러져 사라졌다.

"곤란했지?"

교헤이가 리쓰를 바라봤다. 그 시선에 딱딱한 미소를 지어 보였지만 아마도 리쓰의 속마음을 알아차리지는 못했으리라.

뭐가 들어 있을지 모른다.

그 말을 듣고 비로소 이해했다.

문제는 맛있는지 아닌지, 음식 솜씨가 좋은지 나쁜지가 아니었다. 히로미는 크림을 무엇이 들었는지 모르는 음식이라고 생각한 것이다.

"여기 클로티드 크림 참 맛있지? 나도 크래커에 발라 먹어야지."

히로미가 노래하듯 말하며 아마도 자신이 신뢰하는 브랜드에서 샀을, 전립분으로 만든 듯한 갈색 크래커에 크림을 발랐다. 또 어느 틈에 리쓰는 이름도 알지 못하는 향신료 잎이 크림 옆에 장식되어 있었다.

◆

“그건 그렇고, 그 이야기는 어쩌지?”

다과회가 제법 진행됐을 무렵 요코가 큰 소리로 말했다. 그 이야기? 리쓰가 생각하는데 다른 엄마들은 이미 아는 이야기인지 시로사키와 다카하시가 조심스럽게 “아아……” 한숨 같은 소리를 흘렸다.

“그 이야기지? 니레이 선생.”

“그래. 또 담임이라니, 우리 진짜 재수도 없지.”

“니레이 군, 음…….”

교헤이가 미묘한 표정으로 웃었다.

이름이 나오자 리쓰도 누구를 말하는지 알아차렸다. 6학년 1반 담임이었다. 아직 20대 중반인 젊은 남자 선생.

“그렇게 못 미더운 선생이라니, 올해는 중학교 입시 시험을 보는 아이들이 잔뜩인데 가당키나 해? 2학기까지는 어렵더라도 3학기만이라도 담임을 바꾸자고. 서명이라도 받자! 서명!”

엇……. 자신도 모르게 작은 목소리가 튀어나왔다. 놀란 리쓰를 아랑곳하지 않고 교헤이가 요코에게 웃으며 말했다.

“워워, 진정해. 니레이 군도 나름대로 열심히 한다고는 생각해. 뭐, 못 미더운 건 사실이지만.”

“아니, 그런데 3반 담임은 아라카와 선생이 당첨됐잖아. 우리만 니레이 선생이라니 아무리 생각해도 꽝이라고, 불공평하지 않아? 히로미 씨, 그렇지?"

"으음."

요코의 말에 히로미가 난처한 듯 고개를 갸웃했다. 그런데 바로 그 순간, 짜기라도 한 것 같은 타이밍에 누군가의 휴대폰 진동이 울렸다.

"잠깐 실례 좀 할게."

휴대폰을 확인한 히로미가 모두에게 모호한 미소를 지으며 한 손에 휴대폰을 들고 거실 밖 복도로 나갔다.

"나도 잠시 우편함 좀 보고 올까."

느긋한 목소리로 말한 교헤이도 자리에서 일어났다. 마치 화제를 피하는 것 같았다. 사와타리 부부가 사라지는 모습을 끝까지 지켜본 요코가 팔짱을 끼면서 한숨을 크게 내쉬었다.

"정말이지 히로미 씨도 교헤이 씨도 사람이 너무 좋다니까! 아무튼 난 꼭 서명도 받고 교장 선생님한테 직접 요청도 할 거야. 게다가 말이야, 그거 알아? 내년부터 니레이 선생이 낭독 위원회를 담당할 수도 있대."

"앗, 정말?"

본인이 참여하는 활동의 이름이 나오자 다카하시의 표정이 심각해졌다.

"다다 선생님에서 바뀐다고?"

옆자리 시로사키도 아쉬워했다.

"그래. 그러니까 다들 남 일이 아니라고. 우리는 올해만 지나면 졸업이지만 오랫동안 활동한 모임을 그 선생이 맡는 건 절대로 싫어. 유즈키 씨도 협조 좀 해 줘."

"응. 큰일이야. 5학년 다른 엄마 아빠들한테도 부탁하면 서명 받을 수 있을까?"

유즈키의 늘어지는 목소리에 또다시 당황스러웠다. 아이가 다른 학년이고 자원봉사 활동도 참여하지 않는 유즈키라면 말리지 않을까, 적어도 지금의 분위기를 끊어 주지 않을까 기대했다. 그런데 너무도 태연하게 동조하는 모습에 아연했다.

"저기…… 잠깐만요."

자신도 모르게 목소리가 튀어나왔다. 내뱉고 나서야 섣불리 개입할 일이 아닐지도 모른다는 생각이 머리를 스쳤지만 그래도 잠자코 있을 수 없었다.

"니레이 선생님 말인데요, 우리 아이가 아직 1학년이고 다른 학년이라서 잘 모르는데, 그렇게나 문제될 일이 있었나요?"

"엇, 딱히 큰 사건은 없었지만 그래도 아직 너무 어리거든. 우리랑 나이 차이가 못해도 두 배는 돼. 6학년 마지막 학기는 역시 경험 많고 무게 있는 베테랑 선생님이 좋지 않겠어?"

"아직 젊은 분이죠?"

"응. 몇 살이나 먹었지? 스물다섯쯤 됐나?"

"그렇다면."

리쓰는 말하다가 조금 어찔했다. 하나같이 사회성이 지나치게 떨어지는 사람들 아닌가 싶었다. 그 생각을 꾹 눌러 참으며 인내심을 짜내 말했다.

"담임 교체를 요구하거나 서명을 받는 건 일단 보류하는 건 어떨까요? 저기, 저는…… 아나운서 일을 하는데 라디오 방송을 진행하면서 교육자분들과 이야기를 나눌 기회가 자주 있거든요."

전문가들에게 들은 이야기에 리쓰 본인의 육아와 교육, 가나토가 다니는 초등학교를 대입해 생각할 때도 많다.

"요즘은 학교 선생님들도 스스로 자신을 갖지 못하게 되는 사람이 정말 많다고 해요. 학부모나 선배 선생님들을 어려워해서 위축되다가 의욕을 잃고 결국 퇴직하고 마는 젊은 선생님들이 많이 계신 것 같더라고요."

니레이라는 선생님이 어떤 교사인지 인품이 어떤지 자세히 모르지만 '미덥지 않다'는 것은 어디까지나 부모들의 의견이다. 아이들의 생각이 어떤지 모르고, 그런 서명 활동으로 2학기까지 함께한 선생님을 마지막 학기만 갑자기 다른 교사로 교체하는 편이 오히려 더 나쁜 영향을 끼치지 않을까.

"교장 선생님과 따로 상담하는 건 괜찮은 방법일 수 있지만 서명 활동처럼 일을 키우면 선생님이 가엾잖아요."

"음……, 그런가……."

방금까지 기고만장하던 요코의 목소리가 다소 기세를 잃었다. 말하는 도중에 분위기를 타 흥분했을 뿐 처음부터 이렇게까지 적극적인 마음으로 말하려던 것은 아니었다. 리쓰가 다시 말했다.

"곤란한 일이 생길 것 같으면 그때 다시 다 함께 의논하면 어떨까요? 무사히 6학년 담임을 마치면 그 선생님에게도 분명 좋은 경험이 될 테니까 요코 씨와 여러분이 그 젊은 선생님을 성장시킨다는 마음으로 지켜봐 주면 어떨까요?"

"어…… 우리가 선생님을 키운다니 터무니없는 이야긴데."

"선생님 나이와 거의 두 배 차이 난다고 하셨죠? 니레이 선생님은 분명 교사지만 요코 씨와 여러분은 훨씬 베테랑 어른이잖아요."

말하는 사이에 일할 때의 말투로 변했다는 것을 깨달았다. 일상생활에서는 그다지 꺼내지 않으려고 하는 부분이지만 지금은 이미 어쩔 수 없었다.

리쓰의 말에 요코와 나머지 사람들이 겸연쩍은 듯 서로 눈짓했다.

"그런가?"

"아니, 난 전혀 베테랑이 아닌데……"

그러면서도 표정은 아주 싫지만은 않아 보였다.

"리쓰 씨, 그 교육자분이 혹시 교육평론가 고지마 선생님이에요?"

조심스럽게 물어 온 사람은 유즈키였다. 머뭇거리며 리쓰에게 몸을 기울여왔다.

"나 사실 리쓰 씨가 진행하는 라디오 자주 들어요."

"아, 나도."

옆에서 다카하시가 살짝 손을 들었다.

"마침 아이를 학교에 보내고 한숨 돌릴 시간에 방송하니까 라디오 들으면서 청소하고 아침밥 설거지하기 딱 좋더라고요."

"그 방송 참 괜찮죠?"

유즈키와 다카하시가 서로 바라보며 고개를 끄덕이자 분위기가 단번에 가벼워졌다. 이 집에 오고 나서 처음으로 리쓰의 직업 이야기가 화제에 올랐다. 모두의 흥미진진해진 시선이 리쓰를 에워쌌다.

"저기, 저쪽에 걸린 그림을 그린 화가분도 게스트로 나온 적 있어요?"

다카하시가 손가락으로 가리킨 거실 벽에 추상적인 꽃과 사실적인 풍경이 혼재된 특징이 돋보이는 그림이 걸려 있었다. 사실 이 집에 들어왔을 때부터 리쓰의 시선이 머물렀던 그림이었다.

"네."

고개를 끄덕였다.

"역시!"

"대단하다!"

금세 저마다 소리를 높였다.

그림을 그린 화가인 나가이시와는 방송국 아나운서 시절부터 친분이 있고 사적으로도 친하게 지내는 사이다. 가나토가 태어났을 때는 축하하러 집까지 와 줬고 리쓰의 집에는 나가이시가 가나토를 그려 준 그림도 걸려 있다.

교헤이가 예술가도 집에 많이 온다고 했으니, 순간 거실에 걸린 그림을 봤을 때 나가이시와 알고 지내는 사이일까 생각했다. 그렇다면 거실에 걸린 그림은 리쓰가 선물 받은 그림처럼 원화일까 생각해서 "저 그림은 원화인가요?"라고 물을 뻔했는데, '한정'이라는 교헤이의 말을 듣고는 말을 삼켰다. 자세히 살펴보니 그림 가장자리에 '2098/10000'라고 적혀 있었다. 한정 수의 에디션 넘버가 적힌 석판화, 리토그래피였다.

"대단하다! 잘은 모르지만. 그럼 연예인 같은 사람도 본 적 있어?"

요코가 직설적으로 묻자 유즈키와 다른 사람들이 "요코 씨!" 하고 웃으며 말렸고, 리쓰를 향해 쓴웃음을 지어 보였다.

"미안해요. 요코 씨가 조금 필터링 없이 말하는 구석이 있어서. 요코 씨, 그런 건 묻지 마요."

"뭐야. 왜 나만 이상한 사람 만들어. 자기들도 듣고 싶잖아! 시즈키리 요타 같은 연예인 만난 적 있어?"

"있어요."

리쓰가 고개를 끄덕였다. 요코는 확실히 직설적인 사람이기는 했지만 분명하게 묻지 않으면서 은근히 따돌리는 사람들보다는 오히려 훨씬 나았다. 리쓰의 대답에 사람들이 또다시 "와!", "대박" 하며 소리쳤다.

"언제요? 이번 분기 드라마로 대박 났잖아요. 전에 만났어요?"

"네. 갓 데뷔했을 때 학원물 드라마에 학생으로 나올 무렵에 게스트로 출연한 적 있어요."

"와아, 그럼 '안녕 학교' 때잖아요! 난 시즈키리 요타, 그때가 제일 좋더라!"

요코를 말렸던 유즈키까지 얼굴 앞에 두 손을 모으고 들뜬 모습으로 목소리를 높였다.

"그럼 리쓰 씨, 그 아이는 봤어요? 이번 분기 아침 드라마에 나오는—"

유즈키가 누군가의 이름을 말하려던 그때, 거실 문이 열렸다.

"미아안. 중요한 이야기 중에 빠져서."

히로미가 돌아왔다. 통화를 끝낸 듯 휴대폰을 손에 들고 있었다. 그 순간, 거실에 있던 모두가 입을 다물었다. 한창 불타오르던 이야기를 집어삼키듯 모두가 일제히 히로미를 쳐다봤다.

"괜찮아. 바빠 보이네. 업무 전화?"

유즈키가 느릿한 말투로 묻자 히로미가 난처한 듯 미간을 조금 찌푸렸다. 그 표정을 짓는 과정 하나하나가 그림이 됐다.

"아니. 가오리 씨 전화."

그 이름에 모두가 숨을 죽였다. 그런 기분이 들었다.

이유는 모르지만 그런 느낌이었다. 히로미가 어깨를 살짝 으쓱했다. 이내 대수롭지 않다는 듯 말을 이었다.

"혹시 오늘 다과회 하냐고 묻더라고. 어쩌다 보니 오늘은 안 불렀는데 왜 그런 걸 묻지? 가오리 씨, 정보가 빠르기도 하고 적극적으로 들이대는 구석이 있지?"

히로미는 난감하다는 표정을 지었지만 절대 미소만은 잃지 않았다. 머리를 갸우뚱거리다가 이번에는 요코를 쳐다봤다.

"그런데 다들 니레이 선생 이야기는 해 봤어? 어떻게 하기로 했어?"

"아……, 응. 일단은 좀 두고 보는 게 좋지 않겠냐고 이야기됐어."

이미 완전히 다른 화제로 넘어갔기에 요코가 쭈뼛거리며 말했다.

"뭐라고?"

히로미가 약간 이상하다는 표정으로 고개를 갸웃했지만 금세 웃어 보였다.

"그래, 잘됐다. 나도 그러는 게 좋을 것 같아. 아, 그러고 보니 오늘은 마미코 씨도 올 예정이었는데 늦네. 잠시 전화 좀 하고 올게."

그렇게 말한 히로미가 다시 복도로 나갔다.

남겨진 사람들 사이에 미묘한 긴장감이 덮쳤다. 한 번 끊긴 리쓰의 직업과 관련된 화제를 다시 꺼내는 사람도 없었다.

이 집에서 왜 마음이 불편한지 지금 분명하게 알았다.

히로미가 휘감고 있는 그 묘한 긴장감 때문이었다. 히로미보다 돋보일 만한 화제는 누구도 입에 담아서는 안 된다. 이 자리에서는 사와타리 부부를 치켜세우는 행동만 허락된다.

강요하지도 않고 히로미가 노골적인 말투로 드러내지도 않는데도 그녀가 있는 장소에서는 누구도 리쓰에게 아무것도 묻지 못한다는 느낌이 들었다. 무엇보다 당사자인 리쓰도 그렇게 되고 말았다. 히로미 앞에서는 자신의 직업에 관해서 한마디도 꺼낼 수 없었다. 그러지 않는 편이 좋겠다고 직감으로 느꼈다.

"가오리 씨가 어떻게 알았지? 오늘 우리 모이는 거."

화제를 돌리듯 다카하시가 어색하게 중얼거렸다. 그 말에 시로사키가 부자연스럽게 고개를 끄덕였다.

"응. 게다가 전화까지 하다니, 좀……."

"가오리 씨라니, 낭독 위원회에도 온 가오리 씨 말씀하시는 건가요?"

리쓰가 큰마음 먹고 물었다.

가오리가 낭독 위원회에서도 조금 꺼리는 존재라는 사실은 다카하시와 시로사키가 그날 했던 말에서 리쓰도 이미 짐작했다. 두 사람은 '저 사람한테까지 마음 쓰다니 히로미 씨는 대단하다'고 말했다.

가오리가 다과회를 하는지 묻는 전화를 걸어왔다.

역시 조금 평범하지 않다는 생각에 무서웠지만 리쓰는 그보다 히로미가 마음에 걸렸다. 히로미뿐 아니라 교헤이까지, 사와타리 부부가.

조금 전 니레이 선생에 관한 이야기든 가오리에 대한 이야기든 그 부부는 모두가 나쁘게 말하는 상대를 직접적으로 비난하는 행위를 철저하게 피한다. 지금 둘이서 자리를 피한 것만 해도 그렇다.

정보가 빠르고 적극적으로 들이댄다. 표면적으로 나쁘게 들리는 것을 피하려고 신중하게 고른 말이다. '어쩌다 보니 오늘은 부르지 않은' 다과회에 과거 가오리를 초대한 적이 한 번이라도 있을까. 결코 없으리라는 생각이 들었다.

하지만 선생님을 '군'이라는 호칭으로 부르고 누군가는 다과회에 초대하지 않는 등 사와타리 부부는 분명하게 사람을 골랐다. 모두에게 평등하고 친절하게 '상냥하고 좋은 사람'인 척하지만 누구를 집에 초대해 정말로 사귈 것인가는 명확하게 정해 놓았다.

사와타리 부부가 자리를 비운 거실에서 품위 있는 티세트가 즐비한 테이블을 사이에 두고 모두가 마주 보고 있었다.

"네. 가오리 씨도 우리 단지에 사는데 나랑 같은 층이라서 자주 어울리거든요. 그런데 확실히 부담스럽게 구는 면이 있어요."

"낯을 안 가린다고 할까, 아무한테나 말을 잘 걸더라고요."

히로미에게서 말을 고르는 감각을 배우기라도 한 듯 하나같이 직설적인 표현을 피하는 모습이었다.

"……뭐가 됐든 금방 '나도 그래'라고 말하죠?"

그 말을 한 사람은 유즈키였다. 리쓰는 화들짝 놀랐다. 자신도 그 말을 들은 적 있기 때문이다. 유즈키가 히로미처럼 이것은 결코 험담이 아니라고 말하고 싶어 하는 표정을 띄우며 말을 이었다.

"출신 고등학교나 직업이나 그럴 리 없는 내용까지 전부 내가 한 말에 '나도 그래'라고 맞장구쳐요. 그렇게 동조하면 상대와 친해질 수 있다는 매뉴얼 같은 걸 따라 말하는 사람처럼

요. 나한테도 그런 적 있고, 다른 사람도 그랬대요."

"맞아요."

다카하시 역시 곤혹스러운 얼굴로 고개를 끄덕였다.

"나도 그런 말 들은 적 있어요. 센다이 출신이라고 했더니 '나도 그래'라고 하더라고요. 그런데 말을 나눠 보니 그쪽 지방에 대해 잘 모르고 대화가 자꾸 어긋났어요."

"그랬……군요."

리쓰도 같은 말을 들었다. 아나운서라고 했더니 가오리가 '나도 그래'라고 대답했다. 그 일화를 이 자리에서 말해도 좋을지 망설여졌다.

"눈치가 없어요, 그 사람."

유즈키가 말했다. 마침내 가오리를 노골적으로 지적하는 나쁜 말이 등장하자 거실의 분위기가 점점 감정의 배출구를 발견한 듯 바뀌었다.

"맞아."

유즈키의 말을 따르듯 서둘러 말한 사람은 요코였다.

"그런 것 같지?"

요코가 빠르게 말하자 시로사키도 조심스러운 기색으로 동조했다.

"엄청 막 들이대지 않아요? 쫓아 버리기도 무서워서 결국 대놓고 피하지는 못하고 적당히 대꾸하며 도망칠 수밖에 없다고 해야 하나…….”

“맞아, 그렇지? 섣불리 NO라고 말 못 하겠다니까. 진지하게 말을 섞다가는 나한테 집착할 것 같은 느낌이야.”

유즈키와 시로사키가 서로 얼굴을 마주 보며 고개를 끄덕였다. 바로 그때.

휴대폰 진동이 부르르 울리는 소리가 났다.

모두들 어리둥절해서 고개를 들었더니 언제 돌아왔는지 히로미가 부엌에 있었다. 음악이 흘러나오고 있어서 들어올 때 기척을 느끼지 못했는데 부엌 쪽 문으로 들어온 듯했다.

순간 요코든 유즈키든 그 자리에 있던 모두가 숨을 죽였다. 거북한 이야기를 나누지는 않았지만 히로미 앞에서 누군가의 험담을 하는 것이 왜 이렇게 꺼려질까. 대화를 어디서부터 들었을까. 자신은 절대로 입 밖에 내지 않으면서 타인들이 누군가를 험담하는 장면을 온화한 표정으로 가만히 듣고만 있었을까.

손에 든 휴대폰을 보는 히로미는 여전히 우아하고 아름다운 미소를 띤 채였다.

“미안, 이번에는 마미코 씨 전화 같아.”

얇고 아름다운 입술이 움직이며 말했다.

“아까 안 받아서 다시 전화했나 봐.”

부드러운 목소리로 말한 히로미가 다시 거실을 나갔다.

"아, 으응."

"다녀와요."

모두 얼어붙은 눈으로 그 모습을 바라보며 대답했다.

거북한 침묵이 흐르는 가운데 복도에서 "여보세요" 전화 받는 목소리가 들렸다.

서로 어색하게 얼굴을 쳐다보는데 그때 복도에서 "어머, 뭐라고!?" 하는 큰 소리가 들렸다.

"어떻게 그런……. 응, 응, 알겠어. 괜찮아. 여긴 신경 쓰지 마."

무슨 일이 일어났다는 낌새만 모두에게 공유됐다. 전화를 끊을 기미가 느껴지더니 히로미가 돌아왔다.

"큰일 났어."

히로미가 말했다. 그런데 입으로는 '큰일'이라고 말하면서 표정에서는 초조한 기색이 전혀 느껴지지 않았다. 아름다운 얼굴이 마치 '당황스럽고 난처한 표정을 짓는' 연기를 하는 듯했다.

"마미코 씨가 교통사고를 당했대."

소리 없는 경악이 거실에 가득했다.

"횡단보도를 건너려다가 차에 치였다나 봐. 내가 방금 남긴 부재중 전화를 보고 가즈오미가 마미코 씨의 휴대폰으로 전화했어."

"어머나!!"

이번에는 모두가 일제히 큰 소리를 냈다. 마미코와 만난 적이 없는 리쓰도 마찬가지였다. 히로미가 미간을 찌푸리며 중얼거렸다.

"걱정이네……"

"횡단보도를 건너려는데……. 그 순간에 차가 들이받았다는 거야?"

"그게, 마미코 씨가 신호 위반을 했대. 빨간불이었는데 갑자기 튀어 나갔다더라고. 사고를 일으킨 운전자뿐 아니라 주위에 있던 사람들도 그렇게 말했대."

"신호 위반이라니, 어쩌다가……."

"어디 횡단보도?"

"역 앞에 빵집 있지? 그 집이랑 은행 사이에 있는 횡단보도."

"거기서……."

이 동네에 사는 사람들이라면 모두 지나다녀 봤을 곳이다. 리쓰의 마음도 불안하게 떨렸다.

"마미코 씨는 괜찮아?"

"지금 수술 중이래."

"수술?"

침묵이 깔렸다.

교헤이가 '비장의 무기'라고 했던 플레이리스트는 서양 록부터 리쓰 세대에게 익숙한 J-POP, 재즈와 클래식까지 그의 취향만 반영해 담은 곡이 차례차례 바뀌며 재생됐다. 지금은 피아노 협주곡이 흘러나왔다. 심벌즈 소리가 격렬하게 울렸다.

그 소리에 리쓰는 며칠 전 들었던 소리를 떠올렸다. 오늘 이야기를 꺼낼 수 있다면 모두에게 물어보려고 마음먹었던 일이었다.

누군가가 땅바닥으로 곤두박질치던 그 소리.

지난주에 투신자살이 있었죠? 라고 화두를 꺼낼 타이밍을 놓쳤다.

유기농에 안심할 수 있는 음식만 입에 댄다는 사와타리 집안에 남은 스콘과 잼을 두고 가자니 썩 내키지 않았다. 자학적인 열등감에서 비롯된 생각이 아니라 그저 히로미에게 폐가 될까 봐 될 수 있으면 다시 가지고 돌아가고 싶었다.

그런데…….

"자."

사와타리 부부의 집을 떠날 때 히로미가 빈 용기를 건넸다. 분주했던 오늘 다과회 중 언제 그럴 틈이 있었는지 리쓰가 스콘과 잼을 담아 온 밀폐용기가 깨끗하게 설거지 되어 있었다.

히로미가 생글생글 웃었다.

"닦아 놨어. 맛있게 먹었어. 고마워."

"……별말씀을요."

이 사람은 분명 한 입도 먹지 않았다. 남은 잼도 진작에 버렸을지도 모른다. 돌려줬으면 가나토와 함께 먹을 텐데. 그런 생각을 하면서도 애써 미소 지었다.

모르겠다.

리쓰는 직업 특성상 자신이 사람 보는 눈이 좋은 편이라고 생각했다.

그런데 사와타리 히로미의 행동에는 목적이 보이지 않았다. 꼬리를 드러내지 않았다. 누구에게도 마음을 열지 않았다.

사람을 고르고, 타인을 내려다보고, 동급생 학부모를 호칭 없이 이름으로만 부르고, 남편과 함께 노골적인 자기 자랑이 깔린 어투로 태연하게 타인을 깔보는 듯 행동하지만 험담을 하지는 않는다. 뚜렷한 악의를 드러내지 않는다.

처음 만나는 부류다.

이런 식으로 모두를 집에 초대하거나 이야기를 듣는 역할을 하거나 주변 사람에게 친절을 베풀면서 그들은 자신들의 무엇을 채우고 싶은 것일까.

리쓰가 사와타리 단지에 산다는 사실을 밝혔을 때 히로미가 말했다.

―어머나! 그렇군요. 우리 아파트 주민이시군요.

사와타리 부부는 단지 리노베이션을 맡았을 뿐 아파트 주인이 아닌데 히로미는 '우리 아파트'라고 말했다. 오늘도 그렇게 말했다. 이곳에 입주했을 때 무척 기뻤다고 말하자 두 부부가.

—우리가 힘써서 그런 게 아니야.

—그러니 마음 쓰지 마.

—그래, 맞아. 이웃이잖아.

그 말은 마음 써야 마땅하다는 전제가 기저에 깔린 어투 아닌가.

아마도 그들은 이 단지의 '왕'으로 군림하고 싶은 모양이다.

히로미에게 빈 밀폐용기를 받으며 인사했다.

"그럼 이만 갈게요."

그러자 히로미가 미소 지으며 물었다.

"아, 맞다. 리쓰 씨, 라디오 방송 이야기는 이제 안 해 줄 거야?"

잘못 들었나 싶었다.

리쓰는 눈을 깜빡이는 것도 잊은 채 히로미를 쳐다봤다. 히로미의 작은 얼굴 속 모양 예쁜 두 눈이 서서히 가늘어졌다. 음습하다는 표현이 어울리는 모양새로 일그러져 보였다.

"유명인과 만난 이야기, 다음번에 또 자세히 들려줘."

'없는 줄 알았는데.'

리쓰가 직업 이야기를 하는 동안 히로미가 자리를 비웠고 그랬기에 모두에게 스스럼없이 말할 수 있었다. 사람들도 히로미가 없어서 리쓰에게 여러 가지 이야기를 묻는 것이 편해 보였다.

그런데 다 듣고 있었다니.

'유명인'이라는 단어에 쿡 찔린 기분이었다. 갈 데 없는 분노가 가슴을 꿰뚫었다.

무슨 속셈으로 지금 그런 말을 하는지 몰라 입을 다문 채 마주 보자 그녀가 다시 예의 우아하고 아름답고 완벽한 미소를 뒤집어썼다.

"리쓰 씨 이야기 재밌을 것 같아."

이 사람 앞에서는 아직 한 번도 자신의 직업 이야기를 들려준 적이 없다는 사실을 깨달았다. 히로미에게도, 교헤이에게도.

좋은 사람.

배려할 줄 아는 훌륭한 사람.

사와타리 히로미는 분명 그러하리라. 그러나 주위에서 생각하는 것만큼 '점잖은' 사람은 역시 아니지 않을까. 과민한 생각일지도 모른다. 그러나 지금까지의 경험으로 리쓰가 아나운서라는 사실을 알면서도 직업에 대해 언급하지 않는 사람은 두 가지 부류였다. 하나는 조심스러운 마음에 배려하는 부류. 나머지 하나는 리쓰의 신분을 자랑거리로 여기는 부류.

히로미는 다과회 초대장에 리쓰의 이름을 한자로 적확하게 적었다.

리쓰梨津 씨에게

그렇다면 리쓰가 누구인지, 직업이 무엇인지까지 알고 있을 가능성이 컸다.

처음 만난 자리에서는 리쓰를 배려해서 아는 척하지 않았을지도 모른다. 하지만 리쓰의 경험상 그것이 배려만이 아닌 경우에는 오히려 불길한 신호다.

리쓰의 직업을 지나치게 언급하지 않는 사람은 지고는 못 사는 부류가 많았다. 자신은 유명 인사에 조금도 관심이 없고 대단하게 여기지도 않는다는 것을 지나치게 발산하는 사람이 여러 명 있었다. 상대보다 우위에 서려고 언어나 태도로 어필하는 행위를 마운팅이라고 하는데 리쓰는 자신의 직업을 드러내는 것이 일부 사람에게 마운팅으로 받아들여질 수 있다는 사실을 잘 알았다.

놀림 섞인 별명인 '지성의 리쓰'로 불리는 이유는 이러한 사소한 악의에도 민감하게 반응하며 금세 이런 생각에 빠지고 마는 면 때문이라고도 생각한다. 아무렇지 않게, 신경 쓰지 않는다는 듯 대처하는 대범함이 예전부터 동료 아나운서들에 비해 부족했다.

사와타리 부부는 눈치채기 쉬운 악의다운 악의는 전혀 드러내지 않는다. 그러나 그 집은 친절한 듯 엄청난 마운팅이 도사리는 장소가 아닐까.

리쓰가 꼬인 사람이라 이렇게 생각하는 것일까.

하지만 마음이 불편했다. 그 집에 있으면 의도치 않게 리쓰의 존재 그 자체를 그들 부부가 마운팅으로 받아들이는 듯했다.

한마디도 직접 입 밖으로 꺼내지는 않지만 기 싸움을 하는 듯한 기분이었다.

몹시 기가 빨리고 지쳤다.

사와타리 부부의 집을 나와 복도에 섰을 때 날은 이미 어둑해지기 시작했다. 아파트 가장 높은 층에서 보는 가을 노을은 어둡고 어딘가 서글펐다.

"마미코 씨 괜찮을까?"

"걱정이네. 유카리 챙겨 줄 사람이 있나?"

유카리.

아마도 '마미코 씨'의 딸이겠지. 한 번도 만난 적 없는 모녀지만 이름을 듣기만 해도 가슴이 아팠다.

다과회가 막 시작했을 무렵 지배하던 화기애애한 분위기는 이제 온데간데없었다. 엄마들의 권유로 다과회에 자주 참석한다는 사람들이 모인 LINE 단체 대화방에 초대받는 것을 끝으로 그들과 헤어졌다.

◆

아이들과 놀고 있을 가나토를 데리러 안뜰 공원으로 갔다. 아파트 건물로 둘러싸인, 그야말로 '안마당'에 있는 공원은 아파트 어느 집에서나 내려다보여서 아이들에게도, 아이들을 지켜보는 부모들에게도 안성맞춤인 놀이 공간이었다.

"가나토."

가나토와 다른 남자아이들은 질리지도 않는지 땅거미 지는 공원에서도 쉬지 않고 놀았다. 축구공이 구르고 있었다. 아무래도 공놀이를 하고 놀이 기구를 타며 논 듯했다. 누구도 게임기나 만화를 갖고 있지 않았다. 역시 가지고 오지 못하게 하길 잘했다.

"아, 엄마."

가나토가 자신을 부르는 소리에 뒤돌아봤다. 다른 아이들은 모두 고학년이라 혼자서도 집에 돌아갈 수 있어서 리쓰만 아들을 데리러 왔다.

다른 아이들에게도 그만 돌아가라고 해야지 생각하는데 문득 모래밭 근처에서 놀던 가나토 주변에 사와타리 부부의 아들인 아사히가 보이지 않는다는 사실을 깨달았다. 다른 남자

아이들은 바로 옆에 있었지만 아사히는 조금 떨어진 벤치에 혼자 앉아 있었다.

"다과회 끝났으니까 아사히도 이만 집에 돌아가야지……."

아사히가 앉아 있는 벤치로 걸음을 옮겨 모래밭을 지나자 무언가가 발에 밟혔다. 부스럭거리는 느낌에 발치를 내려 봤다. 막과자 봉지였다. 집에서 나올 때 게임기를 가져가고 싶다고 떼쓰던 가나토를 설득하려고 쥐여 준 골든 초코바. 아이가 몇 명이나 있을지 몰라서 가게에서 산 과자를 꾸러미째로 주고 나서 너무 많이 줬다고 반성했던 차였다.

"요 녀석, 쓰레기는 쓰레기통에……."

몸을 숙이며 발로 밟은 봉지 하나를 손으로 집다가 흠칫 놀랐다. 모래밭 속에 많은 과자봉지가 버려져 있고, 일부는 모래 속에 파묻혀 있었다.

뭐지?

과자 꾸러미는 큰 봉투에 과자가 서른 개 정도 들어 있을 텐데 그것을 전부 먹어 버린 것일까? 넷이서?

"가나토. 엄마는 한 사람당 두 개 정도 먹을 줄 알고 초코바를 줬는데. 설마 그걸 다 먹다니."

아이라서 있으면 있는 대로 먹어 치우는 것은 어쩔 수 없는 일이다. 맛이 자극적인 초코 과자를 잘도 이렇게 많이 먹었구나 싶지만 애초에 과자를 들려준 자신의 잘못이었다. 한숨 섞인 핀잔을 주자 가나토가 어리둥절한 표정을 지었다.

"아니야."

"응?"

옆에 있던 다른 남자아이들도 가나토와 서로 마주 보다가 리쓰를 올려다봤다.

"우리는 다 두 개씩밖에 안 먹었어."

"네. 저는 한 개요. 초콜릿 별로 안 좋아하거든요."

"나머지는 전부 다 아사히형이 먹었어요."

"뭐라고……?"

아사히의 이름이 나와서 깜짝 놀랐다. 그와 동시에 핏기가 싹 가시는 기분이 들었다.

유기농만 선호하는 집안. 히로미는 당연히 아이에게도 철저히 유기농만 고집하리라. 첨가물이 잔뜩 들어간 과자를 준다는 것은 그녀에게는 상상도 할 수 없는 일이 분명했다. 아마도 리쓰가 다과회에 가져간 수제 스콘보다 더 있을 수 없는 일일 것이다.

"아사히, 미안해! 이런 걸 먹게 해서—"

라고 말하던 리쓰의 목소리가 도중에 끊겼다.

공원 벤치에서 몸을 구부린 아사히에게서 말 그대로 우걱우걱하는 소리가 요란하게 들렸다. 어스름한 공원에 가로등이 두 번 깜빡거리며 노란색 불이 들어왔다. 아사히가 앉은 벤치를 비췄다.

피부가 하얗고 품위 있어 보이는 사와타리 아사히의 입가와 볼이 온통 초콜릿 범벅이었다. 손가락에도 녹은 초콜릿이 묻어 있었다. 이미 초콜릿을 다 먹었을까 하는 마음에 아사히의 손을 봤더니 갈색 비닐이 보였다. 초코바 봉지에 묻은 초콜릿을 핥고 있었다.

"아사히……."

말문이 막히는 심정으로 간신히 말을 걸었다. 초코바 봉지를 게걸스럽게 핥던 아사히의 어디를 보는지 알 수 없는 눈이 리쓰를 발견하고서 초점을 찾았다. 그러나 초코바 봉지는 놓지 않았다. 계속 핥았다. 그 자세 그대로 말했다.

"아, 가나토네 어머님. 알겠어요. 곧 집에 돌아갈게요."

생긋 웃었다. 하지만 손과 입은 여전히 초콜릿에 열중했다. 행동과 표정과 말이 전혀 어울리지 않았다. 히로미를 빼닮은 아사히의 얼굴이 아름답고 우아한 미소를 지었다.

"아, 그런데 죄송해요. 제가 초콜릿을 먹은 건 엄마 아빠께 비밀로 해 주시겠어요?"

몹시 예의 바르게 말하며 리쓰의 눈을 응시했지만 초콜릿을 핥는 혀는 멈추지 않았다. 이제 봉지에는 아무것도 묻어 있지 않은데도.

허기.

온몸에 전율이 일며 생각했다. 오늘 아들에게 게임기를 들고 오지 못하게 한 이유를. 평소에 접해 본 적 없는 아이가 한번 문을 열면 그동안 쌓였던 허기에 친구들과 노는 것도 잊고 혼자 무아지경에 빠지고 만다.

다른 아이들은 한두 개에 만족하는 초코바를 전부 먹어 치울 때까지 떠나지 못한다.

공원 반대쪽에서 시간 차를 두고 또 다른 가로등에 불이 들어왔다. 사와타리 단지 전경이 땅거미 속에 떠올랐다. 집집마다 창문들이 리쓰의 시야에 한꺼번에 날아들었다. 그 순간 눈에 많이 띄는 색이 있었다.

고개를 든 리쓰의 시선이 얼어붙었다.

하늘색.

복도마다 여기저기에 하늘색 천지였다. 이사 작업용 양생 시트 색이었다. 업체는 여럿이지만 기이하게도 색만은 똑같았다.

인부들이 복도에 늘어선 가재도구를 엘리베이터 쪽으로 옮기고 있었다. 한 집이 아니라 여러 층에서 동시다발로 이사 중이었다.

사와타리 단지는 인기가 많아서 좀처럼 빈 집이 나오지 않는다고 했다. 그래서 최근에서야 겨우 이사 오는 사람이 많아졌다. 자신보다 좋은 조건으로 이사 오다니 부럽다고 생각했다.

그런데 반대였다.

이사 오는 집이 아니었다. 가구들을 집 안으로 옮기는 것이 아니라 엘리베이터 쪽으로, 단지 밖으로 옮기고 있었다. 아파트 가로등 불빛에 보이는 창문 중에는 커튼이 없고 불이 꺼진 창문이 여럿 눈에 띄었다.

사람들이 떠나고 있다는 사실을 깨달았다. 깨닫자마자 눈이 번쩍 뜨였다. 사람들이 이 아파트에서 사라지고 있다. 집집마다 여기저기서 조명이 꺼지기 시작했다.

아사히가 초콜릿을 핥으며 봉지가 부스럭 스치는 소리가, 게걸스러운 소리가 들렸다. 그 소리가 끝을 모르고 이어졌다.

교통사고를 당한 '마미코 씨'가 의식을 되찾지 못하고 병원에서 사망했다는 소식이 들려온 것은 다음 날의 일이었다.

◆

-한 번은 마지막으로 얼굴을 보고 싶네.

그 문장을 본 순간 눈을 의심했다.

휴대폰을 든 채 자신도 모르게 황당한 소리를 낸 모양이다.

"왜 그래?"

남편 유키가 물었다.

가나토를 재운 뒤 부엌에서 휴대폰을 보던 리쓰는 어떻게 설명해야 좋을지 주저했다.

"아니, 좀……"

남편을 향해 웅얼거리듯 대답했다.

사와타리 히로미의 다과회에 참석할 예정이었던 '마미코 씨'가 교통사고로 사망했다.

그날의 멤버들이 만든 LINE 단체 대화방에 부고가 전해지자마자 순식간에 대화방이 소란스러워졌다.

멤버들은 아이 친구의 엄마였던 마미코의 죽음에 하나같이 충격과 애도의 메시지를 보냈는데, 도대체 어떻게 이런 일이 일어날 수 있냐는 둥 최근에 이런 슬픈 일이 많이 일어나는 것 같다는 둥 안타까워했다. 또 마미코 씨의 남편과 유카리를 생각하면 가슴이 미어지는 것 같다며 비탄에 잠겼다.

리쓰도 그 마음을 이해했다. 같은 초등학생 자녀를 둔 엄마로서 자식을 남기고 세상을 떠나는 원통한 심정은 오죽할까, 상상만으로도 괴로웠다.

하지만 자신이 단체 대화방에 들어간 타이밍이 나쁘다고도 느꼈다. 모두가 친구로서 안타까워하는 '마미코 씨'와 리쓰는 안면이 전혀 없었다. 혹시 학교 행사에서 스친 적이 있을지언정 한 번도 만난 적이 없는 이상, 다른 엄마들과 똑같이 슬픔을 토로하기가 주저되어 '너무나 슬픈 일에 뭐라 말해야 좋을지 모르겠지만 명복을 빕니다'라고 쓰는 것이 고작이었다. 그사이에도 다른 엄마들이 연신 메시지를 보내는 바람에 리쓰가 적은 메시지는 순식간에 묻혀 버렸다.

같은 반 누구네 엄마에게도 연락해야지, 누구 씨는 엄청 친했으니까 충격받았을 거야.

대화방에 들어간 지 얼마 지나지 않은 리쓰는 모르는 이름만 줄줄이 등장하자 타인의 친밀한 커뮤니티를 훔쳐보는 기분에 미안한 마음이 들어 도중부터는 메시지를 대충 확인하려고만 했다.

부고를 들은 다음 날, 학교에 다녀온 가나토에게 "누구네 엄마 이야기 선생님이 뭐라고 말씀하셨어?"라고 물었더니 가나토가 어리둥절해하며 "뭐라고 라니, 뭐가?"라고 되물었다.

선생님들이 아이들에게 사고에 대해 말할지도 모른다고 생각했는데 아무래도 그러지 않은 듯했다. 가정사를 여러 사람에게 굳이 알릴 필요는 없다고 판단했으리라.

그러고 보면 요즘은 무슨 사건이나 사고가 터져도 한정된 당사자만 알고 지나가는구나 싶었다. 리쓰가 어렸을 적에는 지역 주민들 사이가 끈끈해서 눈 깜짝할 사이에 여기저기 알려졌을 이야기가, 이 동네처럼 이사 온 핵가족이 많은 지역에서는 일부 주민들 사이에서만 공유됐다. 지금까지 단지 내에서 일어난 많을 일들을 모르고 지냈을지도 모른다고 새삼 생각했다.

예컨대 며칠 전에 유키가 목격했던 자살처럼.

그때 세상을 떠난 사람에게도 아이가 있었을지도 모른다. 이 아파트에서 이사 나가는 집들의 사정을 리쓰는 모른다.

요즘 사와타리 단지를 떠나는 집이 많은 것 같다는 말을 얼마 전 다과회 이후에 유키에게 했다. 유키는 "어, 그래? 그런데 이사 가는 집이 있으면 또 다른 가족이 이사 온다는 말 아닐까?"라며 태평하게 대꾸할 뿐이었다.

하지만 그때부터 리쓰가 주의 깊게 지켜본 결과 입주하는 집은 거의 없었다. 이삿짐센터 인부들은 점점 많아졌지만 아무래도 전부 '이사 나가는' 집 같았다.

"무슨 일 있어?"

거실 소파에 앉아 있던 유키가 부엌 쪽으로 고개를 돌리며 다시 물었다.

"응……."

리쓰가 고개를 끄덕이며 남편 곁으로 다가갔다.

"우리 아파트에 사고로 세상을 떠난 엄마가 있다고 내가 말했지? 히로미 씨네 다과회에 올 예정이었다던."

"아아, 6학년 아이 엄마라던……."

"응. 그 사람 장례식을 시댁 쪽에서 한다나 봐. 친인척만 모여서."

"친인척만 모인다고?"

"응. 아무래도 사고사라서 그런 거 아닐까."

"아아……."

남편이 사정을 헤아린 듯 고개를 끄덕였다.

자세한 장례 내용은 단체 대화방에서 흘러나왔다. 장례는 이곳과는 먼, 남편의 본가가 있는 지역에서 치르며 경야와 고별식 참석자도 친인척만.

그 소식을 듣고 유족이 교통사고로 사망한 고인의 시신을 많은 사람에게 보이고 싶지 않아 하는구나 생각했다. 애초에 자신은 '마미코 씨'의 친구도 아니었고 장례에 참석할 만큼 가까운 사이도 아니었기에 크게 개의치 않았다.

그런데…….

"단체 대화방 사람들이…… 이대로 헤어진다니 너무 슬프다고, 적어도 향을 올리러 집에 갈 수 없겠냐며 오늘 아침부터 시끄럽더라고. 유족이 친인척만 모이겠다고 하는 마당인데, 내가 보기에는 민폐 같아."

"뭐, 갑작스러운 사고였으니 가족들도 분명 마음의 준비를 못 했겠지."

"응. 상황이 좀 정리된 다음에 움직이는 게 좋을 것 같거든. 장례 전 이 타이밍에 우르르 몰려가는 건 정말 몰상식하잖아?

조의를 표하려면 조전이나 조화를 보내는 등 다른 방법도 많고."

"그 사람들은 전업주부야? 그렇게 하자고 당신이 말하는 건 어때?"

유키가 무슨 말을 하고 싶어 하는지 리쓰도 이해했다. 사회생활 경험이 없으니 불행한 일에 대처하는 방법도 미숙한 것 아니냐는 뜻이겠지. 전업주부라고 한 단어로 말해도 다양한 사람이 있고 사회생활 경험이 있다고 해도 관혼상제 상식이 부족한 사람도 있으니 싸잡아 말할 수는 없지만 확실히 단체 대화방 엄마들은 지나치게 감정적이었다.

'이렇게 헤어지다니 말도 안 돼', '마미코 씨가 그렇게 되다니 아직도 믿을 수 없어', '보고 싶다', '적어도 향이라도 올리러 가고 싶지?', '응. 남편 연락처 아는 사람 있어?'

주도적으로 메시지를 보내는 사람은 다과회에서도 거리낌없이 아들의 담임 교사를 헐뜯던 요코였고, 그녀의 부채질에 하나같이 '분향하러 가고 싶다'며 흥분했다.

"확실히 대부분 전업주부이긴 한데 굳이 내가 말 안 해도 괜찮을 줄 알았어. 그룹의 중심은 내가 지난번에 말했던 사와타리 히로미 씨거든."

자세한 장례 내용을 듣고 단체 대화방에 처음 올린 사람은 히로미였지만 이후 히로미는 적극적으로 아무 말도 하지 않았다. 그래서 리쓰는 과열되는 대화를 지켜보면서 히로미가 사람들을 진정시켜 주기를 막연히 기대했다. 히로미라면 분명 잘 정리해 주리라고.

그런데…….

"아까 그 히로미 씨한테 메시지가 왔어. 틀림없이 사람들을 말릴 줄 알았는데 참나…… '한 번은 마지막으로 얼굴을 보고 싶네'라더라고."

소파에 앉아 있던 유키가 얼굴을 살짝 찌푸렸다. 리쓰도 똑같은 심정이었다. 유키가 말했다.

"얼굴이 보고 싶다니……."

"말 그대로 의미인 것 같아. 다 같이 분향하러 가서 고인의 얼굴이 보고 싶다는 뜻이겠지."

"뭐 때문에?"

합리적인 유키다운 질문이었다. 리쓰는 곤혹하며 고개를 저었다.

"아마 만나서 직접 작별 인사를 하고 싶다는 뜻 아닐까."

갑작스러운 사고사였다. 가족도 마음을 정리하지 못해 '친인척만' 모여 치르는 장례일 테다. 어째서 그런 간단한 사정조차 헤아리지 못하는 것일까. 이래서야 사고 당사자와 유족이 아니라 자신들이 마미코의 죽음을 슬퍼하는 것처럼 보이는 것을 더 중요하게 생각하는 것 같지 않은가. 상대에게 선의를 베푸는 척하지만 실상은 마미코의 죽음을 마치 자신들의 이벤트로 삼는 듯하지 않은가.

히로미는 그 행태를 말리지 않았다.

도리어 히로미가 내뱉은 '얼굴이 보고 싶다'는 말은 해석하기에 따라 대화방 메시지 중에서도 특히 악질적이라는 생각이 들었다. 그래서 처음에는 잘못 본 줄 알았는데 사람들은 아무 생각도 들지 않았던 것일까.

히로미의 메시지가 조금 늦게 이어졌다.

- 우리는 아사히도 유카리와 친하게 지냈는데 유카리의 엄마가 돌아가셨으니 아사히도 마지막 인사를 하고 싶다네. 그게 안 되면 우리끼리만이라도 마미코를 제대로 보내주고 싶네.

히로미의 말에 순식간에 다른 사람이 메시지를 보내며 반응했다.

'그렇지, 마지막으로 한 번 보고 싶어', '아직 늦지 않았을지도 몰라', '응. 우리 애도 유카리와 친하기도 하고', '빨리 마미코 씨 남편한테 연락하는 게 어떨까'.

메시지 알람음이 쉴 새 없이 울렸다.

보기 싫어서 일단 알림 기능을 끄고 휴대폰을 탁자 위에 올려놓았다. 가슴에 손을 얹고 크게 심호흡하자 유키가 괜찮냐고 물었다.

"당신은 갈 필요 없어, 내키지 않으면."

"고마워. 난 고인과 안면이 없으니 애초에 갈 이유가 없었어. 어찌나 다행인지."

그 사실에 마음속 깊이 안도했다. '마미코 씨'는 사고를 당했다. 얼굴에 상처가 있는지 없는지도 모르는데.

단체 대화방 엄마들은 원래부터 그렇게 가슴 아파할 정도로 '마미코 씨'와 친했을까. 고인을 좋아했을까.

"씻을게."

유키에게 말하며 자리에서 일어났다.

목욕 후에 다시 거실로 돌아와 휴대폰을 확인하니 단체 대화방에서는 이미 이야기가 정리되어 히로미가 '가즈오미 씨와 연락이 닿았습니다'라는 메세지를 올려놓은 상태였다.

- 마미코는 내일 점심부터 저녁께까지 사와타리 단지 집에 있습니다. 시댁에서 진행하는 장례에서는 장례 공물을 일절 받지 않을 예정이라지만 내일은 마쿠라바나* 정도면 놓을 수 있다고 합니다. 그리고 편지 정도?

- 마미코가 보고 싶다는 다른 사람들이 있으면 다들 이 소식을

* 입관 전에 고인의 머리맡에 바치는 꽃.

되도록 널리 알려 줄래?

소름이 확 끼쳤다.

숨을 삼키며 화면에서 시선을 뗄 수 없었다. 편지 정도? 마미코는 사와타리 단지 집에 있습니다, 널리 퍼뜨려 줄래? 언어 선택 하나하나가 부드럽고 히로미답게 세련됐다는 점이 몹시 오싹했다. 그중에서도 믿을 수 없는 부분은 마지막 호소였다. 되도록 널리 알려 주라니. 그렇다면 무엇 때문에 친인척만 모여서 장례식을 할까.

그 우아한 말투와 남편을 동반한 친절한 태도로 고인의 남편에게 연락했겠지. 그들의 호의를 저버리는 쪽이 더 야박한 사람이라고 상대를 착각하게 만드는 그 거리감으로 '분향할' 권리를 거머쥐었다고밖에 생각할 수 없었다.

그때 마침 타임라인에 선명한 색이 날아들었다.

'굿 잡!'이라고 토끼 캐릭터가 엄지손가락을 치켜드는 이모티콘. 요코의 메시지였다.

방금 히로미의 행동도 믿을 수 없었는데 이 상황에 코믹한 이모티콘을 보내는 요코의 발상 역시 이해할 수 없었다. 불행을 이야기하는 와중에도 그들은 이따금 부지런히 이모티콘을 끼워 넣었다. 상상을 초월한 경박함에 머리가 이상해질 것 같은 것은 리쓰가 너무 고지식해서일까.

"여보, 무슨 일이야?"

리쓰 다음으로 목욕을 한 유키가 잠옷 차림으로 거실로 나왔다.

이거 보라는 듯 리쓰는 말없이 휴대폰을 내밀었다. 남편이 휴대폰을 받아 눈으로 훑는 모습을 확인하고 물었다.

"보통 이런 대화를 할 때 이모티콘을 보내?"

"잘은 모르지만 이 사람들한테는 분명 이게 일반적인 걸 거야. 당신한테는 있을 수 없는 일일 테고 내가 보기에도 이건 좀 아닌 것 같지만 극단적인 말로 이 사람들은 설령 그게 자기 장례고 그 멤버들이 자기 장례를 두고 그런 대화를 나눴대도 딱히 아무렇지도 않을 거야."

"그럴까."

만약 이것이 리쓰의 일이었다면……. 그렇게 생각하니 소름이 돋았다. 내 죽음은 내 것이고 슬픔은 리쓰와 가족의 것이다. 이런 식으로 타인들이 경망스럽게 이모티콘을 주고받으며 열을 올린다니 몸서리쳐졌다.

"그런데 의외네."

휴대폰을 리쓰에게 돌려주며 유키가 쓴웃음을 지었다.

"뭐가?"

"사와타리 히로미 씨 말이야. 좀 더 현명한 사람이라고 생각했거든. 지성의 리쓰와 마음이 잘 맞을 거라고 생각했는데."

“그건…….”

동급으로 취급하지 말라는 말이 목에 걸렸다. 하지만 그런 말 자체가 히로미를 의식하는 것 같아서 울화가 치밀었다.

“……자기 일에서도 실적이 좋은 것 같고 지혜로운 사람 같다고 생각했어. 그런데 뭐랄까 반드시 지성과 품성이 일치하는 건 아니지. 이번 일은 한 인간으로서 너무 품위가 없어 보여.”

이 단체 대화방을 리쓰가 보고 있다는 것을 상대도 의식하고 있을 터다. 그러나 히로미는 이 대화를 리쓰가 이렇게 어처구니없어하며 보고 있을 가능성 따위는 조금도 생각하지 않았다.

‘유키의 말대로 이것이 히로미에게는 ‘일반적’인 일이니까.’

“사와타리 히로미가 이 사람이지?”

남편이 어느샌가 자신의 휴대폰으로 어떤 화면을 열어 놓고는 물었다.

“응?”

“나 이 단지에 입주할 때 그 집 남편의 인스타그램을 팔로우했거든. 그래서 그 계정이랑 연결된 아내 인스타도 가끔 봐.”

이거 보라며 유키가 휴대폰을 건넸다. 히로미의 계정으로 보이는 인스타그램이 떠 있었다. 가을답게 호박으로 만든 타르트를 담은 접시를 센스 있게 코디네이션한 테이블 위에서 절묘한 각도로 촬영한 사진이 있었다.

—오늘은 매년 보내 주시는 먹음직스러운 호박으로 타르트 직접 만들기. 가족들도 맛있다며 좋아했습니다. 특히 아들은 "밭에서 나는 흙냄새가 나"라고! 우리 집에 디저트 미식가가 있나 봐요. (아니면 시인?)

잡지 한 페이지에서 잘라낸 듯 세련된 사진에 한숨이 나왔다. 아마 이 타르트에도 유기농 재료만 들어갔겠지.

무심코 게시글의 '아들'이라는 단어에 시선이 머물렀다. 아들, 아사히. 그날 땅거미가 내려앉은 안뜰 공원에서 웃는 얼굴로 초코 과자를 볼이 미어지도록 먹던 남자아이.

"글도 꽤 부지런히 올려. 대단하지?"

"그러게."

남편의 말에 대답하며 휴대폰을 돌려주려던 그때, 인스타그램 화면에 떠 있는 게시일자를 본 리쓰의 등줄기에 한기가 흘렀다.

'오늘이잖아.'

히로미는 오늘 타르트를 만든 것이다. 만들어서 멋지게 플레이팅해 사진을 찍고 인스타그램에 올렸다. '마미코 씨가 어쩌다가', '마음 아파', '한 번은 마지막으로 얼굴을 보고 싶네'라고 대화방에 메시지를 보내던 휴대폰으로. 분명 그 사람들도 팔로우했을지도 모르는 인스타그램에.

아사히도 마지막 인사를 하고 싶다네, 라고 메시지를 보낸 날과 같은 날에 올렸다. '아들은 "밭에서 나는 흙냄새가 나"라고! 우리 집에 디저트 미식가가 있나 봐요(아니면 시인?)'. 익살맞은 문장이 새삼 뻔뻔스럽게 느껴졌다.

마미코 씨를 제대로 보내주고 싶다고 했으면서.

애당초 '제대로 보내주고 싶다'는 한 문장에도 선의를 가장한 희미한 오만함이 깔려 있지 않았을까. 왜 아무도 눈치채지 못할까.

"여보."

"응?"

휴대폰을 받으려 손을 뻗는 남편을 향해 엉겁결에 말이 튀어나왔다.

"이사 갈 생각, 없어?"

"응?"

유키가 놀란 듯했다.

"나도 참, 무슨 소리를."

당황한 리쓰는 웃으며 얼버무렸다.

"미안. 얼마 전 투신 자살도 그렇고 이번 교통사고도 그렇고 뒤숭숭한 일이 계속 일어나서 그런지 왠지 좀 우울해. ……요즘 아파트에서 이사 나가는 집도 많은 것 같고."

"언젠가는 이사 가도 되긴 한데 무슨 일 있어? 이제 막 이사 왔잖아. 지금 당장은 어렵지. 이 동네에 이만큼 넓은 아파트가 더 없기도 하고."

"그렇지?"

현실적으로 생각하면 당연히 어려웠다. 하지만 충동적으로 말해 버렸다. 미안, 미안. 사과하면서 남편에게 휴대폰을 돌려줬다.

◆

다음 날, '마미코 씨'의 집이 있는 단지 북쪽에 히로미와 요코와 다른 엄마들의 모습이 보였다.

오후에 저녁밥 장을 보러 나가던 리쓰가 그들의 모습을 발견하고는 황급히 몸을 돌렸다. 아마 '마미코 씨'의 집에 향을 올리러 가는 길이겠지. 언뜻 본 히로미와 시로사키, 다카하시, 유즈키는 거뭇한 옷을 입었지만 요코는 혼자서 평소와 다름없는 트레이닝복 차림이었다. 그런데 그런 요코도 헌화용으로 보이는 꽃꽂이를 들고 있었다.

딱히 피할 이유는 없지만 왠지 꺼림칙한 마음에 몸을 숨기듯 복도 구석에 바짝 붙어 섰다.

기척이 멀어지기를 숨을 죽이고 기다렸다.

모두의 얼굴을 알기에 말을 걸지 않는 일 자체만으로도 무시하는 것 같아 마음이 불편했다. 하지만 나는 상관없다. '마미코 씨'와 조금의 안면도 없으니까.

스스로 설득하듯 되뇌며 아파트 단지 반대쪽인 남쪽 입구로 나가 멀리 돌아 장을 보러 갔다.

동네 마트에 도착해 물건을 고르면서도 마음 한구석이 무거웠다. 아무리 상관없다고 생각해도 그 엄마들의 논리에 말려든 기분이 들었다.

"……누구한테 쫓기고 있었다는 소리야."

별안간 들려온 목소리에 엉겁결에 고개를 들었다.

계산대에서 결제하고 물건을 장바구니에 넣는데 들려온 소리였다. 자신도 모르게 목소리가 들려온 방향으로 시선을 돌렸다. 이 동네에 사는 듯한, 리쓰보다 나이가 많은 주부 두 사람이 출입구 근처에서 장바구니를 들고 대화를 나누고 있었다.

"쫓겼다니, 누구한테?"

"그건 모르겠는데 오지 말라고 소리치다가 튀어나왔다던데."

"어머나, 무서워라. 미친놈이었던 거 아냐?"

"그것도 몰라. 그런데 근처에 있던 사람이 다 들었대."

'튀어나왔다.'

심장이 쿵쿵 날뛰었다. 튀어나왔다는 말에 무의식중에 '마미코 씨'의 교통사고가 떠올랐다. 누군가에게 쫓기고 있었다. 오지 말라고 소리쳤다. 그건 사고가 아닌가.

이야기를 더 듣고 싶었지만 이미 장을 다 본 두 사람은 마트를 나갔다. 물건을 장바구니에 담던 리쓰도 황급히 주부들을 뒤쫓았다. 하지만 밖으로 나가니 두 사람의 모습은 이미 보이지 않았고 어느 방향으로 갔는지도 알 수 없었다.

그제서야 정신이 번쩍 들었다.

'미쳐가고 있어.'

'마미코 씨'의 사고 이야기가 아닐지도 모르는데 왜 이렇게 서둘러 뒤쫓아 나왔을까. 설령 '마미코 씨'의 사고였다고 해도 리쓰와는 관계없는데.

지친 것일지도 모른다. 오늘은 이만 돌아가서 가나토가 돌아올 때까지 푹 쉬자. 모레 또 라디오 녹음이 있다. 그때까지 게스트에 대한 자료를 읽고 머리에 넣어둬야 했다. 그런 생각을 하며 아파트 단지 방향으로 걸어가던 바로 그때였다.

"리쓰."

누군가 이름을 부르는 바람에 장바구니를 손에 든 채 걸음을 멈췄다. 목소리의 주인을 찾아 두리번거렸지만 아무도 보이지 않았다. 그런데…….

"여기, 리쓰! 미안, 놀랐어?"

눈이 휘둥그레졌다. 마트 옆 도로변에 세운 빨간 아우디의 창문이 슥 내려갔다. 왼쪽 운전석에서 선글라스를 낀 남자의 얼굴이 들여다보였다. 선글라스를 낀 탓에 누군지 금방 알아보지 못하고 조금 늦게 사와타리 교헤이라는 사실을 알아차렸다. 히로미의 남편이었다.

"……사와타리 씨."

"교헤이라고 부르라니까. 리쓰, 장 봐 오는 중? 우리 마나님들이 모인 것 같던데 같이 간 거 아니었나?"

교헤이의 말투에 위화감을 느꼈다. 그러나 어떤 점이 이상한지 알아차리지 못했다. 그 상태로 "네" 모호하게 대답하자 교헤이가 "리쓰는 안 가도 괜찮아?"라고 차에 탄 채로 재차 말을 걸었다.

"마미코에게 마지막 인사를 하러 간다고 하던데."

"……저는 마미코 씨와 생전에 알고 지내던 사이가 아니니까요."

"그렇구나. 그러고 보니 거절당했다고 했던가……."

아무 대답도 하고 싶지 않은 리쓰는 모호하게 웃어 보였다. 분명 오늘 아침에 막 생각 난 사람처럼 히로미가 메시지를 보냈다. 단체 대화방이 아니라 개인 대화방으로.

– 우리는 오늘 마미코와 작별 인사를 하러 갈 예정인데 리쓰 씨

는 어떡할래? 아무래도 그날 함께 한 인연도 있으니까 리쓰 씨가 온다면 마미코와 가즈오미도 기뻐할 거야.

무슨 소리를 하나 싶었다.

마미코도 가즈오미도 기뻐할 거라니. 리쓰의 직업 때문에 하는 말일까? '유명인'이니까?

어쩌면 '리쓰를 데리고 갔다'는 사실을 히로미 자신의 공로로 삼고 싶은 것인지도 몰랐다. 자신의 손안에 리쓰라는 패를 쥐고 싶기 때문 아닐까.

어젯밤부터 이어지던 어떠한 이벤트를 열듯 그득하던 고양감의 연장선상에서 비롯된 질문처럼 느껴져 '사양하겠습니다'라고 한마디 답장만 보냈다. 누군가의 죽음에 과도하게 관여하려는 그 심리를 모르겠고, 나아가서 불쾌했다. 답장 이후 히로미의 연락은 없었다.

흐음, 교헤이가 고개를 끄덕이더니 다시 리쓰를 쳐다봤다.

"저기, 리쓰."

"네."

"……괜찮아?"

교헤이가 갑자기 선글라스를 벗었다.

"마미코 일로 리쓰도 심란한 거 아냐? 엄청 무리하는 것 같아 보이는데. 괜찮아?"

오싹 소름이 돋았다.

"바래다줄까?"

교헤이가 제안했다.

"짐 무거워 보이는데. 괜찮으면 단지까지 타고 갈래?"

위화감의 정체를 깨달았다.

자신을 리쓰라고 부른다. 지난번 히로미의 다과회에서 만난 이후 처음 보는 사이인데, 서로 그런 사이가 아닌데, 명백하게 거리를 좁혀 왔다. 다른 엄마들을 요코, 마미코라고 부르는 것처럼.

이제 고인이 된 '마미코 씨'를 친밀하게 '마미코'라고 부르는 것도 참을 수 없이 혐오스러웠다.

"……괜찮습니다. 별로 안 무거워요."

온 힘을 쥐어 짜내 밝아 보이는 미소를 지으며 대답했다. 아파트와 마트는 엎어지면 코 닿을 거리였다. 태워다 줄 정도도 아니고 무엇보다 집 근처에서 남편이 아닌 남자의 차를 타는 모습을 보이면 주변 사람들에게 어떤 오해를 살지 안 봐도 뻔했다.

리쓰의 머릿속에서 온통 경보음이 울렸다. 자만에서 비롯된 착각이라고 생각하지 않았다. 결혼 전부터 남자들에게 수없이 당한 익숙한 일이라 눈치로 알았다. 자신감 넘치고 스스로가 여유 있는 사람이라고 믿고, 그래서 상대가 거절하리라는 생각조차 하지 않는 노골적이고 일방적인 호의와 욕망…….

한기가 가시지 않았다. 겨우 참으며 미소를 머금었다.

"히로미 씨에게도 안부 전해 주세요."

구태여 히로미의 이름을 거론하고서 걷기 시작했다. 아직 하고 싶은 말이 남은 듯 교헤이가 시선을 보냈지만 걸음을 재촉해 자리를 벗어났다. 오히려 이렇게 자리를 뜨는 모습이 명확한 거절이라고 상대가 느끼기를 바라며 점점 멀어졌다.

절대로 뒤를 돌아보지 않고 단지 앞까지 와서야 비로소 심호흡을 할 수 있었을 때 숨을 거의 참고 있었다는 사실을 깨달았다. 몸과 마음이 몹시도 긴장한 상태였다. 어째서 자신이 이런 기분을 느껴야 하는지 불합리하다고 생각하던 바로 그 순간.

남쪽 입구 앞에서 사람 그림자가 흔들렸다.

화들짝 놀라 눈을 동그랗게 뜨니 정문 옆에 몸을 기대고 있던 여자로 보이는 그림자가 다가왔다. 그녀를 본 리쓰는 다시 숨을 삼켰다.

가오리였다.

가오리의 눈이 리쓰를 응시했다.

"안녕……하세요."

경련과도 같은 미소를 지어 보였다. 낭독회 자원봉사 모임이 있던 날 이후 처음이었다. 가오리도 이 아파트 주민이라고 히로미의 다과회에서 들었다. 그렇다면 지금껏 운이 좋아 마주치지 않았을 뿐, 앞으로는 조심해야 할까.

"저기…… 가오리, 씨도 여기 사시죠? 저는……."

자신이 몇 층에 사는지를 인사 겸 무의식중에 말할 뻔해 황급히 입을 다물었다. 얼마 전까지만 해도 이 사람에게 개인정보는 무엇 하나 넘기고 싶지 않다고 생각하지 않았던가.

"나?"

가오리가 느릿한 몸짓으로 리쓰를 쳐다봤다. 리쓰의 목소리를 듣지 못했을까. 이 사람과 이야기하다 보면 대화 흐름이 이상하게 꼬였다. 리쓰는 삐거덕거리듯 고개를 끄덕였다.

"사와타리 단지에, 사신다면서요."

"아아……, 산다고 해야 하나……. 뭐, 요즘은 그렇지."

"그러시구나."

이사 온 지 얼마 안 됐다는 말인가. '가오리 씨'라고 친근하게 이름을 부를 만큼 가까운 사이는 아니지만 성을 몰라 그렇게 부를 수밖에 없어 답답했다.

"오늘 마미코 씨네 집에 간다고 하던데, 몇 층이야?"

"네?"

너무나 당당하게 물어와서 당황스러웠다. 할 말을 잃은 리쓰에게 가오리가 몸을 들이밀었다.

"자기야, 몇 층?"

"……저는, 그분과는 모르는 사이라서요."

몇 번이나 말해야 할까. 히로미에게도 교헤이에게도 가오리에게도. 왜 '불행'한 일이 일어났다는 사실만으로 슬픔과 애도를 강요하는 것일까.

가오리가 과장되게 눈을 크게 떴다.

"진짜?"

마치 아이 같은 목소리였다.

"그런데 자기도 가지 않았어? 그 다과회에. 난 초대받지 못하는 바람에 장소를 몰라서 어디냐고 물어보거나 뒤따라가야 했는데 자기는 정식으로 받지 않았어? 초대장. 우리 애가 봤다던데."

누가 가슴을 세게 후려친 듯 숨이 턱 막혔다.

도대체 무슨 소리인지, 당최 종잡을 수 없는 말에 말문이 막혔지만 등골이 서늘한 이유는 '아이'라는 단어가 나와서였다. 다과회 초대장은 가나토가 히로미의 아들인 아사히에게 받아왔다.

이 사람은 아이에게 가나토의 일거수일투족을 감시라도 시키는 것일까.

"자기야."

가오리의 눈이 서슴없이 리쓰를 쳐다봤다. 여전히 초등학생 아이의 엄마라고 생각할 수 없을 정도로 다른 엄마들보다 나이 들어 보였다. 펑퍼짐한 흰 원피스도 낡고 유행이 지나 보였다. 흰옷이라서 누레지기 시작한 옷깃의 레이스와 오랜 세월 방치된 듯 보이는 갈색 얼룩이 더 눈에 띄었다.

가오리가 느릿하게 물었다.

"있잖아, 자기 혹시 사와타리 씨랑 사귀어? 그런 사이야?"

네? 라는 목소리가 목구멍에서 걸렸다. 뜬금없는 말이라고 생각하면서도 한층 더 심한 혼란이 찾아왔다. '사와타리 씨'. 그것은 히로미를 가리키는 말일까? 하지만 리쓰에게 말을 건 것이 불과 방금이다. 히로미의 남편인 '사와타리 씨'가.

사귀어? 그런 사이야?

다시 소름이 쫙 끼쳤다. 그 장면을 봤을까. 그런데 언제? 여기 오기까지 길에서 가오리를 본 기억은 없었다.

"그게 무슨 말씀이죠?"

당혹스러워하며 되물었다. 가오리가 리쓰를 가만히 응시했다. 그러더니 그 얼굴이 웃었다.

얼굴에 갖다 붙인 듯 소리 없이 의미심장한 미소를 지었다.

"괜찮아, 괜찮아."

뭐가 괜찮다는 말인가. 이상한 오해를 하신 것 같다며 변명하려던 리쓰의 귀에 믿을 수 없는 목소리가 들려온 것은 바로 그때였다.

"나도 그래. 그러니까 괜찮아, 괜찮아요, 괜찮아, 괜찮대두.

다른 사람들도 다 그러니까 신경 쓰지 마. 유즈키 씨 같은 사람들 말이야."

"네!?"

이번에야말로 경악스러운 목소리가 튀어나왔다. 그러나 가오리는 움직이지 않은 채 자신만의 세계에 빠져 대화를 이어가듯 혼자 고개를 끄덕였다.

"나도 충고했어, 유즈키 씨한테는. 그러니까 자기도 곧 때가 될 테니까. 신경 쓰지 마."

"아뇨, 도대체 무슨."

"아…… 정말, 그 사람으로 바꿀까 싶었는데 누구로 할지 고민이네에……. 하지만 빨리 정해야지. 이제 곧 끝이니까."

"저기…… 도대체 무슨 말을……."

"신경 쓰지 마. 괜찮아, 나도 그러니까."

뭐든지 금세 "나도 그래"라고 말하는 사람이라고 모두가 말했다.

이상한 일이라도. 앞뒤가 맞지 않는 상황이라도. 리쓰와 똑같은 아나운서라고 말하거나 같은 지역 출신이라고 말하거나. 동조하면서 친해질 수 있다고 믿는 것 같다고, 매뉴얼이 있는 사람 같다고.

얼굴이 딱딱하게 굳었다.

"그래요?"

리쓰가 중얼거리며 “그럼 전 이만”하고 웃어 보였다. 미소를 띠며 가오리의 옆을 지나갈 때 머리끝부터 발끝까지 온몸이 긴장됐다. 정체 모를 공포에 사로잡혔다. 말이 통하지 않는다.

상대에게 동조하면서 마음을 열게 하는 매뉴얼. 그 매뉴얼대로만 행동하고 있다면 그것은 이미 사람이 아닌 것 아닌가…….

빈정거리듯 든 생각에 새삼 섬뜩했다. 가오리의 옆을 지나는 바로 그 순간, 그녀가 손에 무언가 들고 있다는 사실을 깨달았다. 하얀색…… 봉투.

마미코에게 바칠 조화를 담아온 것일까 생각했다. 그런데 아니었다. 하얀 봉투 속에 과자 포장지가 보였다. 그것도 커다란. 과자 대량 묶음은 부피가 느껴지지 않는 것으로 보아 이미 내용물이 비어 있는 듯했다.

왜 그런 쓰레기를. 조문 가는 길 아니었나.

“어머나.”

리쓰의 시선이 멈춘 것을 눈치챘나 보다. 가오리가 리쓰를 바라봤다. 그리고 물었다.

“먹을래?”

코에서 찬바람이 빠져나갔다.

“먼저 실례하겠습니다.”

진지하게 상대하기를 포기하고 걸었다. 가오리가 그런 리쓰의 뒷모습을 아직도 바라보고 있는 것 같아 바로 집으로 돌아갈 수 없었다.

장바구니를 품에 안고서 도대체 오늘 무슨 마가 꼈나 싶어 머리를 쥐어뜯고 싶었다. 집으로 돌아가고 싶지 않았다. 집이 어디인지 가오리에게 알리기 싫었다.

통로를 벗어나 남쪽에서 굳이 사와타리 부부의 집과 '마미코 씨'의 집이 있는 북쪽으로 걷기 시작했다. 도중에 양생 시트가 깔린 집 앞을 지났다. 지긋지긋하고 외면하고 싶은 기분으로 계속 걸었다.

그때, 휴대폰 진동이 울리는 것을 알아차렸다. 메고 있던 미니백에서 진동이 느껴졌다.

과호흡 기미가 보였다.

제각각 상복과 평상복을 입고 무리 지어 조화를 들고 조문을 가는 엄마들, 사고와 관련된 소문을 주고받는 마트의 주부들, 끈적한 시선으로 리쓰를 바래다주겠다고 유혹하는 사와타리 교헤이, 남쪽 입구에 숨어 자신을 기다린 것처럼 느릿느릿 다가오던 가오리, 나도 그래, 이제 곧 끝…… 먹을래?

집으로 돌아갈 수 없었다. 돌아가고 싶어도 돌아갈 수 없었다.

이 모든 일이 악몽을 꾸는 것만 같아 진동하는 휴대폰을 덥석 손에 쥐었다. 그 진동이 악몽의 끝을 알리는 자명종 소리 같았다.

그런데 아니었다.

화면에 표시된 이름은 '사와타리 히로미'였다.

순간 숨을 삼켰다. 참을 수 없어 전화를 받았다. 도대체 자신에게 무슨 용건이란 말인가.

"……네."

―여보세요, 리쓰 씨? 지금 좀 괜찮아? 물어볼 게 있는데.

심장박동 소리가 점점 커졌다. 전화를 괜히 받았다고 후회했다.

조금 전 아우디를 탄 교헤이가 말을 건 일. 그 장면을 누군가가 봤다면. 리쓰는 아무 잘못 없다. 태워 준다는 제안도 거절했다. 하지만,

―나도 그래.

무엇이 자기도 그렇다는 말인가. 나는 교헤이와 아무 관계도 아니다.

―괜찮아, 괜찮대두. 다른 사람들도 다 그러니까 신경 쓰지 마. 유즈키 씨 같은 사람들 말이야.

어째서 그 순간 유즈키를 거론했을까. 북쪽 동에 산다는 히로미보다 젊은 아이 엄마는 확실히 그 다과회에서 가장 젊고 사랑스러웠다. 그러고 보니 요코, 마미코 등 여러 엄마를 친근하게 부르며 시로사키와 다카하시에게도 자주 말을 걸던 교헤이가 유즈키에게는 별로 말을 걸지 않는 것 같았던 점도 지

금 생각하면 그런 까닭 때문일지도 몰랐다. 하지만…….

리쓰라니. 허물없이 거리를 좁힐 만한 일은 한 적은 없다. 어느새, 분명 그날부터 그 사람은 내 이름을 친밀하게 부르기 시작했다.

그런 남자는 질색이다.

물어보면 분명 그렇게 대답하리라. 민폐라고 단호하게 말할 것이다. 그런 생각을 하는데, 그런데…….

—아사히한테 초코 과자 줬어?

생각지도 못한 질문에 숨이 얼어붙었다. 우걱우걱, 그 소리가 떠올랐다. 모래밭에 흩어져 있던 비닐 포장지. 엄마 아빠에게 비밀로 해달라며 무구하게 웃던 얼굴.

히로미의 목소리가 낮고 탁해졌다.

—제발, 대답 좀 해. 아사히한테 '나무꾼의 왈츠' 줬어?

"나무꾼의, 왈츠요?"

구체적인 과자 이름이 나오자 어깨에 힘이 풀렸다. '나무꾼의 왈츠'는 나무 모양 비스킷 속에 초콜릿이 든 아이들에게 인기가 많은 과자였다. 그날 리쓰가 가나토의 손에 들려준 과자는 '나무꾼의 왈츠'가 아니라 골든 초코바였다. 아무래도 다과회 날이 아닌 다른 일을 묻는 듯했다.

히로미의 목소리가 절박했다.

—다른 사람들한테도 다 묻는 거야. 아사히가, 지금, 내가 집

에 돌아왔더니 들고 있기에. 어디서 났냐고 물었더니 받았다더라고.

어찌할 바를 몰라 하는 혼란과 함께, 그보다 더한 초조함이 느껴지는 목소리였다.

—예전에도 이런 일 있었어. 시중에서 파는 초콜릿은 맛이 자극적이어서 일단 한번 맛 들리면 다시는 자연의 입맛으로 되돌릴 수 없잖아? 그래서 우리가 엄청 신경 써왔는데 벌써 이런 걸 먹다니 어떡하나 싶어. 아사히는 받기만 했지 아직 한 입도 안 먹었다고 우기기는 하는데 만약 먹기라도 했으면 어떡하지.

눈앞에 어제 본 히로미의 인스타그램 게시물이 어른거렸다.

매년 받는 호박으로 만든 타르트. 센스가 돋보이는 코디네이션. 아들이 말한 '밭에서 나는 흙냄새가 나'! 우리 집에 디저트 미식가가…….

'제정신이야?'

친구가 죽었는데. 가슴이 아파서 마지막으로 얼굴을 보고 싶다고 말한 와중에 아들이 시판 초콜릿을 먹었을까 봐 조마조마, 전전긍긍한다. 그만한 일로 당신 아들이 죽는 것도 아닌데.

이미 예전부터 그렇게나 많은 초코바를 우걱우걱 먹어 치웠어. 그 아이는 분명 전부터 그래왔을 거야. 그 허기는 당신이 만들어 낸 작품이야.

폭로하고 싶다는 충동에 휩싸였지만 너무나 한심해서 말도 나오지 않았다. 나는 집에 돌아가고 싶어도 가지 못하고 있는데. 가오리가 있을지 몰라 무거운 장바구니를 들고 이런 곳에서 어처구니없는 전화나 받고 있는데.

당신 남편 바람피워, 생각했다.

—내 말 듣고 있어? 리쓰 씨.

네에, 적당히 맞장구쳤다. 하지만 열의 없는 대꾸를 들킨 듯했다. 수화기 너머에서 히로미가 욱하는 기색이 느껴졌다.

—뭐야, 당신. 지금 나 바보 취급해?

목소리가 귓속을 때렸다. 히로미가 분노했다.

—당신 자의식 과잉이야.

히로미의 목소리가 부들부들 떨렸다.

—당신은 당신 존재 자체만으로 남들이 질투한다고 생각하지? 다들 당신을 신경 쓰고 부러워하는 줄 알지? 존재나 직함만으로 남들 위에 섰다고 생각하지? 자기는 평범하게 행동할 뿐인데 남들이 의식하는 바람에 곤란하다고 생각하지? 그런데 그건 당신 망상일 뿐이야. 당신 따윈 그렇게까지 예쁘지도 않고 대단하지도 않으니까.

히로미의 소리가 멈출 줄을 몰랐다. 정말로 그 소리가 들리는 것인지 아닌지조차 알 수 없었다. 바람 소리가 났다. 팔락팔락. 엘리베이터를 탄 기억이 없으니 아파트 1층을 걷고 있을

터인데 아파트 위층 통로에 서 있을 때와 같은 팔락팔락 울리는 소리가 났다.

망상이라고.

히로미가 되풀이했다.

—당신 착각이라고. 나는 남들보다 대단해. 나는 특별해. 그렇게 생각해 줘, 봐줘, 의식해 줘, 기 싸움해 줘, 날 우러러봐 줘, 그렇게 생각하지. 그런데 그건 그냥 당신 자의식 과잉이 낳은 망상이야. 우리는 당신한테 아무 생각 없거든. 의식 안 해. 당신이 나한테 느끼는 우월감 따위 웃기는 헛짓거리에 불과해. 자기를 제발 의식해 달라고 나한테 비는 거, 그 이상도 그 이하도 아니라고.

그렇게 생각한 적 없다.

모르겠다.

그렇게 생각은 하는데 바람 소리가 거세서 대답할 수 없었다. 팔락팔락팔락, 펄럭펄럭펄럭, 입고 있는 옷이 펄럭인다. 머리카락도 휘날린다. 이대로는 손에 든 장바구니를 놓칠 것 같았다.

펄럭덕펄러덕. 펄럭펄럭펄럭, 팔락팔락.

펄럭이는 소리가 멈추지 않는다.

장바구니를 놓칠 것 같다.

잠깐. 나는 안다. 나무꾼의 왈츠.

그 봉투를 가지고 있던 사람은…….

—뭐야, 지금 나 무시해?

분에 찬 히로미의 목소리가 들렸다.

듣고 있자니 마음을 사로잡는 목소리였다.

평온한 느낌마저 들었다.

의식하고 있다.

내가, 이 사람을.

의식 안 해, 헛짓거리야, 망상이야, 착각이라고. 거듭되는 지독한 말 속에서 모순되게도 히로미에게 리쓰는 신경 쓰여 못 견디는 존재라는 사실이 점점 부각됐다. 져서 분하다, 부럽다. 그렇게 찬미하는 목소리로 들렸다.

더 말해 봐, 리쓰는 생각했다.

◆

눈을 뜨자 어두운 방에 홀로 누워 있었다.

순간 이곳이 어디인지 알 수 없었다. 몸을 일으키자 머리가 아팠다. 20대 시절, 업무 스트레스 때문에 불면증이 생겼고 수면 유도제에 의존하던 무렵에는 자고 난 후 늘 머리가 아팠다. 그때와 같은, 강한 약기운에서 벗어난 듯한 기분으로 눈을 떴다.

아파트, 자신의 집 침실이었다.

언제 돌아왔지? 나갈 때 입은 옷 그대로였다. 머리맡에 있는 가나토의 로켓 모양 자명종이 7시를 가리켰다.

7시……. 시간을 보고 기겁했다. 주위는 이미 캄캄했다. 커튼이 쳐져 있었다. 도대체 얼마나 잠들었던 것일까. 가나토가 집에 돌아왔을 텐데. 아들에게 문을 열어 주지 않은 것은 아닐까 초조해져 단숨에 정신을 차렸다.

"가나토—"

멍!

바로 옆에서 소리가 들려 고개를 돌렸더니 아무렇게나 뻗어 있던 리쓰의 손을 해치가 핥고 있었다. 혀를 내밀고 조금 흥분한 모습으로 리쓰를 올려다봤다.

"해치……."

반들반들한 코가 벌름거렸다. 바라보고 있으니 새삼 어둠 속에서도 정말 사랑스러운 아이였다. 해치가 핥는 손가락부터 차례차례 현실로 돌아오는 기분이었다. 이 아이의 걱정하는 마음이 느껴졌다.

그때 문이 천천히 열렸다. 복도 불빛이 방 안으로 들이쳤다.

고개를 내민 사람은 유키였다.

"깼어? 괜찮아?"

"당신……."

머리가 아팠다. 복도에서 들어오는 빛이 눈을 찔렀다.

"해치. 어디 있어?"

남편의 등 뒤에서 가나토의 목소리가 들렸다. 그 목소리에 화답하듯 해치가 침실을 나갔다.

"해치!"

곧 신이 난 가나토의 목소리가 들려와서 마음이 놓였다. 다행이다. 가나토가 무사히 집에 돌아왔다.

"미안. 잠들어서. 언제 잠들었는지도 모르겠네."

"괜찮아. 아직 힘들면 더 자. 저녁은 내가 적당히 차릴 테니까. 그런데 먹을 수 있겠어? 아직 몸이 안 좋은 거……."

"일찍 퇴근했네. 미안해, 나 진짜 언제 집에 왔는지 모르겠어."

"응?"

리쓰를 걱정스럽게 바라보던 유키가 의아한 표정을 지었다. 리쓰와 서로 마주 보다가 물었다.

"기억 안 나?"

"뭐가?"

"나한테 전화했던 거. 거의 비명을 지르다시피 하면서."

"뭐라고?"

"정말 기억 안 나?"

남편의 표정이 점점 심각해졌다. 어안이 벙벙해서 되물었다.

"전화라니?"

유키가 의문스럽게 쳐다봤지만 리쓰야말로 남편에게 속는 기분이었다. 왜냐하면 정말로 기억이 없기 때문이다. 기억이 끊겼다. 오후에 장을 보러 나가서 아파트 앞에서 히로미 일행을 발견한 뒤 마트에 갔다가 돌아오던 중에 기다리던 가오리가……. 그즈음부터 시간 감각이 모호했다.

사와타리 교헤이의 끈질긴 수작이나 히로미가 걸어온 악몽 같은 전화를 받은 것 같기는 한데…….

유키가 침대로 다가가 몸을 일으킨 리쓰와 눈높이를 맞춰 허리를 숙였다. 망설임 같은 침묵이 흐른 뒤 물었다.

"그럼 이것도 기억 못 해?"

"도대체 뭐가……."

"사와타리 히로미 씨가 집 베란다에서 추락사한 거."

히익, 목구멍에서 숨이 새어 나왔다.

눈을 크게, 그야말로 커다랗게 부릅떴다. 도대체 무슨 말이지. 설마, 입가가 경련하고 얼굴이 딱딱하게 굳었다.

"추락, 사?"

"……정확한 상황은 모르지만 아들인 아사히가 민 거 아니냐는 소문이 아파트 사람들 사이에 떠돌아. 히로미 씨가 베란다에서 무시무시한 모습으로 아이를 뒤쫓던 장면을 밑에서 목격한 사람이 있다더라고. 밀치락달치락하다가 아이 엄마가 떨어졌다고."

"그냥 소문이잖아?"

그렇게 묻는 자신의 목소리가 멀게 느껴졌다. 유키의 눈에 애처로운 빛이 떠올랐다.

"당신이 나한테 전화해서 그걸 말했어. 히로미 씨가 떨어졌다고, 죽었다고. 내가 집에 왔을 때는 단지 주변이 경찰차와 보도진으로 엄청 북적거렸어."

자살과 달리 사건성이 있을 수도 있기 때문이었다. 아사히는……, 그 아이는 지금 어떻게 됐을까. 히로미가 베란다에서 무시무시한 모습으로 아이의 뒤를 쫓았다. 온화하고 우아한 표정밖에 보지 못했음에도 그녀의 그 얼굴이 눈에 선했다. 왜 쫓았는지, 이유도 안다.

아들이 초콜릿 과자를 먹어서.

"아사히는……"

"잘은 모르지만 경찰서에 있지 않을까. 조사를 받을 것 같은데."

"아이 아빠도 같이?"

"그게……. 아파트 사람들 말로는 구급차에 실려 갔대."

"뭐라고……!?"

유키의 표정이 묘해졌다. 리쓰가 물었다.

"그 집 남편도 다쳤어? 같이 떨어졌다거나……."

"아니, 칼에 찔렸다나 봐. 무슨 볼일이 있었는지 한층 아랫

집에 있었다나? 그 집 안주인이 찌른 거 아니냐고 말하는 사람이 있긴 한데……. 당신, 알아? 유즈키 씨라는 사람네 집."

들이마신 숨을 내뱉을 수 없었다. 무슨 볼일이 있었는지 한 층 아랫집에 있었다……. 지금까지 상습적이었겠지. 유즈키의 남편이 출근해 집을 비웠을 때.

어떤 기분을 느껴야 좋을지 모르겠다. 아내에게 끔찍한 일이 벌어지는 동안 그 남자는 무슨 짓을 하고 있었을까. 유즈키도 왜 하필 오늘 다른 여자의 남편을 불러들였을까. 그 아내와 함께 친구의 조문을 다녀오고 나서.

거기까지 생각하고서 가슴 깊은 곳에서 무겁디무거운 숨이 새어 나왔다.

사와타리 교헤이보다 아들인 아사히가 걱정이다. 지금 아사히의 곁에는 아이를 걱정해 줄 부모가 두 사람 모두 없다.

"……휴대폰."

"응?"

"휴대폰, 어디 있어? 내 휴대폰……."

"머리맡에 있는 저거 아냐?"

통화 기록을 확인했다.

확실히 리쓰가 유키에게 전화를 걸었다. 전혀 기억나지 않지만 분명히 자신이 전화를 걸었다. 유키가 리쓰에게 건 전화. 그 직전에 리쓰가 남편에게 몇 건이나 건 전화. 그리고 그 바로 아래 사와타리 히로미가 걸어온 통화 기록이 있었다.

그 통화는 꿈이 아니었던 것인가.

그런데 어디까지가?

히로미는 '다른 사람들한테도 다 물었다'고 했다. 아사히가 초콜릿 과자를 먹었는지 먹지 않았는지. 그러니까 히로미가 전화를 건 사람은 리쓰만이 아닐지도 모른다.

추락사.

단순히 추락이 아니라 추락사. 죽었다.

예전에 들었던 무언가가 터지는 듯한 팡! 소리가 떠올랐다. 믿기지 않았다.

결코 오래지도 깊지도 않은 만남이었지만 아는 사람이 사망했다. 게다가 방금까지 서로 통화하던 사람이. 이 사실에서 비롯된 충격은 어마어마했다. 한번 물러났던 두통이 되돌아왔다.

손에 쥔 휴대폰이 진동했다. 화면에 작은 불빛이 들어왔다. LINE이라는 글자가 가장 처음 보인 순간, 그럼 그렇지 싶었다.

어젯밤 유키의 목소리가 되살아났다.

—극단적인 말로 이 사람들은 설령 그게 자기 장례고 그 멤버들이 자기 장례를 두고 그런 대화를 나눴대도 딱히 아무렇지도 않을 거야.

누군가의 이모티콘.

슬픔의 눈물을 흘리는 우스꽝스러운 토끼 이모티콘이 화면에서 떠내려갔다.

'히로미 씨가 그렇게 되다니 믿기지 않아'라는 문장과 함께.

"괜찮아?"

남편의 목소리에 억지로 괜찮다고 대답할 기력이 더는 남아 있지 않았다. 호흡이 가빠지고 가슴이 답답했다. 그런데 그때 멍! 짖는 해치와 함께 가나토가 다가오는 기척이 느껴졌다. 빼꼼 열린 문 너머에 선 아들의 얼굴이 보였다.

"엄마, 괜찮아? 있잖아, 나 배고파."

"가나토."

"밖에 아직도 경찰차가 있을까? 저기, 무슨 일 있어? 누가 다친 거야?"

옆에 선 유키의 어깨에 힘이 들어가는 것이 느껴졌다. 그 심정이 이해가 갔다. 아이는 아마 아직 무슨 일이 일어났는지, 사와타리 일가 사건을 모를 것이다.

가나토는 히로미를 떨어뜨렸다는 아사히를 무척 따랐다. 학교는 학부모에게 불행한 일이 생겨도 아이들에게는 알리지 않는 듯하나 아사히는 학생회장이기도 하다. 조만간 가나토도 알게 되리라. 그때 얼마나 충격을 받을까.

생각만 해도 가슴이 터질 것 같아 억지로 말을 꺼냈다.

"밥, 혹시 괜찮으면 둘이 밖에서 먹고 오면 어때? 난 아직 입맛이 없어서."

"괜찮겠어?"

유키가 염려스러운 듯 리쓰를 내려다봤다. 리쓰가 고개를 끄덕였다.

"응. 잠깐, 혼자 있고 싶어."

가나토를 이 아파트에서 잠시라도 떨어뜨려 놓고 싶었다. 오늘 밤 남편과 아들이 식사하고 돌아오면 가나토를 재우고 이번에야말로 유키에게 확실하게 이사를 제안하자. 그때까지 리쓰도 마음을 정리하고 싶었다.

"알았어. 하지만 너무 깊게 생각하지 마."

"응."

"나 트리랜드 함박스테이크 먹을래!"

"……좋아, 그럼 가볼까."

근처 패밀리 레스토랑의 이름을 꺼낸 가나토에게 유키가 아직 굳은 미소를 지으며 대답했다. 두 사람이 침실을 나가 외출 준비를 하는 소리를 들으며 리쓰는 이런 순간에도 아아, 아마도 히로미는 그 패밀리 레스토랑의 함박스테이크도 아들에게 못 먹게 했겠지. 뭐가 들었을지 모른다며.

생각하니 이상하게도 눈꺼풀에 눈물이 맺혔다. 어떤 의미의 눈물인지 알 수 없었다.

눈을 감고 다시 누웠다. 정신이 유난히 또렷했고 조금 전 들은 히로미의 부고에 머리는 더욱 자극받았지만 견딜 수 없이 졸렸다.

휴대폰이 가볍게 떨렸다.

잠깐 흔드는 듯한 가벼운 한 번의 진동.

또다시 한 번의 진동.

메시지가 도착했다는 사실을 알렸다.

리쓰는 천근 같은 팔을 들어 휴대폰을 잡았다. 시간이 얼마나 흘렀는지 알 수 없었다. 지금이 몇 시인지 확인해야지, 생각했지만 그보다 먼저 단체 대화방을 열고 말았다.

여왕인 히로미가 사라진 그 단체 대화방을.

- 한 번은 얼굴을 보고 싶네.

그 한 문장이 날아들었을 때 잘못 봤다고 생각했다.

혹은 시간을 되돌아갔거나.

그러나 아니었다. 프로필 사진이 히로미의 것이 아니었다. 품위 있고 단정한 히로미 특유의 얼굴이 찍힌, 커다란 귀걸이를 단 그녀의 옆모습이 아니라 직접 만든 촌스러운 퀼팅 인형 사진. 머리를 땋고 하얀 원피스를 입은 인형이었다.

모르는 프로필. 그 밑에 표시된 이름을 보고 몸서리쳤다.

Kaorikanbara-WhiteQUEEN

가오리 간바라. 화이트 퀸.

이, 이게 어떻게 된 일이지? 잠든 사이에 요코가 보낸 이모티콘 이후로 시간이 꽤 흘렀다. 어느 틈에 가오리가 이 단체 대화방에 들어왔을까. 생각하다가 얼굴에 핏기가 싹 가셨다.

어쩌면 예전부터 있었을지도 모른다.

대화방에 들어와 있었지만 줄곧 잠자코 모두의 메시지를 지켜보고 있었을지도 모른다. 리쓰가 처음 한마디를 올린 이후 아무 메시지도 보내지 않은 채 지켜보기만 했던 것처럼.

피처폰밖에 없으면서?

거기까지 생각이 다다르자 더욱 혼란스러워졌다. 이 'Kaorikanbara-WhiteQUEEN'은 그 가오리가 아닌가?

하지만 요코와 유즈키 등 모두가 가오리의 메시지에 끊임없이 답을 보내고 있었다. 지극히 당연하다는 듯이.

- 그러게. 큰 사건이라서 분명 평범하게 장례는 못 치를 것 같지만 만날 수 있다면 늦기 전에 작별 인사를 하고 싶네.

- 이대로 헤어지는 건 너무하잖아.

- 유즈키 씨, 히로미 씨 남편한테 연락 못 해? 친하지 않아?

- 친하다니, 표현 봐ㅋ

– (요란하게 웃는 캐릭터 이모티콘.)

– 뭐야, 다들 알고 있구나ㅋ

– 알지, 그럼. 그렇게나 티가 났는데ㅋㅋ 저기 있잖아, 오늘 히로미 씨 남편 다친 거, 유즈키가 그랬다는 거 진짜야?

– 상상에 맡기겠습니다! 나 뭐래니ㅋ

– 이모티콘,

– 이모티콘,

– 이모티콘,

– 이모티콘,

– 이모티콘,

– 이모티콘,

– 리쓰 씨, 보고 있지?

그야말로 방금 화면에 날아든 메시지였다.

– 리쓰 씨, 대답 좀 해. 읽씹 금지야ㅋ

– 히로미 씨한테 인사하러 같이 가자. 리쓰 씨가 오면 다들 분명 좋아할 거야.

– 리쓰 씨.

– 이번에는 아는 사이잖아? 리쓰 씨.

띵동, 현관 초인종이 울렸다.

초인종 소리와 함께 리쓰의 입에서 꺅! 비명이 터져 나왔다. 스스로도 놀랄 만큼 어깨가 거세게 요동쳤다.

"유키, 가나토……."

이런 밤중에 집에 올 사람이라니 짐작도 가지 않는다.

두 사람이 돌아온 것일까. 그렇다면 어째서 열쇠로 문을 열고 들어오지 않는 것이지? 사와타리 단지는 세련되고 멋진 건물이지만 보안이 허술하다. 자동잠금장치가 설치된 공동현관이 없어서 누구나 현관문 앞까지 들어올 수 있다.

아악!

혀를 차고 싶은 심정이었다. 인테리어를 세련되게 꾸미거나 외장에 치중하기 전에 가장 중요한 것은 보안 아닌가! 보이는 것만 생각하는 그 멍청한 부부!

살금살금 침실을 조심스럽게 나와 거실에 설치된 인터폰 화면을 훔쳐보려고 했다. 그런데 그보다 먼저 목소리가 들렸다.

"미키시마 리쓰 씨—."

멀리서 목소리가 들렸다.

귀를 막았다. 환청이길 간절히 바랐다.

인터폰 화면에 하얀 여자가 비쳤다. 낡고 촌스러운 새하얀 원피스를 입고 허옇게 뜬 파운데이션에 빨간 립스틱을 바른.

가오리가 있었다. 자원봉사에서 만났을 뿐인 그리 친하지도 않은 그 사람.

띵동.

맥아리 없는 인터폰 소리가 울렸다. 사와타리 부부의 집과 유일하게 같은 우리 집 초인종 소리.

리—쓰—씨—.

얼굴, 보러 가자—.

쾅쾅쾅, 쾅쾅쾅, 쾅쾅쾅, 쾅쾅쾅, 띵동, 쾅쾅쾅, 쾅쾅쾅, 띵동, 쾅쾅쾅, 리—쓰—씨—, 쾅쾅쾅쾅, 이번에는 아는 사이 잖—아—, 띠잉동…….

멍!

해치가 현관문을 향해 짖었다. 그러자 일단 문을 두드리는 소리가 멎었다.

그러나 그것도 잠시, 금세 다시 현관문을 두드리기 시작했다. 띵동 소리도 이어졌다.

멍! 멍!

해치가 열심히 짖었다. 무섭고 너무나 겁이 나서 리쓰는 그 작은 몸에 매달렸다.

리—쓰—, 씨—이—.

현관문 너머에서 부르는 소리를 들으면서 다들 이랬을지도 모른다는 생각이 들었다.

모른다. 모르지만 한 명씩 이렇게 궁지로 몰았을지도 모른다. 궁지로 몰아넣거나 가족에게 접근하거나 비정상적인 상태에서 거리감을 좁히며.

히로미는 분명 여왕 따위가 아니었다. 그저 여왕이 되고 싶었을 뿐. 알기 쉬운 사람이었다. 사람들 속에서 어떤 존재가 되고 싶은지, 사람들이 어떻게 생각해 주기를 바라는지. 처음에는 몰랐지만 이제는 지나칠 정도로 잘 안다. 그 부부는 그저 이 아파트 단지에서 왕 노릇을 하고 싶었을 뿐이다.

하지만 이 사람은 모르겠다. 아마 우리가 이해하는 범위의 상식으로는 이해하지 못할 것이다.

리—쓰—씨—이—.

“이제 그만해!”

소리쳤다.

소리를 지르고 나서 아차 싶었다. 이래서는 안에 자신이 있다는 사실을 확인시켜 준 꼴이나 마찬가지였다. 하지만 당최 멈추지 않았다. 문을 두드리는 소리가 귓속을 파고들었다. 머리가 깨질 듯 지끈거렸다.

“경찰에 신고할 거야!”

막다른 골목으로 쫓기고 있다고 느꼈다. 하지만 지금이라면 아직 늦지 않았다. 옆집도 사태가 이상하다고 눈치챌지 모른다.

리쓰가 소리를 지른 뒤에 문을 두드리던 소리가 뚝 그쳤다.

이름을 부르던 소리도.

너무나도 어이없는 상황에 무슨 일인가 생각했다. 생각하면서 인터폰 화면을 확인했다. 화면에 비친 것은…… 머리 가마. 흰머리가 섞인 가오리의 정수리.

고개를 숙인 가오리가 순간 고개를 들었다.

"까꿍!"

익살스럽게, 큰 소리로, 그렇게 말하더니 웃었다. 만면에 갖다 붙인 듯한 웃음을 띠고. 빨간 립스틱이 여전히 그 얼굴 속에 둥둥 떠 있었다.

리쓰 씨, 가자.

목소리가 들린다. 싱글싱글 웃는 목소리가.

"히로미 씨 만나러 가자. 이번에는 아는 사이였잖아. 얼굴 보러 갈 자격 돼. 히로미는 아직 있어. 반가워할 테니 만나러 가 줘. 편지도 쓰자. 되도록 많은 사람에게 알려 줘."

머리를 부여잡았다. 공기가 희박했다. 숨을 쉴 수 없었다.

가오리가 히죽 웃었다. 얼굴을 인터폰 카메라에 쑥 들이밀었다.

"가나토한테도 가르쳐 줘야지. 아사히네 엄마가 죽었잖아. 분명 슬퍼하고 인사하러 가고 싶어 할 거야. 괜찮으면 내가 가르쳐 주러 갈게. 내가 갈까? 리쓰 씨, 내가 갈까?"

그만해!

아들 이름을 듣자 길게 터져 나온 비명이 자신의 것이라는 사실을, 소리를 터뜨린 여파로 가슴에 오래 전해진 고통으로 처음 알아차렸다. 현관문을 열고 말았다. 열고서 뛰쳐나갔다, 통로로…….

그리고 숨을 삼켰다.

가오리가 없었다. 그리고 바로 그 순간, 퍼뜩 옆을 쳐다봤다.

몸이 거칠게 기울었다.

다리에 힘이 빠졌다.

팡! 터지는 소리가 났다.

떨어지는 소리.

남편 유키는 쿵, 이라고 표현한 소리. 그 소리를 듣는 순간 귀가 멍멍해졌다. 소리가 점점 사라졌다.

'아아, 떨어진다.'

펄럭펄럭, 팔락팔락, 무언가가 펄럭이는 소리가 들렸다. 희미해져 가는 의식 속에서 리쓰는 그 소리의 정체를 깨달았다. 주위를 잠식한 하늘색 시트.

사와타리 단지 전체를 뒤덮은 이사 작업용 양생 시트가 바람에 일제히 거세게 나부꼈다. 커다란 생물이 숨 쉬는 것처럼.

어둠 속으로 떨어지는 마지막 순간에 해치가 멍! 짖는 소리를 들었다.

제3장 동료

"그러니까 말이야, 왜 나한테 한마디 설명도 안 했냐고 묻는 겁니다. 사과하라는 게 아니라."

컴퓨터 화면을 응시하는 스즈이 도시야는 아까부터 복도에서 들리는 목소리를 인내하고 있었다.

화면에는 내일 영업 약속을 한 거래처에 보낼 리마인드 메일의 내용이 떠 있었다. 매번 보내는 메일이라서 내용은 거의 정형화되어 있기에 눈 감고도 쓸 수 있었다. 하지만 저 목소리를 듣고 있자니 자신이 불필요한 내용을 잘못 쓴 듯한 기분이 들어 생각처럼 술술 써지지 않았다.

"도대체 몇 번째입니까? 그럴 때마다 똑같이 사과하고 다음부터 조심하겠다면서, 개선되지 않으면 사과하는 의미가 있나 싶은데. 어떻게 생각해요? 내 말."

"죄송합니다."

기어들어 갈 듯 작은 소리로 대답했다. 그 목소리를 듣는 것도 견디기 힘들어 스즈이는 화면에 집중하는 척했다. 듣고 있지 않습니다, 신경 쓰지 않습니다, 라는 분위기를 온몸으로 내뿜었다.

후우. 목소리보다 더한 주장이 담긴 듯한 한숨이 들려왔다. 조금 전 사죄의 목소리보다 크지 않을까 싶은 한숨이었다.

"그런 식인데 전 직장은 잘도 다녔네요? 도대체 어떻게 일했어요?"

"죄송합니다."

"아니, 그러니까."

심장이 욱신거렸다.

아마도 그런 생각을 하는 사람은 스즈이뿐만이 아니리라. 지금 자리를 지키고 있는 거의 모든 영업과 직원들이 저 목소리를 들으면서도 묵묵히 계속 일하고 있으니, 마치 자신이 약자를 괴롭히는 데 가담한 기분이 들었다.

무심결에 고개를 드니 스즈이의 선배인 마루야마 무쓰미가 자리에서 일어나는 모습이 보였다. 설교 소리가 울리는 곳 근처에 있는 문이 아니라 반대쪽 문으로 빠져나갔다.

"도대체가, 지난주 미도리모리 슈퍼와 약속을 잡았을 때도 그래요. 그때는 전에 주의 준 지 얼마 안 돼서 사실 말하고 싶지 않았는데 경로로 따지면 보통은 먼저 아카야가 있으니까 거기부터 들렀다가 같은 동네에 있는 미야타 주점을 간 다음에 옆 동네 미도리모리로 갈 생각을 합니다. 그러면 이동 시간을 상당히 아낄 수 있는데, 왜 그게 머리로 시뮬레이션이 안 되는 겁니까? 아니지, 머리뿐만이 아니야. 나한테 메일 보낼 때도 먼저 글로 정리해 보죠? 그래도 이미지화가 안 된다면 그야말로 상상력이라고 할까, 상대에 대한 배려가 부족한 거라고 생각하지 않아요? 한 역에서 다른 역으로 이동했다가 다시 돌아온다. 상대가 그런 수고를 하게 만들다니. 상상력이라는 건 바로 상대에 대한 배려라고 보는데, 내 말 틀립니까?"

그걸 왜 이제 와서 문제 삼는데, 라는 소리가 목구멍까지 차올랐다. 게다가 담당자나 점장이 자리를 비우는 경우가 생겨서 단순히 거리만 고려해서 영업을 도는 순서를 짤 수 없다. 역 하나만 이동하는 일이 그렇게까지 수고스럽다고도 생각하지 않는다.

흘끗 시선을 드니 이번에는 앞자리에 앉은 동료 하마다와 눈이 마주쳤다. 하마다가 얼굴을 찌푸렸다. 같은 생각을 했다는 사실을 짐작했다.

죄송합니다. 아까와 같은 톤의 힘없는 목소리로 되뇌었다. 질책하는 목소리가 한층 더 가열됐다.

"사과하라는 말이 아니라 정말로 궁금하거든. 말해 봐요. 지금까지 회사 생활은 어떻게 한 거예요?"

인내심에 한계를 느꼈다. 스즈이는 자리에서 일어나 먼저 자리를 뜬 선배처럼 자신의 자리에서 먼 쪽에 있는 문으로 사무실을 빠져나갔다.

자동판매기 앞에는 짐작대로 무쓰미가 먼저 와 있었다.

"아, 수고."

캔 밀크티를 손에 들고 뒤에서 다가온 스즈이를 향해 미소 지었다.

"고생하십니다."

"뭐 마실래?"

무쓰미가 음료를 손가락으로 가리켰다.

"아, 괜찮습니다. 제가 알아서—"

"사양 마. 이럴 때나 선배 노릇 하니까."

무쓰미 씨는 마흔세 살. 초등학생 자녀를 둔 탓인지 평소 과 회식 등에는 자주 참석하지 않았고, 스즈이에게 술을 사 준 적도 거의 없었다.

올해로 입사 3년 차인 스즈이와 달리 무쓰미 씨는 영업 경력도 긴 베테랑으로 스즈이가 소속된 영업2과 주임이다. 과장 다음가는 이른바 이인자지만 젊어 보이는 외모 때문에 실제 나이를 들었을 때는 깜짝 놀랐다. 젊은 직원들도 잘 챙기고 소탈해서 후배 직원들은 모두 친근하게 '무쓰미 씨'라고 불렀다.

'이럴 때나'라고 하지만 전혀 그렇지 않다. 직원들 모두 그녀를 잘 따르고 의지한다. 스즈이도 지금껏 여러 가지로 도움을 받아서 무쓰미에게는 꼼짝 못 했다.

"아, 그럼 탄산수요……. 감사합니다. 잘 마시겠습니다."

"오케이, 이거 말이지?"

무쓰미가 동전을 넣고 자판기 오른쪽 위에 있는 버튼을 눌렀다. 제품 출구 앞에 쭈그리고는 음료를 받아 주었기에 "죄송합니다, 감사합니다" 인사하고 건네받았다.

"……사토 과장님도 난처할 거야, 그렇지?"

무쓰미 씨가 스즈이에게 페트병을 건네며 마침내 입을 열었다. 그 소리를 듣고 스즈이도 기다렸다는 듯 말하고 싶었다.

"그러게요."

"나도 몇 번인가 말했는데. 사람들 앞에서 그런 식으로 나무라는 건 진 씨는 물론 듣는 우리나 다른 사람들에게도 좋지 않아."

"압니다."

무쓰미 씨가 스즈이를 다시 쳐다봤다. 스즈이가 탄산수 페트병의 뚜껑을 열며 말을 이었다.

"하마다랑 다른 직원들한테 들었습니다. 무쓰미 씨가 과장님한테 말씀하셔서 다음부터는 과장님이 사무실이 아니라 복도에서 진 씨한테 설교하셨다고. 뭐, 결국 다 들리기는 하지만

요."

"그 말 때문에 신경 쓴 게 그거라면 웃기네."

무쓰미 씨가 착잡한 듯 웃었다. 비꼬는 말이었지만 그녀가 말하니 악의보다 비애가 더 강하게 느껴졌다.

사무실로 돌아가면 아직도 그 목소리가 들리리라 생각하니 금방 자리로 돌아갈 마음이 들지 않았다. 무쓰미 씨와 함께 자연스럽게 로비 옆 후미진 접객 공간으로 자리를 옮겼다. 시간이 시간인지라 때마침 아무도 없는 자리에 둘이 앉았다.

기분이 축 처졌다.

과장의 그 설교가 시작될 줄 미리 알았다면 오늘은 아침부터 외근을 잡았을 텐데, 후회했다.

"왜 되받아치지 않느냐고 생각할 때도 있는데, 하지만 뭐 그것도 그럴 만하죠. 변명이라도 했다가는 괜히 화만 돋울 것 같고."

"진 씨도 입장이 있으니 대꾸하기 힘들겠지. 괴로울 거야. 어떻게든 도와주고 싶으니까 나중에 다시 기회 봐서 과장한테 말하려고. 상황에 따라서는 부장님한테 말할 수도 있고."

스즈이가 근무하는 '요쓰미야 푸드'는 업계에서 중견 식품회사다. 스즈이는 영업2과 소속으로 주로 냉동식품을 담당한다.

작년까지는 기획부 소속이었다. 원래 대학에서는 이학부였고 기획이나 연구 관련 업무를 하고 싶어서 식품회사에 지원

했다. 그래서 올해 들어 영업부로 이동하라는 갑작스러운 인사발령을 받았을 때는 충격을 받았다. 기획부 선배는 "젊을 때 여러 부서를 경험하면 다 뼈와 살이 된다"고 했지만 마음이 무거웠고, 엎친 데 덮친 격으로 발령받은 영업2과에서 자신을 기다리는 상사가 과장인 사토였다.

스즈이와 달리 입사 이래 거의 영업 외길만 걸었다는 사토는 아직 마흔한 살. 고참 직원이 많은 이 회사에서도 압도적으로 젊은 관리직이었다. 어깨가 넓고 목소리가 큰 자못 꼰대 같은 분위기에 기가 죽었고, 영업 현장에서 산전수전을 다 겪은 과장의 눈에 기획부 출신인 자신은 어수룩해 보일까 봐 처음부터 사토에게 지레 주눅 들었다.

그런데 '싫은 사람'이 맞다고 완전히 확신하게 된 계기는 역시 특정 부하를 향한 그 호된 질책 스타일을 목도했을 때였다.

오늘도 복도에서 과장에게 들들 볶이는 진 씨의 사정은 특히 고달팠다.

진 씨는 스즈이가 영업2과로 발령 나기 전부터 근무하다가 지난해 말에 중도채용된 직원이었다. 나이는 아마 50대. 소위 과장보다 나이가 많은 '연상 부하'인 셈이었다. 연공서열주의가 지배하던 시대와 비교하면 지금은 어느 회사든 '연상 부하'가 드물지 않다. 실제로 스즈이가 다니는 회사의 다른 부서에도 비슷한 예가 많았다. 그러나 진 씨만큼 외모도 분위기도 눈에 띄게 연상인 경우는 다른 부서에는 거의 없었다.

스즈이가 2과에 처음 와서 사무실에 발을 들여놓았을 때 자신의 옆자리, 신입이 앉을 만한 입구와 가장 가까운 자리에 그가 앉아 있는 모습을 보고 실례라는 사실을 알면서도 힐끔힐끔 쳐다보고 말았다. 희끗한 머리에 검은 뿔테 안경. 허리를 꼿꼿하게 세우고 선 자세는 초등학교 시절 조례에서 본 교장 선생님 같았는데 그런 그가 관리직이 아니라 '평범한 동료'라는 사실에 놀랐다.

진 씨라는 호칭은 사토 과장이 처음 부르기 시작했다는 듯했다. 누가 봐도 연장자인 그가 영업부에 원만하게 녹아들도록 모두에게 그 호칭으로 부르라고 지시했다는 말을 들은 스즈이는 내심 질색했다. 호칭 따위로 거리감이나 분위기를 바꿀 수 있다고 믿는 사고방식이 낡았다고 생각해서였다.

진 씨에게 한 번 물은 적이 있다. 사람들이 모두 그렇게 부르기에 스즈이도 자연히 그 호칭으로 부를 수밖에 없게 되어 왠지 모를 미안한 마음에 둘이서 시간 외 근무를 할 기회가 생겼을 때 물었다. "싫지 않으세요?"라고.

"죄송해요. 저희는 나이가 어린데 허물없이 굴어서."

스즈이의 물음에 진 씨는 놀란 듯했다. 눈을 동그랗게 뜨더니 부드럽게 웃었다.

"그런 걸 신경 썼어? 스즈이 군은 착하네."

"아뇨, 그게 아니라……."

"친근하게 불러 주면 나야 무척 좋지."

"과장님이죠? 그렇게 부르게 한 사람이요."

"그래."

진 씨의 머리에 섞인 흰머리가 형광등 불빛에 반사돼 은빛으로 반짝거렸다. 그 색을 기억한다. 얼마 전 고향을 찾았을 때 봤던 아버지의 머리와 같은 색이었다. 그렇구나, 이 사람은 아버지와 동년배구나 생각했다. 만약 우리 아버지가 회사에서 연하 상사에게 이런 취급을 받는다면. 사토 과장은 이 사람을 질책할 때 자신의 부모가 떠오르지는 않을까.

"과장은 좋은 사람이야. 참 고맙지."

담박했다. 진씨가 너무나도 담박하게 말해 스즈이의 입에서 자신도 모르게 "네?" 되묻고 말았다.

진 씨가 미소 지었다.

"뜻밖이야?"

그러면서 스즈이를 바라봤다.

가까이에서 보니 진 씨는 이목구비가 뚜렷했다. 눈꺼풀이 두껍고 매부리코에 키가 크고 마른 분위기까지 더해 독특한 관록이 느껴졌다. 그래서인지 역시 지금의 '부하'라는 입장이 어울리지 않았다.

스즈이는 어색하게 고개를 끄덕였다. 진 씨가 말했다.

"난 중도채용된 사람이고 나이가 많아서 맡기 어려운 일도 많을 거야. 호칭도 사람들에게 말하기 전에 내게 정식으로 물어봤어. 직원들이 부를 호칭을 '진 씨'로 가려고 하는데 괜찮겠냐고."

"과장님이요?"

그 사람이 그런 세심한 부분까지 신경을 썼다고? 반신반의하며 묻자 진 씨가 고개를 끄덕였다. 과장을 '좋은 사람'이라고 말하지만 이 사람이 몇 배는 더 '좋은 사람'이니까 그렇게 생각할 수 있는 것이려니 했다.

"내가 직원들 사이에 잘 녹아들 수 있도록 배려해 준 것 같아."

진 씨의 예전 직업에 대해서는 잘 모른다. 본인이 많은 이야기를 하지 않기 때문에 물어서는 안 될 것 같아 묻지 않았지만 어쩌면 관리직에 종사하던 사람 아니었을까. 아니면 경영자였거나. 능력은 있으나 회사 구조조정이나 다른 이유로 상황에 휩쓸렸을지도 모른다.

진 씨는 영업부 소속이기는 하지만 급여 체계나 건강보험 등 처우는 정직원과 다르다고 들었다. 업무도 영업을 돌지도 않고 전화 응대나 간단한 약속 잡기, 일정 관리 등 영업직 보조 같은 일만 했다. 만약 그가 예전에 책임자의 자리에 있었다면 분명 자존심도 강할 텐데 지금 맡은 일을 묵묵히 해내는 것은 그 자체만으로 대단하다.

그런데도 사토 과장이 진 씨를 힐난할 때면 으레 그 말을 꺼냈다.

—그런 식인데 전 직장은 잘도 다녔네요? 도대체 어떻게 일했어요?

—말해 봐요. 지금까지 회사 생활은 어떻게 한 거예요?

"저는 못 참겠어요. 과장의 그 말투 말이에요. 인격을 무시하는 거잖아요. 완전 시대착오적이라니까요."

직장 내 괴롭힘이라고 생각했다. 부끄럽고 노골적인 전형적인 직장 내 갑질이다. 이런 일이 버젓이 일어난다니, 뒤떨어진 회사 조직에 울고 싶어졌고 이런 조직이 내가 일하는 회사라는 생각에 자괴감이 들었다.

"알아."

무쓰미 씨가 밀크티 캔을 따며 고개를 끄덕였다. 스즈이가 다리를 떨기 시작했다. 어릴 적부터 몇 번이나 혼나도 고치지 못한 초조할 때 나오는 버릇이었다.

"다른 건 둘째치고 오늘은 또 뭘 그렇게 잘못했대요? 진 씨가 죽을죄라도 지었어요?"

"처음에는 자잘한 실수를 지적한 것 같아. 그런데 과장이 점점 흥분하면서 이것저것 다 끄집어내며 자제를 못 한 것 같아.

나중에는 뭐 완전히 삼천포로 빠졌지."

"저였으면 못 견뎌요."

다행히도 스즈이는 과장에게 저런 식으로 생트집 잡는 설교를 당한 적은 없다. 하지만 그래서 기분이 나빴다. 마치 과장이 진 씨만 표적으로 삼는 것 같았다. 신분이 불안정해서 노(No)라고 말하지 못하는 약점을 빌미 삼는 것처럼 느껴졌다.

"진 씨의 업무 스타일, 정상적이라고 생각하거든요. 그렇게까지 일 못하는 사람은 아니지 않아요?"

"응. 오히려 일 잘하는 사람이라고 생각해. 지난달에 과장이 만든 고객 명단을 다 같이 공유했잖아? 부장님이 과장한테 지시해서 만든 그거."

"네, 그랬죠."

고객정보가 꼼꼼하게 업데이트된 잘 만든 명단이어서 뜻밖이었던 기억이 난다. 사토 과장은 젊은 나이에 비해 아날로그적인 사람이라 거래처와 친목을 도모하는 일에는 뛰어났지만 사무 업무는 서툴렀다. 단체 메일도 아직도 손가락 한 개로 독수리 타법으로 작성하는 것은 아닐까 의심이 들 정도로 행을 거의 바꾸지 않아서 읽기 힘들다.

"그 명단 만든 사람, 사실은 진 씨야."

"뭐라고요?"

"과장이 자기가 만든 척했지만 진 씨가 야근하면서 만들었어. 다들 과장을 칭찬할 때 그 말 하나 안 하나 쭉 지켜봤는데 결국 말 안 하더라고."

"……그릇이 종지만 한 인간이네요."

스즈이가 무심결에 흘린 목소리에 무쓰미 씨가 거북한 듯 고개를 끄덕였다.

"전에는 그런 사람 아니었는데 말이야. 자기 동료 감싼다고 상사한테 덤빌 줄도 알고 부러질지언정 구부러지기는 싫어해서 의지가 되는 사람 같았는데."

"그럼 아래 있을 때는 상사에게도 할 말 다 했지만 위에 설 깜냥은 절대 안 되는 사람이군요."

"스즈이 군, 신랄하네."

무쓰미 씨가 피식 웃으며 "그런데 맞는 말 같아"라며 중얼거렸다.

"동료였을 때는 화도 내줬어."

"네?"

"내가 출산휴가를 쓴 것 때문에 관리직이 될 수 없다면 잘못된 거라면서."

"아……."

그 말을 듣고서 깨달았다. 연하 상사를 둔 것은 이 사람 역시 마찬가지라고. 무쓰미 씨가 사토 과장보다 경력도 2년 더 길고 실제 나이도 두 살 위였다.

무쓰미 씨가 긴 머리를 깔끔하게 묶은 머리핀을 풀었다. 밀크티를 책상에 올려놓고 두 손으로 다시 머리를 묶으며 "그런데"라고 중얼거렸다.

"요전에 둘이서 잠깐 이야기할 기회가 생겼을 때 그러더라고. 여자는 임신할 수밖에 없으니 불편하고 네가 참 안됐다고. 하지만 그건 여자의 사회적인 업무니까 어쩔 수 없다고."

"그게 무슨……."

성희롱 아닌가. 임산부를 대상으로 한 직장 내 괴롭힘의 성격을 띠기도 한다. 무쓰미 씨가 시선을 내리깔았다. 그 얼굴이 또다시 슬픈 빛으로 어두워졌다.

"외부에서 봤을 때 일단 한 명 정도는 여성 관리직이 있는 게 양성평등 측면에서 체면이 서니까 경리과 오사다 과장이 빨리 그만두는 게 좋겠다고도 하더라고. 그러면 네가 경리과로 가서 과장을 달 거라고, 지금 당장 부서 이동 신청하는 게 어떻겠냐고. 마치 내가 영업과에 없었으면 좋겠다고 생각하는 사람 같았어."

"그릇이 작은 인간이니까 자기보다 일 잘하는 무쓰미 씨가 같은 부서에 없길 바라겠지요."

회사에서 꺼내기에 적절한 말은 아니라고 생각했지만 본심이었다. 화가 벌컥벌컥 치밀었다.

"사토 과장 말이에요, 거래처와 신뢰가 두텁다고는 하는데 그것도 결국은 그 인간이 옛날부터 친하게 지낸 마음 맞는 사람들이랑 인맥을 쌓아놨을 뿐이잖아요? 새 담당자들과는 소통하지도 않고 관계를 만들어 나가지 않으려고 해요. 이런 말 하면 뭐하지만 그 인간과 엮인 사람들은 시대착오적인 나이 많은 아저씨들뿐 아녜요? 자기보다 나이 많은 남자한테 딸랑거리는 능력밖에 없다니까요. 확실히 무쓰미 씨가 현장의 세세한 부분까지 꼼꼼하게 체크하죠."

"미안, 미안. 됐어. 화나게 해서 미안해."

무쓰미 씨가 미안하다는 듯 고개를 숙였다. 행동뿐만이 아니라 정말로 난처한 얼굴이었다.

"단지 좀 섭섭했을 뿐이야. 옛날에는 나와 같은 온도로 상사에게 화내던 사람이 나이를 먹고 높은 자리에 올라가니 그런 식으로 변했다는 게. 어쩔 수 없는 일일지도 모르지만, 흘러가는 세월이란 참 잔인하지?"

"……저는 결혼해서 아이가 생기면 제가 육아휴직을 내고 싶은 쪽인데 만약 그때 상사가 그 인간이면 승인받지 못할까요?"

"어머! 스즈이 군, 그렇게 될 예정이야?"

"아직은 아니지만 조만간 그렇게 되고 싶은 게 제 희망이에요."

"아아."

스즈이가 대답했다.

"대학 때 강의나 세미나에서는 그런 권리가 요즘은 당연하게 보장된다고 배워서 저는 취직하기 전까지만 해도 순진하게 그걸 믿었어요."

짜증스럽게 말하자 무쓰미 씨가 꺼질 듯한 미소를 지었다.

"우리 회사 뒤처졌지? 젊은 애들이 들어오기 전에 바로잡지 못한 우리에게도 책임이 있어. 미안해."

이 사람도, 아직도 영업과 사무실에서 설교를 듣고 있을 진 씨도 너무 착하다고 생각했다. 그 상냥함을 호구 잡아 선을 넘는 부류가 있다는 불합리한 현실이 납득이 가지 않았다.

"먼저 갈게."

실없는 소리를 했다는 듯 무쓰미 씨는 손에 밀크티를 들고 묶은 머리를 흔들며 사라졌다. 습관적으로 그렇게 하지 않으면 이날까지 회사에서 버틸 수 없었다고 말하는 듯한, 무게를 느낄 수 없는 발걸음이었다.

◆

그날 퇴근길이었다.

오후에 영업을 돌고 마지막으로 방문한 거래처 담당자인 주임과 회식을 한 스즈이는 흔들리는 전철에 몸을 실었다. 천장에 매달린 손잡이를 잡고 차창을 바라봤다. 10시 전이라서 전철은 아직 심하게 붐비지 않았다. 같은 밤이라도 9시대 전철과 10시대 전철은 혼잡 상태가 전혀 달랐다. 오늘 회식 상대인 주임이 술을 마시지 않는 사람이라서 이 시간에 끝날 수 있었다.

애당초 스즈이는 술이 세지 않다. 오히려 약했다. 알코올 분해 효소가 거의 없는 듯, 어릴 적부터 예방주사를 맞기 전에 하는 소독만으로도 피부가 뒤집어진 것처럼 붉어졌다. '술은 마실수록 는다'는 속설을 믿은 학창 시절에는 시험 삼아 몇 번인가 억지로 마셔 봤지만 속이 울렁거리고 주변 사람에게도 폐를 끼친 결과, 사회인이 되기 전에 자신의 한계를 알게 됐다.

옛날 같으면 몰라도 요즘은 회사에서도 직원들에게 술을 억지로 강요하지 않는다고 들었고, 실제로 입사하자마자 배속된 기획부에서는 술이 약해도 아무도 뭐라고 하지 않았다.

그런데…… 지금의 영업부에서는 그런 이상론은 결코 통용되지 않는다는 사실을 깨달았다.

—술을 못 마신다니, 그럼 학생 때는 어떡했어?

그렇게 물은 사람은 역시 사토 과장이었다. 어이없다는 듯, 모자란 사람 취급하는 눈빛으로 스즈이를 쳐다보며 말했다.

—운동부에 안 들어가 봤지? 그랬을 거야, 그러니까 사람 사귀는 법을 모르지.

—일단 첫 잔 정도는 마시는 게 예의야. 안 마실 거면 술자리에 오지 마.

그렇다면 나도 됐네요, 라고 생각하는 스즈이도 되도록 회식에는 참가하고 싶지 않았다. 그런데 끼지 않으면 끼지 않는다고 과장에게 점점 이미지만 나빠진다는 사실을 안 이후로는 별수 없이 참가하고 있다. 그리고 영업일을 하다 보면 오늘처럼 혼자서 외근을 나갈 때도 있어 좋지만 과장과 함께 거래처를 접대할 때가 많았다. 그럴 때면 사토는 거래처 임직원 앞에서 태연하게 스즈이를 매도했다.

—이 자식 술 못 마셔요. 이런 놈을 어떻게 영업 돌리라고 보냈는지 저도 회사에 불만입니다. 죄송합니다. 분위기도 못 맞추는 쓸모없는 놈이라.

자신의 사람을 비하하는 것이 소통의 윤활제가 된다고 믿는 사람이었다. 그 사고방식에 구역질이 날 뻔했는데 술자리가 끝났을 때 과장이 스즈이에게 자못 은혜라도 베푸는 양 웃어 보인 점에 더욱 진저리가 났다.

—그 쪽에서 먼저 너 술 안 마시냐고 하면 난감하잖아. 그래서 내가 먼저 밑밥을 깐 거야.

술을 못 마시는 만큼 나름의 대처 방법을 스즈이도 경험으로 터득했다. 내버려 둬도 상대의 기분을 상하지 않게끔 사양하는 방법 정도는 아는데 과장이 독단적으로 행동해 불쾌했다. 그러나 사토가 가깝게 지내는 거래처 담당자들은 '사토와 죽이 맞는 사람들'이었다. 사토 과장이 그렇게 스즈이를 웃음거리로 만들고 나자 그들과 스즈이 사이에 어떠한 벽이 생기고 말았다.

고루한 사람들이라고 생각했지만 그네들의 상식으로는 스즈이가 못난 놈이었다. 그것도 이해는 한다. 남자 주제에 술도 못 마시고 말귀도 못 알아먹는 재미없는 놈. 학생 때는 어떻게 했냐는 소리를 자주 들었는데, 지금까지 그런 조롱을 받은 적이 한두 번이 아니었다. 대학 시절에도 지독히 고생했다. 왜 사회인이 되고 나서까지 이런 기분을 느껴야만 할까.

지금 스즈이가 직접 담당하는 거래처는 회식에서도 자제하며 마시는 사람들뿐이다. 주임인 무쓰미 씨의 배려로 일부러 그렇게 배정됐다는 사실을 나중에야 알았다. 무쓰미 씨는 당연히 그 일로 스즈이에게 생색을 내지도 않았다.

차창 밖으로 흐르는 풍경이 점점 혼자 사는 집이 있는 곳으로 가까워졌다.

그런데 지금껏 한 번도 내린 적 없는 역에서 전철이 오래 정차했다. 차내 안내 방송이 흘러나왔다.

—앞 전철에서 정지 신호를 보냈습니다. 잠시만 기다려 주세요. 약 2분 동안 정차하겠습니다.

퇴근길이 급하지도 않은 스즈이는 휴대폰을 꺼내 LINE이나 인터넷이라도 보며 시간을 때우려고 했다. 그런데 그때, 불현듯 휴대폰 너머로 열려 있는 전철 문 너머가 신경 쓰였다. 고개를 들자 무언가가 눈길을 끌었다. 그리고 깜짝 놀랐다.

한 번도 내린 적 없는 모르는 역 플랫폼에 낯익은 얼굴이 보였다. 진 씨였다. 큰 키에 자세가 좋은 몸을 숙이다시피 하고 손에 커다란 서류 가방을 들고는 휴대폰을 귀에 대고 있었다.

전화를……?

의아했다. 역 플랫폼은 당연하게도 전철이 드나드는 소리와 출발 알림 소리 등으로 시끄러웠다. 전화 통화를 하기에는 몹시 적절하지 않았다.

목소리까지는 들리지 않았다. 하지만 한 손에 전화를 들고 서류 가방을 안다시피 하며 선 진 씨가 몸을 더욱 숙이며 고개를 앞으로 떨구는 모습이 보였다. 통화 상대가 보고 있는 것도 아닐 텐데 마치 사과를 반복하는 듯…….

―바쁘신 와중에 죄송합니다. 앞으로 1분 정도 기다려 주시기 바랍니다.

안내 방송이 시간까지 언급하며 반복됐다. 2분 정도야 스즈이는 신경 쓰지 않지만 거슬리는 사람도 많을지 모른다. 그런데 모르겠다. 지금은 개의치 않아도 만약 급한 일이 있을 때였다면 2분이 거슬려 짜증 났을지도 모른다. 그렇게 생각하니 시틋해져 충동적으로 전철에서 내렸다. 사실은 일을 잘하는 아버지뻘인 저 사람이 전화 너머 누군가에게 사과하고 있다. 그렇게 생각하니 몸이 저절로 움직였다.

"진 씨!"

전철에서 내려 그를 부르자 전화를 든 마른 몸이 흠칫 떨렸다. 전화를 귀에서 떼지 않은 채 눈으로 스즈이를 포착한 그의 입 모양이 아아, 하고 움직였다. 그러나 입에서 나오는 목소리는 여전히 통화 상대와 이야기를 이어갔다.

"아아, 아뇨, 아무것도 아닙니다. 네. 괜찮습니다. 네, 네, 그건 참 힘드셨겠군요. 이해합니다. ……네, 저도 과장님 말씀이 맞다고 생각합니다."

과장.

그 단어가 들린 순간 머릿속에 경련이 일어나는 기분이었다. 진 씨의 목소리에 난처한 기색이 어렸다. 눈가에 잔주름이 패여 있었다. 스즈이를 향해 눈썹을 늘어뜨리며 미안하다는 표정을 지었다. 울면서 웃는 듯도 보였다.

"전화 끊으세요."

스즈이가 말했다. 어? 진 씨의 입에서 작은 소리가 새어 나왔다.

어떻게 그렇게 대담한 제안을 할 수 있었는지 모르겠다. 퇴근 이후라서 배짱이 생긴 것일지도 모른다. 하지만 솔직한 분노가 가슴속에 요동쳤다. 조금 전까지 과거 과장이 자신에게 술자리를 강요했던 기억을 떠올렸기에 더욱더 짜증 났을지도 모른다.

"그만 됐으니까 끊자고요."

당황하는 진 씨의 손에서 억지로 휴대폰을 빼앗았다. 순간 화면을 보고 말았다. 통화 상대인 과장의 이름이 표시되어 있었다. 그런데 다음 순간 스즈이의 시선이 화면에 못 박힌 듯 고정됐다.

3시간 12분 14초.

15초, 16초, 그 표시가 여전히 카운트되고 있었다. 표시를 배경으로 목소리가 들렸다.

—그러니까 무쓰미 논리가 더 이상하다고요. 부장 같은 인간들은 그 여자 편이라도 들 듯 말하는데 그건 결국 여자 말이 옳다고 해 두면 아무도 토 달지 않겠지란 속셈으로 꽁무니 빼는 거잖아. 난 그거 이상하다고 생각해요. 이거 역차별 아닙니까?

19, 20, 21…… 시간이 계속 흘렀다. 전화로 듣는 과장의 목소리가 오늘 회사 복도에서 들리던 목소리보다 더 순식간에 스즈이의 귓속을 찌르듯 울렸다. 거친 줄로 심장 전체를 갈아대는 것 같았다.

이걸 3시간 넘게…….

너무 끔찍하고 소름 돋아서 순간 통화 종료 버튼을 누르지 못했다. 어느 버튼을 눌러야 통화가 종료되는지 아는데 순간 정말로 방법이 떠오르지 않았다. 당황해서 무작정 닥치는 대로 버튼을 눌렀다. 화면에서 과장의 이름이 사라졌다.

실컷 떠들던 과장의 목소리도 뚝 끊겼다.

스즈이가 타고 온 전철에서 따르르르릉 출발 알림음이 울렸다. 커다란 소리였다. 3시간. 다시 한번 짓씹듯 되새겼다. 진 씨는 3시간 넘게 이 시끄러운 소음 속에서 계속 통화했을까.

"저기……, 스즈이 군, 미안해."

엄청난 충격에 말을 잇지 못하는 스즈이에게 진 씨가 겨우 말했다.

"방금 그 전화, 과장입니까?"

스즈이도 간신히 물었다. 대답이 정해진 뻔한 질문이었지만 전화에서 들리던 과장의 집요한 목소리에 온몸이 묶여 버린 듯 머리도 몸도 둔했다.

전철 문이 닫혔다.

전철이 출발하는 소리와 강한 바람이 눈앞을 스쳤다. 진 씨가 전철이 완전히 빠져나가기를 기다렸다가 부자연스럽게 고개를 끄덕였다.

"응."

"여기 시끄럽잖아요. 왜 이런 곳에서……."

"전철 탔는데 전화가 와서 말이야. 안 받으면 받을 때까지 걸 테니 통화를 짧게 끝내고 다시 걸려고 했는데 과장님이 전화를 안 끊더라고."

진 씨의 집이 어디인지 모른다. 그러나 그의 말투로 짐작건대 분명 이곳이 집 근처 역은 아닐 것이다. 짧게 통화할 생각으로 내렸는데 그대로 3시간 넘게…….

실화냐. 발밑이 얼어붙는 기분이었다. 그런데 그때 스즈이가 들고 있던 진 씨의 휴대폰 진동이 울렸다. 징— 징—, 진동이 손에 전해졌다. 순간 스즈이의 목구멍에서 히끅 소리가 났다.

"아, 내가 받을게."

또다시 과장의 이름이 표시됐다. 스즈이의 입에서 곧장 말이 튀어나왔다.

"받지 마세요. 안 받아도 돼요!"

소리를 지른 이유는 무섬증이 일었기 때문이다. 진 씨가 눈을 휘둥그레 뜨고 스즈이의 손에 들린 휴대폰을 난감하게 바라봤다. 스즈이는 고개를 저었다.

"안 받아도 돼요. 이미 실컷 떠들었잖아요. 급한 일도 아닌 것 같은데."

통화를 엿들었다는 사실에 지레 찔렸지만 순간적으로 그렇게 말하고 말았다.

지금 스즈이를 겁에 질리게 한 사실은 통화 시간뿐만이 아니었다. 통화 내용 또한 그랬다. 무쓰미 씨의 이름, 이상하다,

여자 말이 더 옳다며 꽁무니 빼는 태도, 역차별…….

듣기 싫었다. 제발 그만 지껄였으면 좋겠다는 생각이 드는 내용이었다. 업무 시간도 아닌데 부하 직원에게 일부러 전화를 걸어 주절주절할 이유는 없다.

징—, 징—, 아직도 진동 소리가 울렸다. 적당히 포기하고 전화가 끊어지기를 바랐지만 진동은 멈추지 않았다.

"알았네."

스즈이와 마주 보던 진 씨가 마침내 고개를 끄덕였다. 뜸을 들이다 "안 받아"라고 말했다.

"안 받을 테니 돌려주겠어?"

"……알겠습니다."

전화를 돌려주니 스즈이의 몸이 단숨에 가벼워졌다. 그대로 둘이서 플랫폼에 있는 벤치까지 걸어가 앉았다. 기진맥진한 진 씨에게서 생기가 빠져나간 듯 느껴졌다. 그럴 만도 했다. 내내 서 있었으리라.

"혹시 이런 일 자주 있으셨어요?"

스즈이가 물었다.

"응."

진 씨가 고개를 끄덕였다. 스스로 물어 놓고도 막상 답을 들으니 새삼 충격을 받았다. 이 사람은 정직원도 아니고 그렇게까지 과장과 엮일 이유도 필요도 없을 터다.

진 씨의 무릎 위에 엎어 놓은 휴대폰이 아직도 울렸다. 그 소리를 들으면서 대화하는 장면이 마치 질 나쁜 콩트 같았다.

신고합시다. 그 말이 목에 걸렸다.

어디에 신고해야 할지 모르지만 일단 말하고 싶어졌다. 회사 인사부든 부장에게든 노동기준감독서*에든 신고해요.

하지만 진 씨의 무릎 위에서 멈추지 않는 진동 소리를 듣고 있으니 그 소리가 나는 동안에는 과장을 신랄하게 욕하기 꺼려졌다.

"……한가한가."

마침내 진동 소리가 멎었다. 간신히 조용해진 진 씨의 휴대폰을 바라보며 스즈이가 중얼거렸다.

"사토 과장 분명 결혼했죠? 아이도 있을 텐데요. 그런데 참 한가한가 보네요. 가족들이 상대를 안 해 주나 봐요."

농담처럼 얼버무렸지만 회사에서 무쓰미 씨와 이야기할 때처럼 기운이 나지는 않았다. 대단한 기세로 무쓰미 씨를 헐뜯던 과장의 전화는 진 씨를 힐난하는 내용도 아니었다. 단지 부하 직원이라는 이유로 그런 푸념 같은 이야기에 아무렇지 않게 타인을 끌어들이는 심리를 모르겠다.

그런데 한번 끊어졌던 전화가 그 타이밍에 다시 울리기 시

* 노동 기준법과 노동자 보호 법규에 따라 사업장을 감독하고 산재 보상 등을 처리하는 후생노동성 산하기관.

작했다. 징— 징— 징— 징—……. 그 소리를 듣고 이번에는 조금 전과 달리 공포와 함께 분노도 맹렬히 치솟았다.

"휴대폰 전원 끄세요. 이건 정상이 아니에요."

진 씨의 눈은 스즈이를 보고 있지 않았다.

무릎 위에서 하염없이 진동하는 휴대폰을 그저 망연히 쳐다봤다. 그 모습을 보자 걱정됐다. 그런 통화가 드문 일이 아니라면 이 사람은 마음이 병들어 가고 있는 것 아닐까…….

진 씨가 무언가 툭 말했다. 그 소리가 플랫폼 반대편에 들어오는 전철 안내 방송 소리에 지워져 잘 들리지 않았다.

"네?"

스즈이가 되물었다. 그러자 진 씨가 고개를 들어 스즈이를 바라봤다.

"……내가 들어주니까 그러는 걸지도 몰라."

"네?"

"과장님이 이러는 거."

진 씨의 얼굴에 또다시 평소와 같은 심약한 미소가 떠올랐다. 자조도 무엇도 아닌, 스스로도 감정을 주체하지 못하는 듯, 일종의 달관마저 느껴지는 미소였다.

"스즈이 군, 걱정해 줘서 고마워."

"아뇨, 저는……."

진 씨가 자신의 아들뻘이라고 해도 이상하지 않을 만큼 어린 자신을 이렇게까지 정중하게 대하는 것이 안타깝기 그지 없었다.

"갈까요? 나도 집에서 기다리는 가족이 있으니까."

진 씨가 말하며 벤치에서 일어났다.

징— 징— 징— 징—, 징— 징— 징— 징—.

그사이에도 진 씨의 손에서 휴대폰이 계속 진동했다. 그 손을 바라보며 생각했다. 이 사람은 스즈이와 헤어지고 나서 또 전화를 받지 않을까.

무슨 말이라도 걸어야겠다고 생각했지만 아무 말도 할 수 없었다.

◆

"스즈이 군, 할 말이 뭐야?"

약속 장소인 소바 가게에서 무쓰미 씨가 스즈이 앞에 앉자마자 물었다.

"오로시 소바*로 할까"

메뉴를 들고 중얼거린 뒤 스즈이를 쳐다봤다.

"업무에 무슨 일 있어?"

* 육수에 무즙을 넣어 먹는 소바.

"아뇨, 일 관계인 건 맞는데 오늘은 제 일이 아니라……."

어젯밤 역 플랫폼에서 진 씨와 헤어지자마자 무쓰미 씨에게 LINE 메시지를 보냈다. 사실은 기세를 몰아 자신이 본 일을 그 자리에서 전부 적어 보내고 싶었지만 참았다. 직접 이야기하는 편이 더 전달하기 쉬울 것 같았고 뭐랄까, 그 일을 글로 남기는 형태는 거부감이 들었다. 과장과 진 씨를 배려하려는 마음과는 조금 달리 순수하게 자신의 휴대폰에 글이 남는 것이 싫었다.

이 소바 가게는 회사와 가깝지만 주변 음식점보다 가격이 다소 비싼 탓에 평소 동료들과 마주치는 일은 거의 없었다. 딱 집어 점심시간을 내달라고 요청한 이유는 가정이 있어서 언제나 정시에 퇴근하는 무쓰미 씨를 배려해서였다.

점원이 차를 내왔다. 주문하고 물수건으로 손을 닦은 뒤 스즈이가 말을 꺼냈다.

"어젯밤에……, 퇴근길에 역 플랫폼에서 진 씨를 봤어요. 누구랑 통화하고 있더라고요. 플랫폼은 시끄럽잖아요? 그런데 계속 이야기하는 것 같기에 신경 쓰여서 무심코 말을 걸었어요."

"응."

진 씨의 이름이 나오자 이야기를 듣던 무쓰미 씨의 태도가 진지해졌다. 스즈이가 말을 이었다.

"그랬더니 진 씨가 전화에 대고 '과장님'이라고 말하는 소리가 들리더라고요. 그래서 저도 모르게 그냥 끊자면서 전화를 끊어 버렸어요. 근무 시간도 아닌데 진 씨는 뭘 또 사과하는 분위기였거든요."

오늘 아침에 회사에서 만난 진 씨는 평소 같아 보였다. 스즈이가 다가가자 예의 심약한 미소를 지으며 "스즈이 군, 어제는 미안했어. 걱정 끼쳐서"라고 말했다. 그 말에 스즈이는 모호하게 "아뇨……" 대답했다. 오늘 과장은 자리를 비우고 벌써 다른 부서와의 회의에 들어간 듯했다. 아침부터 얼굴을 마주치지 않아도 된다는 사실에 조금 안심했다. 그런 식으로 근무 시간 외에 불합리하게 부하 직원에게 분풀이하고서는 도대체 무슨 낯짝으로 태연하게 일하느냐고 분노가 치밀었다.

가슴이 답답해져 짧게 숨을 들이마시며 말했다.

"전화 끊었을 때 봤어요. 과장과 진 씨의 통화 시간, 3시간이 넘었더라고요."

무쓰미 씨의 눈이 말없이 휘둥그레졌다. 그렇죠? 놀랐죠? 생각하며 계속 말했다.

"저도 깜짝 놀랐어요. 그리고 끊을 때 통화 내용도 좀 들렸거든요."

—그러니까 무쓰미 논리가 더 이상하다고요.

목소리가 되살아났다. 무쓰미 씨의 이름이 나왔다는 사실을 말할까 말까……. 찰나의 순간 망설이다가 말할 수 없다고 곧바로 결론 지었다.

"……뭔지는 모르겠지만 누군가에 대한 불평불만을 진 씨에게 계속 쏟아내는 것 같았어요."

설령 상대가 그 갑질 과장이라고 해도 뒤에서 자신에 대해 이러쿵저러쿵 험담했다는 사실을 알면 분명 기분이 좋지 않으리라.

"처음에는 회사에서 자주 그러던 것처럼 그냥 진 씨를 혼내는 줄 알았는데 질책보다는 푸념 같은 소리를 계속 들어주고 있던 것 같더라고요."

"그게 몇 시쯤이었어?"

"10시 거의 다 돼서였던 것 같아요. 아마 퇴근하자마자 전화 와서 그때부터 계속 통화한 거 아닐까요. 심지어 어제가 처음이 아닌 것 같았어요."

스즈이가 전화를 끊은 뒤에도 계속 울리던 전화. 진 씨는 그 후에 전화를 받지 않을 수 있었을까.

"진 씨가 말했어요. '과장님이 이러는 건 내가 들어주니까 그러는 걸지도 모른다'고. 그거 정신적으로 상당히 지쳤다는 증거예요. 그런 짓 내버려 둬도 돼요?"

"진 씨가 그렇게 말했다고?"

무쓰미 씨가 염려스러운 눈빛으로 물었다. 스즈이가 고개를 끄덕였다.

"네."

"그렇다면…… 확실히 위험한 것 같네. 왠지 공의존 같아."

"공의존*이요?"

"그래."

점원이 "오래 기다리셨습니다"라며 소바 2인분을 내왔다.

스즈이는 카모세이로**, 무쓰미 씨는 오로시 소바. 스즈이는 김이 피어오르는 소바 육수를 바라보며 "잘 먹겠습니다"라며 두 손을 모았다. 나무젓가락을 반으로 가른 뒤 잠시 침묵했던 무쓰미 씨가 마침내 입을 열었다.

"과장에게 문제가 있는 건 맞지만 진 씨도 과장의 불합리한 소리를 받아 주는 데 익숙해져서 감각이 마비된 것 같아. 그렇게까지 하지 않아도 되는데 과도하게 받아 주면서 욕먹는 게 당연해져서 관계성에 의존하게 된 느낌이라고나 할까……."

"아, 네."

"실은 요즘 사토 군에 대해서는 부장님도 상당히 심려가 크신 것 같아. 상부를 대하는 태도도 요즘 상당히 안 좋은 것 같고. 임금 이야기나 현장을 좀 더 지원해줘야 한다는 이야기 등,

* 인간관계에서 상대에게 존재를 인정받기 위해 과도하게 헌신하는 의존 상태. 자기애와 자존감이 낮은 사람이 상대가 자신에게 의존하는 것에 자신의 가치를 느끼는 현상을 말한다.

** 오리와 파를 넣은 따뜻한 국물에 찍어 먹는 소바.

맞는 소리이긴 한데 너무 공격적인 말투로 덤벼든다더라고. 요즘 부서 분위기는 어떠냐고 부장님이 나한테 물으셨어."

아마 동료였을 적 호칭인 듯했다. 무쓰미 씨가 '과장'이 아니라 '사토 군'이라고 불렀다. 그런 놈은 존중할 필요 없다고 생각하지만 오랫동안 알고 지낸 그녀로서는 진심으로 걱정되는지도 모른다.

"내가 사토 군과 이야기해 볼까? 우리 과 실적이 안 나와서 초조한 걸지도 모르고, 어쩌면 고민이 많을지도 몰라."

"아니……, 글쎄요."

스즈이가 모호하게 대답하자 무쓰미 씨가 "왜?"라며 스즈이의 얼굴을 살폈다. 그 눈으로 쳐다보니 말문이 막혔다.

사토 과장은 분명 무쓰미 씨를 적대시한다. 그러니까 무쓰미 씨에게 지적이라도 받으면 격앙될 것이 뻔했다. 분명 무쓰미 씨가 여자라서 그럴 테지. 여자인데 자신보다 일도 잘하고 사람들도 잘 따르니까.

이 무슨 바보 같은 이야기인가.

입 밖으로 설명하기조차 싫어서 고개를 저었다.

"무쓰미 씨가 충고하면 이번에는 무쓰미 씨가 과장의 표적이 될 것 같아 불안해요. 걱정하시는 마음은 알지만 그런 이야기는 상부에서 하는 게 좋지 않을까요. 그 인간 분명 아랫사람 의견은 안 들을 테니까요."

"아랫사람, 인가."

무쓰미 씨가 중얼거렸다. 아차 싶었다. 그 사람은 나이가 더 많은 무쓰미 씨를 제치고 과장이 됐다. 무신경한 소리를 지껄이고 말았다는 생각에 순간 조마조마했지만 무쓰미 씨가 이내 "틀린 말은 아니지"라며 한숨을 토했다.

"전에는 윗사람이니 아랫사람이니 그런 것에 구애받지 않는, 대화하면 즐거운 사람이었는데 말이야. 왠지 요즘 들어 점점 심해지는 것 같아. 그렇게 대놓고 벽창호 같은 사람이었나 싶다니까."

"……무쓰미 씨를 좋아한 거 아닐까요. 그런데 상대가 안 되니까 비뚤어져서 그렇게 된 걸지도 몰라요."

"참나, 무슨 소리야."

스즈이의 놀림에 무쓰미 씨의 표정이 겨우 풀어졌다. 마주 앉아 소바를 후루룩 먹으며 "알았어" 하고 고개를 끄덕였다.

"내가 부장한테 말해 볼게. 스즈이 군한테도 미안하네. 걱정을 끼쳐서."

"아뇨, 전 괜찮아요."

무쓰미 씨야말로 주임이라고 해서 과에서 벌어지는 일에 책임을 느껴 스즈이에게 '미안하다'는 둥 사과할 필요 없는데. 하지만 역시 이런 상황에서 무쓰미 씨는 든든하다.

점심시간은 짧으니 서둘러 먹고 곧바로 회사로 돌아가야

했다. 고개를 숙이고 소바를 쉬지 않고 후루룩 먹는 무쓰미 씨의 머리를 바라보며 입술을 꽉 깨물었다.

나 따위는 상상도 못 하지만, 여자인데다 아이까지 있으면서 줄곧 영업일을 해 오기란 상당히 힘들었을 것이다. 스즈이와 다른 직원들과 달리 자유 시간은 짧은 점심시간 정도로, 그런 환경에서도 줄곧 후배의 상담을 들어줬다. 이 사람이 과장보다 일도 훨씬 잘하는데 마땅한 보상을 받지 못한다면 사회가 부조리한 것이라는 생각에 절망스러웠다. 그런 생각을 하며 소바를 먹었다.

"무쓰미 씨."

"응?"

"저라도 도울 수 있는 일이 있으면 말해 주세요."

무쓰미 씨가 고개를 들었다. 스즈이의 장난기 없는 얼굴에서 진심을 느꼈는지 미소 지었다.

"응. 든든하네. 고마워, 스즈이 군."

상담을 요청한 자신이 대접하겠다고 했는데 그날 점심값은 무쓰미 씨가 계산했다.

"이럴 때 아니면 언제 선배 노릇 하겠어."

전에도 들은 말이었다. 이런 사람이니까 인망이 두터운 것일 테다.

이 사람이 과장이라면 좋을 텐데.

◆

그로부터 사흘 정도 지난 아침이었다.

스즈이는 외근을 나가는 날이라 회사에는 잠깐 얼굴을 비추고 자료만 챙긴 뒤 금방 나갈 예정이었다. 그런데 사무실에 진 씨의 모습이 보이지 않는다는 사실을 알아차렸다.

진 씨는 근무 태도가 성실해서 2과 누구보다 일찍 출근한다. 스즈이가 출근할 즈음에는 매일 당연하게 입구 근처 자리에 앉아 있었다. 무슨 일이지?

몸이 좋지 않은 것일까.

컴퓨터 전원도 꺼져 있는, 누구보다 깔끔하게 정리된 진 씨의 책상을 주시하며 외근 준비를 하는데 사무실 전화가 울렸다.

"네, 요쓰미야 푸드 영업2과입니다."

맞은편 자리의 하마다가 전화를 받았다. 대답 소리가 몇 번 이어지더니 "네!?"라며 목소리가 튀었다.

"큰일 났잖아요! 네네. 그래서요?"

그 모습에 사무실 직원 몇 명이 하마다를 신경 쓰는 기색이 느껴졌다. 수화기를 든 하마다의 표정이 심각해졌다.

"네네, 알겠습니다. 여긴 괜찮습니다. 전달하겠습니다. ……과장님이요? 네, 알겠습니다."

하마다가 보류 버튼을 눌렀다. 창문을 등진 과장 자리를 향해 큰 소리로 말했다.

"과장님, 2번에 진 씨 전화입니다."

"응?"

자리에서 컴퓨터를 마주 보고 있던 과장이 고개를 들었다. "네" 하며 그대로 자신 책상에 있는 전화로 손을 뻗었다.

스즈이의 시선을 눈치챘으리라. 전화를 돌려준 하마다와 눈이 마주쳤다. 말문이 막힌 듯 조금 머뭇거리더니 알려줬다.

"진 씨 아내분이 사고를 당하셨다나 봐."

"엇……!"

스즈이의 목소리가 높아졌을 때 전화를 받던 과장 자리에서도 똑같이 "엇!" 하는 짧은 소리가 터져 나왔다. 과장 또한 소식을 들은 모양이다.

다른 동료들도 관심을 보이기 시작하면서 사무실이 술렁거렸다. 스즈이가 황급히 물었다.

"교통사고래?"

"아니. 진 씨네 아파트 복도에서 떨어졌다고 하던데."

하마다가 목소리를 낮추며 말했다. 끔찍한 소식에 뭐라고 말해야 좋을지 몰랐다. 짧게 물었다.

"언제?"

"어젯밤이라나 봐."

"그거……."

건물에서 떨어졌다. 그 말을 들은 순간 든 생각은 정말로 사고일까였다. 진 씨의 가족에 대해 자세히는 모르지만 떠오른 기억은 얼마 전 역 플랫폼에서의 일이었다. 헤어질 때 심약해 보이는 미소를 지으며 진 씨가 말했다.

—갈까요? 나도 집에서 기다리는 가족이 있으니까.

떠오른 생각에 가슴이 미어졌다.

혹시 진 씨네 집에 무슨 사정이라도 생긴 것 아닐까. 그 나이에 우리 회사에 재취업한 이유가 있을지 몰랐다.

"아내분은 몇 층에서 떨어졌을까?"

적어도 2층이나 저층이었으면 하고 빌었다. 아파트라는 단어에서 막연하게 고층을 상상하고는 온몸이 오싹한 한기에 휩싸였다. 하마다가 입을 다문 채 고개를 저었다.

"모르겠어. 그런데 지금 병원이래. 며칠 쉬어야 할 수도 있으니 과장을 바꿔 달라고 하더라고."

그때 하마다의 목소리를 덮어씌우듯 사무실에 목소리가 울려 퍼졌다.

"걱정 말아요. 당연히 쉬어도 되니까 아내분을 보살피세요."

과장이 수화기 속으로 들어갈 기세로 손에 든 전화를 향해 진 씨에게 말하는 소리가 들렸다.

"푹 쉬고 곁에 있어 주세요."

갑작스러운 사고 소식에 아직 심란했지만 그 목소리를 듣고 일단 안심했다. 답도 없는 갑질 과장이지만 그래도 이런 상황에서는 사람다운 면모를 보였다.

그렇게 생각했다.

그렇게 생각했기에⋯⋯ 그날 오후, 과장이 떨리는 목소리로 무쓰미 씨를 몰아세우는 장면을 마주치고서 몸서리쳤다.

영업을 나갔다가 사무실로 돌아와 "수고하셨습니다" 인사했을 때부터 이미 이상한 분위기가 흐르고 있었다. 불이 켜져 있는데도 왠인지 어두웠다.

아무도 복귀한 스즈이를 신경 쓰지 않고 다른 한 곳만 주시했다. 어떤 사람은 멀리서 슬쩍, 어떤 사람은 노골적으로.

가방을 한 손에 든 스즈이가 일단 자신의 자리로 돌아갔다. 앞자리 하마다도 다른 동료들도 자리에 앉거나 복합기 앞에서 있었지만 거의 모두가 과장 자리를 쳐다보고 있었다.

스즈이도 고개를 돌렸다가 깜짝 놀랐다.

"이봐."

떨리는 목소리가 들렸다. 애써 억눌렀던 감정이 마지막의 마지막 순간에 어쩔 수 없이 폭발한 듯 절실한 떨림을 느낄 수 있는 목소리였다.

사토 과장 앞에 무쓰미 씨가 서 있었다. 창백한 얼굴로 과장을 마치 노려보듯 응시했다.

"대답해. 설마 진 씨한테 건 거 아니지?"

걸었다는 말을 듣고 소름이 돋았다.

전화가 떠올랐다. 3시간 12분 14초라는 통화 기록 표시. 끊임없이 진동하던 그 휴대폰…….

무쓰미 씨의 물음에 과장은 대답하지 않았다. 어린아이처럼 입을 꾹 다물기로 작정하고는 언짢은 티를 내며 고개를 옆으로 돌린 모습이었다.

너무나도 나잇값 못하는 태도였다. 그 모습에 사무실 사람들도 할 말을 잃었다.

"거기 회의실에서 들었어."

무쓰미 씨가 떨리는 목소리로 말을 이었다. 과장을 향한 높임말은 사라졌다.

"……부장님이 이렇게 말했는데 어떻게 생각해? 이 말을 한 진의가 뭐라고 생각해? 나, 전에 사장님한테는 이런 평가를 받았는데 그걸 근거로 생각하면 어떤 것 같아? 난 할 수 있는 사람이고 기대를 한 몸에 받으니까 다른 놈들이 질투한다고 생각하는데, 맞지? 거래처에서 요쓰미야 푸드 = 사토라고 하거든, 그러니까 내가 없으면 더는 요쓰미야 푸드가 아니라고 생각하는 거래처 분들이 태반이니까 내 방식에 이러쿵저러쿵 참견하는 건 억지라고 생각해. 그래, 그래 맞아, 결국 다들 바보라니까. 이런 식의 통화였지."

담담하게 눈에 보이지 않는 긴 글을 읽어 내려가듯 무쓰미 씨가 술술 읊었다. 이보다 더할 수 없이 화가 치솟아 스스로도 말을 멈출 수 없게 된 듯했다.

그 말을 듣고도 과장은 여전히 아무 반응도 보이지 않았다. 무쓰미 씨를 전혀 쳐다보지 않았다.

"그래, 딱히 상관없어. 전화해도. 당신이 누구를……, 나를 진탕 욕했대도 상관없어. 근무 시간 중에는 좀 그렇지만."

무쓰미 씨가 크게 심호흡했다.

"하지만."

그녀가 말을 이었다.

"당신이 통화하면서 진 씨의 이름을 부른 것 같거든. 용건이 하나 끝나도 다시 '아, 맞다, 그리고'라며 다른 용건을 끄집어 내면서. 내가 회의실 밖에서 불러 멈추게 하지 않았다면 아직도 계속 전화를 붙잡고 있었겠지."

직원들 모두가 숨을 삼켰다. 스즈이도 자신도 모르게 숨을 삼켰다. 꿀꺽, 목구멍에서 소리가 울렸다.

"대답해."

무쓰미 씨가 말했다. 거의 울먹이는 목소리였다.

"어떻게 그럴 수가 있어? 진 씨는 아내가 크게 다쳐서 지금 병원에 있잖아. 어떻게 그런 시답지 않은 이야기를 일방적으로 떠들 수 있지?"

"……일방적, 인 거 아니야."

입을 꾹 다물고 있던 과장이 마침내 입을 열었다. 스즈이를 비롯한 그 자리에 있던 모두가 마른침을 삼키며 그 모습을 지켜봤다.

이해는 안 가지만 과장은 언짢아 보였다. 무쓰미 씨에게 지적받은 것 자체가 생각지도 못한 일이라도 되는 양 눈매를 일그러뜨리고 노골적으로 싫어하는 태도로 대거리했다.

"딱히 일방적으로 떠들어댄 거 아냐. 난 그냥 대화를 나눴을 뿐인데 그런 말은 실례지."

"아니, 일방적이야."

무쓰미 씨는 물러서지 않았다. 울지는 않았지만 화를 내는 동시에 몹시 슬픈 표정이었다.

"당신은 상사잖아. 높은 위치에 있으니까 부하 직원은 싫다고 거부 못 하지. 그걸 이용해서 진 씨가 맞장구치게끔 강요했어. 말투만큼은 의견을 구하는 식이었지만 대답은 필요 없이 동의를 강요하고 그저 불만을 쏟아낼 뿐이었잖아. 진 씨는 당신 불만을 받아 주는 사람이 아니야."

"계속 엿들은 거야? 취미 한번 더럽군."

과장이 얼굴을 과하게 찌푸리며 동의를 구하듯 사무실 직원들을 바라봤다.

왜 그런 우스꽝스러운 얼굴로 직원들을 쳐다보는지 이해가 가지 않았다. 다만 한 가지 알 수 있는 사실은 과장이 자신은 아무 잘못도 하지 않았다고 생각한다는 것이었다.

'부정 좀 해.'

스즈이는 생각했다.

제발 부정해 달라고. 과장이 전화를 걸었는지도 모른다. 하지만 그 상대가 진 씨는 아닐 터다. 왜냐하면 제정신인 사람이면 식구가 사고를 당해 크게 다쳤다는 사람에게 그런 짓은 못 할 테니까. 부정하라고 간절히 생각했다. 거의 기도하는 심정이었다.

그러나 과장의 커다란 한숨 소리가 들렸다.

"진 씨는 괜찮아. 아침에 전화했을 때 별일은 없을 것 같다고 말했으니까. 통화 도중에 아내한테 무슨 일이 생기면 그 사람이 알아서 전화를 끊지 않았겠어? 그러면 나도 바로 끊지. 잠깐 통화할 생각이기도 했고. 바쁜 일이 생기면 그 사람이 그렇게 말했으면 되는 일이야."

"그게 무슨……!"

과장의 무심한 태도와 정반대로 무쓰미 씨의 얼굴이 점점 색을 잃었다. 금방이라도 졸도할 것 같았다.

과장이 입매를 일그러뜨리며 웃었다.

"그보다 역시 너였구나. 요즘 기억에도 없는 일로 부장님과 인사부가 호출해대는 탓에 누가 나를 싫어해서 있는 일 없는 일 미주알고주알 일러바치나 했더니. 부끄럽지도 않아? 출세 못 한 건 네 탓이지, 그렇다고 이렇게 상사 발목을 잡아서야 되겠어?"

무쓰미 씨의 얼굴이…… 얼어붙었다.

눈을 부릅뜬 채 어떤 말로 되받아쳐야 좋을지 알 수 없는 사람처럼. 사무실 직원들도 마찬가지였다. 짜증과 분노를 넘어서 말을 잃었다.

그만큼이나 절망적으로 말이 통하지 않는다고 느꼈다. 뒤가 켕겨서 얼버무리는 것이 아니라 이 사람은 진심으로 자신이 잘못하지 않았다고 생각하는 것이다. 무조건 자신이 옳다, 자신이 정의라고 믿는 세계에서 살고 있다.

"당신이라는 사람은……."

무쓰미 씨가 겨우 말을 꺼냈다. 쥐어 짜내는 목소리였다. 그런데 다음 말이 나오지 않았다. 말이 통하지 않는 상대에게 할 수 있는 말은 아무것도 없었다.

그 순간, 싸늘한 정적이 내려앉은 사무실에 전화 소리가 울려 퍼졌다.

"네, 전화 받았습니다. 요쓰미야 푸드 영업2과입니다."

연차가 가장 낮은 다미야가 숨 막히는 분위기에서 도망치듯 전화를 받았다. 그사이에도 과장과 무쓰미 씨는 말없이 서로를 노려봤다.

"네? 아, 네……."

다미야의 전화 응대 소리만이 지독하게 선명히 들렸다.

"과장님."

다미야가 수화기를 든 채 말했다. 금방이라도 눈물을 쏟을 것 같은 얼굴이었다. 과장이 무쓰미 씨에게서 시선을 떼고 불퉁하게 대답했다.

"네."

"3번 외선입니다. ……진 씨입니다."

진 씨의 아내가 의식을 되찾지 못한 채 숨을 거뒀다는 소식을 알리는 전화였다.

다음 날 사토 과장의 인사발령이 났다.

본사 근무에서 배제되어 회사 소유 창고를 관리하는 관리회사로 좌천됐다. 그러나 발령 사유가 직장 내 괴롭힘은 아니었다.

거래처 간부와 다투다가 폭력을 휘둘러 다치게 한 것이 계기였다. 접대 자리에서 간토지방 일대에 많은 점포를 보유한 미도리모리 슈퍼의 상무와 사소한 일로 말다툼을 벌이다가 상대에게 달려든 것이다.

다툰 원인이 된 그 '사소한 일'이 무엇이었는지 스즈이와 직원들에게는 알려지지 않았다. 하지만 그 자리에 동석했다가 싸움을 말렸다는 하마다에게 들은 바로는 과장이 핏발 선 눈으로 "제가 틀렸다는 겁니까?"라고 소리쳤다는 것이었다.

"상무님과 대립할 생각은 없습니다. 평화롭게 해결하고 싶어요. 하지만 객관적으로 봐도 제가 옳다는 건 명백합니다. 그걸 왜 모릅니까? 누가 이상한 소리를 하는지 아시겠습니까? 상무님이 반성하세요."

스즈이는 그 소리를 실제로 들은 적 없다. 하지만 상상이 갔다. 자신만의 정의를 의심하지 않고 상대에게도 그 논리가 통하리라 믿는 그 목소리를 분명히 떠올릴 수 있었다.

하마다가 목소리를 낮추며 더욱 자세히 귀띔했다.

거래처 상무를 때리고 뛰쳐나간 과장을 급히 뒤쫓은 하마다에게 과장은 기세가 등등해서 특유의 말투로 지껄여댔다고 한다.

"역시 그놈은 무능해. 내가 이렇게 챙겨주는데 아무것도 모른다니까. 그 자리까지 올라간 건 내가 과장으로서 편의를 봐줬기 때문인데."

도저히 듣고 있을 수 없어 하마다가 "과장님, 사과하러 가시죠"라며 설득했더니 사토 과장이 하마다를 노려봤다. 그리고 말했다.

"뭐야! 너도 무능한 자식이야! 말귀를 못 알아먹어. 쥐뿔도 모른다고!"

그러면서 그 자리에서 어딘가로 전화를 걸기 시작했다.

진 씨는 아내를 잃고 한동안 회사를 쉬었다. 장례는 가족끼리 치렀기에 회사에서는 부조만 보냈다. 쉬는 동안 부장과 무쓰미 씨가 움직였고 진 씨에게는 사토 과장의 전화를 절대 받지 말라고 똑똑히 전달했다고 들었다. 착신 거부하라는 말을 들은 진 씨는 곤혹스러워했지만 한편으론 그 말에 매우 안도하는 기색이었다고 무쓰미 씨가 말해 줬다.

"젠장!"

누군가에게 전화를 건 과장이 화가 난 모습으로 휴대폰을 땅바닥에 내동댕이쳤다. 누구에게 걸었을지 짐작이 간 하마다가 "과장님" 불렀더니 아니나 다를까 과장이 말했다.

"왜 안 받는 거야. 이상해."

그때 사이렌 소리가 점점 다가왔다. 회식 장소였던 가게에서 폭력 사건으로 경찰에 신고한 것이었다. 다가온 빨간 불빛이 조금 전까지 자신들이 있던 가게 앞에서 뱅글뱅글 돌고 있는 모습을 보며 하마다는 새파랗게 질렸지만 과장은 여전히 "빌어먹을!"이라며 휴대폰을 걷어찼다.

'이렇게 돼서 다행일지도 몰라.'

스즈이는 생각했다.

미도리모리 슈퍼와의 악화한 관계를 개선하려고 지금도 상사들이 발 벗고 뛰어다닌다. 다행히 상대방과 합의가 된 듯했고 무엇보다 과장은 지금 상태로는 조만간 어떻게든 한계에 맞닥뜨릴 것 같다는 생각이 들었다.

어쩌면 그 사람은 젊은 나이에 관리직을 맡아 의욕이 지나친 나머지 그 중압감을 이기지 못 해 이상해진 것일지도 모른다. 그렇다면 스즈이가 언젠가 생각했던 대로 사람들 위에 서기에 알맞지 않은 사람이었던 것이다. 지금 영업 부서에서 벗어나 사람들과 만날 필요가 없는 부서로 이동한 것은 본인을 위해서도 잘된 일일지 모른다.

사토 과장의 갑작스러운 발령으로 인사가 재배치되면서 주임이었던 무쓰미 씨가 그대로 과장으로 승진했다. 2과로서는 행운이었다. 사정이 사정인 만큼 다른 부서 인력을 끌어오기는 도저히 어려웠으리라. 요쓰미야 푸드 창업 이래 첫 여성 영업과장의 탄생에 스즈이와 직원들은 모두 기뻐했다.

◆

"저……, 혹시 시라이시 선생님 아닙니까?"

등 뒤에서 들리는 목소리에 스즈이는 뒤돌아봤다. 60대 중반 정도의 기품있는 노부인이 서 있었다. 목에 스카프를 두르고 색이 들어간 안경을 쓴 세련된 사람이었다. 함께 있는 개의

녹색 가죽끈을 손에 잡고 있었다. 산책 중인 듯했다.

모르는 얼굴이었다. 순간 잘못 들은 줄 알았다. 하지만 그 사람의 시선 끝을 보고는 어라? 싶었다. 노부인은 스즈이가 아닌 스즈이 옆에 있는 진 씨를 보고 있었다.

"네?"

진 씨가 어리둥절한 모습으로 노부인을 뒤돌아봤다.

스즈이와 진 씨는 대기업 드럭스토어 체인 본사에 새 냉동식품을 납품하기 위해 프레젠테이션을 하러 갔다가 돌아오는 길이었다.

아내의 장례를 마친 진 씨가 직장에 복귀하자마자 새 과장이 된 무쓰미 씨가 그동안은 보조 업무만 하던 진 씨도 현장에 나가달라고 제안했다.

"분명 전 직장에서도 실적이 좋았던 사람인 것 같고 같이 외근 나가면 든든할 거야."

스즈이도 찬성했다. 그동안 진 씨는 실력은 있는데도 사토 과장이 일부러 누르고 있다는 느낌이었다. 소심한 진 씨가 자신의 진가를 발휘하지 못하는 것이라면 안타까운 일이었고 현장 입장에서도 손해라는 생각이 들었다.

새 체제를 정비한 조직에서 스즈이도 진 씨와 팀을 이루어 영업을 다니는 일이 잦아졌다. 그리고 실제로 그럴 수 있어서 다행이었다. 연배가 높은 진 씨가 함께 영업을 다니면 그것만으로도 상대는 본인들이 존중받는다고 느끼는 듯했다. 진 씨가 부드러운 말투로 설명하면 상대 회사도 평소에는 얼굴도 비추지 않던 책임자가 일부러 나와서 이야기를 들어주는 일도 생겼다.

갑자기 나타난 노부인의 발치에서 가죽끈에 묶인 개가 멍! 짖었다.

"요 녀석!"

노부인이 작게 꾸짖고는 진 씨의 얼굴을 다시 자세히 살폈다.

"역시 맞네요!"

노부인이 순간 가슴 앞에 손을 모았다.

"오랜만이에요. 어머나, 갑자기 그만두셔서 어디로 가셨나 계속 걱정했어요. 잘 지내셨어요? 저도 바로 얼마 전에 이 동네로 이사를 왔거든요, 설마 이런 곳에서 만나 뵙게 될 줄이야."

"네에……."

진 씨가 당황한 듯 보였다. 그 떨떠름한 반응에 반가운 듯 말을 건 노부인이 비로소 의아한 표정을 지었다. 어머나? 고개를 갸웃했다.

"저기…… 시라이시 선생님 아니세요?"

"아닌데요?"

"그럴 리가 없는데……."

노부인도 점점 확신이 사라지는 듯했다. 아주 조금 겸연쩍게 시선을 피하던 그때, 그녀의 발치에 있던 개가 흥분해 짖기 시작했다.

컹컹!

쩌렁쩌렁한 소리가 쉬지 않고 울렸다.

멍! 멍! 왈왈왈!

그 소리에 진 씨가 민망한 기색으로 가볍게 인사한 뒤 노부인에게서 멀어졌다.

"아, 요놈, 지코! 그만해! 지코!"

노부인이 개를 달랬다.

멀어져 가는 진 씨를 뒤따라가려다가 어떤 까닭인지 그 자리를 떠나지 못한 스즈이에게 노부인이 사과했다.

"미안해요. 평소에는 얌전한 아이인데 왜 이렇게 흥분했는지 모르겠네요. 놀라게 해서 미안해요."

"아아, 아닙니다……."

진 씨가 개를 싫어하나. 생각하며 고개를 저었다.

"죄송합니다. 저 사람은 제 동료인데 혹시 전에 어디서 근무했는지 아십니까?"

어쩌면 진 씨가 모른 척한 것 아닐까. 진 씨는 지금 회사에 오기 전에 대해 말하지 않는다. 어디 큰 회사의 높은 자리에 있었다거나 무슨 사정이 있어서 굳이 입에 올리지 않으려고 하는 것 아닐까 싶었다.

리드줄을 잡아당겨 몸을 숙이고 개를 달래던 노부인이 고개를 끄덕였다.

"네. 그런 줄 알았는데 아니었나 봐요. 실례했어요."

"어디 회사 사장님……이거나 그랬습니까?"

"아뇨? 의사 선생님이세요."

노부인이 어리둥절한 얼굴로 대답했다.

"우리 동네 소문난 개업의셨는데 어느샌가 문을 닫아서. 정말 아쉬웠거든요."

어느샌가 개 짖는 소리가 멈췄다. 그러나 목구멍에서 맴도는 으르렁 소리를 죽이는 것처럼 억눌린 소리를 내며 진 씨가 사라진 방향을 노려보는 듯 뚫어져라 주시했다.

◆

그사이에 놓친 진 씨를 찾아 얼마간 걷다가 공원 벤치에 앉아 있는 그를 발견했다.

"진 씨."

스즈이가 부르자 "아아……" 하며 고개를 돌렸다.

"스즈이 군, 미안해요. 개를 몹시 무서워해서."

"의외이시네요."

웃으며 스즈이도 벤치에 앉았다. 진 씨가 숨을 후 내쉬었다.

"한심한 모습을 보여 미안해. 와, 그런데 스즈이 군은 나보다 대단하던데. 상대 회사 과장님이 아까 프레젠테이션을 듣고 깜짝 놀라더라고. 제품을 받아 줄 수는 없지만 그 설명 방식은 자기네 회사 직원들이 배우면 좋을 정도라면서."

"엇, 정말요?"

순수하게 놀라 되물었다.

자신이 느끼기에는 프레젠테이션을 할 때 반응이 전혀 없었다. 그래서 상대 회사 과장이 발표를 듣는 중에 지루해해도, 이후에 쌀쌀맞게 우리 회사에서 취급할 수 없을 것 같다며 자료를 퇴짜 놓아도 별수 없다고 생각했다. 자료만큼은 겨우 받아줬지만 분명 상대에게 좋은 인상을 남기지 못했을 터였다.

"응, 정말로."

이번에는 진 씨가 놀란 듯 말했다.

"스즈이 군이 담당자와 잠깐 자리를 비웠을 때 계장님이 내게 말했어. 설명 방식이 그렇게나 명료하니 자료가 없어도 머리에 들어온다고. 지금은 제품을 받아 줄 수 없지만 언젠가는 꼭 연락하겠다고 하더라고."

"아, 그래서……."

자료가 필요 없다는 말은 그 때문이었을까? 생각하는데 진 씨가 말했다.

"목소리가 좋다는 점도 분명 한몫하겠지. 그러니까 이야기가 귀에 쏙쏙 들어오는 거 아니겠어요? 스즈이 군의 발표 말이야."

"무슨 말씀을……."

진 씨 역시 목소리가 좋은 편이라고 생각했다. 서 있는 자세도 반듯해서 배우 같은 관록이 느껴졌다. 그런 진 씨에게 칭찬을 들으니 솔직히 기뻤다. 하지만 칭찬을 받는 데 익숙하지 않아서 웅얼웅얼 감사 인사를 했다.

진 씨는 사람을 잘 본다. 방금 노부인이 진 씨를 불렀지만 다른 이름이었으니 아마도 사람을 착각했을 것이다. 도대체 이 사람은 우리 회사에 오기 전에 무슨 일을 했을까.

분명 자신보다 인생 경험이 훨씬 풍부하고 여러 일을 겪었으리라 생각한 스즈이의 입에서 자연스럽게 말이 나왔다.

"그렇게 말씀해 주셔서 기쁘지만요……. 사실 저 알아요. 오늘 그 제품이 선택받지 못한 이유요."

진 씨가 말없이 스즈이의 얼굴을 살폈다. 지금 손에 든 가방 속 자료에 실린 제품 사진을 떠올리며 고백했다.

"오늘 발표한 그 제품, 실은 제가 기획부에 있을 때 중간까지 손을 댔던 제품이거든요. 식어도 맛있고 바삭한 도시락용 춘권을 만들면 좋을 것 같아서 기획했어요. 입사하고 처음으로 통과된 녀석이라 끝까지 제대로 개발하고 싶었는데……."

갑작스러운 인사발령으로 영업부로 옮기면서 손에서 떠나게 됐다. 기획 제품은 자식과 같은 존재고, 무엇보다 스즈이에게는 처음으로 기획한 제품이었다. 인계받은 후임들이 되도록 자신이 이미지화한 것과 비슷하게 책임지고 완성해 주기를 바랐다.

하지만 완성된 신제품을 시식했을 때 낙심했다. 기존 제품들과 다른 점이 없었다. 자신이 제안한 제조법이 선택되지 않았다는 사실을 알게 되었고 아무리 제품을 판매해야 하는 영업부라도 애착이 가지 않았다.

"맛있다는 생각이 들지 않아서요. 그런데 그걸 다른 사람들이 '전보다 나아졌다'고 평하는 걸 들으면 그건 포장이 바뀌어서 겉보기에만 그렇게 느껴질 뿐이라는 생각에 답답해요. 스스로 진심으로 좋다는 생각이 들지 않는 제품의 매력을 정확하게 전달되도록 영업하려니 잘 할 수가 없죠."

"스즈이 군."

진 씨가 불렀다. 스즈이가 고개를 들자 그를 바라보는 진 씨의 눈이 맑았다.

"안타깝네요."

더없이 깊게 스즈이의 마음을 울리는 목소리로 말했다.

"스즈이 군은 이 제품을 소중하게 여기는군요. 그런데 '맛있다는 생각이 들지 않는다'니, 그런 식으로 말할 수밖에 없는 상황이라니 정말로 상처받았겠어."

아……. 진 씨가 스즈이의 눈을 똑바로 응시하며 말했다.

"그 제품에 대해 굉장히 진지하게 고민했겠네. 오늘 발표에서 그런 마음이 분명 상대에게 전해지지 않았을까?"

"그럴……까요?"

"응. 난 그렇게 생각해요."

그 말을 듣는 순간 가슴 한가운데에 따뜻한 감각이 퍼졌다. 스스로도 깨닫지 못했던 자신의 속내의 한 부분을 인정받았다고 느꼈다.

돌아갈까? 진 씨가 말하며 벤치에서 일어섰다.

"시간 안에 복귀하지 않으면 과장님한테 또 혼날 테니."

"……네."

쓴웃음을 지으면 스즈이도 고개를 끄덕였다.

지금까지 친근한 마음을 담아 불러온 '무쓰미 씨'를 과장이라고 부르게 된 지 시간이 제법 흘렀다. 처음에는 "호칭은 지금처럼 불러 줘"라고 무쓰미 씨가 말했지만 직원들이 그녀가 과장이 된 사실이 기뻐서 "그런 건 제대로 지켜야죠"라며 굳이 '과장님'이라고 부르기 시작한 것이다. 그러나 사실 스즈이는 아직 과장이라는 호칭이 익숙하지 않다. 그리고 새 과장이 되고 나서 익숙하지 않은 점은 또 있다. 퇴근 시간까지만 업무에 시간을 쓰는 점이었다.

아이가 있고 가정이 있는 무쓰미 씨는 반드시 정시에 퇴근한다. 그래서 과장에게는 퇴근 시간 전까지만 연락할 수 있다. 그리고 더욱더 익숙하지 않은 점은 과장이 스즈이와 부하 직원들도 되도록 야근이나 거래처 회식을 줄이기를 바라는 것 같다는 사실이었다. 겉으로 강요하지는 않고 어디까지나 '그랬으면 좋겠다'는 분위기를 풍길 뿐인데 그것이 왜인지 편치 않았다.

'자기는 정시 퇴근이 당연하니까 좋겠지.'

그만 그런 생각이 들고 만다. 영업은 외근이 태반이고 사무업무는 사무실로 돌아와 처리할 수밖에 없다는 사실 정도는 과장도 이 바닥에서 오래 일했으니 알 것이다. 그런데 상사인 본인이 일찍 퇴근하기 눈치 보이니까 직원들에게 강요하는 것이다, 자신의 생활 리듬을.

아이 핑계를 대지만 과장이야말로 앞으로 부하들에 맞춰 야근 정도는 해야 할 텐데.

"저기, 진 씨."

스즈이가 머뭇머뭇 진 씨를 불러 세웠다. 말해도 좋을지 최근 며칠 동안 고민했지만 회사 밖이라는 안도감에 무심결에 입을 뗐다.

"요즘 과장님 말이에요, 공격적인 것 같지 않아요? 진 씨한테."

—진 씨, 잠깐만요. 진 씨, 이건데 어떻게 생각해요? 이거면 괜찮죠?

부하 직원 중에서도 아무래도 연배가 높은 진 씨에게 과장이 특별히 의지하는 것 같다고 스즈이와 직원들은 생각했다. 하지만 아무리 그래도 요즘 진 씨를 부르는 횟수가 너무 잦아졌다.

특히 마음에 걸린 것은 얼마 전 과장이 복도에서 진 씨를 향해 말하는 소리를 우연히 들었을 때였다.

—진 씨를 믿었는데! 당신이 할 수 있는 사람이라고 생각해서 말하는 건데!

그 목소리에 기시감을 느꼈다. 그래서 마음에 걸렸다. 무쓰미 씨니까 괜찮다고 생각은 하지만.

“걱정할 필요 없어.”

진 씨가 미소 지었다. 늘 생각하는 상냥한, 지나치게 상냥한 목소리와 말투로 고개를 저었다.

“하지만.”

스즈이가 계속 말하려고 하자 그가 말을 이었다.

“분명 관계성일 거야.”

“네?”

“과장님이 나쁜 게 아니야. 관계성이나 분위기가 그렇게 만드는 거야. 그러니까 괜찮아요.”

"그런가요?"

진 씨가 과장을 두둔할 필요 따위 없는데, 석연찮은 마음으로 되물었더니 "네" 하고 분명하게 고개를 끄덕였다.

"과장 잘못이 아니에요."

"그건 진 씨가 착해서 그렇게 생각하는 거예요."

"그럴까……."

진 씨가 선 채로 스즈이를 내려다봤다.

땅거미가 짙어 들었다.

조금 전보다 진해진 주홍빛 석양을 등진 진 씨의 얼굴이 역광 탓에 새까맣게 칠해진 것처럼 보였다. 그 바람에 표정이 보이지 않았다. 여윈 체구의 발밑으로 가늘고 기다란 그림자가 뻗어 있었다.

"다들 듣고 싶은 말은 정해져 있어."

진 씨가 불현듯 말했다. 매우 평온한 목소리였다.

"네?"

"상대가 해줬으면 하는 말. 다들 네 잘못이 아니라는 말을 듣고 싶어 하지. 당신의 생각이 옳다고 인정받고 싶어 해. 그렇게 바라는 대로 말해 주는 상대에게는 다들 자기 이야기를 한없이 풀어놓고 말아요. 자신을 내맡기고 말아."

맞는 말이라고 생각했다.

그래서 사람들이 진 씨의 호의에 지나치게 의존하게 된다.

현 과장도, 전 과장도.

현 과장은 전 과장과 진 씨의 관계를 공의존이라고 표현했는데 맞는 말이다. 전임 과장은 진 씨 없이는 누구에게도 승인받지 못하게 됐다. 그 승인을 맹신해서 상사나 다른 부하 직원에게도, 심지어 거래처를 상대로도 '내가 옳다'는 태도로 뻗댔다.

그런 것은 잘못된 행동인데.

이 사람이 이야기를 들어줬으면 좋겠다. 그리고 아무리 더러운 푸념이라도 독선적인 결정이라도 진 씨는 그것을 마치 블랙홀처럼 빨아들인다. 상대에게 '틀렸다'고 알려 주지 않는다. 당신이 불쾌하다면 파고들지 않을게.

전임 과장에게는 사실대로 말해 주는 편이 그를 위하는 일이었을지 모르는데, 그러지 못한 이유는 역시 진 씨가 너무 착한 탓이다.

자신처럼 이 사람과 대등하게 대화하지 않는 사람들이 나쁘다고 스즈이는 생각했다.

자신은 진 씨에게 고민 상담할 때도 대등한 관계로 '대화'를 하지만 과장들은 일방적이니까.

—어떻게 그런 시답지 않은 이야기를 상대에게 일방적으로 떠들 수 있지?

현 과장도 전 과장에게 그렇게 말했으니까, 사실은 알고 있을 텐데. 관계성 때문에 그 이유를 보지 못한다면 아이러니한 이야기다.

그 사람들은 분명 진 씨가 진심으로 자신들을 좋아한다고 착각하겠지. 그저 맞춰 줄 뿐인데. 그렇게 생각하니 불쌍한 사람들이다.

"자, 돌아갑시다. 서둘러야 해."

진 씨가 말했다. 스즈이와 정면으로 마주 보고 서서. 아직 얼굴이 새까맣게 보이고 안경테 일부분 때문에 겨우 얼굴 윤곽만 알 수 있을 정도였다.

그 모습을 보면서 문득 생각했다. 이 사람, 이런 얼굴이었나?

애당초 어떻게 생긴 얼굴이었지?

"그런데 프레젠테이션 이야기를 하니까, 지금 과장인 마루야마 과장도 설명을 굉장히 잘하지. 자네와는 유형이 다르지만 청중이 무엇을 이해하지 못하는지 그 포인트를 즉석에서 캐치해서 똑 부러지게 대응하잖아."

"그런……가요?"

진 씨의 말을 듣고 마음 한구석에서 빠직 소리가 났다.

아아 그래, 진 씨는 기획부에 있던 적이 없으니까 모를 것이다. 답답한 마음이 불쑥 솟구쳤다.

"그건, 확실히 유창한 발표 방식일지 몰라도 사실 제품을 제대로 몰라서 할 수 있는 설명이에요. 하나부터 열까지 확실하게 소재부터 파악하고 있으면 거부감이 들어 말할 수 없는 사실을 영업일밖에 모르는 사람이니까 무책임하게 입으로만 떠들 수 있다고나 할까…….”

“허엇! 그래?”

“네. 사실 그래요. 저는 아는 만큼 절대로 그렇게 말하지 못하지만요.”

“과연, 그렇군요.”

진 씨가 고개를 깊이 끄덕였다. 석양 때문에 그의 표정과 감정은 보이지 않았지만 그 얼굴로 웃었다는 것은 알았다.

“그래서군. 자네의 설명이 꼼꼼한 이유 말이야. 기대되네요, 언젠가 스즈이 군이 기획부로 돌아간다고 해도, 이대로 영업부에서 승진한다고 해도 우리 회사 에이스가 될 거야.”

“아니, 제가 무슨…….”

대답하면서도 마음이 흡족해서 녹아내릴 것 같았다. 그리고 진 씨 앞에서 과장을 조금 나쁘게 말한 것을 후회했다. 이 사람은 대단하다고 새삼 생각했다.

험담에 동조하지 않았다. 스즈이에게도 적극적으로 찬동하지 않고 누구도 비난하지 않은 채 모순 없이 계속 이야기했다.

“가실까요, 진 씨. 앗.”

스즈이가 벤치에서 일어나며 말을 멈췄다. 쓰게 웃으며 그에게 말했다.

“호칭도 과장님한테 혼나겠어요. 언제까지 진 씨라고 부를 거냐며."

회사에서 그를 '진 씨'라고 부르기 시작한 원인은 전임 사토 과장이었다. 극단적으로 가장 나이가 많은 그가 부서에 빨리 적응할 수 있도록 돕겠다는 이유로. 애초에 호칭 하나로 친근해진다는 발상이 시대착오적이라고 생각한 스즈이는 난감했지만, 새로운 체제 이후 어제 신임 무쓰미 과장이 말을 꺼냈다.

"진 씨를 계속 별명으로 부르는 건 좋지 않아."

스즈이는 굳어 버린 별명을 이제 와 되돌리는 것은 말도 안 된다고 생각했고, 그런 식으로 호칭에 연연하는 시점에 당신도 전임 과장과 똑같은 사람이 되는 것 아니냐는 생각에 기가 막혔다. 역시 그녀도 고루한 사람이었다.

"가요, 간바라 씨."

스즈이의 말에 간바라 씨가 서서히 방향을 바꿨다. 등진 석양을 피하자 옆얼굴의 윤곽이 돌아왔다. 표정이 보이기 시작했다.

"괜찮아요, 진 씨라고 불러도 돼."

그가 말했다.

—간 씨, 는 어감이 좀 안 좋으니까. 진 씨라고 부를까?

와하하하 웃으며 전임 과장이 정한 별명이었다. 그때 일을 떠올리면 이상한 기분이 든다. 결코 좋아하는 웃음소리는 아니었지만 그 역겨운 사토 과장의 밝은 웃음소리를 들은 기억이 상당히 오래전이라는 생각이 들었다. 그 사람이 그런 식으로 웃었던 시절이 있었다니 잘 꾸며낸 거짓말 같았다.

간바라 씨가 스즈이보다 한 걸음 앞서 걸었다.

"스즈이 군과 함께 일하게 돼서 행복해요. 난 기획 일도 문외한이라 전혀 모르니까 배울 수 있어서 정말 공부가 되거든. 자네는 설명도 잘하지만 가르치는 것도 정말 잘해."

그 목소리를 들으면서 생각했다. 아아…….

이 사람이 과장이라면 좋을 텐데.

그런 정시에 퇴근하는 과장보다 나이에 걸맞게 주변 사람도 나도 잘 챙기는 이 사람이 과장이라면 좋을 텐데.

그렇게 생각했다.

석양이 고운 빛을 띠었다. 스즈이는 자신의 발치를 보고 등 뒤로 또렷하게 뻗은 자신의 그림자를 봤다. 그 그림자를 보고 나서 걷기 시작했다. 자신의 그림자밖에 보지 못했다.

나란히 걷는 스즈이의 옆에서 간바라 씨의 그림자 모양이 발치에서 길고 길게……, 더 길게 자라나 흔들리고 있다는 사실을 주변 사람 누구도 눈치채지 못했다.

제4장 조장

그 아이가 우리 반에 온 뒤로 그 일이 시작됐다.

소타는 남몰래 생각했다.

그 아이가 오기 전까지 구립 구스미치 초등학교 5학년 2반은 나카오 도라노스케를 중심으로 돌아갔다. 부모님 모두 변호사라는 도라노스케는 1학년 같은 반이 됐을 때부터 성적이 좋았고 다양한 상황에서 어른들에게 '역시'라는 말을 듣는 아이였다.

"역시 부모님이 변호사니까."

"역시 엄마가 교육을 잘 시키니까."

도라노스케의 엄마는 교육열이 높기로 학교에서도 유명했다. 학교 활동에도 적극적으로 참여했고 매년 학부모회에서 임원을 맡기도 하며, 1학년 때부터 학년 총괄 역할을 맡은 사람처럼 다른 엄마들도 도라노스케의 엄마와는 자주 연락하는 듯했다. 일도 바쁘다던데 아이를 위해서 그렇게 열심히 활동하다니 대단하다고 소타의 엄마도 자주 말하곤 한다.

도라노스케는 확실히 공부를 잘한다. 키가 크고 덩치와 체력도 좋아서 체육과 구기종목도 잘했다.

하지만 소타는 도라노스케를 싫어한다. 입 밖으로 말하지는 않지만 도라노스케와 친하게 지내는 아이 중에서도 사실 도라노스케를 싫어하는 사람도 많지 않을까.

이유는 잘난 척이 심하고 폭력적이기 때문이다.

공부도 운동도 다른 아이들보다 잘하니까 자신이 제일 잘났다고 생각한다.

"나는 학원에서 이것저것 선행학습을 해서 그런지 학교 공부는 수준 낮아 보여."

입버릇처럼 말하며 숙제를 제대로 해오지 않거나 교과서 같은 학습 도구를 깜빡 잊고 챙겨 오지 않는 일도 잦았다. "교과서 따위 안 봐도 돼"라고 말하지만 옆자리 아이가 교과서를 보여 줘야 하니 결국 근처 자리에 앉은 학생이 늘 피해를 봤다. 확실히 공부는 잘할지 몰라도 생활 태도가 바르지 못했다.

게다가 기분파라서 특별히 무슨 일이 있던 것도 아닌데 갑자기 사람을 때리거나 발로 차고는 했다. 상대가 잘못하지 않았어도 정말로 뜬금없이.

소타도 몇 번이나 걷어차인 적이 있었다.

흔한 일이라서 평소였다면 별수 없다며 참았을 텐데 작년에 도라노스케가 무언가에 짜증이 났는지 청소 때문에 책상 위에 올려놓은 의자를 걷어찼다. 마침 우연히 그곳을 지나가던 소타 위로 의자가 떨어지는 바람에 소타는 밑에 깔려서 무릎을 부딪치면서 벌게졌다.

그때는 당연히 문제가 되어 소타의 엄마가 학교로 데리러 온 뒤 담임 선생님과 오랜 시간 면담을 했다. 다친 일을 사과받기도 했던 것 같다.

그런데 정작 도라노스케는 소타에게 사과하지 않았다. 선생님에게 혼나서 노골적으로 기분 나쁜 티를 내며 입을 꾹 다물고 벽을 등지고 말없이 서 있을 뿐이었다.

선생님은 도라노스케와도 이런저런 이야기를 나눈 듯했지만 그날 결국 도라노스케는 '일부러 한 일이 아니다'라는 주장으로 일관하며 사과하지 않았다.

선생님은 도라노스케의 엄마에게도 연락해서 가정에서 확실히 교육할 수 있도록 하겠다고 소타와 엄마에게 약속했다.

그런데 다음 날.

"야, 너희 엄마가 우리 엄마한테 이런 거 보낸 거 알아?"

도라노스케가 느닷없이 말을 걸었다. 손에는 휴대폰을 들고 있었는데 어떤 화면이 떠 있었다. 키즈폰을 사용하는 주변 아이들에게 언제나 "너희들 아직도 그런 장난감 같은 걸 쓰냐?"라며 도라노스케가 자랑스레 들고 다니는 휴대폰이었다. 물론 사실은 학교에 가져오면 안 되는 금지된 물건이었다.

부딪친 무릎은 이제 아무렇지 않았지만 세게 누르면 정도에 따라 아직 조금 욱신거렸고 벌게진 부분은 퍼렇게 멍들기 시작했다.

도라노스케가 휴대폰을 소타에게 들이밀었다. 화면을 보라는 압박에 못 이겨 휴대폰을 받아들자 LINE 화면이 떠 있었다. 소타는 휴대폰이 없지만 엄마의 휴대폰으로 LINE 화면을 여러 번 본 적 있었다.

위에 '소타 엄마(사치코 씨)'라고 적힌 대화방 화면을 찍은 사진으로 보였다. 메시지는 소타 엄마가 도라노스케의 엄마에게 보낸 것이었다.

- 도라노스케 엄마, 일 때문에 바쁘실 텐데 갑자기 메시지를 보내 미안해요.
오늘 학교에서 연락을 받고 소타를 데리러 갔다 왔는데 도라노스케가 교실 의자를 차서 우리 소타 다리에 부딪쳤더라고요.
크게 다친 건 아니고 소타도 멀쩡한 듯하지만 도라노스케 엄마에게도 연락이 갈 것 같아서 먼저 연락드렸습니다.
아까 학교에 갔을 때 도라노스케와도 만났는데 저는 도라노스케가 이유도 없이 그러는 아이가 아니라는 걸 알고 아주 똑똑한 아이라는 것도 아니까 "왜 그런 거니?"라고 물었지만 도라노스케는 모른다고 하더군요.

저는 "그래? 하지만 아줌마는 소타도 도라노스케도 다 좋아하니까 둘이서 싸우지 않았으면 좋겠거든. 다음부터는 조심해 주렴"이라고 했는데, 도라노스케는 어떨지 모르겠어요. 소타도 도라노스케를 무척 좋아하니까 앞으로도 사이좋게 지냈으면 좋겠어요. 앞으로도 잘 부탁드려요.

그 밑에 도라노스케의 엄마가 보낸 답장이 있었다. 답장은 소타의 엄마가 보낸 메시지보다 훨씬 짧은 문장 단 두 개.

- 어머나! 미안해요. 사치코 씨, 도라노스케가 그랬다고요?

- 알려 줘서 고마워요. 마침 학교에서 연락이 와서 방금 다녀왔어요.

화면은 거기까지였다.

그 사진을 보고 소타는 어떻게 반응해야 할지 몰랐다. 어떤 기분이 들어야 하는지 몰라서 휴대폰을 돌려주며 도라노스케를 바라봤다. 도라노스케는 히죽거리며 소타를 쳐다봤다.

"너희 엄마 무서워."

도라노스케가 말했다. 입가에 걸린 이죽거리는 웃음이 방금보다 더 커진 기분이었다.

"어제 우리 엄마가 아빠한테 이거 보여 주면서 날 혼냈지만 나중에 엄마랑 아빠랑 둘이 쑥덕거리던데. '갑자기 이런 장문의 메시지라니 엄청 무섭다고. 손절한다'고."

그 말을 들으니 엄마의 얼굴이 떠올랐다.

어제 붉어진 무릎을 유심히 살피면서 걱정스러운 마음에 어두운 표정으로 "소타, 괜찮아?" 묻던 엄마. "병원에 안 가도 괜찮겠어?" 몇 번이나 묻고 또 물었고 소타도 괜찮다고 대답했다. 엄마가 냉장고에서 꺼내 온 보냉팩을 수건에 감싸서 찜질해 주던 손의 감촉을 떠올리자 귀가 뜨거워졌다.

엄마가 이 메시지를 도라노스케 엄마에게 보냈다. 그러고 보니 집에 돌아가는 길에 휴대폰을 만지작거려서 아빠에게 연락하는 줄 알았는데.

장문, 이라는 단어가 익숙하지 않지만 뜻은 알았다. 긴 글. 엄청 무섭다. 손절한다.

어떤 기분이 들어야 할지 무슨 말을 하면 좋을지 모르겠지만 그래도 분명히 알 수 있는 사실은 있었다. 도라노스케는 사과할 마음이 없고 도라노스케의 부모님은 우리 엄마를 바보 취급한다. 심지어 나까지도.

매우 길게, 우리 엄마가 정성스럽게 쓴 '장문의 메시지'에

도라노스케의 엄마는 고작 몇 줄로만 답했다.

이래서야 마치 우리 엄마가 잘못한 사람 같잖아. 왜 그런 걸까. 내가 도라노스케를 싫어하는 것을 엄마도 어렴풋이 눈치챈 줄 알았다. 그런데 소타도 도라노스케를 무척 좋아한다고 써서 마치 소타 혼자 상대에게 안달하는 것처럼 만들었다. 왜 그랬을까, 속상했다.

왜지? 도라노스케의 엄마가 학부모회 같은 활동을 하고 엄마들의 대장 같은 존재라서? 하지만 그렇다고 해서 그런…….

도라노스케도 이런 메시지를 왜 굳이 소타에게 보여 준 것일까. 자랑하듯이. 애초에 이 메시지 사진은 도라노스케의 엄마가 찍게 한 것일까.

속상했다. 분했다. 화가 났다.

그날 선생님이 왔을 때 도라노스케는 휴대폰을 숨기고 소타에게는 어제 일은 미안하다며 사과하는 척했다. 선생님도 만족스럽게 고개를 끄덕이며 소타에게 "그래. 도라노스케도 부모님과 잘 이야기하고 뉘우친 것 같으니까 소타도 용서하렴"이라고 말씀하셨다.

이후 국어 시간에 '친구'를 주제로 작문한 글에 도라노스케는 '친구를 괴롭히는 녀석은 용서하지 않겠다'고 썼다.

'친구를 괴롭히는 녀석은 악이다. 왕따를 말리면 말린 사람이 표적이 된다고들 하지만 그래도 나는 왕따를 말리는 사람

이 되고 싶다. 반 친구들을 지키고 싶다.'

그 글을 읽고 소타는 분했지만 아무 말도 하지 못했다. 도라노스케와는 되도록 엮이고 싶지 않다고 생각하고 또 생각했다.

간바라 니코가 소타의 반으로 전학 온 것은 그 일이 있고 나서 바로였다.

니코라는 이름을 듣고 여자아이인 줄 알았는데 칠판을 등지고 교탁 옆에 선 니코는 마르고 키가 작은 안경 쓴 남자아이였다.

"우리 엄마 아빠가 '스마일'의 생긋 웃는다는 의미를 따서 지어주신 이름*입니다. 다들 편하게 불러 주세요. 잘 부탁드립니다."

그렇게 소개하며 머리를 숙였다. 어쩌면 전학 오기 전에도 이름으로 놀림을 받았거나 무슨 일이 있었을지도 모른다. 안경을 써서 착실해 보이는 니코는 성적도 좋고 독서를 좋아해서 쉬는 시간이나 방과 후에 도서실에 자주 갔다. 니코의 엄마도 책을 좋아해서 학교 '낭독 위원회' 멤버로 들어갔다는 듯하다고 엄마에게 들었다.

"니코네 엄마는 좀 특이한 사람 같아. 아이 이름이 개성 있

* 생긋 웃는 모습을 일본어로 '닛코리(にっこり)'라고 한다.

어서 여러 가지로 깐깐한 집안인가 싶긴 했는데."

소타의 엄마는 낭독 위원회 멤버가 아니었지만 멤버로 활동하는 친한 엄마에게 들었다고 했다. 엄마는 니코의 엄마가 어떤 식으로 특이한 사람인지 더는 자세히 말하지 않았다. 그저 소타에게 이렇게 물었다.

"니코도 좀 특이하니?"

"음. 머리 좋고 똑 부러진 아이야. 쓰는 말이 좀 독특하다고 느낄 때도 있지만."

책을 많이 읽어서인지 어른스러운 언어를 구사했다. 엄마는 그 말을 듣고 "흐음" 고개를 끄덕이더니 물었다.

"요즘 도라노스케랑은 어때?"

"딱히, 아무 일도 없는데."

"지금 반에서 같은 조라고 했지?"

"응. 니코도 같은 조야. 니코가 조장이야."

말 나온 김에 묻는 척하지만 엄마가 정말로 신경 쓰는 사람은 도라노스케 같았다. 드러내놓고 말하지는 않지만 엄마도 그놈과 내가 엮이지 않길 바라는 것이 느껴졌다.

"그렇구나."

엄마가 고개를 끄덕였다. 이 또한 신경 쓰지 않는다는 듯 가볍게. 그리고 이 말은 정말로 '내친김에' 하는 말이라는 듯 "니코랑 친해지면 좋겠다"고 말했다.

그 니코가 다음 날 교실 뒤에 게시된 '참 잘했어요 스티커표' 앞에서 걸음을 멈추고 서 있었다.

"소타, 이게 뭐야?"

청소 당번인 소타는 때마침 니코 주변을 빗자루로 쓸고 있었다. 갑작스러운 질문에 "아……" 하며 고개를 끄덕였다.

"그거 참 잘했어요 스티커야. 조마다 다 있는데, 조원들 모두가 준비물을 잘 챙겨 오거나 수업 시간에 대답이나 발표를 많이 하거나 착한 일을 하면 선생님이 붙여 줘."

1조부터 6조까지 칸이 나누어져 있고 그 옆에 줄지어 붙은 스티커는 '참 잘했어요'라고 부르는 단순한 붉은 동그라미 모양 스티커였다. 아이들 모두 열심히 모으지만 스티커를 모았다고 해서 딱히 상품을 받는 것도 아니고 1위를 한 조가 표창장을 받는 것도 아니다. 하지만 '경쟁'이라는 말을 들으면 그만큼 다들 불타오르는지 다른 조에 지고 싶지 않다는 일념으로 모든 조가 열심히 참여했다.

"우리 조는 스티커가 얼마 없네."

5조에 붙은 참 잘했어요 스티커를 바라보며 니코가 말했다. 소타가 고개를 끄덕였다. 그럴 만도 하다고 생각했다.

"도라노스케가 있으니까."

"그 애 때문에 무슨 문제라도 있어?"

니코의 조금 특이한 점은 바로 이러한 말투였다. 소타는 주변에 도라노스케나 그 일행이 없다는 사실을 확인하고 나서 대답했다.

"도라노스케는 정말 자주 준비물을 까먹고 안 가지고 오거든. 숙제도 절대 안 하고. 머리는 좋아서 수업 시간에 곧잘 대답해 점수를 쌓긴 했는데, 전에 도라노스케가 손을 들었는데 선생님이 다른 아이를 지목해서 걔가 '편애'라며 난동을 부린 적이 있거든. 그러고 나서는 삐쳐서 수업 시간에도 전혀 손을 안 들더라고."

"흐음. 그러니까……"

니코가 안경을 밀어 올렸다.

"이 표는 이 스티커를 목표로 규율을 지키거나 의견을 활성화하거나 학생들을 향상시키려고 이 반에서 고안해 낸 시스템이라는 말이지?"

"으, 으응. 아마도 그럴 거야."

고개를 끄덕였지만 사실은 니코의 말을 들으면서 비로소 그렇구나, 이 스티커 경쟁은 확실히 그런 의도로 만들어졌구나, 하고 묘하게 수긍이 갔다. 경쟁에 열중하면서도 왜 이런 제도를 만들었는지는 깊게 생각하지 않았던 것이다.

"과연, 그렇구나."

니코가 고개를 끄덕였다. 벽에 붙은 표를 응시하며 말했다.

"참고됐어. 고마워."

니코를 '조금 특이한' 아이라고 새삼 느끼게 된 것은 그 일 있고 나서 바로였다.

아이들은 도라노스케가 시키는 대로 행동하거나 소타처럼 '엮이고 싶지 않아서' 도라노스케와 거리를 두었는데 니코가 그런 도라노스케를 여러모로 저격하기 시작한 것이다.

한번은 도라노스케가 지우개나 자를 가져오지 않아 가까운 자리에 앉은 니코에게 빌리려고 했다. 소타나 다른 아이라면 '짜증나네', '또야' 라고 생각하면서도 마지못해 빌려줬을 텐데 니코는 그러지 않았다. 수업 시간에 지우개를 잡으려고 손을 뻗은 도라노스케에게 상당히 큰 소리로 단호하게 "안 빌려줘"라고 말했다.

"그건 너한테 도움이 안 돼. 나도 내 물건을 남이 자꾸 쓰면 기분이 좋지 않아."

도라노스케는 깜짝 놀랐다. 너무 대놓고 단호하게 말해서 당황했는지 울컥하는 기색조차 보이지 않았다.

수업을 하던 선생님도 화들짝 놀랐지만 그 후로 왜인지 안심한 표정으로 "그래, 도라노스케도 자기 물건 잘 챙겨 오렴"이라고만 말했다.

니코의 행동은 그것으로 끝이 아니었다. 그날 종례 시간에 '다들 준비물을 챙겨 오지 않은 아이에게 물건을 빌려주지 말자'라고 제안한 것이다.

"나는 오늘 도라노스케한테 물건을 안 빌려줬지만 도라노스케뿐 아니라 준비물을 챙겨 오지 않는 사람에게 물건을 빌려줘 버리면 그 사람에게 도움이 안 돼. 챙겨 오지 않아서 곤란하다고 느끼지 않으면 그 사람은 앞으로도 계속 물건을 제대로 챙겨 오지 않을 거야."

그 말에 반 아이들 모두가 박수쳤다. 다들 칠칠하지 못한 도라노스케에게 짜증이 났기 때문이다. 정작 도라노스케는 그 박수 속에서도 평소처럼 히죽히죽 웃었다. 작은 소리로 "그치만 뭐, 난 그런 거 신경 안 써"라며 중얼거렸다.

"안 빌려줘도 딱히 공부하는 데 지장 없거든. 곤란한 건 오히려 선생님이나 너희들이지."

그 말대로 도라노스케의 물건을 챙겨 오지 않는 버릇은 고쳐지지 않았고, 가까운 자리에 앉은 아이에게 빌려달라고 하지도 않게 됐다. 교과서를 보지 않는 도라노스케에게 선생님이 옆 친구와 같이 보라고 말해도 "아무도 안 보여 줘요. 나한테 도움이 안 된다고"라며 일부러 큰 소리로 쏘아붙였다. 명백히 니코를 의식하면서 비꼬듯이.

조원들끼리 다 함께 조별 수업을 할 때도 "아무도 가위를 안 빌려주니까 난 아무것도 안 해도 되지?"라며 전혀 상관없는 낙서를 하기 시작하며 작업에 참여하지도 않았다.

니코는 그 모습을 가만히 지켜봤다.

도라노스케의 엄마가 반 엄마들에게 연락한 것은 그로부터 며칠 뒤였다.

"소타, 전학 온 그 애가 매일 도라노스케네 집에 간다던데 뭐 아는 거 없니?"

"응?"

무슨 말인지 이해가 가지 않아 어리둥절했다. 니코가 도라노스케네 집에 간다고?

"매일 꼭 도라노스케와 함께 집에 와서 숙제를 마치거나 다음 날 학교 갈 준비를 같이할 때까지 집에 가지 않는대. 도라노스케가 혼자 집에 돌아와도 나중에라도 반드시 집으로 찾아온다던데."

"매일 그런다고?"

"매일 그런다나 봐."

엄마도 놀란 듯했지만 소타 역시 깜짝 놀랐다.

그러고 보니 최근 며칠 도라노스케가 숙제를 제대로 해왔다. 준비물을 잊어서 주의받은 적도 없는 것 같다. 교실 뒤에 있는 5조의 참 잘했어요 스티커가 늘었다.

엄마가 고개를 갸웃했다.

"도라노스케가 학원 가는 날은 학원이 끝나고 집에 가는 시간에 맞춰서 온대. 밤늦은 시간에 아이 혼자 오는 건 위험하다고 주의를 줬다던데 니코가 부모님이랑 같이 왔으니 괜찮다고 그랬대. 엄마, 아빠가 바래다주나 봐."

"도라노스케가 맨날 준비물을 안 챙겨 오니까 그러는 거야. 니코가 조장이거든."

소타는 학교에서 있었던 일을 말했다. 교실의 참 잘했어요 스티커 표 이야기, 니코가 '도라노스케에게 도움이 안 된다'며 가져오지 않은 물건을 빌려주지 말자고 한 일. 하지만 전부 다 이야기했는데도 엄마는 여전히 당황스러운 얼굴이었다.

"그런데 왜 집까지 가는 거야?"

"어, 그러니까, 도라노스케가 준비물을 잘 안 챙겨와서 남들한테 피해를 주니까."

"그건 알겠는데 행동이 지나치지 않니. 규칙을 지키게 하려고 매일 집까지 찾아가다니. 게다가 부모까지 대동하고. 도라노스케네 식구들도 곤란할 텐데."

"그치만."

소타도 그렇게 생각했지만 그래도 폐를 끼치는 '곤란한 녀석'은 도라노스케였다. 니코의 행동이 지나칠지도 모르지만 옳은 일을 하고 있었다. 그러자 엄마가 말했다.

"도라노스케네 엄마가 그러더라고. 무섭다고."

무섭다라…….

그 말이 소타의 기억을 자극했다.

—갑자기 이런 장문의 메시지라니 엄청 무서워. 손절할 거야.

"뭐가 무서워."

자신도 모르게 말이 나왔다.

"도라노스케는 숙제를 빼먹지 않게 됐고 준비물도 잘 챙겨오게 됐는데. 우리 조도 지금까지 걔 때문에 스티커가 적어서 피해 봤는데, 잘됐지 뭐."

니코는 잘못하지 않았다.

니코는 아마도 정의감이 강한 아이 같다. 지금껏 누구도 도라노스케에게 찍소리도 못했는데 단 한 사람만이 면전에서 단호하게 의견을 냈다는 점은 대단했다.

"그래? 하지만 니코의 부모님은 어떤 사람들일까 싶네. 아이가 밤늦은 시간에 외출한다고 해도 말리지 않고 오히려 거드는 사람들이라니."

"좀 특이한 사람이라고 하지 않았어? 니코네 엄마."

"도라노스케네 엄마 말로는 '조금'이 아니라 '꽤'라더라. 도라노스케네 엄마가 상당히 분명하게 말한 것 같더라고. '이러시는 거 곤란합니다'라고. 도라노스케네 아빠도 강력하게 말했는데 '그러세요? 죄송합니다'라고 말로만 사과하고 아들을 말리는 기색도 없었대. 부모 모두 몹시 특이한 것 같다더라고."

이야기 도중에 '꽤'가 어느새 '몹시'로 변해 있었다. 소타는 그저 고개를 끄덕였다.

다음 날, 학교에서 "요즘 도라노스케네 집에 가니?" 물었더니 니코가 주저하지도 않고 그렇다고 대답했다.

"규칙을 지키지 않는 건 반을 위해서도 좋지 않아."

그렇게 말하며 도라노스케의 자리를 쳐다봤다. 도라노스케는 입을 다문 채 니코 쪽을 쳐다보지도 않았다. 짜증 난 모습으로 커터칼로 책상에 흠집을 내고 있었다. 특유의 히죽거리는 웃음은 더 이상 입가에 떠오르지 않았다.

그날 갑작스럽게 조가 바뀌었다.

"오늘 1교시에는 예정을 변경해 조를 바꾸겠습니다."

선생님 말씀에 교실이 술렁였다. 학기 초도 학기 말도 아닌 어중간한 시기에 난데없는 조 변경이었기 때문이다. 그런데 그때 소타는 봤다. 관심 없다는 듯 단정하지 못하게 책상에 엎드려 있던 도라노스케의 입꼬리가 희미하게 올라가는 모습을. 어쩌면 도라노스케의 부모가 부탁했을지도 몰랐다. 니코와 도라노스케를 다른 조로 배정해 달라고.

조가 바뀌었고 니코와 도라노스케는 다른 조가 됐다. 소타도 니코와는 다른 조가 됐다. 교실 뒤에 붙어 있는 참 잘했어요 스티커 표도 뗐는데, 새로 조 편성된 표를 붙이는 일은 없었다.

왜인지 시시한 기분도 들었지만 별수 없다고 생각했다. 조금은 혼이 난 도라노스케도 앞으로는 조심할지도 몰랐다.

그런데…….

"소타. 엄마가 부탁이 있는데."

어느 날 엄마가 말했다.

"뭔데?"

"소타 네가 니코 좀 말려 줄 수 있냐고 도라노스케네 엄마가 부탁했는데, 혹시 그래 줄 수 있겠니?"

"말리라니, 무슨 말이야?"

"엄마가 전에 한 말 기억나? 니코가 도라노스케네 집까지 찾아가서 숙제니 준비물이니 감시한다는 이야기."

"헐, 대박. 아직도 간대? 조 바뀐 지가 언젠데."

지금까지 감시라는 단어가 나온 적은 없지만 그래, 도라노스케네 가족은 니코에게 감시당한다고 생각하는구나 싶었다.

같은 조 조장이니까 참 잘했어요 스티커를 위해 그러는 줄 알았다. 그러고 보니 니코는 분명히 '반을 위해서'라고 했다. 처음부터 조별 경쟁 따위는 관심 없었을지도 모른다.

"그런데 엄마한테 왜 그런 부탁을 해? 도라노스케네 엄마는 유이치로랑 고네 엄마랑 더 친하잖아."

유이치로와 고는 평소 도라노스케와 사이가 좋은, 그 자식의 똘마니 같은 친구다. 이번에 조를 바꿀 때도 도라노스케와 같은 조가 됐는데, 도라노스케의 엄마가 선생님에게 부탁한 결과 아닐까 생각했다. 그 세 사람은 엄마끼리도 사이가 매우 좋아서 학교 행사 때 자주 함께 어울렸다. 소타의 엄마는 어느 쪽이냐 하면 전에 도라노스케가 메시지 화면을 보여 준 것처럼 그 엄마들의 눈치를 보는 쪽이었다.

엄마가 고개를 저었다.

"그게…… 지금 도라노스케를 감시하러 오는 아이가 니코만이 아니래. 유이치로랑 고도 감시하러 온다나 봐. 매일 당번을 정한 것처럼."

"헐, 진짜!?"

너무 놀라서 목소리가 커졌다. 엄마가 계속 말했다.

"그 아이들뿐 아니라 여자애들도. 유키나 리노도 다들 그 집에 간대. 그 애들 부모님도 도라노스케네 엄마의 말을 듣고 아이들을 말렸나 본데 다들 '규칙이야', '우리 반을 위해서 하는 일이야'라면서 말을 안 듣는대."

2조 조원들이다.

도라노스케 일당과 같은 조. 소타는 다른 조라서 상황이 그렇게 됐다는 사실을 알아차리지 못했다.

엄마가 한숨을 쉬었다.

"다들 니코의 명령을 따르는 거 아니냐고. 그러니까 소타가 니코 좀 말려주지 않을래? 지나치다고."

지나친지 아닌지를 떠나 상상은 갔다. 니코가 모두를 설득했을지도 모른다. 같은 조니까 너희들이 똑똑히 지켜봐야 한다는 둥.

소타가 대답도 하기 전에 갑자기 테이블 위에 놓인 엄마의 휴대폰이 진동했다. 소타에게도 화면이 보였다. '도라노스케 엄마'라고 표시되어 있었다.

지금까지는 주로 LINE으로 연락한 듯했는데 지금은 전화를 걸었다. 요즘 들어 전화가 자주 걸려 왔다. 심지어 늦은 밤이나 저녁 식사 시간대에도 걸어와서 엄마가 서둘러 끊으려는 때도 많았다. 아빠도 걱정했다.

"그 집 엄마야? 언제 끊어?"

옆에서 작은 소리로 말하는 모습을 몇 번이나 봤다.

도대체 무슨 말을 그렇게나 많이 하는 걸까 싶었다. 그런데 바로 이 일 때문이었구나.

엄마가 진동하는 휴대폰을 숨기듯 본인 쪽으로 끌어당겼다. 또 한숨을 쉬었다.

"알겠지? 소타, 엄마가 부탁할게."

소타에게 부탁할 정도니 당연히 다른 엄마들에게도 부탁했겠지. 전화로 의논한 상대가 소타의 엄마만이 아닐지 모른다.

엄마가 휴대폰을 귀에 대며 전화를 받았다. 곧바로 도라노스케 엄마의 목소리가 전화 밖까지 들려왔다.

ㅡ소타 엄마, 잠깐 내 이야기 좀 들어 봐요.

소타는 거실에서 소리를 줄인 TV를 봤지만 목소리가 커서 통화 내용이 들렸다.

—노이로제 걸릴 것 같아요.

—아무도 편들어 주지 않아.

히스테릭한 말이 귀에 꽂히자 가슴이 철렁했다. 엄마가 그 목소리 사이로 "미안해요. 슬슬 저녁 준비를 해야 해서"라며 어렵게 전화를 끊으려고 했다.

아직도 수화기 너머로 무언가 말하는 소리가 들렸지만 엄마가 전화를 끊었다.

그러고 나서 퇴근한 아빠와 소타가 목욕을 마치고 나와서 잠자리에 들려는데 또다시 엄마의 휴대폰이 울렸다. 하지만 엄마는 후우 한숨을 쉬며 그것을 지켜보기만 했다.

"전화 안 받아?"

"응."

젖은 머리를 닦으며 소타가 묻자 엄마가 심란한 듯 고개를 끄덕였다.

"이제 잘 시간이잖아."

그렇게만 대답할 뿐 계속 진동하는 휴대폰을 가슴 쪽으로 끌어와 소타의 시선에서 떨어뜨려 놓았다.

도라노스케는 이제 숙제를 꼬박꼬박 해왔다.

준비물도 잘 챙겼다. 도라노스케가 이유 없이 물건을 발로 차거나 친구에게 폭력을 휘두른 날은 종례 시간에 학급 회의를 열어 누군가가 손을 들고 그 사실을 지적했다.

"도라노스케는 오늘 복도 벽을 발로 찼는데 왜 그랬습니까?"

"청소 시간에 빗자루를 난폭하게 내던졌는데 왜 그랬습니까?"

아이들의 말투는 니코처럼 어른스러워졌다.

도라노스케는 처음에는 "짜증 났으니까"라거나 "그런 적 없습니다"라는 둥 까불거리며 대꾸했지만 아이들은 용납하지 않았다.

"짜증 난다고 해도 해서는 안 될 일이라고 생각합니다."

"안 했다고 우겨도 다들 지켜보고 있습니다."

단순한 지적이나 고자질이 아니라 아이들 모두가 도라노스케에게 이유를 묻고 해명을 요구했다. 도라노스케가 건성으로 "네네, 미안합니다"라고 말해도 물러서지 않았다.

"미안하다면 어떻게 해야 한다고 생각합니까?"

도라노스케를 몰아붙이듯 그렇게 물었다. 도라노스케가 완전히 질렸다는 모습으로 입을 다물자 이번에는 다른 아이가 "저요" 하며 손을 들었다.

"짜증이 나면 자기 머리를 때리면 된다고 생각합니다. 자기가 자기를 때리거나 걷어차면 어떨까요?"

당황스러웠다. 도라노스케도 말문이 막혀 눈을 부릅떴다.

그러나 그 아이, 도라노스케와 같은 조 조원인 유키는 어떠한 조롱이나 악의로 하는 말이 아닌 것 같았다. 진심으로 담담하게 떠오른 '의견'을 말하는 어투였다.

그러고 나서였다.

와아! 반이 들끓었다. 그래 맞아, 라며 환호성이 터져 나왔다. 소타는 당황했다. 도라노스케가 입을 반쯤 벌린 채 칠판을 쳐다봤다. 순간 소타는 니코를 봤다. 반 분위기가 이상해진 것은 명백히 니코가 온 이후부터였다. 자신의 영향력으로 이런 상황을 만들었으니 만족스러운 표정을 짓고 있지 않을까. 그런 생각이 들어 니코를 쳐다본 소타는 작게 숨을 삼켰다.

니코는 무표정이었다. 조용히 앞만 주시했다.

특별히 어떠한 감동도 느낌도 없어 보이는 모습으로 흥분에 휩싸인 교실 안에서 남의 일이라는 얼굴로 듣고만 있었다. 아무 관심도 없어 보이는 얼굴로.

칠판에 글씨를 적었다.

짜증이 나면 자기 머리를 스스로 때린다.

나름대로 진지하게 그 한 문장을 적었다. 그 순간 문득 소타의 머릿속에 어떤 문구가 떠올랐다.

—친구를 괴롭히는 녀석은 악이다. 왕따를 말리면 말린 사

람이 표적이 된다고들 하지만 그래도 나는 왕따를 말리는 사람이 되고 싶다. 반 친구들을 지키고 싶다.

순간 어디서 본 문구였는지 생각나지 않았다. 그런데 떠올랐다. 바로 도라노스케가 작성했던 글이었다. 그렇게 생각하지도 않는 주제에. 정말 몹시도 분했던 글이었다.

왜 지금 그 글이 떠올랐는지 모르겠다. 하지만 그 글이 머릿속에서 떠나지 않았다.

고개를 떨구는 도라노스케를 중심으로 와아아 흥분한 반 아이들 속에서 소타는 꼼짝도 할 수 없었다.

믿을 수 없게도……, 이라고 엄마가 린코의 엄마와 대화하는 이야기를 들은 것은 그로부터 얼마 지난 하굣길에서였다.

소타와 엄마가 장을 보고 걸어서 집으로 돌아가던 중 우연히 반 친구인 린코의 엄마와 딱 마주쳤다. 엄마들이 서서 대화하는 동안 소타는 홀로 근처 공원에서 노는 척 그 대화를 엿들었다.

"믿을 수 없게도 지금 나카오 씨가 니코네 엄마와 친하죠? 그 이야기 듣고 깜짝 놀랐잖아."

나카오는 도라노스케의 성이었다. 두 사람은 도라노스케의 엄마 이야기를 하는 듯했다.

"그래. 나도 못 보던 사람이랑 같이 있네 싶었거든요. 처음에는 그 사람이 애 엄마인지도 몰랐다니까. 뭐랄까, 좀 나이가 많은 느낌 아니었어? 누구네 할머니나 가사도우미인 줄 알았는데 뒤에서 니코가 오더라고. 니코네 엄마라는 걸 알고 정말로 놀랐다니까."

도라노스케는 준비물도 잘 챙기고 숙제도 꼬박꼬박 해 오고 수업 태도도 성실해졌고 이제 더는 반에서 폭력을 휘두르지도 않았다. 욱해서 손이 나가려고 하면 아이들 모두가 도라노스케를 향해 외치기 때문이다.

"자기 머리를 때립니다!"

그 학급회의 이후로 그 소리를 몇 번이나 듣고 난 이후로는 더 이상 듣지 않게 됐다. 도라노스케가 완전히 얌전해져서 문제를 일으키지 않았기 때문이다. 예전과는 다른 사람이 되어버린 것처럼 지금은 반 아이 누구와도 말을 하지 않는다.

"나, 지난번 학부모 모임에서 도라노스케 엄마 만났을 때 그이가 하는 말 들었어."

소타의 엄마가 목소리를 낮추어 말했다.

"당신들이 내 이야기를 안 들어주니까 믿을 수 있는 사람은 이제 간바라 씨 정도라고! 그렇게 말하던데. 그 모습이 어딘가 정상이 아니라 걱정되더라고."

"아 맞아. 나카오 씨 좀 수척했지? 내가 봤을 때는 화장도 안 하고 머리도 부스스했어. 전에는 워킹맘인 만큼 언제 봐도 빈틈없는 차림새였는데, 얼마 전에는 더러운 앞치마 차림으로 니코네 엄마랑 나란히 서 있더라니까. 뭐랄까, 둘이 똑같아 보여서 도대체 무슨 일이 있었나 싶을 정도야. 걱정이야."

그래 맞아, 걱정, 이라며 맞장구를 치는 엄마들의 이야기는 길게 이어지며 끝날 줄을 몰랐고 왜인지 조금 즐거워 보였다. 소타의 기분 탓일지도 모르지만 조금 더 길게 이야기하고 싶어 하는 느낌이었다.

노을이 지는 길에 주황빛 석양이 비추는 두 엄마의 발치에서 그림자가 짙고 길게 뻗어 나와 일렁였다.

교실 분위기가 변했다.

"저기, 소타. 요즘 가나가 준비물을 자주 깜박하는데 같은 조니까 네가 도와주는 게 어때?"

어느 날, 니코가 한 말에 등줄기가 차갑게 식었다. 소타도 눈치챘기 때문이다.

옆자리의 같은 조 가나가 요즘 숙제를 자주 잊었다. 주의력도 산만했고 준비물도 자주 잊기에 조금 걱정이 되어서 무슨 일이 있냐고 물었다. 그러니 엄마가 입원해서 아직 어린 남동생과 여동생을 돌보면서 어린이집 등원 준비를 돕느라 여러 가지로 힘들다고 했다. 그 말이 거짓이 아닌 듯 밤에 늦게 자는지 수업 시간에도 매일 졸았다.

이유는 모르겠지만 순간적으로 '위험하다'는 생각이 들었다. 빈껍데기만 남은 듯 순한 양이 되어 버린 도라노스케가 떠올랐다. 그리고 도라노스케를 공개 처형한 흥분에 찼던 학급회의를.

"내 거 볼래?"

자신도 모르게 묻고는 가나에게 숙제를 보여 줬다. 요즘 들어 매일 아침 니코가 오기 전에 베끼도록 도왔다.

아……, 니코에게 대답하는 목소리가 조금 갈라졌다.

"가나네 엄마가 입원했다나 봐. 그런데 동생들이 아직 어려서 가나가 보살펴야 하는 것 같아."

"그래."

"집에 어른이 아빠뿐이라서 힘든가 봐. 집안일도 도와야 하고, 잠도 늦게 자는 것 같아."

"응. 나도 예전 학교에 다닐 때 형을 잃어서 꽤 힘들었어."

어……, 자신도 모르게 목소리가 새어 나올 뻔했다. 태연하게, 아무 일도 아닌 듯 말하는 니코의 얼굴을 무심코 쳐다보고 말았다. 형을 잃었다, 그 말은 형이 죽었다는 뜻일까. 예컨대 사고사나 병사처럼. 혹시 니코가 전학 온 이유가 그 일과 관계있을까.

수없이 떠오르는 의문을 입 밖으로 꺼내도 될지 몰라서 니코를 마주 쳐다봤다. 니코가 말했다.

"그래서, 뭐?"

니코의 눈은 유리구슬처럼 투명하고 그늘 한 점 없었다.

"그게 숙제를 안 하거나 준비물을 안 챙겨 오는 것과 무슨 상관이지? 가나가 힘든 상황이라면 너희가 집에 찾아가서 도와주는 게 어때?"

"도와주라고……?"

"그래. 괜찮다면 나도 갈게."

"으, 응……."

"스티커 표도 부활하잖아."

"응?"

순간 교실 뒤를 돌아봤다. 예전에 참 잘했어요 표가 붙어 있던 곳에 새 표가 붙어 있었다. 아직 아무 스티커도 붙지 않은 새 표가.

당황해 니코를 쳐다봤다. 그가 말했다.

"모처럼 우리 반을 위한 좋은 시스템이었는데 없애기에는 아깝잖아."

또 어떠한 감정도 읽을 수 없는 눈이었다.

이제야 비로소 깨달았다.

스마일이라는 뜻에서 지었다는 니코의 이름.

하지만 소타는 니코가 미소 짓는 모습을 한 번도 본 적이 없었다.

가나의 집에 가야 하나……, 엄마에게 이야기하면 뭐라고 할까. 고민에 잠긴 소타가 그날은 일단 곧바로 집으로 돌아가는데 도중에 공원 벤치에 앉아 있는 도라노스케를 발견했다.

예전보다 존재감이 희미해지고 덩치도 작아진 느낌이었다. 어깨를 웅크리고 벤치에 홀로 앉아 있는 도라노스케에게 소타는 무심코 말을 걸었다.

"도라노스케."

도라노스케의 반응이 굼떴다. 어어…… 하며 느릿느릿 고개를 돌렸다. 말없이 벤치를 조금 민 다음 앉아도 되지? 물으며 옆에 앉았다.

한동안 침묵이 내려앉았다.

화제로 삼기에는 곤란하지만 전혀 언급하지 않는 것도 이상한 것 같아 소타가 먼저 물었다.

"니코나 반 아이들, 아직도 집에 찾아가?"

도라노스케가 어딘가 원망스러운 눈빛으로 소타를 쳐다보더니 대답했다.

"안 와. 이제 안 와. 준비물은 이제 걱정 안 해도 된다고 생각하겠지. 엄마랑 아빠는 섭섭해하지만."

"섭섭해하신다고?"

"반 아이들이 날 포기한 거 아니냐는 둥 상관없다고 무시하는 건 왕따 아니냐는 둥 어느 부모도 자기 고민을 안 들어준다는 둥. 그래서 니코는 안 오지만 니코네 부모님이 오긴 해. 다들 나카오 씨를 부러워해요, 사와타리 씨는 나카오 씨의 적수가 못 돼요, 같은 말을 하면서 우리 엄마 이야기를 들어줘."

"사와타리?"

"6학년 학생회장네 부모님. 저기 학교 근처에 있는 엄청나게 큰 아파트 단지 주인인지 디자이너인지 하는 아줌마랑 아저씨. 웃기지?"

도라노스케가 웃었다. 왠지 될 대로 되라는 마음이 느껴지는 웃음이었다.

"우리 엄마는 예전부터 그 아줌마를 라이벌로 생각했거든. 잡지에 나오니 뭐니, 잘난 척한다는 둥 마음에 안 든다는 둥 예전부터 아빠한테 이러쿵저러쿵했어. 지금은 그런 별 쓸데없는 뒷담화까지 니코네 부모님한테 쏟아내느라 맨날 전화를 붙잡고 살아."

"엄마끼리 그러시면 난감하겠네."

무슨 말을 해야 좋을지 몰랐지만 소타도 자신의 엄마가 얼마 전에 장을 보고 돌아오는 길에 다른 엄마와 한창 수다에 빠져들었던 모습을 떠올리며 말했더니 뜻밖에도 도라노스케가 크게 되물었다.

"뭐라고?"

우리 엄마도 말이야, 라며 소타가 계속 말하려던 그때 도라노스케가 끼어들어 말했다.

"엄마만 그런 거 아니야."

"응?"

"아빠도 그래. 우리 아빠도 니코네 아빠한테 시시콜콜 다 이야기해. 회사의 말 안 듣는 부하 직원 이야기나 가끔은 엄마까지 가세해서 사와타리 단지에 사는 그 디자이너 아저씨가 마음에 안 든다는 둥 그런 이야기를 계속해."

아빠도……. 그 말에 깜짝 놀라 입을 다물고 말았다.

도라노스케가 지친 말투로 말했다.

"그 아파트 단지에서 누가 죽었으면 좋겠다고도 하던걸. 그러면 여기저기 소문이 퍼져서 자산가치도 떨어질 거라고."

자산가치라는 단어의 의미를 어렴풋이 이해했는데 도라노스케도 그럴 것이라는 생각이 들었다. 정확한 뜻은 모르지만 어른이 사용하는 말이라면 호기심에 기억해 뒀다가 친구들 앞에서 써 보고 싶어지니까.

니코는 어떨까.

니코의 그 말투는 누군가의 말을 빌려 쓴다는 느낌이 들지 않았다. 자신이 아는 단어를 제대로 골라 입 밖으로 꺼내 대화한다는 느낌이 들었다. 도대체 어떤 환경에서 자라야 그런 아이가 될까.

"……다음 쉬는 날에 같이 놀지 않을래?"

정신을 차리고 보니 그렇게 묻고 있었다. 도라노스케가 깜짝 놀란 듯 눈을 깜빡이며 소타를 바라봤다. 소타가 살짝 웃었다.

"나, 철봉 거꾸로 오르기 아직 못 하거든. 넌 1학년 때 이미 잘했지? 다음에 가르쳐 주지 않을래?"

"……좋아."

좋다고 대답하면서도 "괜찮겠어?"라고 소타에게 묻는 것처럼 들렸다. 그 학급회의 이후 도라노스케는 얌전해졌지만 그 아이 옆에는 아무도 없었다. 지금까지 사이가 좋았던 유이치로와 고도 지금은 애초에 친했던 적이 없는 사이처럼 함께 어울리지 않았다.

지금, 소타의 머릿속에 도라노스케의 작문이 다시 떠올랐다.

—왕따를 말리면 말린 사람이 표적이 된다고들 하지만 그래도 나는 왕따를 말리는 사람이 되고 싶다. 반 친구들을 지키고 싶다.

도라노스케는 기분 나쁜 녀석이고 정말 싫지만……, 그 글은 맞다고 생각했다.

쉬는 날에 같이 놀자.

그러나 도라노스케와의 약속은 지켜지지 못했다.

그다음 날 아침에 도라노스케의 엄마가 뛰어내렸기 때문이다.

사와타리 단지에서.

라이벌로 생각했다는 학생회장의 엄마가 디자인한 아파트 단지. 도라노스케의 엄마는 그 아파트 주민도 아니었는데 비상계단으로 들어가 위층에서 뛰어내려 사망했다고 한다.

그날 도라노스케는 수업 시간에 교감 선생님의 부름을 받고 교실을 나갔는데 그 이후로 다시 돌아오지 않았다.

담임 선생님도 도라노스케와 함께 가는 바람에 소타의 반은 자습을 하게 됐다.

자습 시간에는 지켜보는 어른도 없어서 떠드는 아이들이 있을 만도 했지만 모두 심상치 않은 분위기를 느꼈는지 아무도 장난치지 않았다. 다들 선생님이 나누어준 인쇄물을 그저 조용히 풀기만 했다.

그러나 도라노스케의 일이 아니라도 장난치는 사람은 없지 않았을까.

니코가 있으니까.

참 잘했어요 스티커를 붙이지 못하는 불성실한 짓은 이제 이 교실에서 아무도 하지 않았다.

그 후 5학년 2반은 많은 사건이 정말 어지럽게 일어났다.

도라노스케가 죽었다.

엄마들 말로는 엄마가 세상을 떠난 후 도라노스케는 할머니 집에 맡겨졌다고 했다. 그런데 도라노스케의 아빠가 갑자기 도라노스케를 데리러 왔다. 잘은 모르지만 아빠는 엄마 사건으로 경찰에서 조사를 받았다고 한다. 엄마의 죽음에 '사건성'이 있는 것 아닌가 의심을 받아서.

할머니 집에서 도라노스케를 데리고 나온 아빠는 이 동네로 돌아오던 길에 교통사고를 냈다. 신호를 무시하고 마치 스스로 상대 차량을 들이받은 것처럼.

그 사고로 도라노스케와 도라노스케의 아빠는 세상을 떠났다.

사고에 대해서는 경찰도 아직 조사하고 있어서 확실한 내용은 모르니까 경솔하게 말을 퍼뜨리지 말라고 선생님이 당부했다.

반 아이들 모두 입도 뻥긋하지 못했다. 장례식은 하나요? 몇몇 여자아이가 질문했지만 선생님은 모른다고 대답했다. 선생님도 몹시 난처한 듯 작고 가느다란 목소리였다.

도라노스케가 없다.

이제 없다.

마치 다른 세상 이야기 같아서 믿기지 않았다.

준비물을 자주 잊는 가나의 집에 아이들이 교대로 '도와주러' 가는 편이 좋지 않을까, 라는 니코의 제안은 이후에도 계속됐다.

그런 행동은 이미 끝난 줄 알았는데 니코가 소타에게 "안 갈래?" 하고 다시 물었을 때는 솔직히 경악했다.

"어? 하지만 도라노스케도 그렇게 됐는데……."

무심결에 말이 나왔는데 니코가 멀뚱히 쳐다봤다. 진심으로 이상하다는 표정을 지으며 말했다.

"그게 무슨 상관이야?"

소타는 더는 할 말을 잃고 입을 다물고 말았다.

같은 일이 다른 반에서도 시작됐다.

청소를 땡땡이치기만 하는 료헤이.

시험 때 컨닝 의혹이 있는 아카네.

꾀병으로 학교를 쉬었다는 게이토.

"그런 일은 못 하게 하자"고 니코가 말했다. "다 같이 힘을 합쳐서 바르게 고치자"라고 아이들을 설득했다.

"반을 위해서"

그렇게 말하며.

소타는…….

가나의 집에 가기 싫었다. 매일 기도하는 마음으로 생각했다. 가나의 엄마가 빨리 퇴원하게 해주세요, 라고 빌면서 반의 다른 아이가 가나의 집에 도와주러 가는 모습을 안타까운 마음으로 지켜봤다. 하지만 소타는 절대 가지 않았다.

소타의 반뿐만이 아니었다.

학교 전체 분위기나 기류가 왠지 꺼림칙하게 뒤틀린 듯 느껴졌다. 니코가 온 뒤로 이렇게 됐다고 소타는 남몰래 생각했다. 입 밖으로 꺼내기 무서우니까 절대로 말하지 않지만.

그런데 왜 말하지 못할까 생각해 보니 니코가 옳기 때문이다. 너무 옳아서 말할 수 없었다. 말하자마자 나쁜 사람은 자신이 되고 말기 때문이다.

그러고 나서 얼마 지나지 않아 곧바로 선생님들이 학생회장이 '사건'을 일으켰다고 알렸다.

집 베란다에서 엄마를 밀어서 떨어뜨렸다고 했다. 도라노스케가 죽었을 때와 다르게 이번에는 학교 근처 아파트 단지에서 벌어진 사건인 탓인지 전교생이 모이는 조회가 열렸다. 선생님이 "가슴 아픈 사건이 일어났습니다"라며 설명했고 수업도 하지 않았으며 연일 학부모 회의가 열렸다. 솔직히 자신의 학교에서 일어난 일인데도 사건 사고가 너무 연달아 터지니 이해력이 따라가지 못했다.

혼란스러우면서도 든 생각은 하나였다.

학교가 쉬어서 다행이다. 그러면 반 친구를 감시하지 않아도 되니 집까지 찾아가지 않아도 된다. 그 점만은 정말로 다행이었다.

학생회장이 '사건'을 일으킨 그날을 기점으로 이번에는 니코도 학교에 나오지 않았다.

전학을 간다거나 아프다거나 일언반구도 없이 그저 홀연히 학교에 오지 않았다. 도라노스케 때처럼 소문조차 전혀 돌지 않았다. 교실에 자리는 그대로 있는데 그냥 나오지 않았다.

꿈에서 깨어난 것처럼 반 아이들은 서로 감시하던 것을 멈췄다. 그것은 도대체 무엇이었을까, 마치 정말 꿈이라도 꾸었던 것 같았다. 하지만 교실에 남아 있는 도라노스케와 니코 두 사람의 빈 자리가 최근 몇 달 동안 일어난 일이 꿈이 아니었음을 증명했다.

니코는 도대체 어떻게 된 것일까.

신경 쓰던 소타는 그날 우연히 엄마가 외출하셔서 혼자 집을 지키고 있었다.

띵동, 초인종이 울리자 택배가 온 줄 알고 "네에" 대답하며 아무 생각 없이 현관문을 열었다.

그런데 그곳에…… 니코가 서 있었다. 홀로.

"안녕."

평소 같은 모습으로 어른스러운 분위기를 풍기며 인사하자 소타는 당황했다. 연신 눈을 깜빡이다가 겨우 목소리를 냈다.

"무슨, 일이야?"

니코는 조금 여윈 듯 보였다. 입고 있는 셔츠가 몹시 더러웠다. 묻고 싶은 말이 산더미 같았다.

"학교 안 오길래 무슨 일 있나 해서."

"나 이제 가."

니코가 뜬금없이 말했다. 소타를 바라봤다.

"그래서 인사하러 왔어. 넌 싹이 보여서 점찍어 뒀는데 아쉽네. 이제 가야 하거든."

"가야 한다니, 또 전학 가는 거야?"

"응. 엄마가 바뀌니까."

"아……."

부모가 이혼하고 재혼해서 엄마가 바뀐다는 말일까.

힘든 일을 겪는구나 싶어 니코의 얼굴을 살폈지만 니코는 조용히 고개를 저었다.

"별일 아니야."

니코도 니코 나름대로 집안에서 이런저런 큰일을 겪었는지도 모른다. 그렇게 생각하니 마음이 짠했다.

니코가 말했다.

"소타. 너 매일 가나에게 숙제 보여 줬지?"

"응?"

"옳지 않아. 그건 가나에게 도움이 되지 않아."

가슴이 철렁했다. 그런데 그때 니코가 미소 지었다.

이 아이를 만난 이후로 처음 보는 '생긋' 웃는 미소였다.

"저기……."

온몸에 소름이 돋았다. 이유도 모른 채 오싹오싹했다. 니코의 미소를 중심으로 주변 공기가 단숨에 싸늘해진 것 같았다.

"……네가 우리 반을 그렇게 만든 이유가 도라노스케 때문이야?"

소타도 정말 싫어했던 도라노스케. 하지만 두 번 다시 만날 수 없다. 공원에서 마지막으로 봤던 어깨를 움츠리고 있던 모습이 떠올랐다.

"도라노스케의 행동을 용납할 수 없어서?"

"아니. 따지고 보면 그런 애는 어디에나 있어. 도라노스케도 사와타리 단지 사람들도."

"응?"

"너도 바꿔 주려고 했는데 말이야."

'바꾼다고?'

그런데 그때 니코가 미소 지은 채로 한숨을 내쉬었다.

"가끔 있어. 너 같은 애. 무엇 때문일까 생각해 봤는데……, 너 대나무의 보호를 받는구나."

"뭐라고……?"

대나무? 대나무라니, 그 대나무 말인가? 무슨 소리를 하는지 잘 이해가 가지 않았다.

대나무는 시골 할머니 댁에서 매년 봄마다 한 번씩 반드시 죽순을 캐러 가는 정도일 뿐인데…….

"사실 대나무나 개나 피해야 할 존재가 가까이에 있는 사람일수록 더 끌리고 만다니까. 그게 우리 단점이지."

무슨 뜻일까.

멍하니 생각하는 소타 앞에서 니코가 말했다.

"안녕."

니코의 얼굴이 새하얘 보였다. 차가운 공기만큼이나 차갑고 싸늘하고 새하얗다. 그 얼굴에서 미소가 빠져나가듯 사라졌다. 얼굴이며 몸이며 니코의 모습 전체가 점점 희미해졌다. 점점 색이 사라지며 허공에 녹아들 듯. 그 발치에 길고 길게 그림자가 뻗어 있었다.

저녁이라서 햇빛은 이제 비추지 않을 텐데 그 그림자만 남긴 니코는 어느새 소타의 눈앞에서 완전히 모습을 감췄다.

마지막장 가족

"이제 여기에는 없어."

아무도 없는 도서실 한가운데에 서서 천장을 올려다보던 시라이시 가나메가 불쑥 말했다.

새가 날개를 펼치듯 두 팔을 넓게 벌리고 무언가를 확인하는 것처럼 눈을 감고 오랫동안 자세를 유지하는 가나메의 모습은 어떠한 존재에게 기도를 올리는 듯 보였다. 만화책 표지에 등장하는 소년만화 캐릭터의 시그니처 포즈 같았다. 동갑 남자아이가 했다면 보통은 썰렁해질 것 같은 모습이나 행동인데도 그가 하면 결코 우습지 않았다.

그 이유는 시라이시 가나메의 그 민첩한 움직임을 한 번 목격했기 때문이다. 은색 방울을 치켜들고 달아나는 상대를 기민하게 뒤쫓았다. 그야말로 소년만화 특유의 전투 장면처럼 '적'을 물리치는 모습을 이미 봤다.

"없어?"

가나메의 말에 하라노 미오가 되물었다.

그의 설명은 변함없이 갈피를 잡을 수 없었다. 두서없고 뜬금없이 핵심 그 자체만 싹뚝 잘라놓은 듯한 말투. 이미 가나메의 버릇으로 굳어졌을 것이다. 미오도 이제 전혀 신경 쓰지 않았다.

가나메가 벌리고 있던 두 팔을 천천히 접었다. 고개를 끄덕였다.

"응. 여기 있던 것 같은데, 이제는 없어."

구립 구스미치 초등학교, 이 도서실이 있는 초등학교의 이름이다. 가나메를 따라 안으로 들어올 때 교문에 학교명이 새겨져 있는 것을 확인했다.

초등학교? 어리둥절한 미오에게 설명도 없이 가나메가 거침없이 건물 안으로 들어갔다.

"잠깐!"

멋대로 들어가도 되나 싶어서 불렀지만 대답은 없었다. 그대로 직진해서 헤매지 않고 향한 곳이 이 도서실이었다.

"저기, 멋대로 들어가도 돼? 외부인이 막 들어가면 곤란하잖아."

방과 후 초등학교에는 이미 아이들의 모습은 보이지 않았고 학교 안은 쥐 죽은 듯 조용했다. 주황빛 석양이 들이치는 학교 건물은 저녁과 밤 사이의 몽환적인 분위기가 감돌기 시작하며 인기척도 전혀 없었다. 현관이 열려 있는 것으로 보아 선생님들이 남아 있을 테니 사람이 전혀 없지는 않을 텐데 기이할 정도로 건물에 활기가 느껴지지 않았다.

"괜찮아. 놈들이 왔던 장소는 대체로 을씨년스러워. 외부인 같은 거에 무관심해지지."

가나메가 뒤돌아보지 않은 채 대답했다. 평소처럼 일방적인 말투였다.

미오가 물었다.

"없다니, 하나카가 없다는 뜻이야?"

"……아니, 모두가."

질문과 대답이 조금씩 어긋나는 기분이었다. 미오가 불만스럽게 쳐다보자 가나메가 천천히 고개를 저었다. 얄팍한 코트 아래 입은 차이나칼라 교복이 이 공간과 묘하게 어울렸다. 초등학교지만 이곳이 '학교'이기 때문일까.

가나메가 천장을 향해 들었던 고개를 좌우로 움직이거나 눈을 가늘게 뜨고 복도 깊숙한 곳을 응시했다. 마치 보이지 않는 화살표를 따라가듯 다시 부리나케 걷기 시작했다.

미오는 무슨 상황인지 알 수 없었다. 하지만 가나메만은 알 수 있는, 보이는 무언가가 분명히 있을 터였다. 고등학교 2학년이었던 그날도 그랬으니까. 그때, 미오의 상식으로는 헤아릴 수 없는 무언가가 시라이시 가나메에게만은 보였다.

가나메가 어떤 교실로 빨려 들어가듯 들어갔다.

"여기야. 이제는 없지만, 있었어."

"응?"

5학년 2반 표지판이 달린 교실은 초등학교답게 성인용보다 훨씬 낮은 책상과 의자가 나란히 놓여 있었다. 직접 만든 듯한 방석과 주머니가 자리마다 걸려 있었고 벽에는 아이들의 그림이나 붓글씨가 붙어 있었다. 어디에나 있는 평범한 초등학교 교실로 보여서 미오에게는 특별할 것이 아무것도 없는 곳으로 느껴졌다.

가나메가 천천히 교실 뒤로 걸어갔다. 길고 가느다란 팔을 교실 뒤쪽 벽 앞에 천천히 들어 올리고는 한 지점을 물끄러미 응시했다.

도대체 뭐지?

미오가 옆에서 들여다보니 어떤 표 같았다. '참 잘했어요 표'라고 적혀 있었다. 1조, 2조, 3조라고 나란히 적힌 각 조 이름 옆에 표가 넘쳐나도록 수많은 붉은 동그라미 스티커가 붙어 있었다.

◆

"미오."

기억에 남아 있는 목소리가 이름을 불렀다. 지난주였다.

인파 속에 있었는데 어떻게 알아봤을까, 신기하다고 나중에 생각했지만 잊으려고 해도 잊을 수 없는 목소리였기에 분명 귀가 기억하고 반응했을 것이다.

대학생이 된 하라노 미오는 학교 봄축제에서 임시 운영하는 가게 일을 돕고 있었다.

미오가 활동하는 교육계 자원봉사 동아리는 이날 크레이프를 만들어 팔았다. 미오는 때마침 판매 담당 일을 마치고 2학년 선배와 교대하던 참이었다. 크레이프는 불티나게 팔려서 줄을 선 손님들을 피해 천막 구석에서 앞치마와 두건을 벗으려던 바로 그때였다.

이름이 불려 깜짝 놀라 고개를 퍼뜩 들었더니 바로 앞에 시라이시 가나메가 서 있었다.

자신도 모르게 숨을 삼켰다. 올려다보는 눈을 깜빡거리는 것도 잊고 동작도 멈췄다는 사실을 스스로도 분명히 알았다.

그러나 놀라지는 않았다. 타이밍은 뜻밖이었지만 그와 관련된 일로는 이미 진작에 놀랍다는 개념을 잊었다는 생각이 들었다.

"가나메……."

시라이시 가나메.

미오가 다니던 고등학교에 뒤늦게 전화 왔던 전학생.

마지막으로 모습을 본 지 2년 정도 흘렀다. 같은 교실에서 지낸 시간은 아마도 한 달이 채 안 되는 짧은 기간이었다.

얼굴을 보니 그 기억이 귓전을 쏴 울렸다. 본가의 뒤뜰, 어릴 적부터 놀던 대나무 숲 사이를 빠져나가는 바람 소리가 가나메의 얼굴을 보니 실제로 들린 기분이었다.

동경하던 같은 동아리 선배. 처음 남자 친구를 사귄 기쁨. 그때까지 줄곧 듣고 또 듣던 여자 친구들과의 즐거운 연애 이야기, 사호, 하나카. 사라져 버린 하나카.

3학년 간바라 선배와 함께 있어요. 걱정 마세요.

남겨진 편지의 그 한 문장을 본 순간 덮친 충격. 고통…….

대나무 숲 앞에서 가나메가 간바라 잇타에게 내뱉은 말. 무슨 일을 당했는지 알 수 없지만 한순간에 상처와 피로 범벅이 된 선배의 얼굴. 고통에 차서 얼굴을 일그러뜨리며 바람처럼 달려가 사라진 간바라 잇타…….

—미에현 산속에서 어제 신원 불명의 남자가 시신으로 발견됐대. 간바라 잇타 같아.

그 말을 전한 가나메에게 미오는 자신도 데리고 가달라고 부탁했다. 하나카를 찾으러 가는 것이라면. 나는 그 아이의 친구니까, 라고.

그 부탁에 가나메는 잠시 뜸을 들이다가 분명하게 고개를 끄덕였다.

—알겠어.

미오가 다니는 고등학교에서 시라이시 가나메가 사라진 것은 그다음 달이었다.

한동안은 학교에 제대로 나왔다. 적극적으로 미오에게 말을 걸지는 않았지만 서로 존재는 의식했다. 자취를 감추기 얼마 전 가나메가 미오에게 말했다.

—앞으로 어디를 가든 너희 집 뒤에 있는 대숲의 대나무 잎이라도 좋으니 대나무와 관련된 무언가를 반드시 몸에 지니고 있어, 잊지 말고.

어리둥절한 미오에게 가나메가 덧붙였다.

—그 대나무 숲은 아주 훌륭해. 너를 잘 따르거든.

미소 짓지는 않았지만 그 말을 하던 순간 가나메의 얼굴에 처음으로 표정다운 부드러운 감정이 드러난 듯해 그 모습에 이끌려 고개를 끄덕거렸다.

그 말을 남기고 나서 다음 주에 가나메는 사라졌다. 정말로 갑자기 학교에 나오지 않았다. 하루 결석했을 때는 감기에 걸렸나? 정도로 생각했는데 다음 날도 그다음 날도 나오지 않았다. 당황스러운 마음에 담임인 미나미노 선생님에게 물었더니 시라이시는 또 전학 갔다고 해 어안이 벙벙했다. 나를 두고 갔다고 생각했지만 신기하게도 마음속 어딘가에서는 확신이 있었던 것 같다.

가나메는 분명 미오를 데리러 올 것이라고.

미오의 지갑 속 지폐를 넣는 부분에는 지금도 대나무 잎이 꽂혀 있다.

그래서 대학 축제 가게에 난데없이 모습을 드러냈을 때도 크게 놀라지 않았다.

그로부터 2년 정도 지나 이제는 고등학교를 졸업하고 지바에 있는 본가를 떠나 가나자와에 있는 대학에 다니는데, 그가 아무런 예고도 없이 당연하다는 듯 찾아왔다고 해도, 마음속 어딘가에서는 그렇게 되리라 예상했다.

옛날에는 생각지도 못하게 거리를 훅 좁혀 오는 언행이나 대화 방식 등 가나메의 이런저런 모습이 '무섭다'거나 '소름 끼친다'고 생각한 적도 있지만 이제는 그렇게 생각하지 않는다. 약속을 지켰다는 사실이 그저 기쁘고 고마웠다.

가나메가 미오를 지그시 쳐다봤다.

"데리러 왔어. 놈들이 어디 있는지 찾았거든."

"……기억해 줬구나."

"응."

단답으로 말을 끊은 가나메가 또다시 침묵했다. 여전히 사람들과 대화하는 것이 서툰 모습이었다.

졸려 보이는 부석부석한 눈, 부스스한 머리.

예전에는 전혀 알아차리지 못했지만 계산적이게도 도움을 받고 나서 자세히 보니 가나메는 팔다리가 길고 몸매가 좋다는 사실을 깨달았다. 여리여리하고 지나치게 마른 그 언밸런스한 면까지 더해 시선을 뗄 수 없게 만드는 독특한 위태로움과 함께 묘한 매력을 자아냈다. 완만한 눈썹 선까지 포함해 얼굴이 예전보다 한결 편안해 보였다.

"하나카를 찾았다고?"

이름을 입에 담는 순간 가슴이 찌르르했다.

하나카. 절친한 사이라고 생각했던 내 친구. 지난 2년 동안 몇 번이나 너를 생각했을까. 역과 학교 앞에서 하나카의 어머니가 딸의 실종 전단지를 나눠주고 정보 제공을 호소하는 모습을 여러 번 봤다. 스스로의 의지로 사라졌다고는 하지만 그런 식으로 아무 말 없이 사라질 아이가 아니라면서 거리에서 눈물로 호소했다.

본가에서 멀리 떨어진 대학을 1지망으로 선택한 이유는 그 동네를 떠나고 싶은 마음도 한몫했다는 사실을 이제 와서 생각했다. 미오와 사호가 하굣길에 역에 가거나 학교 앞에서 버스를 기다리는 사이에 전단지를 든 하나카의 어머니를 발견했다. 하나카의 어머니가 어딘가 텅 빈 눈빛으로 "이제 슬슬 대학 입시구나. 좋을 때구나"라고 말할 때마다 마음이 몹시 뒤틀리는 감각을 느꼈다.

그런데 이렇게나 오랜 시간이 흐를 줄은 몰랐다.

가나메가 대답했다.

"아마도, 찾은 것 같아."

눈을 가늘게 떴다. 근시인 사람이 사물을 잘 보려고 그러는 것처럼. 그 당시에 간바라 잇타를 응시하던 순간처럼 감정을 읽을 수 없는 눈이었다.

"아직도 같이 갈 마음, 있어?"

"응."

망설이지 않았다. 미오는 앞치마 끈을 풀며 생각했다. 지금은 마침 학교 축제 기간이다. 한동안 수업이 없다.

문득 미소가 새어 나왔다. 우직하고 외골수인 가나메가 우스웠다. 일부러 가나자와까지 와 놓고서 미오가 가지 않겠다고 대답해도 가나메는 아마 신경 쓰지 않았을 것이다. 그래도 일단 약속했으니 와 줬다. 그의 그런 보통 사람과는 다른 사고방식이, 과거 얼마 되지 않는 시간을 교실에서 함께 보냈을 뿐인 사이지만 그리웠다.

"어라, 미오. 집에 가게?"

앞치마를 접고 두건을 정리하는데 갑자기 등 뒤에서 누가 말을 걸었다. 근무를 막 교대한 3학년 남자 선배가 당황한 모습으로 미오를 쳐다봤다. 이 동아리에 갓 들어왔을 때부터 그 선배에게 여러 번 이런 기색을 느꼈다. 절대로 직설적으로 말하지는 않지만 스스로에게 자신이 있는지 강요하는 듯한 분위기로 몰아가려고 해서 그럴 때마다 슬며시 피해 왔다. 지금도 갑자기 나타난 가나메를 노골적으로 수상한 눈빛으로 쳐다봤다.

"그런데 이 사람은 누구야? 아, 그래."

불쾌해하던 선배의 눈이 뜬금없이 즐거워 보였다.

"혹시 네 남동생이야? 그러고 보니 남동생 있다고 했지? 이름이 시즈쿠였나? 놀러 온 거야?"

"아뇨, 고등학교 때 남자 친구예요."

미오가 말했다. 어째서 늘 이런 남자들은 내 동생의 이름을 기억하고 들이미는 걸까.

남자 친구라고 중얼거리자마자 선배와, 그리고 뜻밖에도 가나메의 눈까지 휘둥그레졌다. 특히 가나메는 고양이가 놀랐을 때처럼 눈이 똥그래졌다. 가나메의 그런 표정은 처음이었다.

조금 이상해진 기분으로 숨도 쉬지 않고 말했다.

"절 만나러 온 것 같아요, 죄송해요. 오늘은 근무도 끝났고 내일부터 축제도 안 나오니까 다들 가게 잘 부탁해요. 아, 그리고 이거 잘 먹을게요."

매대 앞에 꽂혀 있던 크레이프를 하나 집었다. 한 사람에 하나씩 판매하기 쉽도록 꽂혀 있었다. 초콜릿이 뿌려진 바나나와 생크림이 삐져나온 크레이프를 우뚝 서 있던 가나메의 손에 들려주었다.

"먹어. 초코 바나나 싫어하지 않으면."

"……안 싫어해."

멍하게 미오를 바라보는 3학년 선배를 남겨 두고 걷기 시작하자 옆에 있던 가나메가 주저하며 크레이프를 한입 베어 물었다. 그 모습을 보고 자신도 모르게 말하고 말았다.

"가나메, 음식, 먹긴 하는구나."

"당연히 먹지. 그리고 방금은 크림이 떨어질 것 같았으니까. 손에 묻는 거 싫어."

참나. 그 소리를 듣고 무심결에 입꼬리를 씰룩이며 웃자 가나메가 미오를 바라봤다.

"왜?"

"아니, 의외로 평범한 이야기도 하는구나 싶어서."

"당연히 하지."

대답을 한다는 것은 '평범한 대화'가 무엇인지 정도의 상식은 갖고 있다는 의미일 테다. 그래서 내친김에 더 물었다.

"하나 물어도 돼?"

"뭔데?"

"왜 아직도 교복을 입고 있어?"

갑자기 나타난 것에 놀라지는 않았지만 유일하게 위화감을 느꼈다면 바로 그 점이었다. 우리는 이미 고등학교를 졸업했을 나이다. 하지만 베이지색 얇은 코트 속에는 처음 만났을 때 입고 있던 교복을 입고 있었다. 미오의 고등학교로 전학 와서 재킷 교복을 새로 만들기 전에 사라진 가나메는 결국 같은 교실에서 지내는 동안 줄곧 이 차이나칼라 차림이었다.

"아아……."

가나메가 느릿하게 고개를 저었다. 그러자 그만이 시간의 흐름을 거스르는 불로불사의 존재로 아무 변화도 없이 이곳에 갑자기 나타난 것 같은 착각에 빠져들었다. 실제로 불로불사라고 해도 놀랍지 않겠지만 가나메가 대답했다. 짧게.

"이 옷밖에 없어."

그러고 나서 이번에는 얼핏 가나메가 웃은 것 같았다. 어라, 웃을 줄도 알았어? 라는 생각에 미오는 흠칫 놀라 가나메의 얼굴을 올려다봤다. 그러자 가나메가 말했다.

"강해진 것 같네, 미오."

◆

다음 날, 가나자와에서 신칸센을 타고 도쿄역으로 향했다. 그리고 지하철로 갈아탄 뒤 도착한 도쿄 도심의 그 동네는 미오가 처음 방문하는 곳이었다.

한적한 동네라는 인상을 받았다. 큰 공원과 마트가 있고 거리에 가지런히 늘어선 가로수도 아름다워 가족 단위 가구나 아이들이 살기 좋아 보이는 동네였다.

그런데…… 뭘까.

무언가 어두운 기운이 느껴졌다. 물리적인 햇빛은 있는데 거리 전체에 어떤 그림자가 드리운 듯했다. 그럴 리가 없는데 하늘이 거대한 지붕이랄까, 뚜껑 같은 것으로 가려진 것 같았다.

하지만 하늘을 올려다봐도 당연히 머리 위를 덮은 것은 아무것도 없었다.

구립 구스미치 초등학교를 나온 가나메는 미오를 데리고 초등학교 근처에 있는 커다란 아파트 단지로 향했다.

매우 커다랗고 세련된 단지였다. '아파트 단지'라는 단어를 들으면 떠오르는 그저 크기만 한 멋없는 건물이 늘어선 이미지가 전혀 아니라 콘크리트 벽의 질감을 살리면서 일부는 통유리를 활용해 개방감을 주는 등 적당히 신선한 디자인이 돋보이는 아파트였다. 현관이나 문, 건물에 붙은 글씨체가 시크

해서 마치 영화에서 보는 외국 호텔 같았다.

분명 집세도 비쌀 것 같았는데 입구에 서자 다리가 굳은 듯 움직이지 않았다. 이 단지는 매우 좋아 보이지만 나는 살기 싫다, 절대로 살고 싶지 않다는 생각이 강하게 솟구쳤다.

석양에 빛나는 건물 벽은 밝게 빛났지만 왜인지 어두웠다. 거리에서 받았던 느낌과 같았다.

"저기서 잠깐 기다려."

가나메가 단지 한가운데 있는 공원을 손가락으로 가리켰다. 시키는 대로 벤치에 앉아 기다리는데 가나메가 남쪽 아파트 건물로 사라졌다. 조금 후 돌아왔을 때 그 손에 들린 물건을 보고는 자신도 모르게 큰 소리로 놀랐다.

개나 고양이 등 반려동물을 넣는 이동장이었다. 자리에서 벌떡 일어나 달려가자 가나메가 말했다.

"빌려왔어. 앞으로 필요할지도 모르거든."

"빌려왔다니, 개를?"

고양이일 수도 있지만 이동장 크기 등으로 짐작해 물었더니 속에서 멍! 하고 작은 소리가 들렸다. 그 소리를 들은 미오의 입에서 "꺄아" 하고 마음이 녹아내린 듯한 소리나 터져 나왔다. 초등학생 때까지 미오의 집에서도 개를 길렀다. 그 부드러운 털과 흥분했을 때 헥헥거리는 빠른 숨소리를 떠올리자 가슴이 뭉클했다.

"이 아이, 좀 흥분했나 봐. 어쩌면 평소에 이동장에 잘 안 들어가 본 거 아닐까? 익숙하지 않은 것 같아."

미오의 말에 가나메가 중얼거렸다.

"그럴지도 모르겠네."

이동장 속에서 타타타타, 탁탁탁탁, 빠르게 발을 구르는 소리가 멈추지 않자 마음이 쓰였다.

"안 내보내 줘?"

"응."

미오의 물음에 작게 대답하며 고개를 끄덕였다. 그리고 잠시 생각에 잠긴 듯하더니 말했다.

"잠깐 기다려. 내보내 줘도 되지만 도망가면 안 되니까 나중에 꺼내도 돼? 집에서 키우는 개니까 내가 빌린 집까지 간 다음에."

"빌린 집?"

"응. 여기에 집을 빌렸어. 여러 채 빌렸으니까 너도 묵어도 돼."

장기 체류를 하게 되면 숙박은 어떻게 하지 고민하긴 했다. 가나메는 핵심은 설명하지 않고 미오도 이미 그런 면에 익숙해져서 특별히 묻지 않았지만…….

"이 아파트에 집을 빌렸어? 그렇게까지 한다고?"

가나메가 말하는 '놈들'을 찾으려고 그랬을까. 가나메가 지극히 당연하다는 듯 고개를 끄덕였다.

"몇 채 빌렸어. 여기 오너인 미스미 부동산회사가 부탁한 일이거든. 마음대로 써도 된대."

"미스미 부동산회사라니……."

대형 부동산회사였다. 맨션 광고나 상업시설 TV 광고 등에서도 자주 볼 수 있는 이름이었다.

"몇 채라니……, 여러 호수를 말하는 거야? 쉐어하우스처럼 한집에 딸린 여러 방이 아니라 나랑 네가 각각 다른 집에 머문다는 뜻이야?"

아무리 다른 방이라고 해도 또래 남자아이와 같은 집에 머무는 것은 거부감이 들었다. 미오가 묻자 가나메가 담담하게 고개를 끄덕였다.

"응. 집이 여러 채 비어 있어서 원하는 만큼 빌릴 수 있어."

"도대체 이 아파트, 뭐야?"

"주부 한 명이 실종됐어."

가나메가 말했다. 손에 든 이동장 속에서 타타타타, 탁탁탁, 가볍게 발을 구르는 소리가 계속 울렸다.

"그 사람 말고도 몇 명인가 죽기도 했는데 아마 놈들을 추적하려면 이 단지에서부터 시작해야 할 것 같아."

가나메는 표정 하나 바꾸지 않고 말했다.

◆

"자, 나와도 돼."

미오가 이동장을 바닥에 놓고 문을 열자 갈색 꼬리의 강아지가 더는 참지 못하겠다는 듯 힘차게 뛰어나왔다.

빨간 목줄을 찬 그 두꺼운 목만 봐도 무척 사랑스러웠다. 초등학교 때까지 미오의 집에서 키우던 시바이누, 로크가 생각났다. 로크가 무지개다리를 건넌 후 엄마가 펫로스 증후군에 빠져서 그 슬픔과 고통을 또 겪고 싶지 않다며 다시 개를 키우지는 않았다. 하지만 미오는 언젠가 사회인이 되면 다시 개를 키우고 싶다고 줄곧 생각했다.

그 마음이 전해졌을 리는 없지만 처음 만난 강아지는 얌전했고 미오와 가나메를 경계하는 기색도 별로 없었다.

눈이 동글동글하고 사람을 잘 따를 것 같은 마메시바였다.

"이 아이 이름이 뭐야?"

"해치."

가나메가 대답했다.

빌려온 집이 아파트 단지 내에 있다면 구조가 다소 달라도 같은 건물 냄새가 나서 해치도 안심할 수 있을지 모른다. 가나메도 의외로 개를 다루는 데 익숙한 모습으로, 자연스럽게 해치를 대했다. 해치가 가나메의 손으로 다가가 코를 묻었다. 경계심이 없어 보였다.

미소까지 지은 것은 아니지만 그렇게 해치와 어울리는 가나메는 지금까지 본 적 없는 온화한 얼굴이었다. 가나자와의 대학에서 재회했을 때 옛날과 같은 차림이었고 불로불사의 존재라도 놀라지 않겠다 생각했지만, 침착하게 자세히 보면 가나메는 고등학생 시절에 비해 어른다워져서 제대로 나이를 먹었구나, 알 수 있었다. 차이나칼라 교복 차림에 위화감은 거의 없었지만 그래도 그 시절보다 더욱 듬직하다고 할까, 풍격 같은 것이 느껴졌다.

도대체 어디서 온 어떤 사람일까.

가나메가 빌렸다는 집은 아니나 다를까 이상할 정도로 살풍경했다. 침구와 세면대 주변의 칫솔과 클렌징폼 정도가 생활감을 느낄 수 있는 전부이고 부엌에는 냉장고조차 없었다. 다만 해치를 데리고 올 준비만은 갖춘 듯 해치의 주인에게 미리 받아 놓은 사료와 배변 매트가 놓여 있었다.

거울 앞에 나란히 늘어놓은 칫솔과 클렌징폼을 보고 이상한 기분이 들었다.

생활감 제로로 보이는 이 사람도 분명히 살아가는구나, 하고 묘한 사실에 감탄하며 집 내부를 바라보는데 이윽고 가나메가 말했다.

"네가 사용할 거라고 생각한 집에는 업체 사람이 이불과 커튼 정도는 옮겨 놔 주셨어. 사실 가재도구가 모두 갖춰진 집을 그대로 사용해도 되는데.”

“가재도구?”

“응. 야반도주나 다름없이 사라진 집도 많거든. 하지만 모르는 사람이 남기고 간 침대 같은 데에 눕고 싶지 않을 것 같아서.”

너무 불온했다. 자신도 모르게 입을 다물자 가나메가 천천히 일어섰다. 안아 올린 해치가 가나메의 손가락을 핥았다. 도망갈 염려가 없다고 판단했는지 이동장에 넣지 않고 강아지를 팔에 안은 채 문 쪽으로 향했다.

“오늘 한 채 더 봐 둘까?”

가나메가 다음으로 미오를 데리고 간 곳은 단지 반대편 북쪽 건물에 있는 가장 꼭대기 층이었다.

‘사와타리’라는 문패와 드라이플라워 리스가 문에 걸려 있었다. 시들어 리스에서 떨어진 꽃과 잎이 바닥에 흩어져 있었다.

열쇠를 갖고 있는지 가나메가 ‘사와타리’ 집 문을 열었다.

발을 들여놓자마자 무의식중에 숨을 멈췄다.

정말로 매우 감각적인, 잡지 같은 곳에서 보던 세련된, 마치 카탈로그에서나 볼 법한 집이었다. 장식된 그림, 나뭇결이 아름다운 코트 걸이와 식탁, 의자. 상처도 얼룩도 없는 냉장고. 게다가 실내가 무척 넓었다. 다른 집과는 분명 구조가 다른 특별한 집이라는 사실을 알 수 있었다.

해치가 가나메의 팔에서 내려갔다. 그대로 "멍!" 작게 짖었다.

이 집은 뭐라고 해야 할까, 카탈로그에 나오는 것처럼 완벽한 인상이기에 지금 이 집에 아무도 없다는 사실이 오히려 한층 더 섬뜩했다. 아는 사람도 아닌 집에 멋대로 들어오다니 평소라면 절대로 하지 않을 짓이기에 더욱 그랬다.

"이 집 사람들은?"

"죽거나 사라졌어. 실종된 주부와 관련 있는 거 아니냐고들 하더라고."

가나메가 오늘 구스미치 초등학교 도서실에서 그랬던 것처럼 새가 날개를 펼치듯 두 팔을 넓게 벌렸다. 눈을 감고 심호흡했다.

"이 집에 드나들었던 모양이야. 소문의 진위는 정확하지 않지만 놈들은 아마 학교 행사나 주부들 사이에 끼어들어 주위에 조금씩 어둠을 강요했을 거야."

어둠을 강요한다는 표현에 기억이 꿈틀거렸다.

고등학교 시절 자신의 휴대폰. 무서웠던 수많은 LINE 메시지. 상대의 멈추지 않는 정체 모를 폭력 같은 언어. 내 잘못이라고 건강하지 못한 마음으로 반성에 반성을 거듭하던 그 감각…….

—이놈들은 자신의 어둠을 강요해.

가나메가 간바라를 바라보며 미오에게 가르쳐 줬다.

—일가 참살. 가족 중 한 사람에게 접근해 상대를 구워삶아 어느새 집까지 파고들어 오지. 자신의 논리를 강요하면서 네가 틀렸다며 상대를 세뇌하고, 자신의 정의를 주입시켜. 집까지 들어가면 어느 틈엔가 한 사람도 남김없이 지배해.

그날 믿을 수 없는 황당무계한 소리라고 생각했던 '일가 참살'의 울림이 가구와 생활감이 남아 있는 지금 이 집에서 되살아나자 생생한 무게감을 지녔다. 자신이 간바라에게 막다른 곳까지 몰렸던 것과 같은 일이 이 집에서도 일어났다는 말일까.

"어둠을 강요한다는 게 도대체 무슨 뜻이야? 내가 간바라 잇타에게 당했던 것과 같은 일이 여기서도, 그 주부를 통해 일어났다는 말이야?"

밖은 벌써 어두워지기 시작했다. 가나메는 이곳에 처음 오는 것이 아닌 듯했다. 집 안을 훤히 아는 사람처럼 가나메가 현관 옆 신발장 문을 열고 그 위에 있는 두꺼비집의 스위치를 올렸다. 신발장에 아이의 것으로 보이는 운동화가 있었다. 아, 이 집에 아이가 살았구나, 생각하니 가슴이 아팠다.

벽 스위치를 누르자 조명이 켜지면서 밝아졌다. 그 빛 아래서 가나메가 마침내 설명하기 시작했다.

"내가 찾는 그놈들은 자기의 어둠을 밀어붙여서 상대의 어둠을 끌어내 같은 시궁창으로 질질 끌고 들어가. 상대를 궁지로 몰아서 사고력과 기력을 빼앗고 무엇이 옳은지 판단할 수 없게 만들지. 시야를 좁혀서 마음속 어둠을 키우고 결국 그 사람 자체를 끔찍하게 변하게 해."

"끔찍하게?"

"그래. 끔찍하게. 소름 끼치게 다른 사람을 공격하거나 자신의 마음속 어둠을 상대에게 강요하는 사람이 되어 버려. 그러면서 그 주변 사람들까지 죽음이나 어둠으로 끌어들이지. 아마 이 아파트에서는 이미 그런 일이 벌어지고 난 후일 거야."

"그, 네가 말한 '놈들'이 그런 거야?"

"그래. 간바라 가오리."

눈을 부릅떴다. 간바라. 선배와 같은 성. 가나메가 생각에 잠긴 미오를 가만히 바라봤다. 생각을 정리한 미오가 물었다.

"잇타 선배와 같은 성이야?"

"그래, 가족이니까."

휘둥그레진 눈을 깜빡거리는 것조차 잊었다.

"볼래?"

그때 가나메가 휴대폰을 꺼냈다. 화면에 무언가를 검색해 미오에게 내밀었다.

"사건 사고가 일어난 건물을 정리해 놓은 사이트인데 알아? 사고나 자살로 사람이 죽은 집이나 건물을 사인과 날짜를 함께 한눈에 볼 수 있도록 만들어 놓은 곳이야."

"……그런 게 있다는 말은 들었어. 본 적은 없지만."

"이게 간바라 일가가 이 동네로 이사 오기 전 이 일대 지도야."

몇 년부터 몇 년까지로 설정해서 표시할 수 있는 듯했다. 화면에는 촛불 표시가 몇 개 여기저기 흩어져 있었다. 그 표시 하나하나가 누군가의 '죽음'을 표시한 것 같았다. 수많은 촛불은 분명 망자를 연상시켰다. 그중 하나를 손가락으로 탭하면 그 장소에 얽힌 죽음의 상세 내용이 표시됐다.

"그리고 이게 놈들이 이 동네에 온 다음."

가나메가 손가락으로 휴대폰을 조작했다. 그러자 화면에 커다란, 훨씬 더 커다란 촛불 표시의 불꽃이 흔들렸다. 특히 큰 표시는 이 단지 위였다. 커다란 촛불 하나에 손가락을 대니 빽빽한 글자가 몇 호, 몇 호, 몇 호, 수없이 표시되어 있었다. '남동 515호 앞 복도, 투신자살', '옥상에서 사고사', '북동 601호, 살인', '북동 701호 베란다, 살인'.

자신이 조금 전 들어온 현관문 문패가 떠올랐다. 살인이 일어난 '701호'가 혹시……. 자신도 모르게 베란다 쪽으로 고개를 돌릴 뻔했다. '살인'이라는 두 글자에 가슴이 선뜩했다.

이 단지뿐만이 아니다.

작은 촛불이 지도 위 곳곳에 많이 표시되어 있었다. 촛불이 무수히 늘어선 그 모습은 마치 신사에서 지내는 제사 같았다.

몇 개나 끊임없이, 지금까지는 없었던 장소에 촛불이 새로 서 있었다.

"그 가족이 오면 사람들이 죽어. 놈들은 그런 가족이야."

가나메가 단호하게 말했다.

◆

스즈이 도시야는 기분이 썩 좋았다.

요즘 회사 관리직 체제가 바뀌면서 자신이 속한 현장 사람들의 의견이 제법 쉽게 통과되기 때문이었다. 그동안 케케묵은 갑질 체제 속에서 소통하려면 우선 술자리가 중요했고 무엇보다 폭력적인 상사가 있는가 하면 여성에 아이를 키우니 별수 없다고 근무 시간을 극단적으로 단축하려는 쓸모없는 상사가 있던 탓에 현장은 여러모로 심각한 스트레스를 받았다.

그러나 이제는 다르다.

스즈이는 신바람이 나서 콧노래를 흥얼거리며 영업 분야에서 여성 과장은 역시 무리라며 몇 달 전을 회상했다.

요쓰미야 푸드 최초의 현장에서 잔뼈가 굵은 여성 영업과장. 스즈이를 비롯한 영업2과 직원들은 그 사실에 상당히 들떴고 기대도 했지만 마루야마 무쓰미는 기대를 저버렸다. 첫 여성 영업과장이라는 부담감에 짓눌렸는지 영업1과를 온통 눈엣가시 취급했다.

—1과에게 지지 않으려면 우리도 이렇게 해야 해.

—당신이 하는 일은 결국 돌고 돌아 1과의 실적이 되는 거 아니야?

—있잖아, 간바라 씨는 1과 과장이랑 친해? 간바라 씨는 1과 스파이니까 다들 절대로 마음을 주면 안 돼!

어이가 없었다. 스파이라는 말도 황당했지만 정작 무쓰미 씨는 진심으로 하는 말 같았다. 2과의 실적이 오르지 않는 이유는 간바라 씨와 1과 탓이라고 굳게 믿는 듯했다.

애초에 1과와 2과는 취급하는 제품이 다르다. 1과는 신선식품을, 2과는 냉동식품 같은 가공식품을 담당한다. 2과가 거래처에서 협상하는 중에 상대의 요청을 받아 1과를 소개하거나 다른 부서와 연결해 주는 경우는 드물지 않았고 그 반대 경우도 있었다. 그것을 실적 가로채기니 스파이니, 제발 적당히 좀 하라고 생각했다.

—간바라 씨를 믿었는데. 나라면 괜찮을 거라고 말했잖아!

아무도 없는 회의실에서……. 곤혹스러워하는 간바라 씨에게 무쓰미 씨가 매달렸다. 그 모습이 심상치 않아 보였다. 간바라 씨는 키가 크고 외모도 신사 같아서 마치 두 남녀가 불륜을 저지르는 듯한, 그런 봐서는 안 될 장면이라도 목격한 기분이 들었다.

그때는 스즈이가 불편한 마음으로 말리러 들어갔다. 과장님, 그런 말씀은 좀 아닌 것 같습니다. 여기는 회사예요, 진정하세요.

스즈이가 말리러 들어갔더니 간바라 씨는 당황스러워하면서도 부처님 가운데 토막같이 너그러운 표정으로 안도했다. 아, 스즈이 군, 다행이야. 과장님 조금 쉬셔야 할 것 같아요.

그 표정을 보고 간바라 씨가 전임 사토 과장에게 매일같이 전화로 시달려서 '앞으로 전화를 받지 말라'고 회사에서 권했던 일이 떠올랐다. 간바라 씨는 그때 매우 안심한 모습이었다고 들었다.

"이런 일이 계속 반복되니 간바라 씨도 힘드시겠어요."

"아아, 그때는 정말로 안도했어."

스즈이의 말에 간바라가 미소 지었다.

"앞으로 전화를 안 받아도 된다는 말을 듣고 아아, 이제 내 역할은 끝이구나, 이제 괜찮겠구나, 무척 안심했어."

사토 과장은 이후 좌천된 계열사 창고에서 또 상해 사건을 일으켰다. 다혈질이 화근이었는지 업무상 말다툼으로 부하 직원을 폭행하는 바람에 이번에야말로 회사에서 해고됐다. 그런데 이후에 자포자기했는지 회사로 쳐들어가서 상사에게 부당해고라며 소리치면서 한바탕 난동을 부린 뒤 경비원에게 끌려 나갔다.

그러고 나서 집에서 자살했다. 아내를 길동무 삼은 동반자살이었는데 유서에는 요쓰미야 푸드를 향한 원한이 가득했다고 한다.

사토 과장의 최후를 듣고 스즈이와 회사 동료들 모두 몹시 동요했다. 그중에서도 가장 이성을 잃은 무쓰미 씨가 업무 중에 비통하게 소리쳤다.

"내가 몰아넣었다는 거야? 다들 그렇게 생각하지? 내가 죽였다고!"

그 행동은 상부의 귀에까지 들어가 회사에서 무쓰미 씨에게 휴직을 권고했지만 이번에는 "나를 우울증 환자로 만들다니 갑질이야!"라며 난동을 부리고는 실제로 기진맥진했는지 집으로 돌아가던 길에 역 계단에서 발을 헛디뎌 구르는 바람에 머리를 부딪쳐 입원했다. 그러고는 아직 의식을 차리지 못하고 중태에 빠졌다고 한다.

"우리 회사 마가 끼었나?"

동료 하마다가 어두운 얼굴로 말했다. 그 말에 스즈이도 고개를 끄덕였다.

"그러게 말이야."

그러나 한편으로는 후련하기도 했다. 회사에서 비극의 주인공이라도 된 듯 눈물 바람 하는 무쓰미 씨의 목소리를 듣는 것은 이제 지긋지긋했기 때문이다.

2과의 새 과장은 간바라 씨였다면 좋았겠지만 간바라 씨는 중도채용자인 데다 그런 면에서는 고지식한 회사라서 상당히 어려울지도 몰랐다. 요즘 들어 2과 실적은 대부분 무쓰미 씨가 아닌 간바라 씨가 거래처 사람들의 마음을 휘어잡아 따낸 일뿐인데, 분한 마음뿐이었다.

간바라 씨는 스즈이도 모르는 사이에 거래처의 다양한 사람에게 신뢰를 얻게 됐다. 사토 과장과 같은 생각을 한 사람도 많은 듯 어느새 거래처에서도 '진 씨'라는 그리운 별명으로 부르곤 했다. 진 씨, 얼마 전에 상담한 가게 말인데요. 우리 딸 말인데요. 우리 남편 말이에요. 남자 친구가요. 어느샌가 여러 사람이 털어놓는 이야기와 비밀이 그에게 모여들었다. 인망이 대단하다고 생각했다.

스즈이도 어느새 간바라 씨에게는 괜찮겠다 싶어서 속마음을 털어놓거나 상담하는 일이 많아졌다. 지금 상사에 대한 불만, 회사의 체질 개선을 바라는 마음, 본가에서 지내는 편찮으신 할머니, 학창 시절 헤어진 여자 친구를 도무지 잊지 못하는 이야기, 여자 친구는 자신과 헤어지지 말았어야 했다는 푸념…….

"알아요. 다 이해해."

간바라 씨는 이야기를 들어줬다. 스즈이를 격려해 줬다.

"스즈이 군과 헤어지다니 그 여자 친구는 정말로 좋은 사람을 놓쳤네요."

자신이 생각해도 같은 소리를 되풀이하다시피 하는 내용을 늘어놓아도 간바라 씨는 인내심 있게 가족처럼 들어줬다. 정말 자상한 사람이라고 생각했다.

"간바라 씨도 있으세요? 고민거리요."

묻고 나서 아차 싶었다. 그러고 보니 이 사람은 아내를 잃었다는 사실을 깨닫고는 멍청한 질문을 했다고 화들짝 놀랐지만 간바라 씨의 온화한 미소는 변하지 않았다.

"큰애가 은둔형 외톨이가 되어 버려서. 그게 고민이라면 고민일까. 하지만 나는 그 아이가 무언가를 할 수 있는 자신만의 적절한 타이밍이 있으리라 생각하니까 닦달할 생각은 없어요."

이 사람은 분명 이상적인 아버지겠지.

그런 '이상적인' 간바라 씨가 이례적인 출세를 한 것은 바로 얼마 전이었다.

간바라 씨는 무려 일반직 사원 신분에서 벗어나 새 경영 컨설턴트로 요쓰미야 푸드의 상무로 취임했다. 파격적인 소식에 스즈이를 비롯한 모든 직원이 술렁였는데 사장의 열렬한 지지가 뒷받침됐다는 듯했다.

"아내 일도 있고 해서 회사를 그만둘 생각이었는데 사장님이 몹시 만류하셔서."

간바라 씨가 쑥스러운 듯 난처한 듯 말했다. 스즈이에게 아무 말도 없이 퇴직하려고 했다고 생각하니 잠시 섭섭한 마음이 스쳤지만 남아 줘서 다행이라고 한시름 놓았다.

확실히는 모르나 사장이 간바라 씨에게 예전 회사에서 경영 컨설팅을 맡았던 경력이 있다는 말을 듣고 직접 임원 형태로 발탁했다는 듯했다.

"상무 자리 제안한 거 받아 줘서 기쁩니다."

회사에서 사장이 간바라 씨에게 말하는 모습을 봤다. 스즈이는 입사 이후 사장과 제대로 대화해 본 적 없지만 간바라 씨는 어느 틈에 꽤 친해진 것 같았다.

간바라 씨가 과거에 경영 컨설팅을 했다는 사실을 스즈이는 몰랐다. 자신에게 말해 주지 않았다는 사실에 조금씩 불만이 피어올랐다. 크게 신경 쓸 필요 없다는 것을 머리로는 알지만 간바라 씨를 다른 사람에게 빼앗긴 기분이 들어 불쾌했다. 간바라 씨가 상사가 된 지금의 체제는 기쁘지만 간바라 씨가 멀어져 버린 점은 기분이 나빴다. 내 이야기를 조금 더 들어줬으면 좋겠는데.

'그 사람 의사였다고 누가 말하지 않았나?'

떠올려 보려고 했지만 누가 말했는지, 언제 들었는지 선뜻 기억이 나지 않았다.

어느 날 한 여자가 임원이 된 간바라 씨를 찾아왔다. 점심 도시락을 전해 주러 온 듯했는데 스즈이를 보자마자 말을 걸었다.

"혹시 스즈이 씨세요?"

"아, 네. 그런데요."

"말씀 많이 들었어요. 아직 젊으신데 아주 뛰어난 동료가 있다고요. 괜찮으시면 이거 드세요. 직원들과 나눠 드세요."

건네받은 꾸러미를 열어 보니 크림을 아름답게 올린 호박 타르트가 들어 있었다. 마치 가게에서 산 것처럼 완벽한 타르트였다.

여자가 돌아간 뒤 사무실에서 스쳐 지나가는 간바라 씨에게 물었다.

"저기……. 간바라 씨, 방금 그분은 누구세요? 저한테 타르트를 주시던데요."

그러자 간바라 씨가 웃었다.

"아아, 아내예요."

시원스레 대답했다.

◆

간바라 니코는 새로 전학 간 교실에서 칠판을 등지고 인사했다.

"우리 엄마 아빠가 '스마일'의 생긋 웃는다는 의미를 따서 지어주신 이름입니다. 다들 편하게 불러 주세요. 잘 부탁드립니다."

고개를 들어 반 아이들의 얼굴을 둘러봤다.

교실 뒤 게시물을 응시했다. 전부 여섯 조. 다행이다, 표의 칸이 충분하다.

"선생님, 제안하고 싶은 게 있는데요."

"오 니코, 뭔데 그러니?"

"착한 일을 한 조나 규칙을 잘 지킨 조에 스티커를 붙이는 표를 만들면 어떨까요?"

니코는 은테 안경을 밀어 올리며 만들어 온 '참 잘했어요 표'를 손에 들고 담임 선생님에게 설명하기 시작했다.

◆

미야지마 쇼코는 입을 옷을 정하지 못한 채 옷장 앞에서 초조해했다.

이건 아니야, 이건 마치 수업 참관에 가는 것 같은 딱딱한 차림이잖아, 이 원피스는 예쁘지만 너무 신경 써서 멋 부린 사람 같아, 이 치마는 촌스럽고…….

옷을 이렇게까지 고르지 못하다니 10대 시절 좋아하는 남자와의 데이트 이후 처음이었다. 하지만 요즘은 매주 그렇다.

다과회 전에는 옷장에서 끄집어낸 옷들로 방에 발 디딜 틈이 없었다.

시계를 보니 벌써 1시 30분. 슬슬 본격적으로 차를 준비해야 하는데…….

오븐에서 바나나 케이크를 굽는 냄새가 났다. 달콤한 냄새로 가득 찬 집에서 쇼코 혼자 울고 싶은 기분이었다.

어째서 이런 꼴이 됐는가 생각하지만 이유는 이미 안다.

그 사람이, 간바라 가오리가 온 뒤부터였다.

"같은 맨션에 같은 반 엄마들이 제법 있던데요. 괜찮다면 다 같이 차라도 마시는 건 어때요?"

그전까지 맨션에 사는 아이 엄마들은 쇼코를 중심으로 모였다.

쇼코의 남편은 대학병원 의사다. 잘난 척하려는 마음은 딱히 없었지만 처음 참석하는 자리에서는 그 자리에 있는 모두에게 되도록 빨리 그 사실을 알리려고 한다. 그러지 않으면 다른 사람들이 별 볼 일 없는 남편이나 직업을 자랑했을 때 본의 아니게 망신을 주는 것 같아 미안하기 때문이다.

그동안 남편이 의사라는 엄마들과 어울리기도 했지만 어차피 그 사람들의 남편은 작은 의원을 운영하는 개업의거나 종합병원에 근무하는 의사였다. 자신의 남편에 비하면 신경 쓸 가치도 없는 수준 낮은 병원의인 것이다. 남편이 일하는 병원은 평범한 대학병원이 아니라 C대학 부속병원이었고 심지어 남편은 외과의였다. 게다가 차기 관리직 후보 중 한 명이다. 같은 의사라도 차원이 달랐다.

예전부터 지고는 못 사는 성격이라는 것은 스스로도 알았다. 하지만 실제로 어디서도 지지 않았으니 어쩔 수 없다. 그것은 이미 쇼코의 천성이었다. 새 환경이나 집단에 들어가면 우선 그 무리에서 자신이 제일이라는 사실을 알린다. 그러면 상황이 순조롭게 돌아가고 모두에게 불필요한 망신을 주지 않아도 되기 때문이다.

그래서 간바라 가오리라는 주부는 이사 온 지 얼마 되지 않아 그런 상황을 모른다고 생각했다. 아직 내가 누군지 모르니까, 잘 모르니까 차를 마시니 마니 하는 것이다.

우리 집안과의 수준 차이를 모르니까.

그래서 역으로 쇼코가 초대했다.

"어머, 다과회라면 우리 집에서 자주 열어요. 괜찮으면 간바라 씨도 오세요."

"그래요? 초대해 줘서 고마워요."

그 사람이 TV에 나온 누구 씨와 닮았다고 주변에서 은근슬쩍 소문이 도는 것도 그다지 유쾌하지 않았다. 그러나 쇼코가 보기에 가오리는 옷도 후줄근하고 어딘가 지치고 늙어 보였다. 머리도 부스스해서 더 신경 쓰면 좋을 텐데 생각했다.

그 간바라 가오리를 초대한 다과회 자리에서 쇼코가 먼저 밝혔다.

"사실 남편뿐 아니라 저도 의사였어요. 지금은 아이를 낳아서 쉬고 있지만요."

비장의 카드를 꺼내듯 밝히는 순간은 매번 기분이 좋았다. 남편뿐 아니라 자신도 특별한 존재다. 평범한 주부인 당신들은 상상도 못 하겠지, 라는 생각으로 말했는데 가오리의 표정은 변하지 않았다.

"아, 나도 그래요."

가오리가 말하며 미소 지었다.

"비밀이지만 나도 그래요."

응? 쇼코는 당황했다.

그럴 리가 없다는 생각에 간바라 가오리를 유심히 쳐다봤지만 차를 마시는 가오리는 아무 말도 하지 않았다.

"어디 병원에서 근무했어? 어디 의대 나왔어요?"

"글쎄요."

쇼코가 물었지만 모호하게만 대답하며 얼버무렸다. 자세하게 캐묻는 쇼코의 성미가 나쁘다고 나무라는 듯한 태도에 분노가 맹렬히 솟구쳤다. 당신 같은 사람이 의사일 리 없는데. 내가 그동안 얼마나 노력한 줄이나 알아? 그렇게 빤히 보이는 억지스러운 거짓말이 통할 것 같아?

짜증이 났는데 더더욱 짜증이 난 점은 가오리가 쇼코가 내놓은 수제 과자를 한 번도 입에 대지 않았다는 사실이었다.

"맛있어 보이네요"라고 딱 한마디 했을 뿐 손은 대지 않았다. 그러면서 자신이 요리를 좋아한다는 것, 과자도 자주 만든다는 것을 느끼게 하는 화제를 많이 꺼냈다. 도발하는 것 같았다.

마음에 들지 않으면 앞으로 초대하지 않으면 된다. 그렇게 생각하지만 자신이 왜 그 여자를 계속 부르게 되는지 이해할 수 없었다.

제대로 대화를 나누지도 않으면서 그저 가만히 앉아 웃기만 할 뿐인데 어쩐지 쇼코의 이성을 잃게 했다. 왜 이 여자는 나를 대단하다고 칭송하지 않지? 내 생각대로 움직이지 않지? 자신을 대단하다고 인정하게 만들고 싶어서, 보여 주고 싶어서 오늘도 기어코 부르고 마는 것인지도 몰랐다.

띵동. 현관 초인종이 울렸다.

그 소리에 쇼코는 어리둥절했다.

오늘 다과회에 초대한 멤버는 이미 다 모였다. 눈엣가시 같은 그 가오리도 와서는 오늘도 자신이 만들어 왔다는 호박 타르트를 쇼코에게 건넸다.

"매년 보내 주시는 호박으로 만들었어요. 괜찮다면 드세

요."

쇼코는 오늘 바나나 케이크를 만들었다. 비슷한 케이크류라는 것 정도도 생각 못 하나.

천진하게 "와아, 맛있겠다!" 신나 하는 다른 엄마들의 속마음도 알 수 없었다. 초조한 심정으로 바나나 케이크와 호박 타르트를 함께 탁자에 늘어놓았다. 타르트가 더 빨리 줄어드는 것 같아서 그것도 짜증이 났다.

가오리는 점잔 빼는 얼굴로 아무것도 먹지 않았다. 쇼코가 만든 케이크를 먹지 않았다.

"그러고 보니 가오리 씨네 남편은 뭐 하시는 분이라고 했죠?"

오늘만큼은 듣고야 말겠다는 마음으로 물었지만 가오리는 대답하지 않았다. 다른 엄마가 대신 대답했다.

"분명 식품회사였죠?"

뭐야, 회사원이야? 라는 눈빛을 담아 쇼코가 가오리를 쳐다보자 다른 엄마들이 말을 이었다.

"요쓰미야 푸드 임원이라고 했지? 대박이다."

"네, 뭐."

가오리가 미소 지었다. 임원이라는 말을 듣고서 조금 화가 났지만 요쓰미야 푸드 따위는 대기업보다 급이 떨어지는 중견 언저리의 작은 회사다. 별것 아니었다. 그리고 당신, 남들에게 '대단하다'는 말을 들으면 당신도 다른 사람을 '대단하다'고 분명하게 인정하라고. 신경질이 났다.

"가오리 씨, 니코한테 형이 있었지?"

"네."

"형은 몇 살이에요? 벌써 다 컸다고 들었는데 혹시 대학생이라서 집에서 나가 살아요?"

"뭐, 그런 셈이죠."

가오리는 모호하게 대답하면서 문자라도 보내는지 자꾸 휴대폰을 만지작거렸다. 다과회에 초대받아서 와놓고 저건 아니지. 그 행동까지도 화가 났다.

가오리가 오면 화제의 중심이 그녀가 돼서 왜인지 즐겁지 않았다. 어차피 지금부터는 그 '큰아들'인지 뭔지가 좋은 대학에 다닌다는 둥 이야기하겠지. 그래봤자 의대는 아닐 테지만. 우리 아이는 의대에 보내기로 마음먹었다.

가오리가 마시던 홍차 잔을 내려놓았다. 그리고 드물게도 자신이 먼저 쇼코를 쳐다봤다.

"저기, 전부터 여쭤보고 싶었는데요."

"네?"

"저 그림 진짜예요?"

"네?"

가오리가 손가락으로 가리킨 것은 거실 벽에 걸린 포스터

한 장이었다. 쇼코가 학생일 때 베스트셀러였던 책의 표지. 영국 화가가 그린 해변 거리의 그림. 유명한 그림이다.

뭐라고? 매우 유명한 그림이었다. 아무도 '진품'이라고는 생각하지 않을 정도로. 진품이 어디에 있는지는 모르지만 화가 본인이 소장하거나 어디 미술관에라도 걸려 있지 않을까. 쇼코의 집을 장식한 그림은 포스터였다.

"진품이 아니라…… 포스터인데요."

"어머나. 그래요? 진품이 아니었구나."

울컥했다. 말이 머리를 거치기 전에 먼저 튀어나왔다.

"그 말투는 좀 실례 아닌가요?"

"그게 아니라, 제가 그림을 그린 화가와 아는 사이라서 당신도 그런가 싶어서요."

"뭐라고요……?"

목소리가, 표정이 굳었다. 하지만 쇼코의 가슴 어딘가가 팔딱 뛰었다.

나 기다렸구나.

나는 당신이 영역 다툼을 걸어오기를 기다렸다. 나를 상대로 전력으로 우스운 싸움을 걸어오기를, 그것을 되갚아줄 기회가 오기를 기다렸다. 이봐, 방금 대놓고 자기 자랑한 거지? 다들 봤지? 이 사람이 먼저 싸움 건 것 봤지?

걸어온 싸움은 피하지 않는다. 당신 마음에 안 들어요. 쇼코가 되받아치려던 그때였다.

"이 그림이죠?"

가오리가 어느 틈에 휴대폰을 꺼내 내밀었다. 스마트폰이 아닌 피처폰. 요즘 같은 시대에? 가오리의 휴대폰은 피처폰이었다. 게다가 화면에 금이 가 있었다.

그녀가 내민 화면에 쇼코의 집에 걸린 그 그림이 떠 있었다.

"그리고, 맞다. 이것도."

다른 화면도 보여 줬다. 화면에는 쇼코가 지금 입고 있는 꽃무늬 치마가 있었다. 그리 비싼 옷은 아니지만 좋아하는 브랜드의 이번 시즌 신상이었다. 화면에는 공식 사이트가 열려 있었다. 같은 치마를 입은 모델 사진 밑에 3만 7천 엔이라고 가격이 적혀 있는데…….

아까부터 손으로 휴대폰으로 만지작거리더니 이런 것을 검색하고 있었다니.

"꽤 비싸네요. 그 치마. 독특하다고 생각했거든요. 나도 따라 입을까."

다과회 자리가 찬물을 끼얹은 듯 조용해졌다. 쇼코도 할 말을 잃고 가오리를 멀뚱멀뚱 쳐다봤다. 이 사람 조금 이상한 거 아니야……?

띵동. 바로 그때 초인종 소리가 들렸다.

그 소리에 쇼코는 의아했다.

다과회 멤버는 이미 전부 모여서 더 올 사람이 없을 텐데 도대체 누가……, 생각하며 고개를 들었다.

"네."

대답하며 인터폰 버튼을 눌렀다. 방문자의 얼굴을 확인하려는데 또다시 당황했다.

아무도 없다.

화면에 아무도 없었다.

"어머, 이상하네."

일부러 소리 내어 말하며 고개를 갸웃한 바로 다음이었다.

그 자리에 있던 모두가 숨을 삼키는 소리가 또렷하게 들렸다. 낯선 사람이 그곳에 있었다.

차이나칼라 교복을 입은 젊은 남자. 고등학생일까. 그 사람이 어느 틈에 집 안까지 들어와 있었다. 소리도 없이 정말로 눈 깜빡할 사이에.

"응?"

쇼코의 눈이 휘둥그레졌다.

남자가 다과회 탁자 앞에서 오른손을 번쩍 들었다. 그리고 그 자리에 차랑 하고 낭랑한 소리가 울려 퍼졌다. 상황 파악이 되지 않는 쇼코의 앞에서 다시 소리가 났다.

차랑.

남자가 손에 은색 방울 같은 것을 들고 있었다.

무언가 희미한 냄새가 났다. 쇼코의 집을 채우던 로즈 베이스 디퓨저 향기와는 다른, 조금 더 풀냄새 같은……, 대나무 같은 냄새.

그 자리에 있는 모두가 당황했다. 사람들이 느닷없이 나타난 남자와 집 주인인 쇼코를 당혹스러운 눈빛으로 번갈아 봤다. 그 순간.

그 자리에서 유달리 경직된 채 움직이지 못하는 사람이 한 명 있었다.

간바라 가오리가 눈을 부릅뜬 채 젊은 남자의 손을, 방울을, 믿을 수 없다는 눈빛으로 응시했다.

차랑. 청량한 소리가 다시 반복됐다. 그 소리에 정신이 번쩍 든 쇼코가 남자에게 다가섰다.

"잠깐만요, 당신……."

멋대로 들어와서, 라고 말하려던 목소리에 비명이 겹쳤다.

꺄아아아아아아아아아아. 절규였다.

공기가 쨍하니 쪼개는 듯한 소리였다. 귀를 의심할 정도였다.

젊은 남자를 바라본 채 미동도 하지 않던 가오리가 책상 위에 스스로 머리를 박았다. 홍차가 든 잔이 깨졌다. 케이크를 장식한 생크림이 가오리의 이마와 머리카락에 묻었다.

"가오리 씨!"

몹시 놀라고 당황한 주위 사람들이 가오리를 불렀다. 하지만 가오리는 머리를 처박고 거세게 도리질하듯 흔들었고 머리카락이 사방으로 휘날렸다.

엄청난 모습에 옆에 앉아 있던 주부 한 명이 가오리에게 달려갔다. 그리고 어깨를 만지고서는 "앗!" 하고 손을 뗐다. 뜨거운 것을 만졌다가 화상을 입을까 봐 경계하는 몸짓이었다.

"만지지 않는 게 좋아요."

젊은 남자가 방울을 치켜든 채 말했다. 매우 침착한 목소리였다.

그리고 바로 다음 순간.

멍!

개 짖는 소리가 들렸다.

현기증이 날 것 같았다. 쇼코는 옛날부터 개든 고양이든 동물을 싫어했다. 집에 개까지 들어오다니 생각한 순간, 젊은 남자 뒤에서 그와 같은 또래로 보이는 젊은 여자가 개와 함께 들어왔다. 여자는 남자만큼 침착하지 못한 모습으로 겁을 먹은 채 실내 상황을 살폈다.

여자의 품에서 개가 뛰어내렸다. 작은 갈색 개. 겁먹은 기색도 없이 타다닥 달려갔다. 빨간 목줄을 하고 있었다.

개가 탁자로 뛰어올랐다. 흩어진 식기 사이를 누비듯 쏜살

같이 곧바로 가오리에게 달려갔다.

멍! 멍! 몇 번이나 소리 높여 짖었다.

컹컹!

소리가 커졌다.

쇼코는 개가 분명 탁자에 엎드린 가오리를 덮치리라 생각해 순간적으로 시선을 돌리려고 했다. 하지만 개는 그대로 가오리의 손으로 달려갔다. 그 손가락에 얼굴을 갖다 댔다.

멍! 멍!

멍…….

사정이라도 하는 모습으로 짖었다. 그 소리가 마치 누군가는 부르는 것처럼 들렸다. 공격하는 것이 아니라 마치 간절히 이름을 부르듯.

가오리는 여전히 괴로워했다. 그녀의 손을 벗어난 피처폰이 바닥에 떨어졌다. 화면에 갔던 금이 늘었을지도 모르겠다. 고개를 들지 않는 가오리의 부스스한 머리. 혼란스러운 듯 흔드는 머리가 점차 수그러들었다.

정적이 찾아온 거실에 개 짖는 소리와 가오리의 거친 숨소리만 들렸다. 괴로운 듯 숨이 턱턱 막히는 듯 헐떡였다. 개가 걱정스러운 듯 그 손을 머리를 핥았다.

"……미키시마, 리쓰 씨."

젊은 남자가 갑자기 말했다.

누구를 부르는 소리인가 했는데 그가 쓰러져 있는 간바라 가오리를 바라보고 있었다. 가오리를 향해 누군가를 불렀다.

"리쓰 씨. 돌아오세요. 리쓰 씨."

차랑. 또다시 방울 소리가 울렸다.

어안이 벙벙한 모두 앞에서 리쓰라고 불린 가오리의 고개가 희미하게 움직였다. 탁자에 한쪽 뺨을 댄 채 멍한 눈을 떴다. 머리가 생크림 범벅이었다.

멍!

개가 또 짖었다. 킁……. 짖던 소리가 작은 소리로 바뀌며 여자의 뺨으로 다가갔다. 코를 킁킁거렸다.

눈을 뜬 가오리가 개를 발견했다. 비로소 초점을 찾은 두 눈에서 눈물이 흘러내렸다.

"……해……치……."

가오리가 개를 향해 이름을 불렀다.

◆

"그 사람은…… 누구야?"

"미키시마 리쓰. 그 아파트에서 실종된 주부."

미오의 물음에 가나메가 표정 하나 바꾸지 않고 방울을 높게 든 자세로 대답했다.

괴로워하며 쓰러진 '여자'의 주변에서 다른 여자들이 눈을 동그랗게 뜬 채 그 모습을 지켜봤다.

가나메가 그들의 시선을 개의치 않고 말을 이었다.

"반년 전에 사와타리 단지에서 여성 둘이 같은 날 사망했어. 한 명은 사와타리 히로미. 그 단지 리노베이션을 담당한 디자이너의 아내였어. 집 베란다에서 아들이 미는 바람에 떨어진 것으로 판단했지."

미오를 돌아보지 않고 담담하게 말했다.

"나머지 한 명은 가시와자키 게이코."

이번에도 모르는 이름이었다.

"사와타리 히로미가 죽은 날 늦은 밤에 아파트 남쪽 건물 복도에서 떨어져 사망했어. 같은 날 밤, 가시와자키 게이코가 떨어진 복도 바로 앞에 있는 집에서 주부 한 명이 실종됐어. 515호에서 이 개와 함께 살던 주부였는데, 사라지기 직전에 죽은 가시와자키 게이코가 515호 현관문을 세게 두드리며 그녀를 부르는 모습을 인근 주민이 목격했지."

가나메가 크게 숨을 들이마셨다.

"숨진 가시와자키 게이코는 단지 남쪽 동 201호에 살던 것으로 보이는데 주변 사람들에게 자신을 '간바라 가오리'라고 소개했어."

아아아아아 하는 목소리가 들렸다. 결코 크지 않은, 조용히 탄식하는 소리. 해치가 코를 킁킁거리는 쓰러져 있는 '미키시마 리쓰'의 입에서 새어 나온 소리였다. 곁에서 해치가 짖었다. 사랑스럽게, 걱정스러운 듯이. 멍!

◆

"멍!"

그날도 들었다.

여자는 떠올렸다.

나는…… 리쓰다.

미키시마 리쓰.

남편은 미키시마 유키. 아들은 미키시마 가나토.

짖고 있는 이 아이는 해치.

그날 밤, 눈앞에서 간바라 가오리가 복도 난간을 넘어 떨어졌다.

남편과 가나토가 외식을 나가서 집에 홀로 누워 있었는데 초인종이 몇 번이나 집요하고 끈질기게 울렸다. 간바라 가오리였다.

리—쓰—씨—.

얼굴, 보러 가자—.

쾅쾅쾅, 쾅쾅쾅, 쾅쾅쾅, 쾅쾅쾅, 띵동, 쾅쾅쾅, 쾅쾅쾅, 띵동, 쾅쾅쾅, 리—쓰—씨—, 쾅쾅쾅쾅, 이번에는 아는 사이 잖—아—, 띠잉동…….

멍!

해치가 현관문을 향해 짖었다.

멍! 멍!

해치가 목이 터져라 짖었다. 무섭고 너무 겁이 나서 나는 그 작은 몸에 매달렸다.

리—쓰—, 씨—이—.

현관문 너머에서 자신을 부르는 목소리.

머리를 부여잡았다. 공기가 희박했다. 숨을 쉴 수 없었다.

가오리의 목소리가 이어졌다.

"가나토한테도 가르쳐 줘야지. 아사히네 엄마가 죽었잖아. 분명 슬퍼하고 인사하러 가고 싶어 할 거야. 괜찮으면 내가 가르쳐 주러 갈게. 내가 갈까? 리쓰 씨, 내가 갈까?"

그만해!

아들 이름을 듣자 길게 터져 나온 비명이 자신의 것이라는 사실을, 소리를 터뜨린 여파로 가슴에 오래 전해진 고통으로 처음 알아차렸다. 현관문을 열고 말았다. 열고서 뛰쳐나갔다, 통로로…….

그리고 숨을 삼켰다.

가오리가 없었다. 그리고 바로 그 순간, 퍼뜩 옆을 쳐다봤다.

"까꿍!"

커다란 소리가 나더니 가오리가…… 문 뒤에서 튀어나왔다. 리쓰는 비명을 지르며 피했다. 혼신의 힘으로 몸을 휙 돌려 피했다.

그러자 온 힘을 다해 튀어나왔던 가오리의 상체가 그대로 복도 난간 너머로 기울었다. 그리고 가속도가 붙은 몸이 기우뚱 넘어갔다.

아! 소리가 터져 나왔다. 자신의 목소리인지 가오리의 목소리였는지 알 수 없었다.

리쓰의 다리가 흐느적흐느적 힘을 잃었다. 그리고…….

팡! 터지는 소리가 났다.

떨어지는 소리.

남편 유키는 쿵, 이라고 표현했던 소리. 그 소리를 듣는 순간 귀가 멍멍해졌다. 소리가 점점 사라졌다.

'아아, 떨어졌구나.'

간바라 가오리가, 눈앞에서 떨어졌다.

리쓰는 망연히 그 충격을 온몸으로 받아냈다. 몸에 힘이 들어가지 않아 아래를 볼 생각도 들지 않았다. 눈을 감고 싶은데 그조차 할 수 없었다. 그런데 돌연 시야가 어두워졌다.

펄럭펄럭, 팔락팔락, 뭔가가 펄럭이는 소리가 들렸다. 희미해져 가는 의식 속에서 리쓰는 그 소리가 무엇인지 알았다. 주변을 잠식한 하늘색 시트.

사와타리 단지 전체를 뒤덮은 이사 작업용 양생 시트가 일제히 바람에 펄럭였다. 거대한 생물이 숨을 쉬듯.

그 소리를 들으면서 의식이 단숨에 멀어졌다.

멍! 어둠 속으로 빠져드는 마지막 순간에 해치가 짖는 소리를 들었다.

그 해치의 소리가 지금 또렷하게 들렸다.

차랑. 방울 소리도.

차랑, 차랑, 차랑.

그동안 줄곧 머릿속이 안개로 자욱하게 뒤덮인 것 같았다.

무언가를 생각하려고, 자신이 누구인지 떠올리려고 하면 그 안개가 맹렬한 기세로 짙고 무거워졌다. 안개 자체가 어느새 질량을 품은 솜이 된 듯, 미약하게나마 저항하려고 하면 그 안개가 물을 빨아들인 것처럼 더욱 무겁고 끈적끈적하게 머릿속과 온몸에 달라붙었다.

그런데…….

차랑. 그 소리에 안개가 불타올랐다.

안개 한가운데에 불꽃이 튀었다. 있는 줄도 몰랐던 솜의 심지에 타닥타닥타닥타닥 대나무 같은 것에 불이 붙어 튀는 소리가 들렸다. 불타는 안개가 연기를 내며 몸속부터 검게 타들어 갔다. 끔찍한 고통에 비명을 지르면서 아, 이 안개도 솜도 처음부터 이런 색이었구나, 검었구나 점점 깨달았다.

어둠이었구나.

차랑, 차랑.

소리와 함께 강렬한 아픔이 찾아오며 안개가 점점 걷혔다. 어둠이 점점 물러났다.

"미키시마 리쓰 씨."

목소리가 들렸다. 처음 듣는데도 무척 그리운 목소리였다.

"리쓰 씨. 돌아오세요. 리쓰 씨."

네. 리쓰가 중얼거렸다.

입술이 마침내 스스로의 의지로 분명하게, 떨리듯 작게 움직였다.

리쓰는 정신없이 고개를 끄덕였다. 해치. 사랑하는 반려견의 이름을 불렀다.

나는 미키시마 리쓰.

간바라 가오리가 아니라, 미키시마 리쓰.

◆

"이놈들은 '가족'을 보충해."

가나메가 서슴없이 단호하게 말했다. 미오를 돌아보지 않은 채 반응도 기다리지 않고 말을 이었다.

"가족 구성원이 한 명 없어지면 그 순간 관여한 누군가를 끌어들여 없어진 '가족' 역할을 맡게 하는 거야. 나이가 비슷한 누군가에게 엄마나 아이 등 부족해진 구성원의 역할을 부여해 '가족'을 유지하지. 그렇게 일가족을 만들어 어둠과 죽음을 더욱더 흩뿌리는 거야."

말의 뜻을 금세 이해할 수 없었다. 이해하려고 애썼지만 머리가 따라가지 못했다. 그러나 가나메는 아무렇지 않다는 듯 말했다.

"그 가족은 사와타리 단지에서 죽은 '간바라 가오리' 대신 이 사람을 새로운 간바라 가오리로 삼았어."

해치가 쓰러진 여성의 얼굴을 여전히 걱정스럽게 살피며 곁에서 떨어지지 않았다. 마치 지키는 것처럼. 그 모습을 보니 무슨 일이 일어났는지 완전히 이해하지는 못해도 기특한 마음에 뭉클했다.

"리쓰 씨. 이제 괜찮아요."

가나메가 말한 뒤 흔들던 방울을 마침내 멈췄다. 후우 크게 숨을 내쉬며 쓰러진 여성의 눈을 손바닥으로 덮었다.

여성의 눈에서 눈물이 다시 또르르 흘렀다. 가나메가 무척 부드러운 목소리로 달랬다.

"자도 괜찮아요."

여성의 입술이 가늘게 경련하듯 움직였다. 기분 탓이 아니라면 스치는 목소리로 네, 라고 중얼거린 것처럼 들렸다.

"잠깐만."

다급한 목소리가 들린 것은 그때였다.

가나메와 미오가 나타난 뒤로 시간이 멈춘 듯했던 탁자 주변에 있던 여성들. 그중에서도 표정이 특히 사나운 여성이 서 있었다. 꽃무늬 치마를 입은 이목구비가 화려한 미인이었다.

"당신들, 누구야? 도대체 우리 집에 왜 왔어? 간바라 씨는 어떻게 된 거야? 실종이니 추락이니, 이게 다 무슨 소리야?"

화가 났는지 두려운지 목소리가 벌벌 떨렸다. 이 집 주인인지도 모른다. 미오가 어떻게 대답해야 좋을지 몰라 가만히 서 있자 가나메가 고개를 돌렸다.

"살았습니다, 당신들은."

방금까지 리쓰에게 말하던 것과는 완전히 다른, 감정이 사라진 차가운 목소리였다. 그것만으로는 무슨 뜻인지 이해할 수 없으리라 생각했는데 자리에 있던 여성들 모두가 겁먹었다. 하나같이 눈을 부릅뜨고 압도당한 것처럼 가나메를 쳐다봤다.

뭔가 짚이는 것이 있구나.

미오도 그랬으니까 이해했다. 간바라 잇타에게 농락당할

때 무언가 조금씩 이상해지고 있다는 사실을 분명히 느꼈다. 당시에 이러다가는 더 큰 일을 당하리라는 예감이 확실히 들었다. 이 사람들도 아마 그럴 것이다.

"여러분께 부탁이 있습니다. 이 간바라 씨가 지금 사는 집을 알려 주세요."

가나메가 말했다.

◆

그 집의 문을 연 순간 기분 나쁜 기운이 스윽 새어 나오는 것을 똑똑히 느꼈다.

산 것의 기운이 아니었다. 굳이 말한다면 냉기일까. 냉동실을 열자마자 흘러나오는 뿌옇게 보이는 냉기, 그처럼 어딘가 오싹한, 몹시 소름끼치는 무언가가 밖으로 흘러나왔다. 이 집 안에 그런 기운이 가득했다.

나도 데리고 가 달라고 마지막까지 지켜보고 싶다고 부탁한 미오였지만 안으로 들어가기 망설여졌다.

가나메가 말없이 집으로 들어갔다. 실제로 기운뿐 아니라 집 안에서 곰팡내가 진동했다. 곰팡이뿐이 아닐지도 모른다. 밖은 화창한데 집 안은 계속 축축하게 비가 내리는 기분이었다.

이 황폐한 기운은 도대체 무엇일까.

맨션 위층에서 다과회를 하던 사람들의 이야기로는 '간바라 가오리'는 이 302호로 이사 온 지 두 달 정도밖에 되지 않았다고 한다. 이사 온 지 얼마 지나지 않았는데도 집이 엉망이었다. 물건이 그리 많은 집도 아닌데, 집을 둘러보고서야 이유를 깨달았다.

가구와 물건은 적지만 놓여 있는 물건의 용도와 위치에 규칙성이 없었다. 프라이팬과 바닐라에센스, 빈 밀가루 용기가 거실 탁자에 펼쳐져 있었고, 인형뽑기 기계에서 뽑은 것 같은 커다란 봉제 인형이 소파 위 골판지 상자에 삐져나와 있었다. 초등학생 아이 것으로 보이는 학습 용품은 선반에 정리해 놓지 않고 바닥에 널브러져 있었으며 양복이 여성복 남성복 아이 옷 할 것 없이 옷걸이에 끼워진 채 방 구석에 잔뜩 쌓여 있었다. 커튼까지 쳐져 있는 몹시 어두운 집이었다.

난잡하지만 기묘하게도 생활감이 느껴지지 않았다. 이곳에 사는 사람들이 불을 켜고 이 공간에서 대화를 나누고 식사를 하는 모습이 전혀 상상이 가지 않는다고 할까.

조금 전 주부들의 말에 따르면 간바라 집안에 자식은 두 명이었다.

대학생 또래의 큰아들과 초등학생인 작은 아들. 큰아들이 어느 학교에 다니는지는 들은 적이 없어서 모른다. 은둔형 외톨이라는 소문도 있었다. 초등학생인 작은아들은 동네 초등학교에 다닌다. 그 말을 듣고 가나메가 어딘가로 전화를 걸었다. 그가 휴대폰으로 누군가에게 연락하는 모습은 처음 봤다.

"지원 부탁드립니다."

통화 상대에게 말했을 때는 놀라면서도 상황을 파악했다. 그에게도 동료 같은 존재가 있는 것이다. 작은아들이 다닌다는 초등학교 이름과 이 맨션의 이름까지 알렸다. 그리고 마음을 굳힌 듯 상대에게 말했다.

"여기서 한번에 끝내죠."

전화를 끊고 미오에게 말했다.

"가자. 빨리 처리하는 게 나아."

"빨리? 그게 무슨 말이야?"

묻는 미오를 향해 가나메가 입술을 꾹 다물었다.

"놈들이 눈치채거든. 한심하게도 지금까지 마지막 순간에 몇 번이나 놓쳤어."

무슨 말인지 이해하지 못했지만 고개를 끄덕였다. 그리고 가나메와 함께 맨션에 있는 이 집을 찾아왔다.

302호. 간바라 가족의 집.

거실 너머에 닫혀 있는 맹장지 문이 보였다. 안쪽에 다다미방이 있는 모양이다.

가나메는 주저하지 않았다. 보이지 않는 힘에 이끌리듯 맹장지 문을 향해 곧바로 걸어갔다. 어느샌가 손에 또 방울을 치켜들고 있었다.

무서워.

이 공간의 긴장감이 공기를 타고 찌릿찌릿 전해지는 기분이 들어 도망치고 싶었다. 미오는 필사적으로 가나메 바로 뒤에 붙어 따라갔다. 자칫하면 공포가 등에 달라붙을 것만 같아 애써 마음을 다잡았다.

가나메가 맹장지 문을 열었다. 문을 여는 순간 곰팡내와 비비린내가 지금까지와는 비교도 할 수 없을 정도로 강해졌다. 그 속에 과자에서 나는 달큰한 냄새가 뒤섞여 있었다.

내부 광경이 시야에 들어온 순간 미오가 꺅! 소리를 질렀다. 기겁했다.

사람이 있었다.

집에 산 것의 기운이 전혀 느껴지지 않았는데 정말로 느닷없이 사람이 나타난 느낌이었다. 방 깊숙한 곳에 놓인 낮은 침대. 침대에서 상체를 일으키고 앉아 있는 누군가가 그 자세 그대로 꼼짝도 하지 않았다. 순간 사람이 아니라 마네킹 같은 것이 놓여 있는 것이 아닐까 생각했다. 길고 부스스한 머리로 뒤덮인 얼굴이 같은 자세로 멍하니 허공을 응시했다. 미오가 자신도 모르는 사이에 가나메의 옷자락을 꽉 쥐었다. 그 손에 힘이 들어가면서 심장박동이 점점 빨라졌다. 설마, 설마 하는 목소리가 계속 머릿속에 울렸다. 설마, 혹시…….

"……하나카."

목소리가 나왔다. 생각은 여전히 정리되지 않았지만 정신을 차리고 보니 입에서 이름이 튀어나왔다. 가슴이 미어지는 고통이 강하게 밀려왔다. 상대가 움직이지 않는 것을 확인하고 이름을 부르면서 조심조심 한 발씩 다가갔다.

"하나카……!"

방금까지만 해도 공포와 긴장이 몸을 옥죄어 움직일 수 없었는데 가나메의 옷을 잡고 있던 손도 뗐다. 그 사람의 얼굴을 가까이서 들여다봤다.

긴 머리칼 사이로 멍하니 허공을 응시하는 얼굴은 많이 변했지만 그럼에도 하나카였다. 미오가 이름을 불러도 고개를 돌리지 않았다. 그저 눈만 깜빡일 뿐 정신은 다른 곳에 있는 사람 같았다. 눈에 초점이 사라진 것처럼 보여서 앞이 보이기는 하는지 걱정됐다.

머리카락은 정말로 치렁치렁 길었다. 모습을 감춘 그날부터 한 번도 자르지 않은 사람처럼. 순간 동화 속 라푼젤이 떠올랐다. 높은 탑에 갇혀 나오지 못하던 공주가 지금 미동조차 하지 않는 하나카의 모습과 겹쳐 보였다.

머리는 검은색이었다. 당연히 검은색이라고 생각했다. 눈으로도 분명히 확인할 수 있지만 어두운 방에서 하나카의 머리카락이 하얗게 빛나는 듯 이상한 존재감을 뿜어냈다. 생기를 잃은 채 단숨에 수십 년은 팍 늙어 버린 느낌이었다.

미오가 부르는 소리에 하나카는 반응하지 않았다. 너무나 변해 버린 외모에 미오도 더 이상 어떤 말도 건넬 수 없었다.

하고 싶은 말은 많았는데.

너는 계속 이렇게 지냈어? 사라진 그날부터 거의 2년을. 내가 고등학교를 졸업하고 대학에 입학해서 새로운 생활을 시작하는 동안.

—이제 슬슬 대학 입시구나. 좋을 때구나…….

문득 하나카의 어머니가 한 말이 떠올라 눈물이 차올랐다.

침대 위 하나카는 잠옷 차림이었다. 파란색과 노란색 체크무늬. 위화감을 느꼈다가 무엇이 이상한지 알아차렸다. 단추가 달린 쪽이 미오에게 익숙한 방향과 달랐다. 좌우가 바뀐 남자의 옷이었다.

왜 그런 것인지, 그것이 무슨 의미인지 모른 채 막막한 심정으로 가나메를 바라봤다. 울고 싶은 마음이었다.

"가나메. 하나카가……."

가나메가 고개를 살짝 끄덕였다. 손에 든 방울을 차랑 흔들자 표정이 없던 하나카의 얼굴이 쩍하고 갈라지듯 왈칵 일그러졌다.

그러고 나서는 순식간에 여러 가지 일이 일어났다.

하나카가 비명을 지르면서 지금까지 미동도 않던 몸이 크게 튀어 오르며 요동쳤고 스스로 머리를 짓누르고 가슴을 쥐어뜯었다. 그 비명을 들은 미오의 몸이 자연스럽게 움직였다.

"하나카!"

이름을 부르며 침대 위에 있는 몸을 눌렀다. 뼈와 가죽만 남아 버린 듯 가늘고 딱딱한 몸에 매달리자 심장이 콱 조이는 듯했다. 자신도 모르게 순간적으로 끌어안은 이유는 그 비명이 영락없는 하나카의 것이었기 때문이다. 고등학교 시절 내내 듣던 하나카의 목소리 그 자체였다.

하나카의 몸이 불에 타는 듯 뜨거워서 만진 순간 후회했다.

간바라 잇타 때와 같았다. 달궈진 쇠처럼 뜨겁게 달아오른 선배의 몸. "만지지 않는 게 좋아"라고 충고하던 가나메의 말이 떠올랐다.

"떨어져!"

가나메가 말했다. 그래야 한다고 미오도 생각했다.

하지만 하나카와 자신의 몸이 자석의 N극과 S극처럼 딱 붙어 떨어지지 않았다.

아아. 자책했다.

미안, 가나메.

나는 매번 이래.

네가 주의를 줬는데, 방해하지 않겠다고 다짐했는데, 따라

오면 안 됐는데, 나는 왜 항상.

착하니까, 모범생이니까, 왜 그렇게까지 해, 착하게 구니까 오해를 사는 거야, 거절하지 않으니까, 너를 위해서 말하는 거야.

"미오는 그런 면이 있지."

간바라 잇타의 얼굴과 목소리가 되살아났다. 미안해요 선배. 미오는 사과했다. 사과하고 말았다.

고작 며칠 그런 취급을 받았을 뿐인데 아직도 온 마음이 그에게 당한 일을 기억해서 스스로도 어쩌지 못했다.

◆

정신을 차리니 알코올 냄새가 났다. 술이 아니라 소독약 냄새. 코를 찌르는 그 냄새가 빠져나갔다.

무거운 눈꺼풀을 천천히 들어올렸다. 하얀 천장이 어렴풋이 눈에 들어왔다. 옆을 보니 하얀 벽이 흔들렸다. 벽지가 바람을 휘감듯 부풀어 오르고……. 그 움직임에 그것이 커튼 천이라는 사실을 인지했다.

하얀 칸막이 커튼. 이런 커튼이 있는 곳은 어디지…….

병원이다.

눈을 두 번 깜빡였다. 어느새 미오는 어딘가의 침대에 누워 있었다. 황급히 몸을 일으켜 몸을 내려 봤다. 아까와 같은 차림이다.

"깼어?"

목소리가 들리며 커튼이 열렸다. 시라이시 가나메였다. 당황한 기색이 없는 평소와 같은 모습을 보고 마음이 놓였다.

"가나메."

왜 자신이 이곳에 있을까. 무슨 일이 벌어졌던 것일까. 순간 파악할 수 없었지만 가나메의 얼굴을 보니 생각났다.

주부들이 모인 다과회. 몸부림치며 괴로워하는 여성에게 달려가는 해치. 이후에 그 맨션의 다른 집(302호)을 찾아가 맹장지 문을 열고 안을 들여다 본 일.

텅 빈 눈을 한 침대 위 하나카.

"미안, 나……."

말을 꺼내다가 화들짝 놀랐다. 커튼을 열고 미오를 내려다보는 가나메의 등 뒤로 눈부신 형광등 불빛 너머에 침대 하나가 더 있었다. 그 침대에 누워 있는 사람을 보고 미오는 이번에야말로 벌떡 일어났다.

"하나카……!"

하나카가 누워 있었다.

그 곁으로 달려갈 수 있었던 이유는 하나카의 얼굴이 맨션의 그 방에서 발견했을 때와는 완전히 다르게 평온해서 그저 평범하게 잠든 사람처럼 보였기 때문이다. 비정상적으로 긴 머리는 부스스하고 몸은 여위어서 외모가 몹시 변했지만 그래도 아까와는 다르게 파리한 뺨에 혈색이 조금 돌아왔다. 살아 있다고 느꼈다. 미오가 아는 하나카의 모습과 제법 비슷해진 듯도 했다. 옷차림도 그 방에서 입고 있던 잠옷이 아니라 이 병원의 환자복으로 갈아입은 상태였다.

미오는 가나메를 쳐다봤다. 가나메가 그 시선을 받으며 미오가 누워 있던 침대 밑을 손가락으로 가리켰다.

"미오, 신발."

손가락 끝에 미오의 운동화가 있었다. 그제야 자신이 맨발이라는 사실을 깨닫고는 고맙다고 인사했다. 운동화를 신으며 다시 주위를 둘러봤다.

창밖이 어두웠다. 벌써 밤이었다.

어딘가 멀리서 구급차 사이렌이 울렸다.

"……여긴 어디야? 병원?"

"응. 이번에 우리를 돕기로 한 가타기리 종합병원."

"날 여기로 옮겨 준 거야?"

"음."

"미안. 결국 발목을 잡고 말았네……."

"아니."

가나메가 짧게 대답했다. 그 얼굴을 본 미오는 일단 말해 두자고 생각했다. 아까보다 훨씬 평온해진 잠든 하나카의 얼굴을 바라보다가 말했다.

"고마워."

"응?"

"약속한 대로 하나카를 만나게 해 줘서. 이 아이를 구해 줘서."

"아니, 그게."

가나메가 쩔쩔매듯 대답했다. 쑥스러워하는 것이 아니라 순수하게 어떻게 대화해야 좋을지 모르는 사람 같았다.

"이제 하나카는 괜찮아?"

"아마도."

"하나카 부모님께 연락은 했어?"

"했어. 그런데 만나는 건 아직 좀 더 기다리시라고 했어. 아직 해야 할 일이 남았으니 오늘 밤까지는."

"할 일이라니?"

의미심장한 소리에 물었지만 더 이상 설명은 돌아오지 않았다.

하나카의 부모님은 한시라도 빨리 딸과 만나고 싶을 것이다. 그동안 얼마나 애가 타고 속이 문드러졌는지 조금이라도 알기에 답답한 마음이 들었지만 지금은 그의 말에 따를 수밖에 없었다.

이제 얼추 안다. 상식으로는 설명할 수 없는 일들이 오늘에만 벌써 여러 차례 벌어졌다.

창밖으로 거리의 불빛이 보였다. 네온사인이 빛나는 간판과 거리 풍경을 바라보며 모르는 동네구나 생각했다.

하나카가 있던 조금 전 그 맨션 근처일까. 아니면 사와타리 단지 근처일까. 가타기리 종합병원이라는 이름을 듣고도 짐작 가는 바가 없었다.

병실 침대는 두 개. 하나카가 잠들어 있는 창가 침대와 방금까지 미오가 자던 침대였다.

침대에 누운 하나카의 얼굴을 바라보니 문득 애달픈 마음이 차올랐다.

"하나카가 정신을 차리면 예전처럼 나와 이야기할 수 있어?"

"응. 당장은 어렵겠지만."

"지금까지 있었던 일은 기억해? 자기가 뭘 했는지 같은 거."

말하는 도중에 숨이 콱 막혔다. 아아…… 애당초.

"하나카는 그 집에서 뭘 하고 있던 거야?"

"내 생각이지만 아마도 계속 그런 상태였을 거야."

미오는 말없이 눈만 부릅떴다. 그런 이라는 말에 그 어둡고, 습하고, 곰팡내와 희미한 과자 냄새가 뒤섞여 나던 방이 떠올랐다. 홀로 있던 방, 꼼짝하지 않고 허공을 바라보던 그 형용할 수 없는 모습…….

"지금까지 쭉 혼자서 그렇게 집에 있었다는 거야? 거의 2년을?"

"아마도."

"그럴 수가……."

미오는 안타까운 심정으로 말을 이었다.

"그건 너무하잖아. 지난 2년 동안 우리는 고등학교를 졸업하고 대학에 갔어. 하나카는 그 시간 동안 계속 그 방에 갇혀서 허송세월했다는 말이야? 그건 너무하잖아, 시간은 되돌릴 수 없는데."

"……그런가?"

당황한 미오가 가나메를 쳐다봤다. 가나메의 눈은 여전히 감정을 읽을 수 없었다.

"되돌릴 수 있지 않을까? 2년이나 3년 정도라면."

"그게 무슨 소리야?"

잠든 하나카를 앞에 두고 태연하게 그런 말을 할 수 있는 무심한 성격을 이해할 수 없었다. 하지만 별수 없다. 지금 여기에서 가나메를 나무라거나 그의 성격을 지적해도 아무것도 바뀌지 않는다. 애초에 다른 사람들과는 사고방식이 다른 아이였다.

그래도 미오는 도저히 용서할 수 없었고 마음에 걸렸다. 남일 같지 않았기 때문이다. 자칫하다가 자신이 지금의 하나카가 됐을 수도 있었다. 원래 간바라 잇타에게 홀렸던 사람은 미오였다. 공교롭게도 가나메의 도움으로 무사할 수 있었을 뿐 지금 하나카의 자리에 자신이 있었을 수도 있다.

"간바라 선배는 왜 하나카를 데려갔어?"

"하나카는 '간바라 잇타'의 대체자였던 것 같아."

"대체자?"

"내가 말했지? 그 가족은 없어진 가족을 보충한다고. 미키시마 리쓰 씨를 그 가족의 아내이자 어머니인 '간바라 가오리'로 삼은 것처럼 나이가 비슷한 하나카를 아마 가족 중 '장남'으로 삼으려고 했을 거야."

"장남……."

그 집안에 아이는 둘이다. 대학생 또래 큰아들과 초등학생 작은아들.

가나메가 설명했다.

"추측이지만 하나카 같은 경우는 간바라 가족도 긴급 보충 사태였던 것 같아. 내가 너무 큰 데미지를 주는 바람에 예정보다 이르게 '장남'을 잃어서 고육지책으로 하나카를 데리고 간 거야. '장남'이 필요했는데 성별이 바뀐 탓에 원활하게 '간바라 잇타'를 맡기지 못 했겠지. 그래서 집에 가둬둘 수밖에 없었을 거야."

"그, '가족'을 바꾼다는 게 무슨 말이야?"

"아……."

가나메가 숨을 길게 들이마셨다. 짧고 무뚝뚝한 대답이지만 물으면 가르쳐 준다. 참을성 있게 대답을 기다리자 그가 입을 열었다.

"미에현에서 죽은, 예전 간바라 잇타 기억해?"

"……육상부였던 내 선배?"

"그래."

지독한 일을 당했고 위태로운 상황에 가나메에게 도움을 받았다. 그렇지만 '죽었다'고 말로 분명하게 들으니 가슴이 묵직하게 아파 왔다. 이제는 좋아하지 않는다. 하지만 이름을 듣고 얼굴을 떠올리면 어쩔 수 없이 그렇게 됐다.

"내가 실패했어."

가나메가 말했다.

"간바라 잇타를 추적해서 그 근본인 가족 자체를 뿌리 뽑으려고 했는데 그때 내가 필요 이상으로 중상을 입힌 거야. 게다가 그 가족이 그렇게 재빨리 도망칠 줄 몰랐어. 허술한 예측 때문에 미오와 하나카에게도 피해가 갔어."

가나메가 침대로 다가가 하나카의 얼굴을 바라봤다.

창밖에서 사이렌 소리가 끊임없이 울렸다.

"간바라가 미오 말고도 다른 사람까지 노렸는데 눈치채지 못했어. 내가 입힌 부상 때문에 간바라 잇타는 도망치다가 목숨이 다했지. 죽을 때를 알았기에 하나카를 데려간 거야. 자기를 대체하게 하려고."

"선배의 사인은 뭐야?"

심장이 점점 빠르게 뛰었다. 미에현에서 죽었다는 말밖에 듣지 못했다. 목숨이 다했다는 가나메의 말을 들어도 아직 현실감이 부족했다.

가나메가 말없이 미오를 바라보다가 자신의 휴대폰을 꺼내 화면을 켰다. 무언가를 검색하더니 미오에게 보여 줬다.

뉴스 사이트의 기사였다.

'미에현 산속에서 목을 매 자살한 남성의 신원 파악.'

미오가 숨을 삼켰다.

"자살, 이라고?"

"응."

기사를 눈으로 훑었다. 시신이 발견된 지 한 달쯤 지나서 나온 기사 같았다.

'지난달 7일, 미에현 산속에서 발견된 남성 사체는 7년 전 집을 나간 뒤 실종된 홋카이도에 살던 남자 초등학생(당시), 야스다 유키야로 판명됐다.'

야스다 유키야. 처음 듣는 이름에 시선이 못 박힌 듯 고정됐다.

사진은 나오지 않았다. 하지만 자신이 아는 '선배'의 천진난만했을 초등학생 시절의 얼굴을 상상했다. 숨이 막히는 기분이었다.

"이 사람이 선배야? 야스다 유키야라는 이 사람이?"

"응. 몇 대째 간바라 집안의 장남 간바라 잇타."

"자살이라니, 왜 그런 거야?"

"……그 집안에 들어가면 완전히 사람이 아닌 존재가 돼서 주위에 죽음과 어둠을 흩뿌리는 역할을 하는데, 그건 기력이 상당히 소진되는 일이야."

가나메가 하나카의 얼굴에 시선을 고정한 채 말했다. 떼꾼한 눈에 움푹 들어간 뺨의 하나카는 기진하다는 말을 그대로 빨아들인 듯한 모습이었다.

"주변 사람들을 죽음으로 끌고 가는 만큼 자기 자신도 점점 죽음과 가까워져. 그래서 '놈들'은 주위를 어둠과 죽음으로 끌어들이는 동시에 항상 자신을 '대체할 존재'를 찾지."

"왜?"

"원래 그런 존재니까, 라고 밖에 설명할 수 없네."

가나메가 당황해 말하며 고개를 저었다.

"간바라 가족의 일원이 되는 것은 그만큼 피폐해지고 도망치고 싶은 일인지도 몰라. 간바라 잇타에게 당한 너한테는 미안한 말이지만 그런 식으로 상대를 몰아넣거나 어둠을 강요하고 폭언을 퍼붓지만 본인도 어쩔 수 없는 거야. 자기 의사가 아니야. 그렇게 강제로 '가족'이 되어서 자기 자신도 죽음에 가까워지는 거고."

가나메가 하나카와 연결된 링거병을 바라봤다. 그리고 불쑥 중얼거렸다.

"예를 들어 내가 오늘 어둠을 물리친 미키시마 리쓰 씨 말인데, 리쓰 씨가 '간바라 가오리'가 되기 전에 '간바라 가오리'였던 가시와자키 게이코는 사와타리 단지 복도에서 추락했어. 아마 스스로 뛰어내렸을 거야. 죽은 뒤에 리쓰 씨를 자신의 대체자로 삼을 생각으로 그런 거야."

"'가족'이 된 사람들도 원래는 평범한 사람들이었어?"

휴대폰 화면에 표시된 야스다 유키야의 이름을 바라보며 물었다. 일부러 '평범한 사람들'이라고 표현하자 망설이는 듯한 짧은 침묵 후에 가나메가 고개를 끄덕였다.

"네가 만난 '간바라 잇타'도 원래는 평범한 아이, 였을 거야. 홋카이도 집 근처 야구팀에 그 전 간바라 잇타가 새 멤버로 들어가면서 야스다 유키야와 엮인 걸로 알아. 야스다 유키야는 활달한 주장이었는데 점점 엄격한 규칙을 만들거나 이상하게 굴었고 1년 동안 팀 코치나 팀 출신 선수들을 포함해 주변 사람이 거의 열 명이나 죽었어. 결국 마지막에는 야스다 유키야가 동네에서 사라졌지."

폐인이 된 하나카를 발견한 맨션을 떠올렸다. 그 집에서 '가족'끼리 대화를 나누며 시간을 보내지는 않았으리라. 그는, 가족이라고 불린 그들은, 그런 집에서 어떤 날들을 보냈을까.

그것이 도화선이 되어 문득 떠올랐다.

하나카와 선배가 사라진 후 간바라 잇타의 집을 찾아간 선생님들의 이야기로는 집 안은 엉망진창이었다고 한다.

물건들이 난잡하게 여기저기 널브러져 있었고 도저히 그동안 사람이 생활한 것 같지가 않았다고 한다. 야반도주나 다름없이 물건을 쓸어가야 했기에 그랬던 것 아닐까, 모두가 말했지만 그 집은 그저 원래부터 하나카가 있던 집과 같은 상태였지 않았을까.

"야구를 했구나."

소리 내어 말하는 목소리가 살짝 떨렸다. 어째서 자신이 눈물이 날 것 같은지 모를 일이었다.

야스다 유키야. 평범한 아이였다.

그 아이 본인의 이야기를 들어보고 싶었다. 간바라 선배도 동아리에서 운동신경이 무척 좋았던 점을 떠올리면 견딜 수 없이 괴로웠다.

"응."

가나메가 고개를 끄덕였다. 가만히.

"가시와자키 게이코 씨. 이전의 '간바라 가오리'였던 사람은 아키타현에서 어머니를 살해하고 경찰에 지명 수배됐어. 어머니를 돌보다가 힘들어서 동반자살을 꾀했는데 미수에 그쳤다고 판단한 것 같아."

"아……."

"아무리 고민이 많아도 자기 일은 뒷전으로 미루고 남에게 억지로 일을 떠맡고 마는 여자였다고 해. 늘 흠칫흠칫 놀라며 주변 사람들 눈치를 보는 사람이어서 유달리 궁지에 몰렸을 수도 있다고 당시 신문 기사에 보도됐지만, 자취를 감추기 전에 그 여성이 살던 동네에도 간바라 가족이 나타났었어. 어떤 고민에도 '나도 그래요'라며 공감해 주는 사람이 당시 간바라 집안의 '어머니'였는데 그 사람이 가시와자키 게이코 씨에게 이렇게 말했다는 이야기도 있어. '나도 그래요. 나도 부모를 죽였거든, 괜찮아요', '목을 조르는 정도는 대단치도 않아. 다들 그래요. 괜찮아. 나도 그랬어.'"

팔에 오싹 소름이 돋았다.

"……구성원을 바꾸면서 그 가족을 계속 유지해 왔다는 말이야? 평범한 사람들을 그런 식으로 끌어들이면서."

가슴속에 강한 분노가 솟구쳤다.

"사람을 일회용 취급하는 거나 마찬가지잖아. 그런 짓 용납 못 해."

격하게 화가 났지만 막상 말하고 보니 몹시 진부한 듯해 미오는 입술을 감쳐물었다.

"'간바라 가족' 대체 뭐야? 아이 둘에 엄마에—"

"그리고 아버지."

가나메가 대답했다. 또렷한 목소리로.

"아버지와 어머니, 아이 둘. 총 네 가족이야. 현재 구성원은 그게 다야."

"현재라니."

"옛날부터 유지된 가족이야. 언제부터인가 등장해서 가족끼리 아이를 낳기도 하고 평범한 집안이 대를 잇듯 놈들도 나이를 먹고 성장해. 간바라 집안의 아이가 아내를 맞아 아이를 낳으면 그 갓난아이도 성장하지. 자라서 초등학생이 되고 중학생이 되고 고등학생이 되고 또다시 사람들을 끌어들이며 어둠을 흩뿌려. 주변 사람들을 미치게 해서 죽여."

가나메의 말을 금방 이해할 수 없었다. 혼란스럽다기보다 선뜻 믿을 수 없었기 때문이다.

가족 사이에서 아이가 태어나기도 한다는 소름끼치는 말이 귓가를 때렸다. 보충되고 조종당한 상태에서 만들어진 아이. 아내를 맞는다는 표현도 왜인지 현실적으로 느껴졌다. 자신이 '장남'이었던 그 간바라 잇타에게 끌려갈 수도 있었다는 사실도.

조금 전 이야기가 떠올랐다.

'간바라 가족'은 간바라 선배가 되기 전이었던 초등학생 야구팀 멤버 야스다 유키야 주변에 나타났다. '가족'이 나이를 먹는다.

"언제부터인가 등장했다는 건……."

"옛날 옛적부터 있었어. 간바라 가족을 이어온 자들이. 그 집은 호적도 있고, 옛날부터 쭈욱 이어져 오면서 우리 주변에 끊임없이 어둠을 흩뿌리고 있어."

"잠깐, 호적이라니. 사람을 바꿔치기해서 다른 사람의 호적으로 살아갈 수가 있어?"

"주위 사람들은 다소 이상하다고 느끼지만 놈들은 뻔뻔하게 밀고 나가. 보통은 말도 안 되고 나이도 성별도 안 맞지만 그런 논리를 왜곡해서 자기들은 이렇다고 우겨서 통하게끔 만들어 버려. 그러는 와중에 주변도 왜곡되면서 그렇다고 믿게 되는 거야. 그래서 문제야."

가나메가 숨을 크게 한 번 쉬고서 계속 말했다.

"왜곡된 채로 주위에 완전히 녹아들기 때문에 우리도 한번 놓치면 그다음은 찾기가 꽤 힘들어."

가나메가 무언가 가늠하듯 한쪽 눈을 가늘게 떴다. 그리고 조용히 속삭이듯 말했다.

"미오, 슬슬 여기서 나가는 게 좋겠어."

"응?"

"오늘 오후에 우리가 리쓰 씨와 하나카를 그 맨션에서 구해 낸 것과 비슷한 시기에 내 동료가 '간바라 니코'를 학교에서 데려왔어."

간바라 니코라는 이름은 처음 듣는다. 그러나 '니코'의 '니*'를 생각하니 장남인 '잇타**'와 관계있다는 느낌이 들었다. 가나메가 말했다.

"간바라 집안의 둘째 아들. 역할을 맡은 아이도 실제로 남자아이지만 어쩌면 원래는 여자아이였을지도 모르지. 여자 같은 니코라는 이름을 생각하면. 하나카와는 반대로 원래는 둘째 여자아이였지만 대체하는 과정에서 남자아이로 바뀐 뒤 그대로 살게 했을지도 몰라. 그 가족에 적응되어 버린 거지."

혼잣말처럼 중얼거린 뒤 떠오른 미소를 곧바로 지운 가나메가 다시 진지한 얼굴을 했다.

"잡아 온 간바라 니코도 지금 이 병원 다른 병실에 잠들어 있어. 리쓰 씨도 다른 병실에 있고. 세 사람 모두 지금 여기 다 모여 있는 거야. 그러니까 아마 되찾으러 올 거야."

병실 밖에서는 아직도 구급차 사이렌 소리가 울렸다. 아까도 멀리서 들렸던 것 같은데. 사이렌 소리가 점점 가까워졌다. 가나메가 미오의 눈을 똑바로 쳐다봤다.

"한꺼번에 세 명이나 잃은 적은 처음이라 아마 그놈은 그럴 거야. 우리는 지금 그걸 기다리고 있어."

* 숫자 2의 일본어 발음.

** 잇타(一太)처럼 이름에 한 일(一)자가 들어가면 보통 장남인 경우가 많다.

"기다린다니 누구를?"

"'아버지'를."

목소리에 박력과 긴장감이 느껴졌다. 눈을 동그랗게 뜬 미오에게 가나메가 계속 설명했다.

"평소 방식이라면 아마 또 도망가겠지. 그래서 함정을 파기로 했어."

"그 사람이 이 모든 것의 근원이야?"

근원이라는 단어가 슬쩍 튀어나왔다. 만악의 근원이라는 말이 떠올랐다. 없어진 가족을 매번 보충하고 세뇌하면서 집 안을 유지해 온 그 근원.

"전부 그 아버지가 저질러 온 짓이야? 그 사람은 왜 그렇게 '가족'을 만드는 것에 집착해? 하고 싶으면 혼자 하면 되잖아!"

하나카에게, 선배에게 그런 짓을 시키고 지배한 것이 바로 그놈인가.

가나메의 입술이 희미하게 벌어지며 대답하려고 했다. 그런데 그 순간.

큰 소리가 온 하늘과 땅을 내달렸다.

쿵! 무언가가 치받는 듯한 소리였다. 바닥이 부르르 떨리더니 흔들렸다. 창밖에서 공기가 떨리는 진동을 느꼈다. 큰 지진이 일어난 것 같았다. 하지만 무언가가 달랐다. 도대체 무엇이…….

휴대폰이 울렸다.

미오의 것이 아니었다. 조금 전 미오가 손에 들고 기사를 보던 가나메의 휴대폰이 미오의 손에서 진동했다.

야스다 유키야의 이름이 적혀 있던 인터넷 기사가 사라지고 검은색 착신 화면이 떴다. '유메코 씨'라는 이름이 표시되어 있었다.

"가나메, 이거!"

흔들린 충격이 여전했다. 아직도 흔들리는지 이미 잠잠해졌는지, 애초에 정말로 '흔들렸는지', 아니면 다른 무언가가 일어난 것인지, 충격이 너무 커서 무슨 일이 일어났는지 파악할 수 없었다. 오랜 시간 배에 탔다가 육지에 내려섰을 때처럼 감각이 곧바로 돌아오지 않았다.

가나메가 미오의 손에서 재빠르게 휴대폰을 가져갔다.

"가나메입니다, 네, 네."

전화를 받자마자 상대에게 말했다. 그 옆모습이 사나워졌다.

미오가 누웠던 병실 침대 옆에 놓인 TV를 켰다. 거침없는 손놀림으로 리모콘 버튼을 누르는 가나메를 보고 순간 하나카가 깰까 봐 걱정됐다.

TV 화면이 나왔다. 마침 밤 10시대 뉴스가 진행 중이었다.

불타오르는 빌딩이 나왔다.

여기는 현장입니다, 현장인데요…… 상황이 심각,

일대가 온통 불바다입니다,

엄청난 폭발음으로 아직도 귀가 멍멍,

현장 카메라와 연락이 되지 않습니다,

지지직,

방송 소리가 끊기고 중계 카메라 화면이 비뚤어진 채로 멈췄다.

화면이 스튜디오로 돌아왔다. 화면 한가운데에 잡힌 아나운서가 딱딱하게 굳은 얼굴로 말했다. 거듭 말씀드립니다, 라고 알리는 목소리가 다급했다.

―거듭 말씀드립니다. 오늘 저녁 7시경 가나가와현 요코하마시에 위치한 식품회사 요쓰미야 푸드 3층 사무실에서 남자 직원이 농성에 들어갔습니다. 남자는 정체 모를 폭발물을 가지고 있으며 이 식품회사 영업2과 직원이라고 합니다. 과거 교제하던 여자에게 다시 만날 것을 강요하다가 거절당하자 앙심을 품고 여자가 자신과 다시 만나주지 않으면 상사와 동료들을 죽이겠다고 경찰과 언론에 전화한 것으로 보입니다. 경찰이 계속 설득했지만 조금 전 3층 사무실에서 갑자기 폭발이 일어난 듯합니다. 현장에 나간 중계진 중에 아직 안전을 확인할 수 없는 사람도 있어

가나메가 채널을 돌렸다. 다른 방송국에서도 긴급 속보라

며 사건을 전하고 있었다. 밤하늘을 핥듯 시뻘건 불꽃이 날름거렸다.

사이렌 소리가 들렸다.

하나가 아닌 여러 개.

구급차인지 소방차인지 경찰차인지 모르겠다. 사이렌 여러 개가 한밤중에 메아리처럼 울려 퍼졌다.

"……봤습니다."

가나메가 통화 상대에게 말했다.

"네."

고개를 끄덕였다. 그리고 말했다.

"네네. 요쓰미야 푸드는 '아버지'가 다니는 회사입니다."

미오가 용수철처럼 고개를 퍼뜩 쳐들며 가나메를 바라봤다. 그러나 가나메는 미오를 보지 않았다. 창밖을 응시했다. 저 먼 곳이 어렴풋이 밝았다. 어째서인지 그 색이, TV 화면 속 불길과 창밖의 광경이 같아 보이지 않았다. TV 속에서 불타는 빌딩은 유리창이 전부 날아갔다. 머리를 감싸며 도로에 웅크린 행인들과 중계진의 모습이 화면에 나왔다.

가나메가 전화를 끊었다. 미오를 바라봤다.

"미오. 미안, 지금 당장 사와타리 단지에 있는 집으로 돌아갈래? 집에 도착하면 오늘 밤은 절대로 밖에 나오지 마. 무슨 일이 있어도 걱정하지 말고. 지금 당장 차를 구해 줄 테니까."

“이것도 간바라 집안의 ‘아버지’가 한 짓이야?”

가나메가 말없이 고개를 끄덕였다. 창밖의 사이렌이 점점 날카로워졌다. 가까워졌다.

“계획이 틀어졌어. 이 병원의 협조를 받기로 했는데 아마 여기에도 부상자가 실려 올 거야. 그러니까 넌 그만—”

돌아가, 라고 말하려고 했을 것이다. 아마도.

하지만 그 말은 지워졌다.

파앙!

커다란 소리가 울린 뒤 시야가 단숨에 어두워졌다. 무슨 일이 일어났는지 파악할 수 없지만 자잘한 무언가가 머리 위에 흩날리는 느낌에 순간 눈을 질끈 감았다.

병실의 형광등이 깨졌다. 가나메의 몸놀림이 날랬다. 재빨리 미오의 몸을 팔로 덮었다. 상황을 따질 겨를도 없이 미오를 강하게 끌어안았다.

순식간에 빛이 사라졌다. 빛이 완전히 사라졌다.

창밖에서 들어오던 빛도 전혀 느껴지지 않았다.

비명이 들렸다. 공포에 질린 누군가의 목소리가 들렸다. 당황한 대화 소리도.

형광등이 깨진 곳은 미오가 있던 병실뿐만이 아니었다. 병원의 모든 형광등이 보이지 않는 충격을 받아 순간 동시에 깨진 것이다.

둔탁한 소리가 나더니 주황색 비상등의 탁한 불빛이 미오와 가나메의 얼굴을 비췄다. 다른 병실도 똑같이 비상등이 들어온 듯했다. 창밖으로 보이는 병원 앞길이 온통 똑같은 주황색으로 물들었다.

사이렌 소리가 사라졌다.

"왔다."

가나메가 미오를 팔에 안은 채 숨결처럼 말했다.

◆

공황에 빠진 병원 복도로 쏟아져 나온 사람들 사이를 가로지르며 가나메가 미오의 손을 잡아끌었다. 비상등 불빛 아래서 "괜찮습니까?"라고 묻는 간호사와 의사들이 여러 명 있었다. 환자로 보이는 사람들도.

하얀 옷을 입은 직원들이 든 손전등에서 나오는 둥근 빛이 주황색 조명 속에서 이리저리 엇갈렸다.

미오의 손을 잡고 걷는 가나메의 걸음은 거침없었다. 왼손으로 미오의 손을 잡고 오른손으로는 어딘가로 전화를 걸었다.

"여보세요, 병실을 바꾸죠. 사와다 하나카를 부탁해도 될까요?"

하나카.

어두워진 방에 하나카 홀로 남겨 두고 떠나도 될지 불안했다. 두고 갈 수 없다고 말하고 싶었지만 폭발 뉴스와 정전으로 경황이 없어 순간 묻지 못했다.

전화를 끊은 가나메가 말했다. 걸음을 멈추지 않은 채.

"괜찮아."

가나메의 얼굴을 올려다봤다. 표정 없는 얼굴이 앞만 주시했다.

"하나카는 아마 괜찮을 거야. 놈들이 되찾으려고 해도 우선순위가 낮으니까. 다시 데리고 가도 '장남' 역할을 시킬 수 있을지 없을지 모르거든."

"……네가 대신 끌려갈 위험은 없어?"

순간 의문이 말이 되어 튀어나왔다. '가족을 보충한다', '사람을 대체한다'는 이야기를 한꺼번에 들은 다음이라서 덜컥 걱정이 앞섰다. 정확한 나이는 모르지만 가나메는 하나카와 미오와 비슷한 또래다. '장남'의 나이에 부합했다.

"뭐라고?"

가나메가 진심으로 깜짝 놀란 듯 미오를 쳐다봤다. 진지하게 걱정한다는 것을 알아차렸겠지. 곧바로 진지한 목소리로 앞을 주시하며 대답했다.

"괜찮아. 걱정해 줘서 고마워. 하지만 그건 아니야. 내가 아들이 된다니, 말도 안 돼."

가나메의 손은 따뜻했다. 조금 전부터 든 생각이었다. 감정이 메말라 보여서 정체를 알 수 없는 사람 같았는데 가나메는 확실히 '이쪽' 사람이었다.

살아 있다.

가나메는 도대체 어떻게 저런 어둠의 가족들과 맞서고 그들을 물리칠 수 있을까. 어떻게 그런 책임을 맡고 있을까. 이곳에서 무사히 돌아간다면 다시 제대로 묻고 싶다고 이 순간 진심으로 생각했다.

가나메의 목적지는 조금 전까지 자신들이 있던 곳과는 다른 건물인 듯했다.

큰 병원이다. 미로 같은 통로를 빠져나와 계단을 올라가 운행이 멈춘 엘리베이터 앞을 지나서 자동문 몇 개를 수동으로 열고 통과했다.

마침내 가나메의 걸음이 멈춘 병실 앞에는 이미 몇 사람이 있었다.

"가나메."

한 사람이 말했다. 50대쯤으로 보이는 남성이었다. 다른 여성이 가나메를 불렀다. 이 여성은 40대 중반 정도로 간호사 차림이었다. 그 밖에도 몇 사람이 이쪽을 봤다. 모두 비상 상황에도 침착했고 그리 동요하지 않은 모습이었다.

"제가 안에서 기다리겠습니다. '아버지'가 오면 알려 주세

요."

그 말에 사람들이 얼굴을 서로 마주 보더니 고개를 끄덕였다.

"조심해."

짧은 말만 남기며 가나메의 어깨를 짚었다. 그리고 가나메와 미오를 병실로 들여보냈다. 가나메가 말했다.

"미키시마 리쓰 씨와 사와다 하나카 쪽을 부탁합니다."

그들이 알겠다며 고개를 끄덕였다.

그 병실에는 번호도 환자명도 아무것도 표시되어 있지 않았다.

분명 하나카가 누워 있던 곳보다 작은 병실이었다. 침대는 한 대. 곁에서 지키는 이는 아무도 없었고 아이 한 명이 누워 있었다.

아직 앳된 얼굴로 눈을 감고 있었다. 단정하게 잘라 정리한 앞머리는 몹시 윤기가 흘렀고 머리맡에는 렌즈가 두꺼운 안경이 놓여 있었다. 근처 의자에 란도셀이 세워져 있는 것을 보고 초등학생인가 싶었다.

그제서야 가나메가 미오의 손을 놓았다. 오랫동안 잡혀 있던 손이 조금 저릿했다. 비상 상황이었다고 해도 손을 잡았다는 부끄러운 감정과 어색한 기분에 곧장 말을 할 수 없었다. 미오가 심호흡을 한 번 하고 물었다.

"……이 아이가 '차남'이야?"

"응. 간바라 니코. 되찾으러 온다면 아마 이 아이일 거야."

"왜?"

"'아버지'를 제외한 지금의 '가족' 중 이 아이가 가장 오래됐고 잘하거든. '간바라 니코'를 맡기에 적합했고 그만큼 주위에 희생도 많았어. 뛰어난 인재였어."

인재라는 단어의 울림이 마음을 얼렸다.

어둠에 씌어 보충된 가족. 역할을 맡는 데도 적성에 맞거나 맞지 않는 사람이 있다니.

쿠웅!

소리가 울렸다.

그와 동시에 또다시 바닥이 흔들렸다. 미오가 비명을 지르며 몸을 숙였고 창밖으로 새 불꽃이 피어오르는 것이 보였다. 이번에는 가까웠다. 아까보다 더 가까웠다. 같은 병원 안이었다. 조금 전까지 하나카와 자신들이 있던 방…….

가나메의 휴대폰이 울렸다.

그와 동시에 또다시 작게 무언가가 튕기는 소리가 들렸다. 비명을 질렀다. 무슨 일이 벌어지는 것인지 모르겠다. 그러나 분명히 무언가가 다가오고 있다.

사람들의 아우성이 들리는 와중에 이 병실만은 깜짝 놀랄 정도로 고요했다. 마치 문밖 세계와 완전히 단절된 것처럼.

탁.

소리가 들렸다.

소란과 비명이 들렸다. 사이렌도 쉴 새 없이 울렸다. 하지만 그 모든 소리와 선을 긋는 소리가 울렸다. 그 발소리가 또렷이 미오의 귀를 파고들었다.

"무서워……."

병실 안이 기이할 정도로 추웠다.

같은 병원 안인데 아까와는 비교도 되지 않았다. 이를 달달 떨 정도로 추워 지금 도대체 어디에 있는지도 모를 정도였다.

춥다고 말하려고 했을 터다. 전하려던 것은 그 말이었는데 어째서 '무섭다'는 말이 나왔는지 자신도 모르겠다.

그런데 그 순간.

"안 무서워."

목소리가 들려 쳐다보니 바로 옆에 가나메가 있었다.

낯선 아이가 잠든 침대를 등지고 미오와 어깨가 맞닿을 거리에 어느새 가나메가 있었다. 곁에서 또렷한 목소리로 미오를 달랬다.

탁. 또다시 소리가 났다.

탁, 탁.

가죽 구두가 복도를 한 걸음 한 걸음 힘주어 걷는 소리.

미오의 몸이 부르르 떨렸다. 갑자기 차가운 뱀이 등줄기를 타고 기어오르는 느낌이 퍼졌다. 그 건조한 비늘의 감촉까지도. 뱀을 만져 본 적도 없지만 피부 위로 그 감각이 느껴졌다. 견딜 수 없었다. 등을 마구 긁어내고 도망치고 싶다고 생각하는데, 그 마음을 꿰뚫어 보기라도 한 듯 가나메의 손이 미오의 등을 아주 살짝 눌렀다.

"괜찮아. 안 무서워. 확실히 그 '가족'은 상상을 초월해. 하지만 놈들이 사용하는 건 어디까지나 말과 행동이야. 그건 우리가 구사하는 범위와 다르지 않아. 아무리 놈들이라도 무슨 짓이든 할 수 있는 건 아니야."

탁, 탁.

탁, 탁.

정확하게 한 박자씩 지키며 울리는 소리가 점점 가까워졌다.

몸이 움직이지 않았다.

가나메가 미오의 등에 손을 얹은 채 단호하게 말했다.

"아마 변전실에서 모든 병실의 불을 한꺼번에 켜서 전압을 높이는 바람에 과부하가 걸려 형광등이 깨지면서 정전됐을 거야. 그냥 그렇게 병원의 전류차단기가 내려갔을 뿐이야."

탁, 탁.

"지금 설령……."

탁, 탁.

탁, 탁.

"놈이 자기 '가족'이 있는 병실을 전부 찾아냈다고 해도 그건 정전이 일어나기 전에 찾아냈을 뿐. 딱히 초현실적 현상 같은 힘을 써서 그런 건 아니야."

탁.

탁.

한 걸음 한 걸음, 소리가 점점 커졌다. 걸음 소리가 피를 말리듯 느릿했다. 규칙적으로 바뀌는 변화가, 소리 크기가 신경에 거슬려 견딜 수 없었다.

소맷부리로 무언가가 수백 마리 기어들어 오는 느낌이 멈추지 않았다. 철사가 버스럭거리는 것 같은, 갑옷 같은 느낌이…….

소리를 지르고 싶었다.

지네가 옷 안으로 들어와 피부 위에서 꿈틀대는 것 같아 견딜 수 없었다. 등을 기어 다니는 뱀은 어느새 두 마리로 늘었다. 몸을 움직일 수 없었다.

발밑에서 지렁이 수천 마리가 몸을 파고들었다.

가나메의 손이 미오의 등에서 소맷부리로 옮겨갔다. 소맷부리에 뚜껑을 덮듯 미오의 양 손목을 강하게 잡았다. 아플 정도로.

"지금 네가 징그러운 감각을 느끼고 있다면 그건 네 스스로 만들어 낸 공포 때문이야. 만들어 낸 사람은 미오 네 자신이야. 괜찮아. 무섭지 않아."

탁, 하는 발소리가 멈췄다.

병실을 지배했던 기이한 한기가 어느새 걷히고 있었다.

문이 열렸다. 그리 묵직한 문이 아닐 텐데 요란한 소리를 내며.

안경을 쓴 남자의 얼굴이 보였다.

지친 분위기를 풍기며 양복을 입은 남자였다. 안경이 빛에 반사돼 눈동자 색도 표정도 또렷하게 보이지 않았다. 마른 체구에서 기묘하기까지 한 박력과 위압감이 피어올랐다.

밖에 있던 가나메의 동료들이 이 사람을 막지 않았을까. 설치했다는 함정은 효과가 없었던 것일까. 밖에서 천둥 번개 같은 사이렌이 울려 퍼졌다. 그 소리가 병실 안 공기를 크게 갈랐다.

얼굴이 보이지 않는 그 남자를 향해 가나메가 말했다. 마침내 만났다는 듯 무거운 한숨과 함께.

"오랜만이야, …… 아버지."

번개가, 번쩍였다.

비도 폭풍도 없던 하늘을 한 줄기 섬광이 갈랐다. 그리고 조금 늦게 소리가 천지를 울렸다. 쩌렁쩌렁하게.

파사삭 파사삭 생나무가 찢어지는 듯 엄청난 소리가 울렸다. 창밖으로 불길이 치솟았다. 근처에 있던 나무가 벼락을 맞았는지도 모른다. 그러나 미오는 불꽃보다 눈앞에 있는 남자의 얼굴에서 눈을 뗄 수 없었다.

가나메의 말과 함께 서서히 남자의 얼굴이 일그러졌다. 안경 너머의 표정이 보였다.

도망치고 싶어지는 위압감, 그리고 모순되지만…….

평범한 사람이다.

평범한 우리네 아버지 같은 사람.

평범한, 누군가의 자상한 아버지 같은.

TV 뉴스에서 거리 인터뷰를 할 때 어딘가의 역에서 얼근하게 취한 남성을 붙잡고 리포터가 묻는다. 아버님, 잠시 시간 괜찮으세요? 아버님, 그런 말씀 하시면 사모님께 혼나지 않겠어요? 아버님, 아버님, 아버님……. 중년 이상의 남자를 부르는 대명사. 그 호칭에 어울리는 평범한 누군가의 '아버지'.

눈이 휘둥그레졌다.

몸을 겨우 움직일 수 있게 되자 가나메를 봤다. 그리고 미오는 질겁하며 그야말로 크게 숨을 삼켰다.

가나메가 본 적 없는 표정을 짓고 있었다. 다시 만난 후 미미한 미소였지만 그의 얼굴에서 고등학교 시절보다는 표정다운 표정을 봤다고 생각했다. 하지만 아니었다. 가나메의 얼굴이 울음이 터질 듯 일그러졌다. 일그러졌고 분노에 찼다.

차랑. 소리가 울렸다.

가나메가 아니었다. 가나메의 손은 미오의 양어깨를 짚고 있었다. 앞에 나타난 '아버지'만을 계속 쏘아봤다.

이루 말할 수 없이 험악한 눈빛이었다. 맹렬한 분노와 슬픔.

그 눈이 앞에 선 남자를 잡아먹을 듯 노려봤다.

미오는 떠올렸다. 생각을 되짚었다.

가나메의 말을.

아버지, 라고 부르던 그의 말을.

—한꺼번에 세 명이나 잃은 적은 처음이라 아마 그놈은 그럴 거야. 우리는 지금 그걸 기다리고 있어.

누구를 기다리느냐고 묻던 미오에게 대답했다.

—아버지를.

이런 말도 했다.

—네네. 요쓰미야 푸드는 '아버지'가 다니는 회사입니다.

—제가 안에서 기다리겠습니다. '아버지'가 오면 알려 주세요.

아버지.

아버지.

그리고 방금도 말했다. 갑자기 나타난 상대에게. 똑똑히.

—오랜만이야, ……아버지.

머릿속에서 소리가 울렸다.

차랑. 방울 소리가 점점 굵고 커졌다. 하나가 아니었다. 많고 많은 소리가 겹치고 튀고 뿔뿔이 흩어지고, 한데 모여 겹쳤다가 이리저리 부서졌다.

미오가 걱정스럽게 물었다. 네가 '장남'이 되면 어떡하느냐고. 끌려가면 어떡하느냐고. 가나메가 대답했다. 깜짝 놀랐다가 정색을 하고.

—걱정해 줘서 고마워. 하지만 그건 아니야. 내가 아들이 된다니, 말도 안 돼.

아아…….

번쩍이던 번개의 충격이 가시고 병실 입구에 선 남자가 눈을 부릅떴다. 안경을 쓴 눈이 가나메를 바라봤다. 금붕어처럼 입을 움직였다. 투명한 실로 조종당하는 것처럼.

가나메.

가나메의 얼굴이 왈칵 일그러졌다. 울 것처럼.

두 사람의 얼굴이 무척 닮았다. 부석부석하게 부은 조금 무거워 보이는 눈꺼풀. 매부리코. 완만한 눈썹 라인.

아버지와 아들이니까.

친아버지와 친아들이니까.

"아버지."

가나메가 불렀다. 미오의 어깨를 짚고 있던 손을 떼고 병실 밖 방울 소리에 호응하듯 몸을 크게 젖혔다. 온몸으로 심호흡하듯 등을 휘었다가 다시 자세를 바로잡자 그 손에 방울이 들려 있었다.

짜랑!

소리가 울렸다.

대나무가 쏴아아아아 바람에 흔들리는 소리가 들렸다. 미오의 본가에서 늘 들리던 그 소리.

"아버지!"

가나메가 소리쳤다.

"돌아와!"

커어어어어어어어어어어어어어어어어어어어억!비명을 질렀다.

바람이 가볍게 불었다. 창밖의 불꽃이 부채질에 휘날리듯 하늘을 향해 뻗어나가는 모습이 보였다. 단말마처럼 강하고 격렬하게.

대나무의 푸릇한 냄새와 그것이 타들어 가는 듯한 코를 찌르는 매캐한 냄새가 병실을 에워쌌다.

◆

병원 정원이 불탄다.

사이렌 소리가 들린다.

예의 식품회사 폭발사고 부상자를 이송하는 구급차 사이렌. 하지만 그 병원에서도 오늘 밤 정전과 화재라는 비상사태가 발생했다. 많은 구급차가 다른 병원을 찾아야 했으리라. 밤중의 사이렌 소리가 끊이지 않았다.

지금 이 병원에서 울리는 사이렌은 소방차 소리였다.

정전 탓에 병원 내 방송 시설이 복구되지 않은 가운데 누군가 꺼내든 재난용 확성기 소리가 울려 퍼졌다.

"알려드립니다! 병원에서 나가지 마세요. 병원 밖 나무가 벼락을 맞아 화재가 발생했습니다. 밖으로 나가지 마십시오. 병원 안은 괜찮습니다. 조금 전 병원 안에서도 보일러 폭발로 인해 일부 화재가 발생했지만 그쪽은 이미 진화했습니다. 더 이상 폭발 염려는 없습니다. 제발 침착하십시오! 외부 화재도 반드시 곧 진화될 겁니다!"

병원 밖으로 나가지 말라, 침착하라. 같은 내용이 거듭 울려 퍼졌다. 여기저기 병실 창문을 열고 환자들이 밖으로 몸을 내밀며 정원에서 불타는 나무를 구경했다. 손가락으로 가리키거나 휴대폰을 꺼내 사진을 찍는 사람도 있었다. 정 가운데에 벼락이 떨어져 쩍 갈라진 거목에 소방차가 물을 뿌리는 모습을 모두가 흥분해 지켜봤다.

반드시 진화하겠다는 말은 사람들을 안심시키려는 거짓말이 아니라 사실이었다. 불꽃이 점점 사그라들었다.

끝나간다고 미오는 생각했다.

창문에서 몸을 떼고 병실을 돌아보니 가나메는 아직 '아버지' 곁에서 한 발짝도 움직이지 않았다.

아버지, 간바라 집안의 '아버지'가 아니라 본인의 친아버지 곁에서.

머리맡에 알이 깨지고 테가 구부러진 안경이 놓여 있었다. 병실에 아직 매캐한 냄새가 엉겨있었다. 아니, 이 냄새는 어쩌면 창밖에서 일어난 화재의 냄새일까.

설명할 수 없는 일이었다. 그저 비명을 지른 것처럼 보였을 뿐인데 가나메의 아버지의 양복은 여기저기 불에 탄 듯 그을려 있었다. 마치 보이지 않는 불길에 휩싸여 격렬하게 타 버린 모습이었다.

비명을 지르며 무너져 내린 '아버지'를 가나메가 잠시 넋을 잃고 바라봤다.

이윽고 '아버지'가 완전히 움직이지 않는 것을 확인한 가나메가 달려갔다. 그 몸을 안아서 일으켰을 때 축 늘어진 '아버지'의 얼굴은 더는 무섭지 않았다. 문을 막 열고 들어왔을 때 느꼈던 정체 모를 위압감은 사라지고 정말 어디에나 있을 법한 그저 '평범한 사람' 같았다.

"가나메."

곧바로 병실 밖에서 사람들이 들어왔다. 조금 전까지 병실 앞에서 가나메에게 조심하라고 말했던 사람들. 그 사람들이 가나메를 걱정하며 미오에게도 "당신도 괜찮아요?" 말을 걸어 줬다.

아버지 곁에 무릎을 꿇듯 앉은 가나메가 걱정스럽게 물었다.

"다들 무사합니까?"

목소리가 절박했다. 절실한 눈빛으로 주변 사람들의 얼굴을 응시했다.

"모두 안 놓쳤죠? '어머니'도 '장남'도 다 있습니까?"

"다 있어. 괜찮아."

연배가 가장 높은 남성이 대답했을 때 가나메의 몸에서 힘이 빠졌다. 그의 입에서 하 하고 긴 숨이 흘러나왔다.

"다행이다."

혼란이 남은 병원에서 하나카가 그랬던 것처럼 가나메의 '아버지'도 병실을 마련해 누였다. 가나메의 동료들은 가나메와 '아버지'를 병실에 남겨 두고 다시 혼란에 빠진 병원 어딘가로 돌아갔다.

미오도 자연히 가나메 옆에 남게 됐다. 자신 같은 외부인이 남는 것은 좋지 않다고 생각했지만 사정이 궁금했고 주제넘지만 지금은 순수하게 가나메를 혼자 두어서는 안 된다는 생각이 들었다.

누가 가나메의 곁에 있어 줘야 한다는 생각이 들었다.

"그분이 네 '아버지'야?"

침묵을 깨고 먼저 입을 연 사람은 미오였다. 의자에 앉아 '아버지' 얼굴을 계속 들여다보던 가나메가 마침내 고개를 들었다.

"무슨 일인지 물어도 돼? 혹시 네가 전에 한 번 그 '간바라 가족'에게 잡혔다가 도망쳤다거나?"

혹시 선배 전 대의 '간바라 잇타' 역할을 했던 사람이 가나메였을까. 혹은 원래 혈연관계로 묶인 그 집안의 진짜 '장남'이 가나메였을까.

미오의 물음에 가나메의 긴장된 표정이 풀어졌다. 그러면 나이에 맞게 아직 소년 반 어른 반의 모습이 섞인 영락없는 또래 남자의 얼굴이었다. 앞으로도 가나메가 이런 얼굴이었으면 좋겠다는 생각이 들었다. 그렇게 생각하니 가슴이 아팠다.

"아니야. 이 사람은 내 친아버지야. 간바라 집안에 끌려갔지만, 시라이시 미노루. 심료내과* 의사셨어."

"의사 선생님……."

"이 병원 원장님과 대학 동기 사이라서 이번에도 협조를 받았어. 그 바람에 일이 커졌지만."

나중에 사과드려야지. 가나메가 난감하다는 듯 힘없이 미소 지었다. 그러다가 곧 진지한 표정으로 돌아갔다. 돌아가고 말았다. 그가 미오를 부르며 말을 꺼냈다.

"내가 초등학교에 갓 입학했을 때 '간바라 가족'이 왔어. 아버지 병원에 간바라 집안 아버지인 '간바라 진'이 진료를 받으

* 심신의학을 바탕으로 해 환자의 신체뿐 아니라 심리사회적인 면까지 통합적으로 진료하는 것을 목표로 하는 일본 의학의 전문분야 중 하나.

러 온 게 시작이었어."

병실을 채우던 긴장이 스르르 풀렸다. 지금 눈을 감고 잠든 가나메의 아버지, 시라이시 미노루의 얼굴이 어딘가 고통에 찬 듯 보였다.

"잠이 안 온다는 간바라 진의 고민을 들어주고 상담해 주며 의사로서 조언을 하는 사이에 그 사람 아내도 병원을 찾아와서 아버지에게 진료를 받게 됐어. 우리 가족은 결국 반년 동안 할아버지와 할머니, 누나와 어머니가 세상을 떠났어. 주위에도 많은 사람이 죽거나 사라졌지. 이번만큼은 아닐지 모르지만."

아까 잠깐 TV를 켰을 때 뉴스에서 보도했다. 오늘 밤 발생한 요쓰미야 푸드 폭발 사건으로 현재 사망자는 열한 명. 정확한 중경상자 수는 아직 파악되지 않았다. 범인으로 추정되는 영업2과 스즈이 도시야도 사망이 확인되었다고 한다.

뉴스를 조금 보다가 기분이 우울해져 바로 TV를 껐다.

그 폭발에 이 사람, 지금 눈앞에 누워 있는 시라이시 미노루가 연관됐을지도 모른다고 생각하니 숨이 막혔다.

그들이 사용하는 건 어디까지나 말과 행동이다. 초현실적인 힘이 아니라고 가나메가 설명했지만 그래도 조금 전 갑작스레 내리친 벼락은 우연이 아니라는 생각이 들었다. 놈들도 가나메도 미오의 상식을 뛰어넘는 존재임을 분명하게 깨달았다.

병원 보일러 화재도 그럴까. 이 '아버지'가 직접 일으켰을까. 아니면 누군가에게 무슨 소리를 속살거리고 궁지에 몰아 조종했을까.

"나만 남았어. 그 해에."

가나메가 불쑥 말했다. 그을린 손으로 힘없이 뻗어 있는 아버지의 소매를 만졌다.

"이대로 가다가는 나까지 위험해지기 직전에 아까 본 유메코 씨 일행이 구해줬어. 그때부터 그 사람들이 내 부모였어. 내게 모든 것을 가르치고 훈련시키고 키워줬지."

"그 사람들은 정체가 뭐야?"

"'어둠을 물리치는 자'. 어둠을 흩뿌리는 저런 '가족'의 존재를 찾아내고 사람들을 지키는 사명을 진 사람들이야. 처음부터 그런 일족으로 태어난 사람도 있지만 지금은 가족이나 약혼자를 잃고서 동료가 된 사람도 꽤 있어. 나처럼 가족을 되찾으려고."

가나메의 눈이 착잡한 빛으로 물들었다.

"아버지는 대단했어."

중얼거리듯 말했다.

"그 '가족'은 구성원을 보충하잖아. '아버지'나 '어머니'를 대체해. 그러면서 조금씩 그 사람이 원래 지니고 있던 성격이나 특징을 제 것으로 흡수해 계승하지. 상담이 일상인 의사였던 아버지가 '간바라 진'이 되면서 몹시 귀찮았을 거야. 내 아버지가 '아버지'가 되자마자 간바라 집안으로 인한 희생자는 더욱 심해졌어. 그래서 무슨 일이 있어도 멈추고 싶었어."

가나메의 아버지는 아직 깨어나지 않았다. 그 얼굴을 바라보는 가나메의 얼굴이 애처로웠다. 할머니와 할아버지, 어머니와 누나가 목숨을 잃었다고 했다. 되찾고 싶었던 그의 아버지는 가나메의 유일한 혈육인 셈이다.

"시간이 걸렸지만 결국 돌아왔어. 그러니까 지금부터 다시 시작할 거야, 아버지랑."

"미안해……!"

미오가 고개를 숙였다. 가나메가 어리둥절한 얼굴로 미오를 쳐다봤다. 하지만 얼굴을 제대로 들 수 없었다. 입술을 앙다문 미오가 말을 이었다.

"아까 나……, 하나카의 병실에서 엄청 무심한 말을 했잖아."

돌이켜보니 새삼 머릿속이 들끓듯 뜨거워졌다. 창피해서 견딜 수 없었다.

"2년이나 소중한 시간을 잃었다는 둥 돌이킬 수 없다는 둥 그런 말을 하다니……."

—그건 너무하잖아. 지난 2년 동안 우리는 고등학교를 졸업하고 대학에 갔어. 하나카는 그 시간 동안 계속 그 방에 갇혀서

허송세월했다는 말이야? 그건 너무하잖아, 시간은 되돌릴 수 없는데.

그 말에 가나메는 "그런가?" 되물었다.

—되돌릴 수 있지 않을까? 2년이나 3년 정도라면.

2년이나 3년 정도라는 말에 미오는 할 말을 잃었지만 지금은 그 순간 느꼈을 가나메의 기분을 이해했다. 지금에서야 알았다.

초등학교에 갓 입학한 해부터 지금까지. 가나메가 미오와 동갑이라고 단순히 계산해도 12년. 그 오랜 시간 동안 아버지를 빼앗겼다가 이제야 되찾은 가나메는 다시 시작할 생각인 것이다. 그 오랜 세월을 생각하니 이번에야말로 정말 할 말을 잃었다.

"아아……."

가나메가 중얼거렸다. 그리고 천천히 머리를 흔들었다.

"왜 네가 사과해?"

"왜냐하면……."

"금방은 어려워도 돌아갈 거야, 우리는. 아마 하나카도."

어떻게 대답해야 좋을지 몰랐다. 눈물이 차오른 듯 시야가 부예졌다. 그 시야 끝에 아버지의 손을 꽉 붙잡은 가나메의 손이 들어왔다.

그 손을 바라보며 물었다.

"그런데 이해가 안 가는 점이 있어."

"뭔데?"

"간바라 집안의 '아버지'는 가나메의 아버지였잖아. 원래는 평범한 사람이었는데 그 집에 끌려가며 '아버지' 역할을 하게 됐어."

"응."

"그렇다면 이 모든 일의 원흉은 누구야?"

아까부터 줄곧 궁금했다. 설마 하는 생각이 들었다. 불쾌한 땀이 등줄기를 타고 흘렀다.

"혹시 간바라 집안의 중심은 그 아이야?"

'아버지'가 온다면 이 아이를 되찾기 위해서일 거라고 가나메가 지적했던 병실에 누워 있던 아이. 간바라 니코. 차남.

앳된 얼굴에 단정하게 잘린 앞머리. 여드름 자국 하나 없는 예쁘장한 잠든 얼굴.

그러고 보니 그 아이만 누구인지 몰랐다. 정체를 알 수 없었다. 눈을 뜨고 제대로 말하는 모습을 한 번도 보지 못했다.

그렇다면 아직 끝나지 않은 것 아닌가. 섬뜩한 기운이 몸을 감쌌다. 그 후에 그 아이는 어떻게 됐을까. 가나메의 동료들이 확실히 감시하고 있을까.

"그 아이야? '아버지'가 아니라 그 아이가 부족한 가족을 보충해서 그런 짓을 하게 만드는 장본인이란 말이야?"

큰일 났다는 생각에 고개를 들자 가나메가 "아……" 하고 이해했다는 듯 말했다. 태연스레.

"아니야."

"응?"

"아니라고. 그 아이는 4년 전에 그 가족에게 끌려갔을 뿐이야. 아까 있던 여자분 중 한 명이 그 아이의 친어머니야. 초등학교 입시에 실패했다고 아들을 집요하게 몰아붙였는데 '간바라 가족'이 그 틈을 노렸고, 그 일을 줄곧 후회했어. 아까도 돌아온 아들에게 매달리며 사과했고. 미안하다고 이제 살아 주기만 하면 된다고, 말 잘 듣는 아들이 되지 않아도 된다며 울었어. '간바라 니코'였던 그 아이의 진짜 이름은 미야우에 다이가."

"그럼……."

"'중심'이나 '원흉'은 없어."

잊고 있던 병원 밖 사이렌 소리가 불쑥 떠오른 듯 다시 병실 안까지 들려왔다. 지금 이 순간에도 어딘가에서 구급차와 경찰차 사이렌 소리가 울려 퍼졌다. 아직 고통받는 사람이 있다.

"중심에서 그 가족을 지배하는 특정 인물은 없어. 누가 '원흉'이나 '중심'도 아니야. '가족'으로 있는 그 자체가 힘을 갖는 거야. 한 사람이 빠지면 보충하고 누군가가 없어지면 또 그 사람을 보충할 뿐. 그것이 계속 영원처럼 지속될 뿐 '가족'이라는 형태가 서로를 묶는 거야. 누가 지배하는 게 아니라. 굳이 말하자면 '집'과 '가족'이라는 형태가 그들을 지배하지."

생활감이라고는 전혀 없던 그 맨션을 떠올렸다.

잡다하고 통일감 없던 집. 곰팡내와 비 비린내, 달큰한 과자 냄새. '가족'으로서 대화를 나누고 생활하는 장소라고는 전혀 상상할 수 없었다.

오싹 소름이 돋았다.

집에 돌아와 안으로 들어가지만 구성원들 모두 멍하니 '집'이라는 상자 안에서 그저 텅 빈 눈으로 '있기만' 하는 공간을 상상했다. 하나카가 침대 위에서 그저 오랜 시간 사명처럼 허공을 응시하고 있던 것처럼.

"그래서 가족 모두를 한꺼번에 물리쳐야 해. 그래야 끝나. 누구 한 사람이라도 남으면 또 보충되고 마니까. '가족'을 만들고 마니까 반드시 가족 전원을 한꺼번에 잡았어야 했는데 지금까지는 그게 잘 안됐어."

"저주받은 건 '간바라 가족'이라는 그릇 그 자체라는 말이야?"

가나메가 이상하다는 눈빛으로 미오를 쳐다봤다. 이윽고 망설이듯 고개를 끄덕였다.

"그 집안이 하던 일을 '저주'라는 단어로 표현한다면, 뭐 그렇다고 할 수 있지."

"어느새 등장해 옛날 옛적부터 있었다고 했지? '간바라 가족'은 그냥 이런저런 사람이 아무렇게나 모인 집단인데, 누군가의 의도도 없이 '가족'으로서 단지 존재할 뿐인 거야? 모두가 평범한 사람이고 누군가가 무슨 목적을 가진 것도 아닌, 그저 '존재'할 뿐인……."

"그래. 그저 존재할 뿐이야."

미오가 가슴을 꾹 눌렀다. 그럴 수가. 심장이 빨라지고 호흡이 가빠졌다. 목적이 없다. 그저 존재할 뿐. 어둠을 뿌리는, 어둠을 폭력으로 휘두르는 그런 사람들이 존재한다. 시대를 지나 세대를 넘어 그때그때 누군가의 성격과 특징을 학습하면서 어둠의 가족이 업데이트된다. 계속 그 짓을 한다.

가나메가 고개를 깊게 끄덕였다.

"누구의 의도도 아니라기보다 굳이 말하자면 '가족의 의도'야. 가족이라는 형태를 존속하는 것이 목적이야. 가족 그 자체가 구성원을 지배하는 거야."

"도망칠 방법은 없어?"

계속 교체되는 '식구'. 그 식구들이 휘두르는 악의. 그 악의로 사람을 궁지로 몰고 죽음에 이르게 한다. 어디선가 나타난 악의와 죽음이 '가족'을 중심으로, 사람을 매개로 하염없이 퍼진다.

가나메가 고개를 저었다.

"접촉하지 않는 방법밖에 없어. 한 번이라도 엮이면 몸을 완전히 지키기가 상당히 어려워."

"그게 드디어 끝난 거야?"

미오는 말하면서도 그 순간 그 자리에 있었던 자신이 엄청난 장면을 목격했다는 생각이 들었다.

오래전부터 이어져 온, 구심점 없는 텅 빈 '가족'이 만들어내는 야미하라의 파도가 오늘 멎었다. 구성원 모두가 한꺼번에 사라져서 마침내 저주받은 '가족'이 해체됐다.

가나메가 조금 난감한 얼굴로 갸웃했다. 고개를 끄덕였다.

"응. 끝났어. ……'간바라 가족'은."

"'간바라 가족'은?"

"응."

"그러니까 그 말은……."

미오가 눈을 부릅떴다. 그때 갑자기 가나메의 휴대폰이 울렸다. 가나메가 그 진동에 반응했다. 전화를 받았다. 아버지의 손을 놓은 표정이 다시 진지해졌다. 이야기를 듣는 표정이 딱딱하게 굳었다.

"'……가족' 건, 말입니까?"

무슨 가족이라고 말했는지는 귀가 충격으로 멍멍해져서 분명하게 듣지 못했다.

밖에서 커다란 사이렌 소리가 이어졌다.

에필로그

그 아이가 이사 오고 나서 모든 것이 이상해졌다.

속이 시끄러웠다. 왜 그 아이가 그렇게 거슬리는지 몰랐다.

"자자, 내 말 들어 봐. 내가 무슨 짓이라도 했나? 그 아이한테 온 문자 좀 읽어 봐. 이거 걔가 이상한 거 확실하지?"

처음에는 기뻤다.

나는 반에 친구라고 할 만한 친한 아이가 없었는데 연애 이야기도 성적 이야기도 터놓고 말해 주는 해맑은 ○○가 마음을 열어 줘서 기뻤다. 내 이야기도 잘 들어줬다.

그런데 점점 그 아이의 이야기만으로 가득 찼다.

"그 사람은 날 좋아하겠지?"

"그 선생님은 날 특별히 우수하다고 생각하겠지?"

"그 아이가 나한테 쌀쌀맞게 구는 건 분명 날 질투해서 그런 거지?"

"내가 반에서 소외되는 건 내가 평범한 사람들은 이해하지 못하는 특별한 존재이기 때문이지?"

맞장구쳐야 하는 전화가, 편지가, LINE 메시지가 날마다 매일매일……. 도망치고 싶었지만 무시할 수 없었다.

그래, 분명 다들 널 부러워할 거야, 네가 얄미울 거야. 왜냐면 넌…… 하고 그 아이를 추어올리기 시작하면 더욱더 멈출 수 없었다.

나를 봐, 나를 바라봐, 나를 봐줘.

위로해 줘.

칭찬해 줘.

내 말 좀 들어봐.

통제할 수 있다고 생각했다.

적당히 칭찬하고 맞장구쳐 주면 괜찮을 것이라고. 그런데 어째서일까. 갈수록 중요한 것은 상담 내용 자체가 아니었다.

내가 끊임없이 칭찬하는 것이 ○○의 안에서 점점 큰 문제가 됐다.

"왜 답장 안 해."

"내가 싫어졌어?"

"난 널 친구라고 생각했는데."

"친하게 지내 줬는데 은혜도 모르고."

훌쩍훌쩍 훌쩍훌쩍. 울음소리가 아닌 일부러 꾸며낸 소리가 목소리 사이로 들려왔다.

훌쩍훌쩍 훌쩍훌쩍.

죽어 버릴 거야.

살인자.

전화 너머로 그 아이가 그렇게 속삭였다.

내가 그 남자 친구도 아니고 절친은커녕 친구조차 아닌데.

그 아이의 마음속에서 가장 용서할 수 없는 사람은 점점 내가 되어 갔다.

◆

그가 오고 나서 모든 것이 이상해졌다.

나 못난 놈이지?

널 지키지도 못하고.

지켜 준다고 약속했는데 지키지도 못하고.

나 같은 거랑 헤어지고 더 좋은 놈 만나면 좋을 텐데.

하지만 이게 나야. 자신은 없지만 같이 있어 줘.

너를 위해서라면 죽을 수도 있어. 그런데.

이런 남자 어디가 좋아?

너 같은 거 안 좋아해.

말 한마디 한마디에 휘둘리며 도중에 끊긴 문자의 답장을 계속 기다리고, 폭력적인 내용이라도 답장만 오면 상관없다고 생각하지만 답장은 계속 오지 않고.

사고라도 당한 것 아닐까, 무슨 일 당한 것 아닐까 전전긍긍 애타게 답장을 기다리다가 그 말을 들었다.

너 때문이야.

네가 자꾸 날 받아 주니까 내가 망가지는 거라고.

그 말을 듣고서도 어떻게 해야 좋을지 몰랐다. '사랑한다'는 말에 속박당해 움직일 수 없었다. 같이 망가지자는 말에 마음이 흔들렸다.

같이 죽을까.

앞에는 적도 장벽도 아무도 없는데 무언가로부터 같이 도망치자고 속삭였다.

◆

그 선생님이 오고 나서 우리는 이상해졌다.

우리 반에 왕따는 없습니다.

그렇게 단언했을 때부터 선생님 마음속에서 무언가가 시작되었을까. 실제로는 반에서 따돌림은 일상다반사였고 싫어하는 녀석을 수업 시간에 괴롭히는 일도 자주 있었는데 선생님은 그 일들은 신경도 쓰지 않는건가.

그런데 무슨 일이 벌어지든 선생님은 말했다. 우리 반에 왕따는 없습니다.

누가 정한 것도 아닌데 모조지에 '단합'이라고 반 목표를 써서 붙이고 급식을 먹을 때는 끼리끼리 먹지 못하게 한 채 모두가 함께 모여 먹게 하면서 '사이 좋음'을 강조하며, 무슨 일이 일어나도 마치 아무 일도 없었던 것처럼 어느새 우리 반에는 왕따는커녕 싸움도 없는 것으로 되었다. 어느 날 선생님이 반장인 나를 자리로 불러 컴퓨터 화면을 보여 줬다.

'우리들의 인연 이야기'라고 적힌 그 문장을.

불안정한 교실이 어떻게 안정을 찾아갔는지 소설처럼 적힌 파일을 보여 주며 어깨를 툭툭 두드렸다.

"이 이야기가 어떻게 완결될지는 너희에게 달렸으니까. 나는 이걸 연구회에 제출할 거야. 날 도와주렴. 우리 반 이야기로."

할 말을 잃은 채 혀가 얼어붙어 버린 것처럼 목소리가 나오지 않았다. 도대체 왜 이런 일이…….

◆

그 메시지가 오고 나서 모든 것이 변했다.

- 당신이 쓴 이거 내 작품 이야기 맞죠? 어이가 없네요. 정말 슬픕니다. 다른 사람에게 상처를 준다는 생각 못 합니까?

SNS에 영화 리뷰를 드문드문 올리는데 얼마 전에 제목을 숨기고 영화 몇 편에 대한 감상을 적었다. 그런데 그 메시지를 받았고, 감상은 본래 자유로운 것이고 무엇보다 이 메시지가 영화를 제작한 사람이 직접 보낸 것이라는 증거도 없으니 무시했다.

그러자 다이렉트 메시지가 쉬지 않고 왔다. 무시하려고 해도 그럴 수 없을 정도로 많은 메시지가 연달아서.

- 그런 소리 할 거면 네가 직접 만들어.

- 그걸 쓴 사람이 있다는 생각도 못 하는 상상력이면 그렇게 보란 듯이 리뷰를 쓰면 안 돼.
- 나도 목숨 걸고 소설을 쓰고 있다고.

소설이라는 단어를 보고 살았다 싶었다. 나는 영화 리뷰만 썼으니 그 사람이 착각한 것이다. 그래서 답장했다.

- 실례지만 착각하신 것 같습니다. 저는 영화 감상을 업로드했거든요. 소설 리뷰는 한 적 없습니다.

그런데…….

- 거짓말하지 마.
- 변명하지 마.
- 당신의 과거 사이트를 갔더니 이런 사진이 나왔어. 뿌려도 되지?

옛날에 친구와 찍은 얼굴 사진이 첨부되어 있었다. 그런데 이 사진은 지금 계정으로 올린 것이 아니었다. 어안이 벙벙한 와중에 또 메시지가 왔다.

- 지금 사는 주소도 △△네. 더 찾아도 되겠어? 당신은 벌 좀 받아야 해.

겁이 나서 상대를 차단했다. 그러자 곧바로 다시 모르는 계정으로 다이렉트 메시지를 보내 왔다.

- 방금까지 연락드린 사람입니다. 당신은 못 도망칩니다. 벌을 받으세요.

벌이라는 것이 도대체 뭘까. 나는 딱히 아무 잘못도 안 했는데. 도대체 내게 왜 이럴까.

◆

그놈이 이런 말을 꺼낸 날부터 모든 것이 시작됐다.

아르바이트 동료들 사이에서 점장은 확실히 조금 강압적이거나 무신경한 부분이 있다고 제각각 생각하는 분위기였지만 그래도 다들 언제까지 이곳에서 아르바이트를 할지 모르니 '좋은 게 좋은 거다'라는 생각으로 넘겨 왔다. 그렇게까지 신경 쓸 일도 아니라며. 특별히 입 밖으로 말하지 않으면서 일해 왔다.

그런데.

—있잖아, 저 점장 완전 짜증 나지 않아?

모두의 암묵적인 생각이 말로 형태를 갖추며 공유되자 그 때부터는 순식간에…….

입 밖으로 나온 이상 더는 서로 입을 다물고 있던 때로 돌이킬 수 없었다. 하지만 그렇게까지 할 생각은 아니었는데…….

다 같이 점장을 설마 그렇게…….

◆

그 후배가 동아리실에 있으면 분위기가 이상해진다.

처음에는 좋은 아이라고 생각했다. 봄바람 같은 미소가 매력적인 매니저. 모두가 그녀를 좋아했고 나 외의 부원들은 모두 누가 그녀를 차지할 수 있을까 열중한 모습이었다. 그런데 나중에 이야기를 듣고는 깜짝 놀랐다. 그 아이는 누구의 요청도 고백도 거절하지 않는다. 그래서…….

어느 틈에 일이 왜 이렇게….

◆

그 남자가 오면 우리 집은 이상해진다.

◆

그 사람이…….

◆

…….

이 이야기는 픽션입니다.

실제 존재하는 단체나

개인 등과 일절 무관합니다.

그러나 야미하라는 아마도

누구의 곁에나 존재하므로

부디 **조심**하시기 바랍니다.

- **야미하라 가족(闇ハラ家族)** 어둠을 뿌리는 사람. 혹은 그 집단. 어디에나 누구의 곁에나 있다.
- **야미하라(闇祓)** 어둠을 뿌리는 사람에게서 도망치는 것. 그들의 어둠을 물리치는 일. 혹은 그것을 업으로 삼는 사람들의 총칭.

옮긴이의 말

심연을 노리는 자,
마음을 지키는 자

'인간은 사회적 동물이다'라는 말처럼 공감 가는 표현도 드물 것입니다. 사람이라면 누구나 태어나는 순간부터 자연히 사회에 속하게 되며 싫든 좋든 서로 관계라는 끈으로 엮여 살아가게 되죠. 그런데 서로 존중하며 동등한 관계로 살아가면 평화로우련만, 어디에나 상대를 정서적으로 학대하며 지배하려는 사람들이 있습니다. 유구한 역사와 버라이어티한 에피소드를 자랑하는 갑질부터 시작해 최근 우리 사회 이슈 중 하나인 가스라이팅 등 우리는 다양한 감정 폭력에 노출되어 살아가고 그에 따른 스트레스는 인간관계를 더욱 힘들고 지치게 합니다. 오죽하면 '일 힘든 건 참아도 사람 힘든 건 못 참는다'는 직장인이 많은 것도 이런 까닭이겠지요.

일본에서는 타인에 대한 괴롭힘을 뜻하는 단어를 주로 일본어와 영어 해러스먼트(harassment)를 결합해서 '○○하라'라고 표현합니다. 성희롱을 뜻하는 세쿠하라, 직장 내 괴롭힘을 뜻하는 파와하라, 임신과 출산을 이유로 직장인 여성에게 가해지는 차별을 뜻하는 마타하라, 신체적 괴롭힘이 아닌 정신적 괴롭힘을 뜻하는 모라하라, 술자리에서 음주를 강요하며 괴롭히는 아루하라 등 이렇게 각박한 세상에서 살고 있나 싶을 정도로 괴롭힘을 표현하는 신조어가 정말 많습니다. 하나같이 우리네 일상에서도 벌어지는 감정 폭력들이기에 먼 나라 이야기가 아니지만요. 그리고 이 작품을 읽은 독자 여러분의 일상에 또 하나의 해러스먼트가 탄생했습니다. 그동안 누구에게나 존재하고 누구나 겪었을 법하지만 특별히 이름짓기 모호했던 불쾌감과 공포. 바로 츠지무라 미즈키가 정의한 야미 해러스먼트, 야미하라입니다.

작가는 줄곧 호러 장편 소설을 집필하고 싶었다고 합니다. 그래서 누구나 경험해 봤을, 이름 붙일 만한 관계가 아닌 사이에 본인의 생각이나 사정을 일방적으로 강요하는 행위를 소재로 고민하다가 '야미하라'에 다다르게 됩니다. 자기 정당화를 방패 삼아 자신의 '어둠(闇)'을 타인에게 강요해 불쾌감을 주는 행위를 일종의 폭력(harassment)으로 규정하고 '야미하라(闇ハラ)'라는 조어를 만들어 이 작품에서 공포의 근원이 되는 소재로 다뤘습니다. 평소 주변에서 '이 사람 뭐지?' 하는 생각이 들었거나 소위 '쌔하다'는 느낌을 받은 경험이 있다면 바로 야미하라에 해당한다고 할 수 있겠죠.

『야미하라』에는 귀신이니 저주니 좀비니 하는 사람을 깜짝 깜짝 놀라게 하는 존재나 장면은 등장하지 않습니다. 그러나 사방이 좁혀오는 듯한 긴장감과 질식할 것 같은 공포감을 조성하며 시종일관 독자를 불온한 분위기에서 놓아주지 않습니다. 깨닫고 보니 도망갈 곳이 없다는 절망감, 그동안 안전하다고 생각했던 보금자리가 더는 안전한 곳이 아니라는 두려움. 이 작품이 선보이는 공포는 철저하게 일상에 초점이 맞춰져 있습니다. 학교와 친구부터 집과 이웃, 회사와 동료까지 누구나 겪을 수 있는 배경과 누구나 맺고 살아가는 인간관계 곳곳에서 꿈틀대는 감정 학대를 그립니다.

『야미하라』는 특히 인간관계에 따른 사람의 심리 변화와 거기에서 비롯되는 두려움을 잘 표현한 작품입니다. 작품을 읽다 보면 '아, 주변에 이런 인간 꼭 있지' 하게 되는 스트레스 유발자들과 결코 남의 일이 아니라는 생각이 들게 이중 삼중으로 연출한 에피소드들이 대거 등장하면서 우리의 일상과 경험을 투영하게 되고 작품에 더욱 몰입하게 됩니다. 일상에서 우연히 부딪히는 사람이 내 평화로운 일상을 위협할 존재가 될 수 있다는 공포, 누구나 학대의 가해자가 될 수도, 피해자가 될 수도 있다는 두려움. 무의식중에 타인의 가치관에 물들어 버릴지도 모른다는 섬뜩함. 비현실적인 초자연 현상이 아니라 일상의 연장선상에서 벌어지는 이야기라는 점에서 독자가 '이것은 소설일 뿐이다'라며 안심하지 못하게 하는 재미가 이 작품의 또 다른 매력이라고 생각합니다.

한편 '제1장 전학생'과 '제2장 이웃'에서는 가슴 선득해지는 공포가 메인이었다면, '제3장 동료'부터는 슬슬 본격 미스터리로서의 정체성도 고개를 듭니다. 작가가 군데군데 뿌려놓은 복선과 점점 흥미로워지는 스토리를 따라가면서 각각의 에피소드를 관통하는 얽히고설킨 관계를 추리해 가다 보면 본격 미스터리로서의 재미도 충분히 느낄 수 있습니다.

이 작품의 제목이자 주제인 '야미하라'는 이중적인 의미를 지닙니다. 하나는 괴롭힘을 뜻하는 '야미하라(闇ハラ)', 또 하나는 어둠을 물리치는 행위나 물리치는 사람들을 뜻하는 '야미하라(闇祓)'로 쓰입니다. 그래서 작품 후반부 클라이맥스에 야미하라(闇祓)들의 사투를 그린 병원 장면도 인상적인데, 초능력 액션을 좋아하는 작가는 사실 자신의 취향을 반영해 마지막 장에 도시를 통째로 붕괴시키는 등의 지역 규모 액션 신을 쓰고 싶었다고 합니다. 그러나 이번 작품에서는 병원 신으로 만족했고, 만에 하나 속편을 집필하게 되면 도전해 보고 싶다고 하네요. 츠지무라 미즈키의 도시 붕괴 초능력 액션 신은 언제쯤 읽을 수 있을지 무척 기대됩니다.

그동안 이름만 없었을 뿐 이미 오래전부터 세상에 넘쳐나

던 야미하라. 『야미하라』를 읽고 나서 독자들의 눈에 세상이 조금 달라 보인다면 저자로서 영광이라던 츠지무라 미즈키의 말처럼 이 책을 덮는 지금, 여러분의 눈에 일상에 숨죽이고 있는 야미하라가 보이기 시작했을까요? 가장 위험하고 오싹한 공포는 바로 가까이에 도사릴지니, 역시 세상에서 가장 무서운 것은 사람이고 가장 알 수 없는 것은 사람 마음이랍니다.

2022 여름

문지원

야미 闇 Yami-hara 祓 하라

1판 1쇄 인쇄 2022년 7월 29일
1판 1쇄 발행 2022년 8월 16일

지은이 츠지무라 미즈키 옮긴이 문지원

책임편집 민현주 디자인 알음알음 일러스트 가시마 佳嶋
제작 송승욱 발행인 송호준 발행처 블루홀식스
출판등록 2016년 4월 5일 제 2016-000100호
주소 경기도 파주시 회동길 483-1 전화 031-955-9777 팩스 031-955-9779
이메일 blueholesix@naver.com

ISBN 979-11-89571-78-8 03830

인스타그램 @blueholesix 유튜브 blueholesix

네이버 스마트 스토어
PC http://smartstore.naver.com/blueholesix
MOBILE m.smartstore.naver.com/blueholesix